ASTRID LEHMANN

DIE HEILERIN VOM SCHWARZWALD

RUNE UND KREUZ Zwei Welten treffen aufeinander, die unterschiedlicher nicht sein könnten: Frida, eine jung verwitwete Heilerin, lebt mit ihrer kleinen Tochter und ihrem Volk friedlich im tiefsten Schwarzwald. Doch die Tage des harmonischen Zusammenlebens im Einklang mit der Natur und ihren Göttern scheinen gezählt, als der Mönch Rupert mit seinen zwölf Mitbrüdern vom Landesherzog in den Wald geschickt wird. Das alamannische Leben droht vollkommen auf den Kopf gestellt zu werden. Denn die Mönche haben eine Mission. Sie sollen ein Kloster errichten und die Bevölkerung zum richtigen Glauben führen. All den Widrigkeiten der scheinbar unbezähmbaren, rauen Wildnis des Schwarzwalds zum Trotz gelingt es Rupert nach und nach, das Interesse der Heiden zu wecken und sesshaft zu werden. Nur Frida lässt sich von der neuen Glaubenswelt und den Verlockungen nicht blenden – und zieht damit nicht nur den Hass Ruperts auf sich …

Nach einer kurzen Kindheit in Frankreich und einer etwas längeren Jugend im Schwarzwald zog es Astrid Lehmann hinaus in die Metropolen dieser Welt. Vor über zwölf Jahren kehrte sie mit ihrer Familie in den Schwarzwald zurück, wo sie im Wolftal ihre ganz persönliche Heimat gefunden hat. Nach Stationen in der Vertriebswelt und dem Tourismus arbeitet sie heute als Autorin und Wildpflanzenpädagogin. Naturverbunden und abenteuerlustig genießt sie die einzigartige Naturlandschaft des Schwarzwalds und ist begeistert von seinen Traditionen, Bräuchen und Sagen.

ASTRID LEHMANN

DIE HEILERIN VOM SCHWARZWALD

HISTORISCHER ROMAN

GMEINER

Besuchen Sie uns im Internet:
www.gmeiner-verlag.de

Im Ehnried 5, 88605 Meßkirch
Telefon 07575/2095-0
info@gmeiner-verlag.de

3. Auflage 2023

Lektorat: Fabienne Rieg
Herstellung: Mirjam Hecht
Umschlaggestaltung: U.O.R.G. Lutz Eberle, Stuttgart
unter Verwendung eines Bildes von: © https://commons.wikimedia.org/wiki/File:Master_of_the_Ore_Landriani_and_Giovan_Battista_de_Lorenz_-_Gian_Giacomo_Trivulzio_with_Saint_Hieronymus_in_the_Book_of_hours_of_Gian_Giacomo_Trivulzio_-_Google_Art_Project.jpg
Druck: CPI books GmbH, Leck
Printed in Germany
ISBN 978-3-8392-0343-9

Für Günther, Heiler meiner Welt,
für Emilie und Louise, Zauberinnen meines Lächelns,
und für meinen Vater, Schamane meiner Erinnerungen

Klösterliche Stundengebete

Matutin	2.00 Uhr
Laudes	Bei Tagesanbruch, ca. 4.00 Uhr
Prim	6.00 Uhr
Terz	9.00 Uhr
Sext	12.00 Uhr
Non	15.00 Uhr
Vesper	17.00 Uhr
Komplet	18.00 oder 20.00 Uhr

Je nach Orden und Kloster variieren die Uhrzeiten.

Prolog

SIE LIEBTE DIESE besondere Stunde. Die Zeit, die zwischen der Nacht und dem Tag lag, zwischen der Dunkelheit und dem Licht. Die Zeit, in der noch ein leichter Dunst die Welt verhüllte und ein Versprechen in sich barg. Es war ein Moment ohne Wirklichkeit, in dem eine wohltuende Stille regierte.

Die Tiere der Nacht hatten sich schon zur Ruhe gelegt, während die tagsüber munteren noch schlummerten. Nur ab und an hörte man den Ruf eines Waldkauzes. Dieser Moment gehörte ganz ihr. Keine Sorgen, die ihre Gedanken trübten, keine Versprechen, die sie erfüllen musste. Es war eine Zeit des Innehaltens, die ihr das Gefühl vermittelte, allein zu sein auf dieser Welt. Doch sie täuschte sich.

Inzwischen hatte sie den Bachlauf erreicht und schaute dem schäumenden Wasser zu, das einen großen Stein umspülte. Ein sanfter Nebelschleier stieg vom Bachbett empor, die erste Helligkeit des Tages durchbrach die feuchte Luft und hüllte die Lichtung in ein unwirkliches Licht. Sie kniete sich hin. Mit der einen Hand hielt sie ihren Zopf fest, mit der anderen stützte sie sich im Wasser ab. Dann führte sie ihren Mund an die Wasseroberfläche, trank reichlich, nahm gierig das frische Nass auf. Sie stand auf, machte einen großen Schritt und hüpfte auf den Stein, der aus dem Wasser ragte. Sie setzte sich, tauchte ihre bereits kalten Füße in das frostige Wasser und ließ ihre

Beine in die Eiseskälte gleiten. Es prickelte angenehm auf ihrer Haut, wie kleine, stechende Nadeln, die ihre Beine belebten.

Als sie die Kälte nicht mehr aushielt, zog sie ihre Füße aus dem Wasser. Sie fühlte sich erfrischt und frei in der Einsamkeit des frühen Morgens.

Sie ahnte nicht, dass ein Augenpaar sie beobachtete und jede ihrer Bewegungen hungrig in sich aufnahm.

1. Kapitel

637 nach Christus
Februar, ein Tag vor dem vollen Mond,
Südschwarzwald

Die Wunde sah schlimm aus, der ganze Fuß war blutverschmiert. Der Junge musste schreckliche Schmerzen haben. Vorsichtig legte sein Vater ihn auf Fridas Tisch, der links neben der Tür in ihrer kleinen Hütte stand, da, wo es am hellsten war.

»Lass die Tür offen«, bat Frida den stämmigen Mann und öffnete den Holzschieber, der im Winter die Fensteröffnung bedeckte, damit sie zusätzliches Licht hatte.

Frida versuchte, die aufkommende Panik zu unterdrücken. Sie musste schnell handeln, der Junge verlor viel zu viel Blut. Er war schon ganz bleich und hatte seine Augen fest verschlossen, ließ nur noch ab und an ein leises Stöhnen verlauten.

Behutsam spülte Frida den Fuß mit klarem Wasser aus, wiederholte den Vorgang einige Male, bis sie die offene Stelle sehen konnte. Sie war tief.

Um die Blutung zu stoppen, nahm Frida eine Leinenbinde und drückte sie fest auf die Wunde, bevor sie ein weiches Lederstück darauflegte und das Ganze mit einer Tiersehne verband. Ohne den Blick von dem Jungen zu wenden, fragte sie: »Wie ist das passiert?«

Der Vater des Jungen sah angsterfüllt auf seinen Sohn hinab und knetete nervös seine Mütze in den Händen. »Er hat mit seinen Freunden im Wald gespielt. Sie sind bis zur Lichtung gelaufen, obwohl er weiß, dass er das nicht darf. Dort ist er in eine Tierfalle getappt. Giselo, der Älteste der Gruppe, hat mich geholt. Wir sind sofort zu dir geeilt.«

Frida drehte sich zu dem Holzbrett an der Wand, auf dem aneinandergereiht mehrere Tongefäße unterschiedlicher Größe standen. So schlicht sie auch aussahen, so wertvoll war ihr Inhalt an sorgsam ausgewählten Wildpflanzen: Blätter, Blüten, Rinden und Wurzeln.

Nach kurzer Überlegung entnahm sie den Töpfen einige Wurzelstücke und getrocknete Kräuter. Konzentriert legte sie sie auf einen ausgehöhlten flachen Stein und zerrieb sie mit einem länglichen Stößel, einem schweren Granitstein mit abgerundetem Ende. Ein würziger Duft verbreitete sich in der verrauchten kleinen Hütte.

Vorsichtig schüttete sie das Pflanzenpulver in den Kessel mit heißem Wasser, der über der offenen Feuerstelle mitten in ihrer Behausung hing. Mehrere Minuten rührte sie mit einem Holzlöffel in dem Pflanzengebräu. Dann nahm sie einen Schöpflöffel voll und goss diesen in ein Trinkgefäß.

»Sobald der Heiltrank abgekühlt ist, werde ich deinem Jungen zu trinken geben. Der Sud wird ihn stärken. Er hat eine Menge Blut verloren und muss viel schlafen.«

In der Zwischenzeit hatten sich einige Menschen vor ihrer Hütte versammelt. Wahrscheinlich wartete auch ihre kleine Eila draußen, die mit den Kindern ihrer Schwester Ava gespielt hatte.

Frida blendete die Stimmen vor ihrer Behausung aus und richtete ihre ganze Aufmerksamkeit auf das, was jetzt kommen würde. Behutsam legte sie ihre Hand auf den

Arm des Jungen und schloss ihre Augen. Sie wurde ganz ruhig, von außen drang kein Geräusch in ihr Inneres. Sie vernahm nur das Rauschen des Bluts und die innere Wärme des Jungen.

Und da geschah es: Sie spürte den Strom, der sie beide durchfloss, ein Lebensfluss, der von dem Jungen auf sie überging und ihr leise verkündete, dass er seine Kräfte wiederfinden und heilen würde. Woher sie diese Intuition besaß, wusste Frida nicht, sah diese Gabe jedoch als Geschenk an.

Sie merkte, wie ihre innere Anspannung nachließ. Ihr Blick suchte das sorgenvolle Gesicht des Vaters des Jungen und sie lächelte ihm beruhigend zu.

»Habe keine Angst, der Fuß deines Jungen wird heilen, er wird wieder laufen können und stark sein wie ein Bär.«

Die Erleichterung des Vaters war spürbar, auch er war die ganze Zeit über angespannt gewesen. Er hatte unentwegt auf seiner Unterlippe gekaut. Als er jetzt davon abließ, konnte man die tiefen Spuren erkennen, die seine oberen Schneidezähne hinterlassen hatten.

»Er muss einige Tage bei mir bleiben. Bitte lege ihn auf das Fell. Drei Tage nach Vollmond kannst du ihn abholen. Deine Frau kann morgen nach ihm schauen.«

Behutsam hob der Vater den Jungen vom Tisch und legte ihn sanft auf Fridas Schlafstatt, die hinter dem Tisch in der linken Ecke des Raumes stand.

»Danke, Frida, ich bin so froh, dass du da bist.«

Langsam trat der Vater aus der kleinen Hütte.

Frida schaute ihm nach.

Der Anblick rief tief vergrabene Erinnerungen in ihr wach. Mit einem Mal stockte ihr der Atem, sie glaubte, plötzlich zu ersticken. Wie Nebel, dicht und zäh, breitete sich das Gefühl langsam in ihrem Inneren aus, strahlte in sämtliche Glieder und legte sich schwer auf ihr Herz. Sie versuchte, gegen die aufkommenden Tränen anzukämpfen.

Es war drei Jahre her, seit ihr Mann seinen Wunden erlegen war. Ihm hatte sie nicht mehr helfen können, das hatte sie gespürt. Zu spät hatten die Krieger ihn zurückgebracht. Seine Wunde am Bein hatte sich entzündet und wie ein Fieber seinen ganzen Körper durchflutet.

In diesem Moment kam Eila auf sie zugestürmt und drückte sich fest an ihre Mutter. »Mama, was ist passiert?«

Frida ging in die Knie und umschloss ihre kleine Tochter mit beiden Armen. Ein warmes Gefühl breitete sich in ihr aus, sie spürte nur noch unendliche Liebe und Dankbarkeit und der Nebel zog sich zurück.

Eila war ihr ganzer Stolz. Von ihrem Vater hatte sie die blonden Locken, doch die Augen waren die ihrer Mutter. Schwungvoll geformt wie die einer Wildkatze standen sie leicht auseinander und hatten die Farbe einer Haselnuss. Auch ihr besonnenes und ruhiges Gemüt hatte sie von Frida geerbt, ebenso wie die Gabe zu heilen. Trotz Eilas jungen Alters konnte Frida es schon spüren. Ihr kleines Mädchen würde eine Heilerin werden, wie sie und viele Frauen ihrer Familie vor ihr. Die Vierjährige interessierte sich bereits sehr für die Heilkunst ihrer Mutter und begleitete sie oft in den Wald, um Pflanzen und Beeren zu sammeln und Vorräte für den Winter anzulegen.

Frida drückte Eila noch mal fest an sich, bevor sie die Umarmung lockerte und ihre Tochter ernst ansah. »Wiga ist im Wald in eine Tierfalle getappt. In der Nähe der Lichtung. Ihr wisst, dass ihr nicht dorthin gehen dürft.« Eila machte ein betretenes Gesicht, während Frida fortfuhr. »Er wird jetzt einige Tage bei uns bleiben, bis er wieder zu Kräften kommt. Wir werden ihm zu trinken geben und gut für ihn sorgen.«

»Können wir dann morgen den Frühlingsanfang gar nicht feiern?« Ängstlich schaute Eila ihre Mutter an.

Schon seit Tagen war Eila aufgeregt. Endlich sollte nach den dunklen und kalten Monaten der Winter vertrieben werden und mit ihm der Schnee, der alles Leben zum Erstarren gebracht hatte. Nach der langen, entbehrungsreichen Zeit war das Frühlingsfest eine willkommene Abwechslung. Schaurige Tiermasken, die von den Männern getragen wurden, laute Gesänge und wilde Tänze würden die Kälte vertreiben. Das ganze Dorf würde sich versammeln, kräftig feiern, und das Licht wieder über die Dunkelheit siegen. Dann endlich würde der Frühling kommen und seine grüne Decke über ihre Siedlung ausbreiten. Frische Kräuter und die ersten zarten Baumblätter würden ihre kargen Mahlzeiten ergänzen.

Der Winter hatte ihre Vorräte trotz bewusster Einteilung wie jedes Jahr stark ausgedünnt. Nur noch etwas Hafer, Gerste, Haselnüsse und wenige getrocknete Beeren und Pilze hingen fein säuberlich in Netzen an einem der Dachbalken befestigt. Dort waren sie vor den Mäusen und anderem Ungeziefer am sichersten geschützt. Einen eigenen Speicher wie die anderen Familien im Dorf besaß Frida nicht. Sie lebten nur zu zweit in ihrer kleinen Hütte und der Platz reichte ihnen aus.

»Doch, das werden wir. Wir müssen nur regelmäßig nach Wiga schauen.«

Eila war sichtlich erleichtert und blickte zu dem schlafenden Jungen. Er war nur ein wenig größer als sie.

Frida legte einige Holzscheite auf das offene Feuer und kochte in einem kleinen Topf einen Gerstenbrei mit der Milch ihrer Ziegen. Sie würzte ihn mit einer Handvoll getrockneter Brombeeren und ließ ihn vor sich hin köcheln. In der Zwischenzeit befreite sie den Tisch, auf dem Wiga gelegen hatte, vom Schmutz und stellte die nun fertige Mahlzeit darauf. Eila tauchte sofort ihren Holzlöffel in die warme Speise.

»Vorsicht, du verbrennst dich noch«, mahnte Frida.

Ihre kleine Eila war immer hungrig und verschlang ihr Essen dementsprechend hastig. Beide löffelten sie nun abwechselnd den Brei, der sie von innen wärmte. In ihrem Häuschen war es trotz des prasselnden Feuers ungemütlich kalt geworden.

Nach dem Abendmahl verpflegte Frida die beiden Ziegen, die mit ihnen unter einem Dach wohnten. Ihr Platz befand sich hinter der Feuerstelle. Dort hatte sie eine Lehmwand eingezogen, an deren rechtem Ende eine kleine Tür angebracht war, die sich nur notdürftig verschließen ließ und in den hinteren Stall führte. Wenn es sehr kalt war, ließ Frida die Tür offen stehen und trennte den Bereich mit einem einfachen Haselnusszaun ab, sodass die Tiere ihrer kleinen Behausung in den Wintermonaten etwas Wärme schenken konnten, jedoch nicht frei herumliefen. Ihr kleines Haus samt Stall war zwar keine zehn Schritte lang und fünf Schritte breit, doch es war ihr eigenes kleines Reich. Sobald der Schnee schmolz, würden die Ziegen ihre Tage wieder draußen verbringen, gemeinsam mit den Tieren der anderen Dorfbewohner, bewacht von den Kindern der Siedlung.

Frida und Eila schauten noch einmal nach Wiga, gaben ihm ein weiteres Mal zu trinken und legten sich dann mit ihren Schaffellen neben ihn auf die Schlafstatt.

Noch war er ganz ruhig, doch das Fieber würde bald

kommen, dessen war sich Frida sicher. Ihre kleine Eila kuschelte sich dicht an sie und forderte sie wie so oft auf, ihr die Geschichte ihrer Vorfahren zu erzählen.

»Die Geschichte kennst du doch schon. Die habe ich dir so oft erzählt«, lachte Frida.

Doch Eila liebte die Erzählung. War es die Geschichte selbst oder die betörende Stimme ihrer Mutter? Sie wusste es nicht so genau, aber sie mochte dieses allabendliche Ritual nicht missen. Ihre Mutter war eine wunderbare Erzählerin, deren spannende Geschichten von der faszinierenden Götterwelt ihres Volkes handelten, von wilden Tieren und furchtbaren Geistern. Und immer nahmen sie am Ende einen glücklichen Verlauf.

Frida schmunzelte ob der Hartnäckigkeit ihrer Tochter und gab schließlich nach. Sanft strich sie Eila übers Haar und begann mit leiser, ruhiger Stimme zu erzählen.

»Unser Volk kommt von weit her, von einem Land im hohen Norden. Dort gibt es noch größere Wälder als hier, endlose Weiten ohne Berge mit vielen Birken, dem Baum, der unserer Frühlingsgöttin gewidmet ist. Luftig und flatternd sind die Blätter der Birken, sanft tanzen sie im Wind und haben ihre ganz eigene Melodie. In jungen Jahren ist die Rinde der Birke weiß und rein, da ist sie am schönsten. Später ähnelt ihr Stamm einer weisen Frau mit faltigem Gesicht. Die Birke erzählt uns eine Geschichte von der Freude des Frühlings und des Lichts. Sie steht für das Helle, das Lebendige und den Neuanfang. Deswegen feiern die Menschen den Frühling, die Hochzeit zwischen Himmel und Erde, unter dem Blätterkleid der Birke. Im Land unserer Vorfahren jedoch hielt der Frost des Winters lange an. Es wurde immer kühler und das Leben schwerer. Die Ernte wurde knapp und unsere Ahnen litten immer öfter Hunger. Und so zogen sie los, in Gruppen, auf eine weite Reise über das endlose Land. Sie überquerten viele Flüsse und mussten hohe Berge überschreiten. Furchtlos wanderten sie in den Süden, der Wärme entgegen. Unsere Götter haben sie begleitet und vor den Gefahren auf einer so langen Reise beschützt. Bis sie schließlich vor vielen Jahren in unseren schwarzen Wald kamen und sich hier niederließen.«

»Hast du da schon gelebt?« Eila sah ihre Mutter mit großen Augen an.

Mit einem leisen Lächeln auf den Lippen schüttelte Frida den Kopf. »Nein, das war vor meiner Zeit, sogar vor der Zeit meiner Mutter und Großmutter. Aber so wird es erzählt.«

»Mama, du hast vergessen zu erzählen, dass viele unserer Krieger gestorben sind. Das musst du noch erzählen«, freute sich Eila darüber, die Geschichte in die Länge ziehen zu können.

»Also gut. Auf der langen Reise in den Süden musste unser Volk nicht nur gegen die Naturgewalten ankämpfen, gegen herbstliche Wirbelstürme und gewaltige Schneemassen, gegen den peitschenden Regen und die unerträgliche Hitze, nein, es wurde auch immer wieder von mordenden Kriegerbanden überfallen. Oft mussten sich unsere Kämpfer verteidigen, sich und ihre Familien. Viele unserer tapferen Krieger sind auf der langen Reise gestorben. Nun sind sie in Walhall, dem Ruheort der gefallenen Kämpfer, und blicken auf uns herab. Und jedes Mal wenn wir ein Fest feiern, danken wir unseren Vorfahren und laden sie ein, daran teilzunehmen. So wird es auch morgen sein. Der Schamane wird auf dem Friedhof räuchern und sich mit ihnen verbinden. Nun schlafe, meine Eila, es ist spät geworden. Der große Vogel wacht über unseren Schlaf.«

2. Kapitel

Überlingen am Bodensee

»RUPERT, DU GENIESST mein vollstes Vertrauen und das unseres Frankenkönigs.«

»Ich danke dir für deinen Glauben und verstehe deine Erwartungen, Gunzo. Doch ich möchte nicht in den dunklen Wald zu einer Handvoll wilder Germanen mit verwerflichen Sitten. Es sind Ungebildete, die rohe Wollstoffe auf nackter Haut tragen. Sie leben in fensterlosen, verrauchten Verschlägen und verehren ihre blutrünstigen Götzen. Meine Mission ist es, möglichst viele Menschen zu erreichen und sie mit der Liebe Christi zu erleuchten. Das kann ich am besten in den Städten verwirklichen. Im Schwarzwald sollen nur wenige Heiden leben, das lohnt sich nicht. Mit deiner Unterstützung möchte ich weiter in den Osten ziehen, zu größeren Siedlungen.« Rupert war lauter geworden als üblich. Sonst gab er sich gegenüber dem Landesherzog stets ruhig und besonnen. Doch dieser hielt heute gegen ihn.

»Gerade diese wilden Heiden benötigen deine Unterstützung. Wir haben größte Schwierigkeiten, sie auf den rechten Pfad zu bringen. Und du bist der richtige Mann dafür. Unser Frankenkönig wird langsam ungeduldig.«

Gunzo saß nah am Feuer auf einem dick mit Fellen bestückten Stuhl. Es war sehr kalt an diesem Februarmorgen, seit Monaten bedeckte ein eisiger Frost Überlingen und schien sich in seinem Haus ausgebreitet und in jeder Ecke festgesetzt zu haben. Das Gebäude entsprach sowieso nicht seinen Ansprüchen und war in jeder Hinsicht nicht standesgemäß für seine Aufgabe als Landesherzog. Überall zog es in diesem Haus. Seine Knochen schmerzten und seine Gelenke waren entzündet, die Kraft des jungen Mannes hatte ihn verlassen. Auf tagelange Ritte im Regen, auf Streitigkeiten und Machtkämpfe konnte er verzichten. Er sehnte sich zusehends nach Wärme, Wohlbefinden und Frieden.

Wenn er Rupert für seine Idee gewinnen und ihn in den Schwarzwald schicken könnte, könnte er dem Frankenkönig schnell von Erfolgen berichten und sich angenehmeren Dingen zuwenden. In Gedanken war er schon bei dem schweren Eichenfass, in dem ein herrlicher Wein reifte, dunkel und trocken, so wie er ihn liebte.

Doch Rupert zeigte sich störrisch, er forderte sein ganzes Argumentationstalent.

»In großen Siedlungen Menschen zu erreichen, ist einfach. Dort haben die Germanen unsere christlichen Werte größtenteils verstanden. In unerschlossenen Gegenden das Wort Gottes zu verkünden und Menschen zu begeistern, erfordert Fingerspitzengefühl, höchste Beharrlichkeit und einen Scharfsinn, den ich nur dir zutraue. Diese schwierige Aufgabe sollst *du* übernehmen. Denke an deinen Auftrag: *peregrinatio pro Dei amore*, ziehe aus Liebe zu Gott in fremde Länder. Zu diesen Wilden ist noch kein Mönch vorgedrungen. Das ist eine echte Herausforderung!« Weiße Atemwolken begleiteten seine Worte.

Rupert war ein viel gereister Geistlicher. Vor etlichen Jahren war er von einer großen Insel im Nordwesten gekommen, um die frohe Botschaft des Herrn in entfernte Länder zu tragen. Gemeinsam mit zwölf weiteren Brüdern war er in einem wackligen Holzboot über das stürmische Meer gerudert und im Reich des Frankenkönigs angekommen. Viele der Siedlungen, die er auf seinen Wegen aufsuchte, hatten bereits den christlichen Glauben ihres Königs angenommen, auch wenn die Menschen nach wie vor ihre heidnischen Götter verehrten. Das war Rupert ein Dorn im Auge, für ihn gab es keine Kompromisse. Er sah es als seine göttliche Berufung, die heidnische Götterwelt ganz aus dem Leben der Germanen zu vertreiben. Bisher hatte er sich in weitläufigen Siedlungen und Städten aufgehalten, nur dort konnte er möglichst viele Menschen erreichen. In den Kirchen und auf den großen Plätzen des Reichs hatte er gepredigt, Zweifel gesät und mit Hoffnung gelockt, ein fanatisches Blitzen in den Augen. Er hatte vorgehabt, weiter in den Osten zu ziehen, entlang des großen Sees. Jedoch bot ihm Gunzos Auftrag die Möglichkeit, etwas zu erreichen, was bisher noch niemandem gelungen war. Würde er es tatsächlich schaffen, auf bisher wildem Territorium den christlichen Glauben zu etablieren und ein Kloster zu gründen? Sein Name würde in Ewigkeit strahlen.

Rasch wog Rupert die Vorzüge und Nachteile ab. Letztendlich reizte ihn die schwere Aufgabe der Bekehrung mehr als alles andere. *Müßiggang ist ein Feind der Seele*, das war eines seiner vielen Prinzipien. Er müsste seine Pläne, in den Osten zu ziehen, verschieben. Doch so einfach sollte es Gunzo nicht haben, vor allem weil Rupert ahnte, dass die Beweggründe des Landesherzogs niederer Natur waren. Gunzo ging es nicht darum, den wahren Glauben zu etablieren, sondern darum, vor seinem König gut dazustehen.

Gunzos Katze, ein dicker, runder Tiger, trottete in diesem Moment gemächlich auf die beiden Männer zu, umschlich zunächst laut schnurrend die Beine des Landesherzogs und setzte dann zum Sprung auf dessen Schoß an. Dort angekommen, machte die Katze einen beeindruckenden Buckel, sträubte ihr Fell, schaute feindselig in Ruperts Richtung und fauchte ihn böse an.

Mit einer Zärtlichkeit, die man dem mächtigen Landesherzog gar nicht zugetraut hätte, strich er seinem Haustier über das Fell. »Ist sie nicht hinreißend? Na, meine Süße, hast du mich vermisst?«

Das Tier wandte sich Gunzo zu, schnurrte, bezirzte ihn, warb um seine Gunst und streichelte ihn mit seinem dicken Schwanz, um ihm dann das Gesicht zu lecken. Als hätte sie zwei Gesichter, dachte Rupert. Angewidert betrachtete er die Katze, die genauso aufgedunsen und rot war wie ihr Gönner.

»Sie ist so reizend, nicht wahr?« Gunzo liebkoste entzückt sein Haustier und schaute in Ruperts Richtung.

»In der Tat, reizend!«

Rupert hasste Katzen. Sowieso waren alle Tiere für ihn Lebewesen zweiter Klasse, Kreaturen, die Gott nur erschaffen hatte, damit sie den Menschen dienten und ihnen nützlich waren. Wieder wandte sich die Katze ihm zu und sah ihn aus ihren funkelnden Augen an, ein hinterlistiger Blick, so schien es Rupert zumindest. Dann drehte sie sich um die eigene Achse, ließ sich auf Gunzos Schoß nieder und rollte sich genüsslich schnurrend ein. Die Hierarchien waren geklärt. Sie hatte gezeigt, wer die Herrscherin im Hause des Landesherzogs war. Um das Tier nicht weiter anschauen zu müssen, verfiel Rupert in eine gebückte Gebetshaltung. Nach einer Weile richtete er sich auf, öffnete die Augen und blickte direkt in das Gesicht des Landesherzogs. Alles an ihm war rot: von den feinen Äderchen, die sich wie ein filigran gewebtes Netz auf den Wangen und den Nasenflügeln ausbreiteten, über seine Augen, die Rupert an die Fische erinnerten, die er bei der Überquerung über das große Meer gesehen hatte, bis hin zu seinem roten Umhang.

Rupert räusperte sich. »Mir ist zu Ohren gekommen, dass es im schwarzen Wald so dunkel ist, dass Ackerbau und Viehzucht nur unter schwersten Bedingungen möglich sind. Das sind keine guten Voraussetzungen für eine Klostergründung.«

»Mit der Erlaubnis unseres Königs darfst du den Wald großzügig roden und ein Kloster nach deinen Vorstellungen gründen. Überlege doch! Eine klösterliche Stätte als Zentrum des Glaubens, die deinen Namen tragen wird. Langfristig könnte sogar eine Klosterschule entstehen, in die Adlige ihre Söhne senden. Das wäre ein großer Erfolg für dich. Das Land im Südschwarzwald habe ich dir auf der Karte eingezeichnet.« Gunzo setzte seine protestierende Katze auf dem Boden ab, bevor er sich erhob und Rupert an einen großen Tisch winkte. Dort lag ein aufgerolltes Dokument. Gunzo deutete auf eine darauf eingezeichnete gestrichelte Linie. »Du gehst zunächst immer den Rhein entlang. Ab diesem Zufluss immer Richtung Nordosten.« Er spürte, dass Rupert trotz der vorgebrachten Einwände angebissen hatte und sich für die schwere Aufgabe begeisterte. Auch wenn er sich noch skeptisch zeigte.

»Für diese Aufgabe benötige ich zwölf Männer, keine sechs. Wenn es unser Auftrag ist, die frohe Botschaft des Herrn im Schwarzwald zu verkünden, dann sollte ich, wie Jesus es mit seinen Aposteln tat, mit zwölf Mann in den Schwarzwald ziehen. Ich brauche auch einen guten Schmied und einen Zimmermann unter den Mönchen.«

»Nun gut, die sollst du bekommen. Du darfst dir die besten Männer aussuchen. Für die Rodungen und den Bau stelle ich dir einen Freibrief aus. Sobald die Wege trocken sind, sollst du aufbrechen.«

Gunzo war sichtlich erleichtert und wollte schnell zu einem Schluss kommen. Zwar hatte er Ruperts Forderung nach zwölf Mann nachgegeben, doch war er froh, dass der Mönch überhaupt in den Schwarzwald ging. Zum einen würde er sicherlich schon bald seinem König die Konvertierung des Südschwarzwalds verkünden können, zum anderen war ihm Ruperts asketische Lebensweise lästig. Streng mit sich selbst, forderte dieser von seinen Mitmenschen die gleiche Lebenseinstellung, die aus Verzicht, Buße und Gebet bestand. Eine Mischung aus unausgesprochenem Vorwurf und blanker Verachtung ihm gegenüber lag immer öfter in Ruperts Blick und hinterließ bei ihm ein Gefühl des Unwohlseins. Gunzo fiel es schwer, Verzicht zu üben, feines Essen und gute Weine versüßten ihm das Leben. Der Alkohol, gerade in dieser zugigen Behausung, wärmte ihn von innen und ließ ihn manche Sorge vergessen.

Mit einer Handbewegung deutete er Rupert zu gehen. Dieser befolgte den Befehl des Landesherzogs mit einem kurzen, tiefen Nicken und verließ den Raum.

Endlich konnte Gunzo sich ein Glas von dem vorzüglichen Rotwein einschenken lassen, den ihm sein Frankenkönig Dagobert als Geschenk überlassen hatte.

Obwohl sie noch ein Kind war, hatte er es geschafft, seine Tochter Fridiburga mit dem ebenfalls jungen Sohn Dagoberts, Sigibert, zu verloben. Das war eine gewinnbringende Verbindung. Ein Grinsen breitete sich auf seinem Gesicht aus, das kurzzeitig seine geröteten Augen erhellte und ihn seine schmerzenden Gelenke vergessen ließ. In einigen Jahren würde das Brautpaar vor den Altar schreiten. Erleichtert lehnte sich Gunzo auf der dick gepolsterten Lehne seines Stuhls zurück und rief nach seinem Diener. Alles würde gut werden.

3. Kapitel

**Tag des Vollmonds,
Südschwarzwald**

In den frühen Morgenstunden war das Fieber gekommen. Immer wieder hatte Wiga im Schlaf gestöhnt und wirre Laute von sich gegeben. Frida hatte ihm einen fiebersenkenden, schmerzlindernden Trank gemacht und löffelweise eingeflößt. Eila war ebenfalls wach geworden. Nun schlief sie wieder fest in ihr Schaffell eingewickelt neben dem Jungen.

Frida hatte gehört, wie die Männer des Dorfes noch im Dunkeln aufgebrochen waren. Gestern Abend hatten sie in dem für die Männer vorgesehenen, mit Haselruten abgesteckten Bereich rund um die alte Eiche am Waldrand ihr Jagdritual abgehalten. Der heilige Baum mit dem ausladenden Kronendach umhüllte ihr Volk mit seinem grünen Mantel und bot ihnen seine jahrhundertealte Weisheit. Er trug das Gedächtnis ihrer Vorfahren in sich und schenkte ihnen Schutz und Geborgenheit, Wissen und Erfahrung. Die mächtige Eiche überragte alle anderen Bäume der Siedlung. Ihr Stamm war von ungeheurer Dicke, rissig von den Falten der Erinnerung. Im Laufe der Zeit hatte sie sich in der Mitte gespalten und ein Loch gebildet. Genau dort, in ihrem Innersten, im pochenden Herzen des Baumes, hatten die Männer ihre Opfergaben für Donar abgelegt, ihren mächtigen Wettergott.

Der alte Schamane hatte die Runen, Stäbe aus Buchenholz mit eingeritzten Schriftzeichen, geworfen und anschließend gedeutet. Dabei hatte das Tierzeichen, *FEHU,* bei jedem Wurf oben gelegen. Ein gutes Omen.

Der weise Mann hatte einen Trank zu sich genommen und mit seiner ruhigen Stimme den Gesang eingeleitet. Der Kelch war reihum gereicht worden, die Männer hatten in den Gesang eingestimmt. Mit mächtigen Hirschgeweihen in den Händen hatten sie ihren rhythmischen Tanz aufgeführt und sich mit den Tieren des Waldes verbunden.

Ab diesem Zeitpunkt hatten sie gewusst, wo sich das beste Jagdrevier befand, und sich mit Anbruch der Morgendämmerung auf den Weg dorthin gemacht.

Frida hatte eine besondere Bindung zu dem Schamanen. Sie achtete nicht nur seine Weisheit und seinen Weitblick wie jeder andere im Dorf, sondern verspürte eine tiefe Verbundenheit mit ihm; die schmerzliche Erfahrung des Verlusts eines geliebten Menschen. Der Schamane hatte vor vielen Jahren seinen einzigen Sohn verloren. Seitdem lebte er sehr zurückgezogen und war tagelang im Wald unterwegs. Fridas Mutter, eine angesehene Heilerin, war ebenfalls viel zu früh gestorben. Die etwas ältere Ava und Frida waren gerade alt genug gewesen, um für sich selbst zu sorgen. Ihren Vater hatten sie nicht gekannt. Und so war der Schamane nicht nur Fridas Freund und Vertrauter, sondern auch ihr Lehrmeister geworden. Oft ging sie zu ihm, wenn sie Rat suchte. Niemand hatte ein derart ausgeprägtes Wissen über die Pflanzen- und Tierwelt wie der weise Mann. Doch er lebte fernab des Dorfgeschehens in seiner eigenen Welt und war oft tagelang nicht ansprechbar.

Deswegen hatte Frida die Funktion der Dorfheilerin übernommen. Die schamanischen Rituale waren jedoch trotz seiner Abkehr ihm vorbehalten. Nur er hatte die Fähigkeit, mit der Anderswelt zu kommunizieren, einem geheimen Ort der Weisheit und der Erleuchtung, zu dem allein er Zutritt hatte. Keiner wusste, wie alt er war, auch er nicht. Er war klein und drahtig, hatte langes weißes Haar und einen ebenso weißen Bart. Seine blau leuchtenden Augen beeindruckten Frida, zwei Bergseen voller Weisheit, Besonnenheit und Freundlichkeit. In sie konnte man eintauchen, sich fallen lassen und sich in ihnen geborgen fühlen. Sie wünschte, die anderen Männer im Dorf wären ebenso ruhig und umsichtig, wie er es war. Sicher, sie waren tapfere Mannsbilder, gute Jäger und mutige Krieger, wenn sie für ihren Herzog in eine Fehde aufbrechen mussten. Doch hatten die meisten von ihnen ein hitziges Temperament. Anstatt ihrem Handwerk nachzugehen oder ihren Frauen bei der Feldarbeit zu helfen, waren sie lieber auf der Jagd oder in irgendwelche Raufereien verwickelt. Vor allem nach Festlichkeiten, bei denen sie gerne und viel tranken. Am schlimmsten war Walram, der Ehemann ihrer Schwester Ava, der mächtigste Mann im Dorf. Er hatte ein großes Wohnhaus, mehrere Nebengebäude, sogar ein eigenes Webhaus und viele Nutztiere. Doch er war streitsüchtig und unberechenbar, vor allem wenn er getrunken hatte. Nicht selten hatte Ava seine Schläge zu erdulden.

Ein erneutes Stöhnen riss Frida aus ihren Gedanken.

Sie eilte zum Schlafplatz. Wiga war aufgewacht und schaute sie mit fiebrigem Blick an. Er zitterte am ganzen Körper. Beruhigend sprach sie auf ihn ein. »Es wird alles gut. Ich gebe dir zu trinken und dann schauen wir uns deine Wunde an.«

Auch Eila war mittlerweile wieder wach, sie wirkte ganz verschlafen. Frida fachte das Feuer an und legte ein Schaffell neben die Feuerstelle. Behutsam setzte sie den Jungen auf dem weichen Fell ab. Er stöhnte leicht. Nachdem sie ihm etwas zu trinken eingeflößt hatte, löste sie vorsichtig das blutverkrustete Leinentuch von der Wunde. Die Stelle war rot und stark angeschwollen, eine gelbliche Flüssigkeit trat hervor. Sie spürte, wie der Fuß pochte.

Besänftigend strich sie dem Jungen übers Haar, forderte ihn auf, noch mehr zu trinken, und wandte sich ab, um in ihren Tontöpfen nach den Zutaten zu suchen, die sie im Kopf hatte.

Mit entzündungshemmenden Kräutern, Harz und Fett stellte sie eine Salbe her, die sie mit größter Vorsicht auf die Wunde strich. Dann verband sie Wigas Fuß mit einem frischen Leinentuch, diesmal mit weniger Druck. Zufrieden betrachtete sie ihr Werk. In einigen Tagen würde die Schwellung zurückgegangen sein und die Heilung einsetzen. Vorsichtig legte sie den Jungen wieder in ihr Bett und bereitete das Morgenmahl zu.

Sie hatten gerade ihren Brei zu sich genommen, als die Männer zurückkamen. Man konnte sie unmöglich überhören, lauthals verkündeten sie ihren Jagderfolg. Eila sprang aus der Hütte und vermeldete wenig später ganz aufgeregt: »Mindestens ein Reh und zwei Wildschweine.« Sie war sichtlich erfreut. Heute endlich war das große Frühlingsfest. »Darf ich zu Ava?«

Fridas Schwester hatte vier Kinder. In den ersten Jahren ihrer Heirat mit Walram war jedes Jahr ein Kind gekommen. Und mit jeder Geburt war Ava müder und kraftloser geworden. Bei der letzten Niederkunft hatte sie viel Blut verloren. Eine erneute Schwangerschaft schien nicht möglich. Für Ava war dies ein Segen, für ihren Mann jedoch ein großes Ärgernis. Er wünschte sich noch viele Kinder, vor allem Söhne und damit tapfere Kämpfer. Das bereitete Frida zusehends Sorgen.

»Ja, du kannst mit deinen Vettern draußen spielen. Ava hat für das Fest viel vorzubereiten. Kümmere dich um den kleinen Hardo, das wird für deine Tante eine Hilfe sein.«

Frida selbst würde sich ihren Aufgaben in ihrer eigenen Hütte widmen. Gestern hatte sie mit den Frauen der Siedlung vereinbart, dass sie bei Wiga bleiben würde. Zumindest solange das Fieber noch hoch war. Sie würden ohne ihre Hilfe das Fleisch ausnehmen müssen. Im Gegenzug flocht Frida in der Zwischenzeit allen Frauen einen Haarkranz aus den grünen Zweigen der Tanne, Symbol der Lebenskraft und der Hoffnung. Die Pflanzen dafür hatte sie bereits gestern gesammelt. Sie liebte diese ruhige Arbeit, konnte dabei mit ihren Gedanken ganz bei sich sein. Oft dachte sie an ihren Ehemann, der so anders gewesen war als die Krieger aus dem Dorf. Sicher, auch er war ein mutiger Kämpfer gewesen und war mit den Männern seiner Siedlung in die Fehden ihres Landesherzogs gezogen. Doch war er mit Frida stets liebevoll umgegangen und hatte eine harmonische Beziehung mit ihr geführt.

Ein zaghaftes Rufen vor ihrer Hütte holte sie aus ihren Träumereien in die Wirklichkeit zurück.

»Komm rein, Berta, dein Junge wird sich freuen. Es geht ihm schon besser.«

Hand in Hand schlenderten Frida und Eila in der Abenddämmerung zur Dorfmitte. Vereinzelt tanzten Schneeflocken wie von Zauberhand vom Himmelszelt herab und legten sich sacht auf den gefrorenen Boden. Fridas braune Haare waren kunstvoll frisiert. In regelmäßigen Abständen hatte sie Falkenfedern in den dicken Haarzopf gesteckt, der Tannenkranz thronte auf ihrem Kopf.

Dick eingepackt in ihren Schaffellen erreichten sie das Fest. Ein meterhohes Feuer erleuchtete die Dämmerung und rundherum waren einige Bänke aufgestellt. Überall standen oder saßen die Dorfbewohner in kleinen Gruppen zusammen. Es war eine fröhliche Stimmung, die Freude des Fests vereinte sich mit den Erwartungen an den baldigen Frühling und das Erwachen der Natur.

Von Weitem erblickte Frida ihre Schwester Ava, die neben Ida, der Frau des Töpfers, saß. Angeregt unterhielten sich die beiden Frauen miteinander. Frida gesellte sich zu ihnen, während Eila zu ihren Freundinnen stürmte. Halbherzig Avas und Idas Unterhaltung lauschend, schaute sie entspannt in das Feuer. Es war ein herrlicher Abend, auf den sie sich mindestens genauso sehr gefreut hatte wie ihre Tochter.

Auf einmal wurde sie von hinten gepackt, zwei kräftige Arme schlangen sich um ihren Brustkorb und hoben sie abrupt hoch. Noch bevor sie sich umdrehen oder schreien konnte, wusste sie, wer hinter ihr stand. Es war Wolf, Avas Schwager. Der Angreifer biss in ihr Ohrläppchen und raunte: »Du gefällst mir, Frida.«

Sie überlegte fieberhaft, wie sie sich wehren sollte, und versuchte, sich aus seiner Umklammerung zu befreien, doch sein Griff wurde nur noch fester. Er lachte. Der Geruch des Alkohols stieg ihr in die Nase und ihr wurde übel. Hilfe suchend schaute sie sich um, doch von den Anwesenden nahm niemand ihre Bedrängnis wahr. Sogar ihre Schwester blieb auf der Bank sitzen und beobachtete Wolfs Treiben aus sicherer Entfernung. Wolf genoss ein hohes Ansehen in der Siedlung und niemand gab seinen trunkenen Annäherungsversuchen allzu viel Aufmerksamkeit. Es war kein Geheimnis, dass er sich Frida zur Frau wünschte. Schließlich waren sie beide jung und die einzigen in ihrer Siedlung ohne Lebenspartner. Alle gingen davon aus, dass sie früher oder später zueinander finden würden, das war nun mal der natürliche Lauf der Dinge. Fridas Ablehnung verstand Wolf nicht und führte sie auf ihr weibliches Wesen und den Wunsch, umworben zu werden, zurück.

Vor wenigen Wochen hatte er seine Frau und das erste gemeinsame Kind bei einer schwierigen Geburt verloren. Sie waren bereits einige Jahre verheiratet gewesen, doch sie hatten lange auf eine Schwangerschaft warten müssen. Das hatte Wolf seiner Frau übel genommen und seine Verärgerung hatte sich mit der Zeit in Verachtung gewandelt. Über ihren Tod und den des gemeinsamen Kindes hatte er sich deshalb schnell hinwegtrösten können und schon bald Frida als seine neue Partnerin auserkoren. Sie konnte sich glücklich schätzen, so dachte er zumindest. Mit seiner blonden Mähne, seinen blauen Augen und seinem muskulösen Körper war er sehr von sich und seiner Manneskraft überzeugt. In seiner simplen Gefühlswelt reichten diese Eigenschaften aus, um eine Frau zu beglücken. Seine Zeit verbrachte er sowieso am liebsten mit den anderen Männern der Siedlung. Stundenlang bereitete er sich auf kriegerische Auseinandersetzungen vor, die vielleicht nie stattfinden würden, und begoss seine Übungen mit würzigem Bier.

»Wolf, hör auf zu bändeln, wir führen jetzt den Tiertanz auf«, rief ein sichtlich genervter Walram seinen Bruder zur Ordnung.

Da ließ ihr Peiniger von ihr ab, drehte sich weg und rannte lachend zu den Männern. Ohne sich noch einmal umzusehen, rief er ihr laut und für alle hörbar zu: »Frida, nach dem Tanz machen wir da weiter, wo wir aufgehört haben!«

Ihr war die Lust am Feiern gänzlich vergangen. Sie wünschte sich nur noch sehnlichst den Schutz ihrer kleinen Hütte herbei. Noch bevor der Tiertanz enden würde, würde sie nach Hause gehen und sich um Wiga kümmern, ihre Tochter konnte mit Avas Kindern weiterspielen. So würde sie wenigstens heute einem weiteren Annährungsversuch entfliehen.

Die Männer zogen mit ihren schaurigen Tiermasken und Fackeln zur Dorfmitte, umrundeten das meterhohe Feuer. Furcht einflößende Bärenmasken, Wolfsgesichter mit fletschenden Zähnen und Hirsche mit beeindruckenden Geweihen drehten ihre wilden Runden. Trotz ihrer getrübten Stimmung konnte sich Frida dem Spektakel nicht entziehen, zu faszinierend war das berauschende Schauspiel. Die Männer kreisten singend um das Feuer, die Frauen klatschten und johlten. Eine Trommel wurde rhythmisch geschlagen, immer lauter, immer schneller, wie ein Wirbel, der sich unwetterartig auf die Siedlung entlud. Und über alldem stieß der Schamane mit seiner dunklen, tiefen Stimme kräftige, markerschütternde Laute aus. Ein lautes Heulen, wie ein Wolf, in das alle Bewohner begeistert mit einstimmten, bis zur Ekstase und völligen Erschöpfung. Die Zeit der Finsternis und der dunklen Geister, der Kälte und der ruhenden Vegetation würde bald ein Ende finden, Helligkeit und Wärme würden siegen, wie jedes Jahr.

Frida nutzte den Moment, um sich unbeobachtet zurückzuziehen, und ging schnellen Schrittes in ihre Hütte.

Auf den Rest der Festlichkeiten konnte sie verzichten. Die Dorfbewohner würden noch stundenlang am Feuer zusammensitzen, gemeinsam essen und aus ihren Trinkhörnern ein Bier nach dem anderen trinken. Das Fest, das mit dem aufsteigenden Vollmond begonnen hatte, würde sich erst mit der Morgendämmerung des nächsten Tages auflösen. Am Ende würde es, wie immer, einige Raufereien geben, an die sich am nächsten Morgen niemand erinnern würde. Zeugen der durchzechten Nacht waren einzig die blauen Augen und Prellungen, die sie am nächsten Tag behandeln durfte.

4. *Kapitel*

März 637,
Südschwarzwald

»ES REICHT NICHT, wir haben Hunger, Pater.« Erschöpft lehnte sich Markus vor und stützte seine Arme auf den Knien ab. Es war schon früh dunkel geworden an diesem tristen Abend. Seit Tagen waren sie unterwegs, auf einem schmalen Pfad entlang des großen Flusses. Rupert hatte ihnen erzählt, dass der Rhein hoch oben im Norden ins Meer mündete, welches einen wochenlangen Ritt entfernt war. Der Rhein ergoss sich dort in das eisige, salzige Wasser, das mit seinen hohen Wellen die Unendlichkeit bedeckte. Dieser Gedanke war einfach unvorstellbar.

Am Anfang waren die Brüder noch in der vitalisierenden Aufbruchsstimmung gewesen, hatten sich über die Abwechslung und die vor ihnen liegenden Abenteuer gefreut. Nur wenige Männer ihrer Gruppe hatten je die Grenzen Überlingens verlassen. Und wenn doch, so war die Reise höchstens nach Konstanz gegangen. Dementsprechend eifrig und abenteuerlustig waren sie gewesen.

Doch mit jedem Tag schwanden ihr Optimismus, ihre Freude an der Reise und ihre Energie ein bisschen mehr. Zum einen rationierte Rupert ihre Mahlzeiten, obwohl sie anstrengende körperliche Arbeit leisteten, zum anderen regnete es seit Beginn ihres Aufbruchs. Der schwere Leiterwagen sank immer wieder im Schlamm ein und musste mit vollem Körpereinsatz befreit werden. Mehrere Brüder zogen von vorn, einige Männer von hinten, während die übrigen Holzbretter unter die Wagenräder schoben. Kaum war die Prozedur überstanden, konnten sie wieder von vorne anfangen. Zu Hilfe kamen ihnen die zwei Pferde, die vor den Leiterwagen gespannt waren. Doch selbst die einst stolzen Kaltblüter sahen mittlerweile kraft- und mutlos aus, von den Mühen geschwächt.

Der anfänglich starke Regen hatte sich nach einigen Tagen in ein Nieseln verwandelt. Dafür hatte sich dichter Nebel ausgebreitet, der die Flussaue mit seinem undurchdringlichen Schleier in einen grauen Mantel hüllte und ihnen die Sicht versperrte. Es war unmöglich zu erahnen, was hinter dem Flusstal lauerte. Ab und an durchbrach eine Silhouette die Nebelbrühe, zeigte sich bedrohlich der Gruppe, nur um innerhalb von Sekunden wieder von der trüben Feuchtigkeit verschluckt zu werden. So schnell, dass man gerade noch erahnen konnte, dass es sich nur um einen Baum gehandelt hatte. Doch hinter jedem Nebelschleier, hinter jedem Schatten vermuteten sie Wegelagerer, die ihre mitgebrachten Schätze rauben wollten. Wie einfach wäre es, wehrlose, halb verhungerte Mönche zu überfallen, die einen schwer beladenen Leiterwagen mit sich zogen?

Noch furchtbarer als Wegelagerer war jedoch die unbekannte Tiefe des Waldes. In das dunkle Nichts drangen weder Licht noch Wärme. Es bestand nur aus Finsternis und Kälte, war Herberge der Dämonen und bösen Geister, die unheilvolle Zauber bereithielten.

Der Nebel durchdrang ihre klammen Kleider, legte sich auf ihre Haut und kroch ihre Knochen empor. Ihre eisigen

Körper und steifen Glieder ließen ihre Zuversicht schwinden. Jetzt kam noch der Hunger hinzu.

Eine trübe Stimmung hatte sich in der Gruppe ausgebreitet. Der Einzige, dem der Nebelschleier, die feuchte Kleidung und die rationierten Mahlzeiten nichts anzuhaben schienen, war Rupert, der sie unerbittlich weitertrieb. Bereits vor dem Sonnenaufgang zog die Gruppe tagtäglich nach einem ersten kurzen Lobgesang los. Nur die regelmäßigen Stundengebete unterbrachen den monotonen Marsch und schenkten den Mönchen Momente der Ruhe. Anstatt mittags ein wärmendes Feuer zu entfachen, eilten sie im Gleichschritt weiter. Abends gönnte Rupert ihnen eine längere Verschnaufpause, bei der sie eine karge Mahlzeit einnahmen.

Verbittert dachte Markus an das harte Brot und die Zwiebel, die sie jeden Abend erwarteten. Alle Männer waren hungrig und wünschten sich eine warme Speise. Doch niemand hatte sich getraut, Rupert darauf anzusprechen. Bis jetzt. Markus fürchtete, dass einige Mitbrüder es nicht bis zum Ziel schaffen würden, sollte es bei diesem Tempo und dem kläglichen Essen bleiben. Nun hatte Markus seinen ganzen Mut zusammengenommen und schaute hoffnungsvoll auf Rupert.

Dieser schmetterte seine Bemerkung jedoch unerbittlich ab. »Nur durch Verzicht können wir unsere Gedanken sammeln und frei für Gottes Wort werden. Am Sonntag können wir wieder üppiger essen.«

Betrübt blickte Markus auf den Boden. »Üppig« bestand für Rupert aus einer zusätzlichen Ration Brot, sonst nichts.

»Außerdem sind wir fast am Ziel angelangt. Ich denke, dass wir morgen an dem Zufluss ankommen werden, an dem sich die Weggabelung befindet. Danach werden wir uns in nordöstlicher Richtung halten. Ein bis zwei weitere Tage Marsch und wir werden das versprochene Land erreicht haben.«

Markus betrachtete verstohlen seine Mitbrüder. Keiner von ihnen regte sich. Alle saßen sie um den Leiterwagen herum und waren zu erschöpft, um auf Ruperts Aussagen zu reagieren.

»Nun lasst uns beten und Gott für den heutigen Tag danken. Er hat uns auf unseren Wegen beschützt und vor dem Bösen in dieser unwirtlichen Wildnis bewahrt.« Mit einer ausschweifenden Armbewegung zeigte Rupert auf die Nebelwand, sprang abrupt auf und forderte seine Mitbrüder auf, es ihm gleichzutun. Woher er diese Energie hatte, verstand Markus nicht. Seit Anfang der Reise strotzte er vor Tatendrang. Morgens war er der Erste, der zügig aufstand und energisch losmarschierte, ohne auch nur eine Spur von Ermüdung zu zeigen. Wenn das Rad des Wagens im Schlamm steckte, war Rupert sofort zur Stelle und packte beherzt mit an. Nachts war er es, der seine Mitbrüder zum Stundengebet weckte. Klein und drahtig von Statur, strahlte er eine ungeheure Kraft aus. Das war ohne Zweifel allen Mitbrüdern ein Rätsel. Untereinander austauschen konnten sie sich nicht, nur wenige Worte und Blicke waren möglich, ohne dass Rupert es mitbekam. Denn während des stundenlangen Laufens waren Gespräche untersagt, sie beteten oder sangen, um sich zu Gott zu erheben.

Müde richteten sich nacheinander alle Mönche auf. Markus half Dominic auf die Beine, der sich am Fuß verletzt hatte. Sein Knöchel war stark angeschwollen und schmerzte bei jedem Schritt. Sofort läutete Rupert mit seiner melodiösen Stimme die Gebete ein. Wie lange sie da standen und beteten, konnte Markus nicht sagen. Es schien, als wären einige Mitbrüder beim Beten eingeschlafen. Nach einer gefühlten Ewigkeit vernahmen sie die erlösenden Worte Ruperts. »Amen. So lasst uns jetzt schlafen gehen.«

Manche Brüder sanken einfach zu Boden, ohne sich vor dem Regen zu schützen oder sich zuzudecken. Einige von ihnen krochen unter den Leiterwagen oder lehnten sich an einen Baumstamm. Von irgendwoher durchbrach ein leises Schluchzen die nächtliche Stille, ab und an übertönt von den Rufen eines Waldkauzes.

Am nächsten Morgen traute Markus kaum seinen Augen. Der dauernde Nieselregen hatte aufgehört und die Helligkeit des Nachthimmels versprach freundliches Wetter. Noch leuchteten Sterne in der unendlichen Dunkelheit über ihm, doch zum ersten Mal seit Tagen fühlte er den anfänglichen Eifer wieder aufkeimen.

Hoffnungsvoll schaute Markus auf das Himmelszelt. Von Anfang an war klar gewesen, dass die Reise und der Auftrag nicht einfach werden würden. Zum Wesen der Kirche gehörte nun mal, alles zu verlassen und Christus nachzufolgen. Und nur durch Härte, Verzicht und Anstrengung konnten sie Gott ihre wahre Liebe bezeugen. Sie hatten den Regen gemeistert, ihren Hunger beherrscht, und das, was vor ihnen lag, möge es noch so ungewiss und gefährlich sein, würden sie auch schaffen. Ein winziges Licht der Zuversicht flackerte in seinem Inneren. Wie Rupert war Markus aus Überzeugung Mönch, doch ein hoher Idealismus beseelte seinen Glauben. Da, wo für Rupert fanatischer Ehrgeiz an erster Stelle stand, war für

Markus der Auftrag der Nächstenliebe das Ziel. So war er zum Wortführer seiner Mitbrüder geworden.

Ein leises Stöhnen ließ ihn aufhorchen. Konzentriert hörte er in die Dunkelheit der frühen Morgenstunde hinein. Da, erneut ein Wehklagen, das vom Waldrand kam und unmöglich von einem wilden Tier stammen konnte. Leise erhob sich Markus und bewegte sich in die Richtung, in der er das Geräusch vermutete.

»Wer ruft da?«, fragte er flüsternd in das Dämmerlicht.

Als Antwort bekam er nur ein erneutes Stöhnen. In wenigen Schritten war er bei Johannes und kniete sich zu ihm nieder. Er spürte die Hitze des Bruders, ohne ihn anzufassen. Johannes musste hohes Fieber haben, er glühte trotz der Kälte des Morgens.

»Ich bringe dir Wasser und informiere den Pater«, flüsterte Markus seinem Mitbruder zu und lief zu Rupert.

Der war schon aufgewacht und bereitete sich auf die morgendliche *Laudes*, die den Anbruch des Tages feiert, vor.

»Pater, Bruder Johannes hat hohes Fieber. Er liegt unter dem großen Baum am Waldrand.« Markus deutete mit dem Finger in die Dunkelheit. »Ich bringe ihm zu trinken.«

»Bitte bringe ihn zur *Laudes*, dann sehen wir weiter.«

Markus füllte seinen Becher mit frischem Wasser und lief hinüber zu Johannes. Nachdem dieser wenige Schlucke getrunken hatte, forderte Markus ihn zum Aufstehen auf: »Komm, der Pater wartet auf uns.«

»Ich kann nicht.« Nur leise ertönte Johannes' Stimme.

»Du musst. Schließlich wird der Pater keine Pause dulden und wir können dich hier nicht zurücklassen. Ich helfe dir.«

Mühsam und auf Markus gestützt stand Johannes torkelnd auf. Ihm war schwindlig und es kostete ihn große Anstrengung, einen Fuß vor den anderen zu setzen. Langsam machten sich die beiden auf den Weg zu den anderen Brüdern, die in der Zwischenzeit alle aufgewacht waren und sich um Rupert versammelt hatten. Besorgt musterte Dominic den kranken Mitbruder und sprach Rupert an: »Pater, ich kann nach Bruder Johannes schauen. Vielleicht kann ich ihm helfen.«

In Überlingen hatte Dominic dem *infirmarius*, der die kranken Brüder betreute und kräuterkundig war, in letzter Zeit oft geholfen. Trotz seines hohen Alters war der *infirmarius* noch beweglich und rüstig genug, um im Klostergarten zu arbeiten und die kranken Brüder zu pflegen. Doch seine Sehkraft hatte ihn verlassen, weswegen er auf Dominics Hilfe angewiesen gewesen war.

Der hatte ihm die grobe Arbeit verrichtet, Beete angelegt, die Erde gepflügt und das Gemüse und die Kräuter angepflanzt. So war langsam Dominics Neugier für die Heilpflanzenwelt geweckt worden. Als zweitältester Sohn einer sehr kinderreichen Familie war er schon als kleines Kind zum Mönchtum bestimmt worden, um das Land nicht unter den vielen Erben teilen zu müssen. Aus verarmtem Adel stammend, war der Knabe mit einer Opfergabe dem Kloster übergeben worden. Bisher hatte er das Dasein als Mönch nur schicksalsergeben angenommen. Durch seine Stellung als Gehilfe des alten *infirmarius* meinte er aber endlich, sich auf dem Weg seiner Berufung wiederzufinden. Zum ersten Mal in seinem Leben verspürte er eine Passion für etwas. Stolz hatte er vor der Reise einen Lederbeutel mit einigen Kräutern gepackt. In ihm befanden sich alle möglichen Pflanzen gegen Erkältungen und Fieber sowie Kräuter, die bei Verletzungen halfen.

»Nein, das ist nicht nötig«, tönte Rupert. »Gottes Liebe wird ihn heilen. Wir haben einen Auftrag, der auf uns wartet. Das ist nicht nur eine große Freude für uns alle, sondern auch eine gewaltige Herausforderung. Wir können hier nicht verharren und warten, bis alle gesund sind.« Rupert richtete seinen Blick auf Dominics stark angeschwollenen Knöchel.

»Und außerdem, wie willst du ihm helfen, wenn du dir selbst nicht helfen kannst? Krankheiten sind von Gott gesandte Strafen, um uns daran zu erinnern, dass wir Menschen auf Erden Sünder sind.«

»Doch …«

»Genug!« Böse funkelnd unterbrach Rupert Dominic, der gewagt hatte, ihm zu widersprechen.

»Krankheiten sind Gnadengeschenke unseres Herrn. Und über sie zu lamentieren ist einem Mönch nicht würdig. In Geduld das Leid zu ertragen, das uns Gott schenkt, ist unser Wesen! So lasst uns nun die Lobpsalmen singen. Danach brechen wir auf.«

Nach den Psalmen verstauten sie die wenigen Dinge im Leiterwagen, die sie für die Nacht benötigt hatten. Dann banden sie die drei Ziegen, die sie aus Überlingen mitgebracht hatten, an den Wagen und machten sich auf den Weg. Rupert hatte erzählt, dass sie bald in Neuenburg ankommen würden. Dort würden sie dann den Rhein verlassen, um an einem Bach entlang in östliche Richtung zu laufen. Sogar das ehemalige römische Lager Badenweiler lag auf ihrem Weg. Es war vor Hunderten von Jahren von einer römischen Garnison gegründet worden. Dort soll es einst Heilquellen und Bäder gegeben haben, wie Rupert seinen Kameraden mitteilte. Er verfügte über ein immenses Wissen, welches die ganze Brüderschaft faszinierte. Er war nicht nur belesen, sondern bereits weit gereist. Er hatte auf Inseln gelebt, große Meere überquert und das salzige Wasser gekostet, hohe Berge bestiegen und große Teile des fränkischen Reichs durchquert. Kurzum: Sie kannten niemanden, der so welterfahren und klug war wie Rupert. Sein signifikantes Wissen wurde um seine strahlende Anziehungskraft ergänzt und beides gemeinsam verlieh ihm eine unangefochtene Autorität.

Johannes hielt sich seitlich am Leiterwagen fest, um nicht umzukippen, und stolperte, so gut es ging, mit. Ab und an gaben ihm einige Brüder frisches Wasser aus ihren Trinkbechern. Doch sein Blick blieb verschwommen. Markus war es ein Rätsel, wie Johannes diese Tortur überstehen sollte.

So gingen sie einige Stunden, bis sie plötzlich die euphorischen Rufe Ruperts vernahmen. »Halleluja, wir sind in Neuenburg angekommen! Seht, da vorne kann man die Siedlung schon erahnen.«

Die freudigen Schreie der Mönche vermischten sich mit Ruperts Jubelrufen. Obwohl ihnen körperlicher Kontakt untersagt war, fielen sich zwei Mönche spontan in die Arme. Schuldbewusst ließen sie jedoch sofort voneinander ab, als ihnen klar wurde, was sie gerade taten. Doch die missbilligenden Blicke und tadelnden Worte, die von Rupert sonst kamen, blieben überraschenderweise aus, zu froh waren sie alle über den Anblick der Siedlung. Jetzt konnten ihre Reise und die damit verbundenen Strapazen nicht mehr lange andauern. Endlich würden sie ihre neue Heimat entdecken, den schwarzen Wald, der so bedrohlich wirkend in der Ferne lag und doch ein Versprechen in sich barg.

5. Kapitel

Langsam konnte man den nahenden Frühling spüren. Die Tage wurden heller und freundlicher und einige Vögel waren bereits von ihrer Reise aus dem Süden zurückgekehrt. Gemächlich erwachte die Natur aus ihrem langen Winterschlaf, in nur wenigen Wochen würden die Gräser und Kräuter in die Höhe schießen und die ersten grünen Blätter die Laubbäume wieder bedecken. Eine besondere Zeit im Jahresverlauf, in der Frida von einer fast kindlichen Freude erfasst wurde.

Frida wollte ihre Hütte aufräumen, bevor Arnegunde kam. Die junge Frau erwartete ihr erstes Kind und war sehr verunsichert. Nicht nur Übelkeit begleitete ihre Schwangerschaft, auch hatte sie große Sorgen um das Kind und die Entbindung. Sie fürchtete sich vor den Schmerzen und den möglichen Gefahren der anstehenden Geburt und blickte seit Anfang ihrer Schwangerschaft wie ein verschrecktes Eichhörnchen. Die Angst war nicht ganz unberechtigt. Zu viele Frauen sterben bei der Geburt, dachte Frida voller Bitterkeit, und zu viele Kinder leben nur wenige Wochen oder Monate.

Sie öffnete den Holzschieber im Fensterrahmen und ließ die frische Morgenluft herein, die stark gegen den ständigen Rauch, der von der offenen Feuerstelle aufstieg, ankämpfen musste. Kräuselnd zog die Rauchwolke durch eine Öffnung in der Holzdecke, dem Himmel entgegen.

Sie sammelte die Schaffelle ein, die auf der Eckbank und in ihrem Bett lagen, und schüttelte sie draußen kräftig aus. Danach fegte sie den festen Lehmboden und legte ein paar Scheite auf das Feuer. Den Stall, der sich hinter der Feuerstelle verbarg, hatte sie bereits am frühen Morgen geputzt, nachdem Eila die Ziegen hinausgebracht hatte. Wie jeden Tag hütete sie gemeinsam mit den anderen Kindern der Siedlung die Tiere auf den eingezäunten Weideflächen in Sichtweite des Dorfes. Abends wurden sie wieder in die jeweiligen Ställe gebracht.

Da die Haustür noch offen stand, sah Frida Arnegunde bereits von Weitem. Sie war eine dürre Frau, wirkte fast zerbrechlich, nur der dicke Bauch wölbte sich unter ihrem Gewand. Der voluminöse Schleier, der ihr Haar verdeckte, ließ ihr Gesicht noch knochiger hervortreten.

»Komm rein, Arnegunde, ich habe schon auf dich gewartet. Wie geht es dir heute?«

»Ich bin müde, zu müde für alles«, seufzte die junge Frau. Schwerfällig ließ sie sich auf der Sitzbank nieder.

Frida betrachtete sie mitfühlend. »Ich habe dir einen Tee zubereitet, er wird dich und dein Kind stärken.«

In Wahrheit hatte Frida einen Heiltrank zubereitet, der Arnegundes Gemütszustand verbessern und ihr die Angst nehmen sollte. Aber das musste die ohnehin schon viel zu besorgte junge Frau nicht wissen. Frida schloss die Tür und setzte sich zu der werdenden Mutter.

»Hör zu, Arnegunde, vor dir haben schon viele Frauen Kinder auf die Welt gebracht. Deine Mutter, die Mutter deiner Mutter, die Frauen unseres Volkes, sie alle haben es geschafft. Dass du dich müde fühlst, ist in deinem Zustand verständlich, zumal du unter großer Übelkeit leidest, nur wenig isst und unsere Essensvorräte sowieso bald aufgebraucht sind. Doch darfst du nicht so achtlos mit dir selbst umgehen. Dein Kind lebt im Rhythmus deines Herzens, mit deinen Empfindungen, mit deinen Sorgen und Freuden. Es spürt, was du spürst. Anstatt dir Kummer zu machen, denke daran, welch eine Freude es sein wird, es endlich kennenzulernen, in seine vertrauensvollen Augen zu blicken, es in den Armen zu halten und zu wiegen. Es wird alles gut werden, das verspreche ich dir. Und ich bin für dich da.«

Frida legte ihre Hand auf die Wölbung und fühlte die Wärme, die in ihr aufstieg. Dann stand sie auf und holte einen kleinen Beutel von ihrem Regal.

»Trage dieses Stoffsäckchen von nun an um den Hals, es wird die Geburt erleichtern.«

Erstaunt und verschreckt zugleich schaute Arnegunde auf den kleinen Beutel, den Frida über den Tisch geschoben hatte. Je früher das Kind kommt, destso besser, dachte Frida.

»Was ist da drin?«

»Es enthält unter anderem Schafgarbe und Breitwegerich gegen die Blutungen, Beifuß, der dir Stärke gibt, und Frauenmantel, als Hüterin deines Schoßes und deiner Weiblichkeit. So, jetzt lege dich bitte hin. Ich werde dich untersuchen.«

Arnegunde nahm den kleinen Stoffbeutel in ihre linke Hand und drückte ihn fest an ihr Herz. Dann trank sie den letzten Schluck ihres Tees und legte sich auf die Sitzbank. Frida schob ihre Tunika nach oben und tastete den Bauch ab. Danach hielt sie ihr Ohr an Arnegundes Wölbung und hörte deutlich den Herzschlag des Ungeborenen. Zufrieden richtete sie sich wieder auf und lächelte Arnegunde zu. »Du hast ein kräftiges Kind und kannst dich freuen.«

Die Augen der Schwangeren leuchteten einen kurzen Augenblick auf. »Frida, wann ist es so weit?«

»Das kann ich dir nicht genau sagen, es wird aber nicht mehr lange dauern. Wenn dein Kind bereit ist, wirst du es spüren. Ich gehe davon aus, dass du bereits saubere Leinentücher hergerichtet hast?«

Arnegunde nickte. Nervös knetete sie ihr Kräuterbeutelchen und suchte abermals Fridas Blick. »Ich habe Angst vor der Geburt. Ich habe gehört, dass die Schmerzen so gewaltig sind, dass man das Gefühl hat zu zerplatzen. Und so viele Frauen sind schon verblutet! Ich wünschte, meine Mutter wäre hier.« Arnegunde war erst im letzten Jahr in ihre Siedlung gekommen und lebte nun weit entfernt von ihrer Familie. Sie entstammte derselben Siedlung wie Wolfs verstorbene Frau. Bei einem Treffen hatten die Männer der beiden Stämme die Ehe zwischen Arnegunde und Ewald vereinbart. Die junge Frau war noch keine 15 Sommer alt und von schrecklichem Heimweh geplagt. Wie schwer muss es für sie sein, so weit weg von ihrer Familie zu leben, dachte Frida bei sich. Wie würde ich empfinden, müsste ich unsere Siedlung für immer verlassen? Frida beschloss, sich in Zukunft mehr um die junge Frau zu kümmern.

Beruhigend strich sie ihr über den Arm, konnte sie ihren Wunsch doch nur allzu gut verstehen. »Ich bin doch bei dir. Ich habe schon vielen Frauen bei der Geburt ihrer Kinder geholfen.« Dankbar blickte Arnegunde zu der Heilerin auf.

Plötzlich flog die Tür auf, und Wolf stand im Türrahmen, den er mit seiner Körpergröße komplett ausfüllte.

»Frida, mein Zahn schmerzt.« Flüchtig streifte sein Blick die immer noch auf der Bank liegende Schwangere. »Ach, Arnegunde, ich wusste gar nicht, dass du da bist.«

Schnell schob Frida die Tunika der jungen Frau nach

unten und verdeckte ihren Bauch und ihre Beine. Sie war verärgert, weil Wolf einfach in ihre Hütte getreten war, ohne sich anzukündigen. Zumal es kein Geheimnis war, dass Frida oft Kranke und Schwangere untersuchte.

»Wolf, lass uns bitte allein. Du wirst draußen warten müssen.«

»Ihr seid doch sicherlich gleich fertig. Ich warte hier«, merkte er taktlos an und ließ sich auf der Eckbank gegenüber von Arnegunde nieder, die sich alleine nicht mehr aufrichten konnte.

Frida kochte innerlich vor Wut, wollte jedoch vor der werdenden Mutter keinen Streit anfangen. Deshalb half sie ihr hoch, hielt ihre Hände fest gedrückt und musterte sie eindringlich. »In drei Tagen schaue ich nach dir. Falls du vorher Schmerzen verspürst, lasse mich sofort rufen.«

Sobald Arnegunde gegangen war, stand Wolf auf, ließ sich auf einen Hocker nieder und sperrte seinen Mund weit auf: »Seit gestern plagen mich Zahnschmerzen.«

Aus einem Impuls heraus nahm Frida ihre Metallzange in die Hand, öffnete ihre Haustür und trat vor Wolf.

Dieser begutachtete skeptisch das Werkzeug in Fridas rechter Hand. »Du brauchst doch nicht gleich eine Zange?«

»Sperr deinen Mund auf und lass mich nachsehen.«

Vorsichtig beugte sich Frida über Wolfs Gesicht und schaute in seine Mundhöhle, konnte auf den ersten Blick jedoch nichts erkennen.

»Welcher Zahn ist es denn? Schließlich kann ich dir nicht alle Zähne ziehen.«

»Der hintere Backenzahn«, versuchte Wolf sich undeutlich durch seinen weit geöffneten Mund zu erklären.

Wolf war nicht der Einzige in ihrer Siedlung, der unter schlechten Zähnen litt. Fast täglich musste Frida den einen oder anderen Zahn ziehen und hatte dementsprechende Kenntnisse in der Zahnheilkunde. Sie beugte sich weiter nach vorne, ganz nah an Wolfs Gesicht, konnte aber keinen faulen Zahn erkennen. In dem Moment umschlang er sie blitzschnell mit beiden Armen und drückte ihr einen Kuss auf die Lippen. Frida schrie laut auf. »Lass das, Wolf, ich möchte das nicht!«

Mit beiden Armen stemmte sie sich gegen seine Schultern und versuchte sich so aus seiner Umarmung zu lösen. Es war zwecklos. Wolf war zu stark.

Sie löste ihren Gegendruck und rammte die Zange, die sie noch in der rechten Hand hielt, in Wolfs Brust, gleichzeitig sagte sie so bestimmt, wie sie nur konnte: »Lass. Mich. Los!«

Wolf löste seine Umklammerung und stand abrupt auf. Der Hocker, auf dem er soeben noch gesessen hatte, fiel zu Boden. Leicht stieß er Frida von sich, schnaubte verächtlich und ließ voller Bitterkeit verlauten: »Du stellst dich so dämlich an, Frida. Jede andere Frau würde sich glücklich schätzen. Allzu lange warte ich nicht mehr, sonst mache ich mich ja zum Deppen!«

Wutentbrannt drehte er sich zur Tür um und verließ Fridas Hütte.

Erst jetzt merkte sie, wie angespannt sie gewesen war. Ganz bewusst atmete sie langsam ein und aus. Ihr Herzschlag ging noch schnell und stark und schien auf den ganzen Körper auszustrahlen, überall pochte es in ihr, ein leichtes Zittern bewegte ihre Finger. Jetzt muss ich mich erst einmal beruhigen und eine Lösung finden, versuchte sie sich selbst zu besänftigen, es kann so nicht weitergehen.

Wie immer in schwierigen Situationen war der Wald ihre Antwort. Umgeben von den mächtigen Baumriesen, einzig begleitet vom Zwitschern der Vögel, konnte sie in der Einsamkeit am besten nachdenken. Der Wind, der zwischen den Ästen rauschte, würde ihre Anspannung aufwirbeln und frische Luft in ihre Gedanken bringen. Sie packte ihren großen Weidekorb, legte einige Netze hinein, griff nach ihrem Umhang aus grober Schafswolle und ging schnellen Schrittes aus ihrer Hütte. Sie verließ die Siedlung, die sich auf einer Anhöhe befand, und lief den Bach entlang, den Hang hinunter in den dunklen Tannenwald.

6. Kapitel

Nach einer guten Stunde strammen Fußmarschs erreichte sie einen luftigen Mischwald auf einem südwestlich gelegenen Hang. Die vielen Buchen waren noch kahl und ließen die Helligkeit eintreten. Sie blieb stehen, schloss die Augen und genoss die Stille. Hier im Wald, in der völligen Einsamkeit, kam sie zur Ruhe. Allmählich spürte sie, wie ihre innere Anspannung nachließ, ihr Herzschlag sich verlangsamte und sich ein innerer Frieden ausbreitete. Sie war jetzt ganz bei sich, in der Gegenwart. Was vorhin passiert war, war weitergezogen wie die Wolken am Himmel, und was vor ihr lag, konnte sie nicht erahnen. Jetzt hörte sie es wieder. Das sanfte Rauschen, das Flüstern ihrer Seele, das ihr sagte, dass sie hier im Schwarzwald zu Hause war, fest verwurzelt mit diesem Boden. Tief atmete sie den kräftigen Geruch der reichen Erde ein. Sie öffnete die Augen und nahm wahr, wo sie stand. Nach dem vielen Regen der letzten Tage wollte sie nachsehen, ob das Scharbockskraut bereits seine ersten Frühlingsblättchen zeigte. Es war die erste Grünpflanze im Jahr, die den noch lichten Waldboden wie einen Teppich bedeckte. Die noch kahlen Äste ließen das zaghafte Sonnenlicht durch, das zu dieser Jahreszeit sacht über den Waldboden strich und die ersten Blättchen des scharfen Krauts sprießen ließ.

Freudig über ihren Fund, kniete Frida sich nieder und schmeckte die Bitterkeit der Pflanze. Nach den dunklen

Monaten des Winters war das kräftige Grün eine willkommene Abwechslung und half, die Frühjahrsmüdigkeit zu vertreiben. Gedankenverloren machte sie sich an ihre Sammelarbeit. Alle erwarteten von ihr, dass sie Wolfs Frau werden würde. Sie waren beide jung, sie war im gebärfähigen Alter, und beide lebten sie in derselben Siedlung. Wolf war der Bruder ihres Anführers, ein mutiger Krieger, hatte bereits an einigen Fehden ihres Frankenkönigs erfolgreich teilgenommen und es daher auch zu Wohlstand gebracht. Sein größter Schatz war eine ziselierte Schmuckscheibe, die er vor einigen Jahren im Feldzug unter Führung des Herzogs Crodobertus ergattert hatte. Sie waren siegreich von der Schlacht gegen den slawischen Herrscher Samo zurückgekehrt. Seitdem trug er die Goldscheibe, die einen Männerkopf auf einem Pferdekörper zeigte und so fein verarbeitet war, dass man sich kaum vorstellen konnte, dass sie von Menschenhand geschaffen geworden war, zu besonderen Anlässen stolz um seinen Hals. Seine Kämpfe schmückte er glorreich aus, so wie es alle Männer taten, die in den Krieg zogen. Mit jeder Erzählung wurden die Kämpfe grausamer, blutreicher, und der Sieg wurde noch heldenhafter.

Wie sein Bruder besaß auch Wolf ein großes Langhaus mit Stallungen und einen separaten Speicher, der auf hölzernen Pfosten errichtet worden war. Er hatte mehrere Rinder, Schweine, Schafe und sogar zwei Pferde, die ihm gehörten. Seiner zukünftigen Frau würde es an Wohlstand nicht mangeln. Erst vor Kurzem hatte Ava ihr zu einer Vermählung mit Wolf geraten und argumentiert, dass sie als junge Witwe dann versorgt wäre, zumal sie eine Tochter hatte. Außerdem war Wolf ein angesehener Mann in ihrer Sippschaft und durchaus ansehnlich. »Er wird dir viele kleine Krieger schenken«, hatte Ava gekichert. »Du könntest dich glücklich schätzen, denn du bist nicht mehr die Jüngste und hast auch noch Eila, eine zusätzliche Belastung.« Auf Nachfrage hatte ihre Schwester dann aber zugegeben, dass Walram sie dazu gedrängt hatte, ihr gut zuzureden.

Es war schwierig und eine wirklich verzwickte Lage. Auch wenn sie die Argumente ihrer Schwester verstand, so sprach ihr Herz eine ganz andere Sprache. Es war nicht so, dass sich Frida nicht nach Geborgenheit und den starken Armen eines Mannes sehnte, doch sie mochte Wolf nicht, so einfach war das. Sie ertrug seine dümmliche Arroganz nicht und ihr fehlte die Feinfühligkeit, die sie bei ihrem verstorbenen Mann so geliebt hatte. Für ihre Welt war Wolf unempfänglich. Eine Partnerschaft mit ihm konnte sie sich einfach nicht vorstellen und Intimitäten erst recht nicht. Schon die wenigen Umarmungen und Küsse, die sie hatte ertragen müssen, hatten in ihr Ekel hervorgerufen. Wie wäre es dann erst, wenn sie mit ihm im Bett liegen und seine Hände auf ihrer Haut spüren müsste? Außerdem liebte Frida ihre Unabhängigkeit, die Freiheit, nur das zu erledigen, wozu sie Lust hatte. Als Wolfs Ehefrau wäre sie an das Haus, die täglich anfallenden Hausarbeiten und vor allem an seine Weisungen gebunden. Ihre Streifzüge durch den Wald würde er in diesem Maße nicht dulden. Sie hätte das Haus zu hüten und auf ihn zu warten.

Tief versunken in ihre Gedanken, nahm sie das leise Murmeln in weiter Ferne zunächst nicht wahr. Als sie es jedoch bemerkte, vermochte sie nicht, es einzuordnen. Die Geräusche passten auf jeden Fall nicht in die tiefe Einsamkeit des Waldes. Sie waren ein leises, kontinuierliches Grollen, das von weit her zu kommen schien. Tief unten im Tal, in Richtung des großen Flusses, gab es Dörfer, in denen Franken lebten. Die Männer aus ihrer Sippschaft hatten gelegentlich Kontakt zu ihnen und betrieben einen Tauschhandel. Sie war sich aber sicher, zu weit von der nächsten Siedlung entfernt zu sein, als dass sie deren Bewohner hätte hören können.

Angestrengt lauschte sie in den Wald hinein.

Jetzt bestanden keine Zweifel mehr, die monotonen Geräusche waren eindeutig männliche Stimmen, die immer näher kamen. Ruckartig stand sie auf, griff nach ihrem Korb und suchte nach einem Fluchtweg. Zunächst lief sie raschen Schrittes wieder den Hang nach oben, wollte den lichten Buchenwald verlassen und wieder in östlicher Richtung in die Nähe der dichten Tannenwälder kommen. Flink wie ein Reh rannte sie bergauf, machte große Schritte, sprang über am Boden liegende Baumstämme und Äste. Nach wenigen Minuten blieb sie stehen, verschnaufte kurz und hörte in den Wald hinein. Die Stimmen waren deutlich zu vernehmen. Das monotone Murmeln wurde immer wieder durch Zurufe und lautes Stöhnen unterbrochen, so als würden die Männer eine schwere Last ziehen.

Sie machte sich wieder auf den Weg, ihren Umhang hielt sie fest um ihren Körper geschlungen, damit er nicht an einem Ast hängen blieb. Endlich war sie bei den dichten Tannen angekommen. Sie hielt kurz inne, atmete tief durch und überlegte. Es mussten mehrere Männer sein. Eigenartig war, dass sie im Wald so einen Krach veranstalteten. Kein Alamanne würde je so laut durch den Wald gehen, sie bewegten sich stets so lautlos wie möglich, auch wenn sie sich nicht auf der Jagd befanden. Folglich musste es sich um Fremde handeln, die auf der Reise waren. Unerfahren mit dem Wald, konnten sie die Gefahren nicht einschätzen.

Wenn es tatsächlich Fremde waren, würden sie entlang des Bachlaufs gehen, das Wasser immer im Auge, um sich in der unendlichen Weite des Schwarzwalds nicht zu verlaufen.

Kurz entschlossen verließ Frida die Nähe des Bachs und ging in südliche Richtung. Nach wenigen Schritten erreichte sie ein undurchdringliches Dickicht aus Stechpalmen, Brombeerhecken und jungen Tannen und beschloss, sich dahinter zu verstecken. Rücklings kroch sie durch die dichte Hecke, zog ihren Korb nach sich und verstreute Laub auf ihren frischen Fußspuren. Hier war sie unsichtbar und konnte die Fremden unbemerkt beobachten. All ihre Sinne waren geschärft.

7. Kapitel

»Los, zieht!«

»Fester, fester!«

Die Männer hatten wieder einmal flache Bretter unter die Wagenräder des Leiterwagens schieben müssen, um nicht im Schlammloch zu versinken. Zwei Mönche standen vorne und trieben die Pferde an, mehrere Männer zogen seitlich des Wagens, die restlichen drückten die schwere Last von hinten den Hang hinauf.

Sie hatten viel eingepackt für ihre Reise: Verpflegung für die erste Zeit, Getreidekörner zum Aussäen, Werkzeuge und Seile, wärmende Decken und Schaffelle und noch viele andere Gegenstände des täglichen Gebrauchs. Der wichtigste Schatz, eine in Leder geschlagene Bibel mit feinsten Strichzeichnungen und farbigen Bildern, war in einer schützenden Holzkiste in der Mitte des Wagens untergebracht, eingebunden in einen festen Wollstoff.

Rupert sprang von einer Position zur anderen, spornte an, zog, drückte, legte Bretter unter die Räder oder hieb kleine Bäume um, die dem Wagen den Weg versperrten. Er war überall gleichzeitig, ohne große Ermüdungserscheinungen zu zeigen. Langsam setzte sich der Wagen in Bewegung und rollte einen Fingerbreit nach vorne, nur um dann wieder in dem braunen Schlamm des aufgeweichten Bodens festzustecken. Markus schien es, als würden sie die ganze Zeit zwei Schritte nach vorne gehen, um anschließend wieder drei Schritte zurückzurollen. So ging das, seitdem sie Badenweiler verlassen hatten und sich entlang des Bachlaufs abmühten, um in die Höhen des Schwarzwalds zu gelangen. Unter größter Kraftanstrengung ein Stückchen vor, einen großen Schritt zurück. Wenn das so weitergeht, sind wir heute Abend wieder in der Siedlung, dachte Markus voller Bitterkeit, und seine Zuversicht schwand kontinuierlich.

Rupert sprang vor das Gefährt, um eine kleine Tanne umzuhauen, als er plötzlich ganz aufgeregt schrie: »Hier, schaut her! Das ist das Wunder, auf das ich gewartet habe.«

Voller Ehrfurcht zeigte Rupert auf zwei kerzengerade Äste, die über Kreuz lagen. Dick wie zwei Oberarme, ruhten sie auf einem weichen, saftigen tiefgrünen Moosbett, erleuchtet von den sich zaghaft durch den Wald kämpfenden Sonnenstrahlen. Eine einzigartige Schönheit der Natur, in der Rupert ein ganz besonderes Zeichen Gottes sah.

»Gott hat uns ein Zeichen geschickt, hier soll unser Kloster entstehen!«

Beklommen schauten sich die Brüder um. Die Begeisterung Ruperts konnten sie nicht teilen. Unter ihnen war ein Buchenwald, der steil abfiel und den sie soeben mühevoll passiert hatten, über ihnen ein ebenso steiler Hang mit dichten Tannen, hinter dem sich ein dunkles Nichts verbarg. Unheilvoll standen die riesigen Nadelbäume wie Wachtposten da, Hüter des Waldes, die ein Weiterkommen der Brüder verhindern wollten. Zwischen beiden Hängen eine ebene Kuppe, auf deren Boden das Holzkreuz lag. Hier also sollten sie das Kloster errichten? Auf den ersten Blick wirkte Markus erschrocken. Was habe ich eigentlich erwartet, fragte er sich selbst. Wohl nicht ein offenes, breites Tal mit viel Sonnenschein und befestigten Wegen. Von Anfang an war er sich bewusst gewesen, dass die Aufgabe, die vor ihnen lag, sie an den Rand des Menschenmöglichen bringen würde. Schließlich drangen sie als Pioniere in den dunklen Wald ein, taten etwas, was vor ihnen noch nie jemand gewagt hatte. Die letzten Tage und Wochen hatten ihre Kräfte aufgezehrt, sie geschwächt, von innen ausgesaugt und zum Teil überfordert, doch die Anstrengungen waren nichts im Vergleich zu dem, was sie in den nächsten Monaten erwarten würde. Ein Auftrag, der an ihre Substanz gehen, der Leid, Schmerz, Verzweiflung bringen würde und für manch einen den Tod bedeuten konnte.

»Versteht ihr denn nicht? Wir sind am Ende unserer Suche angekommen. So wie Moses durch die Wüste zog auf der Suche nach dem Gelobten Land, so sind wir durch die undurchdringliche Wildnis des Schwarzwalds gewandert und am Ziel angekommen, in unserem Land der Verheißung.«

Die Enttäuschung über den fehlenden Enthusiasmus seiner Mitbrüder konnte Rupert nicht ganz verbergen. Forsch schaute er jeden einzelnen Mönch der Reihe nach an und machte anschließend eine ausschweifende Bewegung mit beiden Armen gen Himmel. »Halleluja, so lasst uns Gott preisen und für seine Wegbegleitung und Führung danken. Lasst uns mit dem Gloria beginnen. *Oremus*!«, forderte er seine Mitbrüder zum Beten auf.

Nach und nach nahmen alle Mönche die Gebetshaltung ein und warteten auf Ruperts melodiöse Stimme, die die Gebete einläuten würde.

»Gloria in excelsis Deo, et in terra pax hominibus bonae voluntatis …«

Rupert stand neben dem von der Sonne angestrahlten Kreuz, zunächst versunken und vereint mit Gott. Je länger die Gebete andauerten, desto energischer, fast stürmisch wurde er, glühend vor Dank, Eifer und Tatendrang.

»In nomine Patris et Filii et Spiritus Sancti. Amen.«

Nach dem Kreuzzeichen verkündete Rupert: »Heute ist ein Freudentag. Wir werden eine notdürftige Unterkunft bauen und heute Abend eine warme Mahlzeit einnehmen.« Endlich konnte Rupert bei den Mönchen Jubel vernehmen und eine heitere Aufregung verspüren. Zwar lagen an dem heutigen Tag noch viel Arbeit und Kraftanstrengungen vor ihnen, doch freuten sich die Männer, den schweren Leiterwagen nicht mehr ziehen zu müssen. Die Aussicht auf eine warme Speise am Abend erhellte selbst den grimmigsten Mönch.

Rupert teilte die Männer in Gruppen ein. Die Kräftigsten sollten für ihre Notunterkunft einige Bäume fällen, sie in Teilstücke sägen und die Stämme von den Ästen befreien. Mathias, ein wortkarger Mönch, bekam die Aufgabe, das Reisig von den Ästen zu schneiden, mit dem sie das Dach ihrer Notunterkunft bedecken würden. Andere sollten im Wald nach großen Rindenstücken und Steinen suchen. Georg, ein älterer Mönch, sollte sich um die Kaltblüter und die Ziegen kümmern, während die Schwächeren zur Vorbereitung der Mahlzeit eingeteilt wurden.

Allmählich verbreitete sich in der Gruppe eine freudige Stimmung. Diejenigen, die vor einer Stunde noch entkräftet und teilnahmslos den Leiterwagen gezogen hatten, zeigten jetzt einen überraschenden Tatendrang, an dem Rupert nicht unschuldig war. Er sprühte geradezu vor Energie und sein Enthusiasmus war ansteckend. Er hüpfte von einer Gruppe zur anderen und gab allen Anweisungen. Markus dachte an die Sprungkraft eines Flohs, während er den Abt beobachtete. Da, wo alle nur Bäume und Steine sahen, hatte Rupert schon eine klare Vision für das künftige Kloster. Er suchte zwei Bäume aus, die parallel zueinander standen und in gleicher Höhe eine kräftige Astgabelung hatten. Dazwischen sollten sie eine baumfreie Fläche schaffen, damit sie einen Firststamm zwischen den Gabelungen ziehen konnten. Bedecken würden sie den Querstamm mit kleinen Tannen, die bis zum Boden reichten. In der Mitte ihrer Behausung, genau unter dem First, würden sie dann sogar stehen können. Die Männer waren fasziniert von Ruperts hochtrabenden Plänen, offensichtlich stand das gesamte Kloster in seinem Geist bereits. Markus' Gruppe war für das Fällen der Bäume und das anschließende Sägen verantwortlich. Zu gerne wäre auch er für das Kochen zuständig gewesen, doch gönnte er Johannes, der immer noch kränkelte, und dem älteren Gottfried die Zuteilung. Er drehte sich zu den Männern seiner Gruppe um, um sich mit ihnen zu beratschlagen, welche Bäume in der näheren Umgebung sie umhauen sollten. Manfred sprach sich gleich für eine mächtige Weißtanne aus, die kerzengerade in den Himmel wuchs. Mit nur einem Baum könnten sie so ihre provisorische Behausung bauen.

»Die wird noch warten müssen. Die Tanne ist zu groß für das, was wir heute noch vorhaben. Es reicht, wenn der Durchmesser eine Elle lang ist«, skeptisch musterte Markus den Baum. »Lasst uns nach kleineren Kandidaten suchen.«

Sein Blick wanderte weiter, hangaufwärts. Dort wuchsen viele gerade Tannen. Doch … da bewegte sich doch etwas. Es schien Markus, als wäre ein Schatten weggehuscht. Nur aus dem Augenwinkel heraus hatte er die Bewegung wahrgenommen, und doch war er sich sicher, dass sich hinter dem Dickicht etwas geregt hatte. Sicherlich ein Feldhase, versuchte er sich zu beruhigen. Angestrengt schaute er die Schräge hinauf, suchte mit den Augen die Fläche ab, doch alles war ruhig.

Die Mönche einigten sich schließlich auf eine mittelgroße Weißtanne, die sie heute noch fällen würden. Eine ungewohnte Arbeit, die sie in Zukunft tagtäglich begleiten würde. Noch waren sie keine Waldarbeiter, mussten umsichtig vorgehen und ihre wenigen Kräfte schonen. Rupert erklärte ihnen, dass sie mit dem Beil zunächst eine Fallkerbe einschlagen mussten, in deren Richtung der Baum fallen würde. Dann sollten sie auf der gegenüberliegenden Seite den Stamm durchsägen, dabei den Baum immer im Blick behalten und laut »Baum fällt« schreien, wenn es so weit wäre.

Mehrmals ermahnte Rupert sie zur Vorsicht. Ihnen wurde bewusst, welch gefahrenvolle Aufgaben hier im Wald auf sie warteten. Unter Ruperts prüfendem Blick machten sie sich an die Arbeit und fällten die kerzengerade Tanne. Dann asteten sie den Stamm aus und zogen ihn mithilfe der Kaltblüter an die gewünschte Stelle.

Nun mussten alle mithelfen: Der schwere Stamm wurde zwischen den Astgabelungen platziert, zuerst auf der einen, dann auf der anderen. Dafür mussten zwei Mönche auf die Bäume klettern und den an Seilen befestigten Stamm nach oben ziehen. Als der Querstamm endlich richtig positioniert war, fühlten sie sich entkräftet, doch noch war die Arbeit nicht getan. Kleine Tannen wurden vom First aus als Sparren aneinandergereiht und direkt in den Boden gerammt. Ausgefacht wurden sie mit dem gesammelten Reisig, Moos und den Rindenstücken, die mit Steinen beschwert wurden. So sollte die Unterkunft sie trocken über die nächste Zeit bringen.

Am Ende des Tages waren sie völlig erschöpft, doch auch ein gewisser Stolz, die anstrengende Arbeit verrichtet zu haben, begleitete ihre Müdigkeit.

Und Rupert hielt Wort: Zur Feier des Tages gab es für jeden Mönch einen heißen Gerstenbrei, eine dicke Scheibe Brot und eine Zwiebel. Eine Wohltat nach den Wochen der Anstrengung.

»Meine Mitbrüder«, erhob Rupert die Stimme, »jetzt, da wir angekommen sind und unsere Vorräte einschätzen können, werden wir fortan zweimal am Tag essen. Ausschließlich an den beiden Fastentagen der Woche werden wir nur eine Mahlzeit zu uns nehmen. Auf das Fleisch vierfüßiger Tiere verzichten wir sowieso, so will es unsere Regel. Doch habe ich mir überlegt, dass wir den freiwilligen Verzicht auf Geflügel der Regel hinzufügen. Diese zusätzliche Enthaltsamkeit, diese Beschränkung auf das Lebensnotwendige, wird unsere Disziplin stärken und unseren Glauben festigen. Ich bin mir sicher, ihr seht das genauso.«

In den Blicken der Mönche lagen weder Einverständnis noch Hoffnung. Dennoch mussten sie sich fügen. Auch wenn Ruperts Worte das eben noch dagewesene Gefühl der Zuversicht dahinschmelzen ließ wie die strahlende Sonne den Schnee.

8. Kapitel

Wie lange sie schon im dichten Unterholz verharrte, konnte sie nicht genau einschätzen. Die Sonne wanderte auf jeden Fall eine gute Strecke weiter, während sie den Männern durch das schützende Dickicht zuschaute. Die meisten von ihnen wirkten geschwächt und ausgehungert, nichts im Vergleich zu den stolzen Kriegern ihrer Siedlung. Ihre weiten Gewänder hingen traurig an ihnen herunter, als wären sie für stattlichere Männer genäht worden. Auch schien ihre lange Kleidung nicht geeignet für die harte Arbeit, die sie verrichteten. Immer wieder verfing sich der Stoff oder blieb an Ästen hängen. Die Fremden trugen alle eine einheitliche Tracht, was Frida zusätzlich verwunderte, nur in der Größe und der Sauberkeit unterschieden sie sich. Sie holten schwere Werkzeuge aus dem Leiterwagen und fingen an, die Bäume ihres Volkes zu fällen, den Wald, der ihren Vorfahren gehörte und den sie mit den Tieren teilten. Am liebsten wäre Frida aufgesprungen und hätte sie zur Rede gestellt. Wie konnten sie es bloß wagen?

Doch was konnte sie, eine Frau, gegen dreizehn Männer bewirken, auch wenn sie zerlumpt und ausgehungert aussahen? Frida wusste, dass die Fremden gekommen waren, um zu bleiben. Sie waren keine Franken, diese Sprache hätte sie erkannt. Doch die Männer tauschten sich in einer ihr fremden, singenden Sprache aus. Frida spürte im tiefen Unterholz intuitiv, dass dunkle Wolken in ihrem Leben aufzogen und ihre Welt, so wie sie sie bisher gekannt hatte, bedroht war. Fremde Menschen ließen sich hier neben ihrer Siedlung nieder. Menschen mit anderen Vorstellungen und Werten. Ihr Frieden könnte gestört werden. Während sie den Männern bei der Arbeit zuschaute, breiteten sich die trüben Gedanken in ihrem Kopf aus und strahlten in ihren ganzen Körper. Ihr Herz wurde eng und schmerzte, so als drückte eine mächtige, fremde Hand es zusammen.

Ein kleiner, drahtiger Mann, nicht größer als sie selbst, war unverkennbar der Anführer der Männer. Immer wieder beobachtete Frida, wie er seine Anweisungen brüllte, die die Männer gehorsam ausführten.

Der zarte Duft des Waldes, der den Frühling ankündigte, die wärmenden Strahlen der Sonne, die durch die Äste spitzelten, und die würzigen Blättchen des Scharbockskrauts, all das schien auf einmal verschwunden. Von Panik erfasst, rannte Frida zurück zur Siedlung, sprang über am Boden liegende Bäume, blieb an Wurzeln hängen und stolperte. Immer wieder peitschten herunterhängende Äste in ihr Gesicht, Brombeerstacheln kratzten ihre Arme auf. Sie befand sich auf der Flucht, wie eines der Wildtiere, die die Männer ihrer Siedlung jagten. Immer wieder hielt sie inne, gleich dem Hirsch, der die Gefahren über Duftsignale und die Ohren wahrnimmt und mit seinen großen Augen aufmerksam Bewegungen beobachtet. Sie schmeckte Blut auf ihren Lippen und blickte auf ihre zerkratzten Arme. Die Stimmen wurden allmählich leiser. Sie huschte davon wie ein Hase auf der Flucht.

Jetzt rannte sie das letzte Stück bis zu ihrer Siedlung und ging ohne Umwege direkt zu Walrams Wohnhaus. Wie alle

Häuser ihres Dorfs war es von einem Flechtzaun umgeben, der die Weidetiere davon abhalten sollte, sich das Gemüse schmecken zu lassen. Walram war in seiner Werkstatt, die an seinem Langhaus angebaut worden war, und arbeitete an seiner Drehbank, einem ausgetüftelten, fußbetriebenen Gerät. Eine Schnur war um sein Werkstück gewickelt und gleichzeitig an einer biegsamen Haselrute befestigt, die mit dem Fuß bedient werden konnte. Dadurch drehte sich das runde Holzstück vor und zurück, immer wieder, endlos.

Das Eisen, das Walram in der Hand hielt, fraß sich langsam in das rotierende Holz ein. So konnte er dem Holz Leben einhauchen und Konturen aus seinem Werkstück zaubern. Schon immer hatten Walrams Arbeiten an der Drehbank Frida fasziniert. Wäre er nicht so ein Ekel, hätte sie ihm gerne öfters beim Drechseln zugeschaut. Doch heute hatte sie kein Auge für seine Drehkünste, zu gewaltig waren die Neuigkeiten.

»Walram, fremde Männer haben sich in der Nähe niedergelassen, zwischen dem unteren Buchenwald und dem Tannenwald, auf der ebenen Fläche«, platzte Frida heraus und holte keuchend Luft.

Walram sah von seiner Arbeit auf und musterte Frida besorgt. »Was für Männer? Erzähle, was du gesehen hast.«

Sie berichtete ihm von ihren Beobachtungen, beschrieb die Männer und ihre fremde Sprache, erzählte ihm von ihren eigenartigen Gewändern und wie ausgehungert sie gewirkt hatten. Immer wieder unterbrach Walram ihre Ausführungen und stellte Fragen. Er wollte wissen, welche Werkzeuge sie mit sich führten und ob sie Waffen trugen.

»Frida, gehe sofort zum Schamanen und berichte ihm von deinen Beobachtungen. Falls du ihn nicht findest, suchst du ihn im Wald, du kennst seine Plätze. Wir treffen uns an der Eiche. Ich rufe die Männer zusammen und komme nach.«

Die kleine Hütte des Schamanen lag abseits des Dorfs, direkt am Waldrand. Die Tür war den Tannen des Waldes zugewandt und stand meistens offen, auch im Winter, wenn es bitterkalt war.

»Schamane, bist du da?«, rief Frida in die schummrige Hütte hinein.

Sie hatte Glück. Der Schamane saß vor seinem Herdfeuer, hielt einen Becher mit einer dampfenden Flüssigkeit in beiden Händen und summte mit geschlossenen Augen vor sich hin. Ein würziger Duft begleitete seine Melodie und Frida konnte erkennen, dass er mit Heilkräutern geräuchert hatte. In der Glut glommen noch einige Pflanzenstängel, ihr Rauch kräuselte sich empor zu der Öffnung in der Dachluke. Ohne die Augen zu öffnen, lud er Frida mit einer Handbewegung ein, sich zu ihm zu setzen. Normalerweise hätte sie geduldig gewartet, bis er sie zum Sprechen aufgefordert hätte. Doch bei so gewaltigen Neuigkeiten konnte sie sich nicht weiter gedulden. Ohne abzuwarten, berichtete sie ihm von ihren Beobachtungen. Zunächst blieb er still, öffnete nicht einmal die Augen. Doch dann blickte er sie aus seinen blauen Augen an und verkündete: »Ich bin nicht erstaunt, dass sie gekommen sind. Ich habe sie bereits erwartet.«

»Du weißt, wer sie sind?«, überrascht schaute Frida den alten Mann an.

Woher wusste er, wer die Fremden waren? Er hatte sie nicht einmal mit eigenen Augen gesehen.

Doch der weise Mann beantwortete ihre Frage nicht.

Stattdessen erhob er sich gemächlich und forderte Frida mit einer weiteren Handbewegung dazu auf, es ihm gleichzutun. »Komm, Frida, lass uns zu den anderen gehen, sie warten bestimmt schon auf uns.«

Frida folgte ihm langsam zum heiligen Baum der Siedlung, der mächtigen Eiche. Fast alle Alamannen warteten dort schon auf ihn. Sie hatten sich im Kreis um den Baum niedergelassen. Auch der Schamane ließ sich mit überkreuzten Beinen unter den ausladenden Ästen nieder. Frida blieb jedoch vor der Abgrenzung stehen, die abgesteckten Haselnussruten übertrat sie wie die anderen Frauen niemals.

Die Neuigkeit, dass sich Fremde in der Nähe niedergelassen hatten, hatte sich wie ein Lauffeuer verbreitet. Alle Männer, Frauen und Kinder hatten ihre Arbeit unterbrochen, waren aus ihren Hütten getreten oder von den Weideflächen gekommen. Nun standen sie schweigend um Frida herum und schauten zu den Männern hinüber. Es herrschte absolute Stille, kein Klopfen, kein Sägen, kein Hämmern war zu hören. Nicht mal Vogelgezwitscher war zu vernehmen. Als hätte selbst die Tierwelt des Schwarzwalds die Eindringlinge bemerkt, sich vor einem Unheil zurückgezogen, um in die Tiefe des Waldes zu fliehen.

Der Schamane entfachte ein Feuer und schmiss eine Handvoll Kräuter in die Glut, bald zog weißer Rauch auf. Ein würziger Geruch breitete sich über ihrem Dorf aus. Alle warteten geduldig auf die Weisungen des weisen Mannes, doch er blieb mit fest geschlossenen Augen regungslos sitzen, als hätte er diese Welt bereits verlassen, um in einer anderen Sphäre zu schweben. Gebannt schauten alle den alten Weisen an. Nach einer gefühlten Ewigkeit räusperte sich Walram. »Schamane, was bedeuten diese Fremden? Was sollen wir tun?«

Der alte Mann wiegte sich leicht hin und her, seine weißen Haare flatterten im Wind. »Diese Fremden, die Frida gesehen hat, habe ich erwartet. Es war nur eine Frage der Zeit, bis sie sich hier niederlassen würden.«

»Wer sind sie? Und woher wusstest du, dass sie kommen?« Angespannt wartete die gesamte Siedlung auf die Antwort des Schamanen.

»Sie sind Christen. Sie sind gekommen, um hier zu leben und den Mantel ihres Glaubens über unser Land zu werfen. Sie feiern einen Gott, der anders ist als unsere Götterwelt. Daher sind auch ihre Wertvorstellungen anders. Auf euren Reisen habt ihr sie bereits kennengelernt. Jetzt sind sie hier.«

»Sie können doch hier in unserer Nähe kein Dorf bauen!« Entrüstet sprang Walram auf, um sich dann wieder vor dem alten Mann hinzusetzen. »Es ist unser Wald! Sie können hier nicht bleiben!«

Langsam öffnete der Alte seine Augen und blickte in die Menge, ohne die Männer wirklich wahrzunehmen. Dann griff er nach seinen Runen, die die geheime Weisheit ihres Volkes in sich trugen. Ein melodiöses Flüstern begleitete seinen Wurf, gebannt schauten alle auf die kreuz und quer liegenden Buchenstäbe.

»Ihre Welt spielt sich in Gebäuden ab, sie leben eingegrenzt in Mauern. Sie sehen denselben Himmel wie wir, doch nehmen sie seine Unendlichkeit nicht wahr. Sie atmen dieselbe Waldluft wie wir, doch strömt sie anders in ihren Köpfen und Körpern. Der Schwarzwald erzählt ihnen keine Geschichten.«

»Das heißt, wir sollen sie bekämpfen?« Walram hatte versucht, die Worte des Schamanen zu deuten, und unbewusst nach seinem Sax gegriffen, dem einschneidigen scharfen Messer, das an seinem Gürtel hing.

»Nein.«

»Was sollen wir dann tun?« Walram war verunsichert, denn offensichtlich hatte er die Weisungen des Schamanen nicht verstanden. Die Eindringlinge zu bekämpfen, war für ihn das Naheliegendste gewesen.

»Auch bei den Christen gibt es gute und schlechte Menschen, so wie es bei uns Alamannen Menschen gibt, die Gutes tun, und andere wiederum, die das Schlechte um sich herum versprühen. Ihr könnt sie nicht aufhalten, sie werden sich vermehren und sich über unser Land ausbreiten. Schließt Frieden mit ihnen.«

»Wie sollen sie sich vermehren? Frida hat nur Männer gesehen.« Diesmal war es Kuno, der gefragt hatte. Einige der Männer lachten.

»Andere werden nachkommen, mit ihren Familien. Geht hin und redet freundschaftlich mit ihnen.« Damit stand der Schamane auf, verließ die Versammlung und lief hinein in den Wald.

Die Männer schauten sich verwundert an, hatten sie sich doch mehr Worte von dem Schamanen erhofft. Angriffsbereit, wie sie waren, wären sie am liebsten gleich losgerannt und hätten die Fremden überfallen. Nun kamen alle auf Frida zugestürzt und sie musste mehrfach wiedergeben, was sie gesehen hatte. Daraufhin einigten sich die Männer, heute Abend abwechselnd Wache zu halten, obwohl Frida ihnen erklärt hatte, wie jämmerlich und abgemagert die Fremden aussahen. Es wurde beschlossen, dass einige Männer kurz vor Anbruch der Morgendämmerung aufbrechen würden, um die Eindringlinge zu beobachten.

Noch lange standen die Alamannen zusammen und versuchten, die Neuigkeiten zu deuten.

Frida fühlte sich verunsichert und wollte unbedingt allein mit dem Schamanen reden. Sie machte sich an der Stelle, an der er die Lichtung verlassen hatte, auf in den Wald. Sie kannte die Plätze, an denen er verweilte, und lief sie alle nacheinander ab, ohne auch nur die leiseste Spur von ihm zu finden. Schon wollte sie aufgeben, als sie sein leises, melodiöses Summen hörte. Er saß auf einem kleinen Mooshügel, umgeben von dichtem Unterholz. Seine weißen Haare und der lange Bart wurden von den tief liegenden Sonnenstrahlen angeleuchtet. In wenigen Augenblicken wäre die Reise der Sonne für den heutigen Tag beendet.

»Ich habe auf dich gewartet«, begrüßte er Frida. »Der Duft der Pflanzen, der Herzschlag des Wolfes und der Flug des Adlers sprechen nicht zu ihnen. Sie empfinden anders. Unsere Welt wird sich verändern, vermischen mit ihrer Welt. Das Rad dreht sich. Doch du, Frida, spürst wie ich, du trägst die Werte deines Volks in dir. Bleibe dir treu, sei ehrlich zu dir selbst und umgib dich mit empfindsamen Menschen, dann wird sich dein Herz nicht trüben und rein bleiben.« Seine tiefblauen weisen Augen schauten sie mit viel Liebe an, und doch konnten sie ihr Herz nicht erwärmen. Es waren schwere Worte, die er verkündet hatte und die eine große Verantwortung in sich trugen.

Die Sonne war gerade erst friedlich untergegangen, doch schon hatte ein kalter Wind bedrohliche dunkle Wolken über sie ausgebreitet und den Blick in die sonst so unendlichen Weiten des Himmels verschleiert.

9. Kapitel

In der Nacht hatte sie kaum geschlafen. Immer wieder war sie aufgewacht und hatte dem rauen Wind zugehört. Auch die kleine Eila, die fest neben ihr geschlummert und sie mit ihrer Wärme umschmiegt hatte, hatte ihre innere Unruhe nicht besänftigen können. Immer wieder waren ihre Gedanken zu den Eindringlingen gewandert. Früh war sie aufgestanden, hatte die Glut angefacht, Feuerholz aufgelegt und einen wärmenden Tee zu sich genommen. Kurze Zeit später hatte sie mitbekommen, wie die Männer aufbrachen. Walram, Wolf, Kuno und Falk hatten sich in der Dunkelheit des neuen Morgens auf den Weg gemacht, um die Eindringlinge aus der Ferne zu beobachten. Ewald, Arnegundes Mann, hatte sie nicht begleitet. Er hatte lieber bei seiner jungen Frau bleiben wollen, die jederzeit entbinden konnte.

Sobald die ersten Sonnenstrahlen das Dorf in sanftes Zwielicht gehüllt hatten, ging Frida in ihren Garten, um ihren Flechtzaun auszubessern, der ihr Gemüse vor Tierfraß und dem Wind schützte. Sobald Eila aufwachen würde, würden sie gemeinsam den Brei essen, der in einem Tontopf neben dem Feuer stand. Frida war so versunken in ihre Tätigkeit, dass sie den kleinen Jungen, der auf sie zugerannt kam, zunächst gar nicht wahrnahm.

»Komm schnell, Arnegundes Kind kommt!« Der kleine Udo war sichtlich aufgeregt. Man hatte ihm den wichtigen Auftrag gegeben, Frida zu holen, und er nahm seine Aufgabe sehr ernst. Nun stand er schnaufend vor ihr und hüpfte aufgeregt von einem Bein auf das andere.

»Mach langsam, Udo, ich komme ja schon.« Lachend erhob sie sich und ging in ihr kleines Häuschen. Zunächst wusch sie sich gründlich die Hände. Sie wusste, wie wichtig Sauberkeit war, damit sich Wunden und offene Körperstellen nicht entzündeten. Deswegen säuberte sie auch ihre Werkzeuge gewissenhaft nach jedem Einsatz und füllte die Pflanzenvorräte auf. Frida nahm ihren großen Lederbeutel, der immer griffbereit an einem Pfosten hing. Daneben baumelte der Beutel mit den Bettstrohkräutern, den sie bereits vor einigen Tagen hergerichtet hatte. Von draußen hörte sie wieder Udos Stimme, der vor der Tür stehen geblieben war und ungeduldig auf sie wartete. »Schnell, Frida, sonst bekomme ich Schimpfe.«

Sie trat aus ihrer Behausung und rief dem Jungen zu: »Udo, renne du schon los, ich komme nach. Ich wecke kurz Eila, damit sie weiß, wo ich bin.«

Es waren keine zehn Schritte mehr bis zu Arnegundes Haus, da hörte Frida bereits die lauten Schreie der Schwangeren. In der Hütte angekommen, kniete sie sich sofort vor Arnegunde, die auf ihrer Bettstatt lag. Mehrere Talglichter erhellten den Wohnbereich, die offen stehende Tür und der geöffnete Schieber am Fensterrahmen ließen zusätzlich Tageslicht in die dunkle Behausung. Die Mutter von Ewald hatte wohlweislich den Holzbottich mit heißem Wasser gefüllt, und saubere Leinentücher lagen bereits auf dem Tisch. Ewald lief nervös auf und ab, vom Tisch zur Bettstatt und zurück, und wusste nichts mit sich anzufangen. Da er nur im Weg stand, schickte

Frida ihn in seine Schmiedewerkstatt, die in Verlängerung des Langhauses angebaut war. Aufgeregte Männer konnte sie während der Entbindung nicht gebrauchen. Sobald er gegangen war, schob Frida Arnegundes Tunika nach oben. Sorgfältig tastete sie den Bauch der Schwangeren ab und untersuchte sie. Bei so einer schmächtigen, zerbrechlichen Person wie Arnegunde war die Wölbung des Bauches umso beeindruckender. Das Kind präsentierte sich mit dem Kopf nach unten und war bereits in den Geburtskanal gerutscht. Frida legte ein grob gewebtes Tuch und den großen Beutel mit den Bettstrohkräutern unter das Becken der Schwangeren, direkt auf die Strohmatratze.

»Die Kräuter werden die Entbindung erleichtern und dich und dein Kind vor Bösem schützen«, erklärte sie.

Frida drückte der Schwangeren ein saftiges Breitwegerichblatt in beide Hände. Das uralte Frauenkraut sollte starken Blutungen vorbeugen.

»Alles wird gut. Wir schaffen das«, versuchte sie Arnegunde liebevoll zu beruhigen. »Beim nächsten Schmerz drückst du meine Hand und hältst sie so lange fest, bis die Wehe nachlässt, das machst du mehrere Male hintereinander.«

Kaum waren die Worte ausgesprochen, quetschte Arnegunde Fridas Finger, gleichzeitig hatte sie ihre vor Schreck geweiteten Augen auf Frida gerichtet. Ein langer Schrei begleitete die Wehe.

»Das nächste Mal atmest du langsam ein und aus, wir machen das gemeinsam.«

Auf einmal rann Wasser an Arnegundes Beinen entlang. Frida nahm mehrere Moosbüschel zwischen die Finger und wischte die Flüssigkeit auf.

»Die Fruchtblase ist geplatzt. Das ist gut. Bald hast du es geschafft.«

Der Muttermund war schon weit geöffnet und Frida konnte das kleine Köpfchen sehen. Obwohl sie selbst Mutter war und schon viele Entbindungen erlebt hatte, war sie immer noch fasziniert von der Magie der Geburt.

Jetzt ging alles ganz schnell. Arnegunde musste nur viermal pressen, bis das neue Leben das Licht der Welt erblickte. Blitzschnell folgten dem Kopf die Schultern, der Bauch und dann die kleinen, dünnen Beinchen des Babys. Frida hielt das verschmierte, lauthals schreiende Kind vorsichtig in beiden Händen und überprüfte es kurz. Anschließend band sie mit einer Tiersehne die Nabelschnur ab und durchtrennte sie. Dann legte sie das Kleine auf Arnegundes Bauch. »Du hast einem prächtigen Jungen das Leben geschenkt.«

Das Baby war nur wenige Minuten alt und schon robbte es wie ein kleiner Wurm an die Brust der Mutter, als hätte es jahrelange Erfahrung damit. Mit einem schmatzenden Geräusch nahm es die Brustwarze zwischen die Lippen, saugte einige Male und schlief, erschöpft von seiner anstrengenden Reise in die Welt, ein. Schmerz und Angst waren wie weggeblasen, die junge Mutter schaute entzückt auf den kleinen Jungen. »Er ist wunderschön. Und Ewald wird sich freuen, dass es ein Junge ist.«

Frida rubbelte sanft den kleinen Jungen, der regungslos an der Brust seiner Mutter verharrte. Jetzt wartete Frida auf die Plazenta, die sie unter dem Baum der Schutzgöttin Frija vergraben würde. Die Dorflinde, Baum der Liebe und der Fruchtbarkeit, würde von der Plazenta ebenso genährt werden wie zuvor das Kind im Leib der Mutter. Dieses würde so unter Frijas Schutz gestellt werden.

Frida drehte sich zu Ewalds Mutter um und gab ihr die Anweisung, ihren Sohn zu holen. Doch Ewald stand schon am Türrahmen.

Sichtlich ergriffen, traute er sich zunächst nicht einzutreten. Er war bereits ein älterer Mann, zählte vielleicht schon dreißig Sommer. Vor Arnegunde hatte er bereits eine Frau gehabt, die aber im Kindbett gestorben war. Auch das Baby hatte die Geburt nicht überlebt. Einige Jahre zuvor hatte er bereits seinen ältesten Sohn verloren, sodass er als kinderloser Witwer die junge Arnegunde geheiratet hatte. Ein großer Altersunterschied trennte die beiden Eheleute, doch Ewald war ein einfühlsamer Mann und empfand viel Zuneigung für seine junge Frau. Nun war es für ihn trotz seiner vielen Lebensjahre eine besondere Freude, wieder Vater zu sein.

»Komm rein, Ewald.« Ermutigend lächelte Frida ihm zu.

Er trat zunächst zögernd an Arnegundes Bett und kniete sich auf den Lehmboden. Liebevoll strich er eine Haarsträhne aus Arnegundes Gesicht und streichelte anschließend behutsam über den Rücken des Jungen, ganz zärtlich, als hätte er Angst, das schlafende Baby zu wecken.

»Mein Sohn.«

Mehr brachte er nicht heraus, Tränen benetzten seine Augen und er schluckte mehrmals. Frida, die hinter ihm stand, beobachtete gerührt die Szene und freute sich für Arnegunde. Nur wenige Männer waren so ergriffen bei der Geburt eines Kindes. Erst vor ein paar Monaten hatte Falk seine Frau geohrfeigt, da sie ein Mädchen auf die Welt gebracht hatte. Frida trat einen Schritt vor und berührte Ewald an der Schulter, um für einen Augenblick seine Aufmerksamkeit zu gewinnen. »Ewald, deine Frau hat ein Wunder vollbracht. Jetzt ist sie sehr geschwächt. Bevor du dich ihr wieder näherst, sollten zwei Mondphasen vergehen, vergiss das nicht. Nur so könnt ihr noch viele andere gesunde Kinder bekommen. Jetzt ist es wichtig, dass sie wieder zu Kräften kommt und gut isst. Heute ist ein Freudentag. Du solltest einen Eber schlachten und den Eckzahn für deinen Sohn, den Stammhalter, gut aufbewahren, so will es der Brauch.«

Ewald stand auf und drückte kurz Fridas Hand. »Heute bin ich der glücklichste Mann der Alamannen. Ich danke dir.«

Frida nickte ihm zu, packte ihre Sachen und ließ die frischgebackenen Eltern alleine mit ihrem Sohn und der Großmutter. Sie hatte die Werkzeuge in ihrem Garten noch nicht aufgeräumt. Außerdem würden die Männer bald von ihrer Erkundungsreise zurückkommen und sie war gespannt, was sie zu berichten hatten.

Noch in der Morgendämmerung waren die Männer an der Stelle angelangt, an der die Fremden ihre notdürftige Unterkunft gebaut hatten. Die Alamannen hatten sich hinter festem Dickicht versteckt, bewaffnet mit ihren Kurzschwertern. Zunächst hatten sie niemanden sehen können. Doch allzu lange hatten sie in ihrem Versteck nicht verharren müssen, denn kurz nach ihrer Ankunft waren nacheinander alle Männer aus ihrem Unterstand herausgekommen und hatten sich vor einem kleinen, drahtigen Mann aufgereiht. Nach einigen einleitenden Worten hatte dieser begonnen zu singen, einen monotonen Gesang, dem die anderen geantwortet hatten. So war es eine ganze Weile gegangen. Von ihren Feldzügen und ihren Kontakten zu den Franken wussten Walram und seine Männer, dass es sich um Kirchenmänner handeln musste, die lateinisch redeten, eine Sprache, die sie nicht verstanden. Der Vorsänger hatte Anweisungen erteilt und die Männer hatten sich in Gruppen aufgeteilt und angefangen zu arbeiten.

Von ihrem Beobachtungsposten aus hatten die Alamannen gesehen, dass der Großteil der Gruppe mit dem Fällen und dem Entasten von Bäumen beschäftigt gewesen war, während zwei andere Mönche einen abgegrenzten Bereich mit einer Hacke bearbeitet hatten. Nur mühsam hatten sie es geschafft, den schweren Boden aufzulockern, Wurzeln und Steine hatten ihnen die Arbeit erschwert.

Die restlichen Mönche hatten einen Karren mit Wurzeln beladen. Geduldig hatten zwei Pferde den Leiterwagen hangaufwärts gezogen. Dort hatten die Männer die schwere Fracht entladen. Ihr Vorsänger war dabei von Gruppe zu Gruppe gegangen und hatte seine Anweisungen gebrüllt.

Jagderfahren, wie sie waren, hatten die Alamannen stundenlang in absoluter Stille in ihrem Versteck verharrt, die Fremden beobachtet, bis sich eine günstige Gelegenheit ergeben hatte und sie unentdeckt den Rückzug antreten konnten. Anschließend waren sie lange schweigend durch den Wald marschiert. Was die Eindringlinge genau vorhatten, konnten sie nicht sagen. Doch waren sie sich einig, dass diese Kirchenmänner gekommen waren, um zu bleiben, sonst hätten sie den schweren Leiterwagen nicht von der Ebene bis hoch zum Buchenwald gezogen und sich einen provisorischen Unterstand gebaut. Außerdem hatten sie viele Werkzeuge dabei, Säcke voller Proviant, und sie hatten angefangen, den Wald zu roden.

Nun saßen die Männer alle beisammen vor Walrams Haus und debattierten über die Neulinge, die sie beobachtet hatten.

Letztendlich erhob Walram seine Stimme und beendete die Zusammenkunft. »Wir warten einige Tage ab und werden sie dann erneut aufsuchen. Falls sie noch dort sind, werden wir mit ihnen reden und fragen, was sie vorhaben. Sie sind Kirchenmänner, keine Krieger, von ihnen scheint keine Bedrohung auszugehen, doch können wir es nicht zulassen, dass sie sich hier in der Nähe niederlassen. Ihr könnt jetzt alle gehen. Du, Frida, bleibst hier.«

Alle Dorfbewohner brachen auf, während Frida sich wunderte, was Walram von ihr wollte. Sie hatte ein ungutes Gefühl. Nachdem alle gegangen waren, schickte Walram nun auch Ava mit den Kindern in ihr Wohnhaus. Er ging mehrere Schritte auf Frida zu, stellte sich breitbeinig vor sie hin und kniff die Augen zusammen. Sie las in seiner Miene, wie verärgert er war.

»Mir ist zu Ohren gekommen, dass du Wolf abgewiesen hast. Das werde ich nicht dulden.« Er griff nach ihrem Oberarm, den er mit seinen kräftigen Fingern umschloss und fest drückte. »Du wirst Wolf heiraten, ob du es willst oder nicht. Hast du mich verstanden?«

»Lass mich los!« Frida versuchte, sich aus seiner Umklammerung zu lösen.

Hinter Walram stand eine verängstigte Ava im Türrahmen und schaute der Szene zu, ihre Kinder fest an sich gedrückt. Der Anblick ihrer Schwester ermutigte Frida, laut zu widersprechen, fast schrie sie. »Nein, das werde ich nicht. Ich liebe deinen Bruder nicht. Außerdem brauche ich keinen Ehemann, ich sorge selbst für mich und meine Tochter.«

Sie griff nach Walrams Fingern, brachte alle Kraft auf, die sie hatte, und löste seine Hand von ihrem Oberarm. Sie drehte sich blitzschnell um und wollte seinen Garten verlassen. Doch Walram holte sie in wenigen Schritten ein, fasste sie an ihrem Zopf und zog sie an sich. Ganz nah beugte er sich mit seinem Gesicht an ihr Ohr und sagte bestimmt: »Doch, das wirst du. Oder du wirst es bitter bereuen.«

Er ließ so urplötzlich Fridas Zopf los, dass sie nach vorne stolperte. Sie konnte sich jedoch wieder fangen und rannte ohne einen weiteren Blick zurück zu ihrer Hütte. Ihr Herz pochte heftig, ihr Oberarm schmerzte und sie fühlte noch das Ziehen in ihren Haarwurzeln. Sie war froh, Walram und seinem Zorn dieses Mal entkommen zu sein. Doch in ihre Angst mischte sich noch ein anderes Gefühl. Es war Wut, die sie fühlte. Wie eine lodernde Flamme stieg sie in ihr empor. Sie war verärgert über ihren Schwager und noch mehr über ihre Machtlosigkeit und das Gefühl, dem Anführer und seinen Wünschen und Befehlen ausgeliefert zu sein. Egal, was es sie kosten würde, sie würde sich nicht beugen. Lieber würde sie mit ihrer Tochter die Siedlung verlassen, als dass sie ihre Freiheit und Unabhängigkeit eintauschen würde gegen ein Leben mit Fesseln und Gewalt. Abrupt blieb sie stehen. Erschrocken über sich selbst überlegte sie, wie es sein konnte, dass sie solche Gedanken fasste. Gab es überhaupt eine Möglichkeit, ihrem Schicksal zu entfliehen? Wohin sollte sie ziehen? Hier war ihre Heimat, das einzige Zuhause, das sie kannte! Doch dann sah sie Ava vor sich, wie sie am Türrahmen gestanden, ihre Arme schützend um ihre Kinder geschlungen und verängstigt auf Walram geblickt hatte. Sie wollte auf keinen Fall dasselbe Schicksal wie ihre Schwester erdulden müssen. Es musste einen anderen Weg geben.

10. Kapitel

RUPERT HATTE GROSSE Pläne: Ein Kloster, das für die Ewigkeit gebaut werden und prächtiger dastehen sollte als so manche Festung. Auf seinen vielen Reisen durch ferne Länder hatte er zahlreiche Bauten gesehen, beeindruckende Kirchengebäude, Häuser von Adligen und sogar den Stammsitz des Frankenkönigs. Was er hier erschaffen wollte, im wilden Schwarzwald, sollte Menschen aus allen Ländern begeistern. Und so hatte er in seinem Geist seit Wochen Pläne entworfen, sie wieder verworfen, neu gestaltet, um dann, endlich, auf feinem Schafleder einen Klosterplan zu zeichnen. Heute wollte er seine großartigen Zeichnungen, die seine weitblickenden Visionen enthielten, den Mönchen vorstellen.

Theatralisch entknotete er die Lederschnur, die die Pergamentrolle zusammenhielt, und entrollte das Dokument. Rupert hatte so viel zu verkünden, aufzuzeigen, zu erklären, dass er sich verhaspelte. In seiner Aufregung sprach er viel zu schnell und die Mönche hatten Schwierigkeiten, ihm zu folgen. Er ermahnte sich, gemäßigter zu reden, denn er wollte, dass auch der langsamste und schwerfälligste Mönch verstand, welch große Bauwerke ihm vorschwebten. Gebeugt über den auf dem Boden liegenden Plan, staunten die Brüder über die feine Zeichnung, die Rupert angefertigt hatte. In der Mitte war eine Holzkirche mit spitzem Dach zu erkennen, die hoch in den Himmel ragte. Sie war nach Osten ausgerichtet, dem Sonnenaufgang entgegen, als Symbol der Auferstehung. Sie würden zunächst ellendicke Stämme in den Boden versenken und sie mit Querbalken verbinden, so erklärte Rupert es seinen Mitbrüdern. Dann würden sie einen Dachstuhl aufsetzen. Zwischen den Hohlräumen würden sie schritthoch Bruchsteine aufstapeln und sie mit Lehm festigen. Die Wände würden aus kräftigen Haselstämmchen bestehen, die sie dann mit Hasel- und Weidenruten in einer Flechttechnik ausfachen würden. Anschließend würden sie sie mit einem Gemisch aus Lehm und Gras verputzen, später, nach der ersten Getreideernte, könnten sie dann Stroh verwenden. Dicke Schindeln, gehobelt aus Tannenholz, die sie im Winter fertigen würden, würden das Kirchendach bedecken. Rechts neben der Holzkirche war ein weiteres Gebäude geplant, das als *dormitorium* gekennzeichnet war. Von dem gemeinsamen Schlafsaal wären es nur wenige Schritte bis zur Kirche, gerade nachts eine wunderbare Erleichterung für die Mönche, meinte Rupert.

Hinter dem Schlafraum war in einem separaten Gebäude die Küche vorgesehen, in der sie auch die Mahlzeiten einnehmen würden, dahinter der Gemüse- und der Kräutergarten. Links neben der Kirche befanden sich eine Werkstätte und ein großer Stall für ihre Tiere. Um die Gebäude herum hatte Rupert noch andere, kleinere Gebäude eingezeichnet, die nicht beschriftet waren. Doch die Legende verriet ihnen, dass eine Bäckerei, eine Brauerei und sogar eine Schule die Klosterstätte ergänzen sollten. Auch hatte Rupert die Latrinen nicht vergessen, die etwas abseits der übrigen Gebäude lagen, nahe dem Waldrand. Die Mönche waren von den feinen Zeichnungen und von Ruperts Ausführungen überwältigt, sprachlos. Sie spürten, dass sie Teil eines gigantischen Projekts waren, das in die Geschichte eingehen und sie überleben würde.

»Unser Kloster soll die Besucher von nah und fern in ehrfürchtiges Staunen versetzen«, fasste Rupert seine fantastischen Ausführungen zusammen.

Unter den Mönchen machte sich Begeisterung breit. Gleichzeitig waren sie sich bewusst, dass vor ihnen eine anstrengende, schier unvorstellbare Lebensaufgabe lag. Die Zeit auf Erden, die Gott ihnen noch schenkte, würden sie in den Bau der Klosterstätte hineinstecken, hier würden sie arbeiten, hier würde man sie begraben.

Rupert führte aus, in welcher Reihenfolge die Aufgaben anfallen würden. Klare Priorität hatte die breite Rodung, um mit genügend Bauholz vorzusorgen. Parallel dazu sollten schnellstens Ackerflächen geschaffen werden, damit sie dieses Jahr noch Gerste, Roggen und Hafer säen konnten. Ein großes Gemüsebeet sollte ebenfalls fertiggestellt werden. Dafür mussten nach der Rodung Steine beseitigt werden und die Fläche musste von Wurzeln befreit werden. Für das Pflügen würden sie dann die Pferde einsetzen. So schnell wie möglich sollten sie zunächst die provisorischen Bauten errichten, ein Gebäude zum Beten und einen Unterschlupf für die Tiere, bevor sie mit den endgültigen Konstruktionen beginnen konnten. Noch vor dem Winter, bevor der Boden gefrieren würde, sollten sie für das große Gotteshaus und ihren Schlafsaal mannshohe Erdlöcher graben, damit sie darin im kommenden Frühling die tragenden Pfosten für den Kirchenbau und das *dormitorium* versenken konnten. Im Winter würden sie dann Schindeln herstellen, mit denen sie die Kirche, den Schlafsaal und die Stallungen bedecken konnten.

Mit seinen Ausführungen hatte Rupert den Mönchen

imponiert. Zwar war er ein Kirchenmann und kein Zimmerer, Schmied oder Steinbildhauer, doch schien er sich in allen Gewerken auszukennen und hatte seine Pläne fachmännisch erläutert. Sichtlich zufrieden schaute Rupert auf die Mönche, die noch immer über den Plan gebeugt saßen. Er stand hinter ihnen, genoss mit Genugtuung ihre Begeisterung und blickte in die Weite des Waldes, nur um vier Männer zu erblicken, die sie anstarrten. Es waren riesenhafte Gestalten, bärtige Hünen, schwer bewaffnet, die in etwa 100 Schritt Entfernung zu ihnen standen und sie im Halbkreis umzingelten. Leise sagte Rupert zu den Mönchen: »Bewegt euch nicht, bleibt gebeugt über den Plan. Vier Männer stehen oberhalb und beobachten uns.« Sofort machte sich Anspannung unter den Brüdern breit, doch sie taten, wie ihnen geheißen. Kein Einziger hob den Kopf, alle gaben sie vor, in das Dokument vor ihnen vertieft zu sein.

»Sie kommen jetzt auf uns zu«, kommentierte Rupert das Schauspiel, das sich vor ihm abspielte.

Tatsächlich näherten sich die Riesen den Mönchen mit erhobenen Schwertern, ganz langsam und bedrohlich, ohne ihre Blicke von der Gruppe abzuwenden. Mit ihrer kräftigen Statur, den langen Bärten und fliegenden Gewändern wirkten sie angsteinflößend, so wie die kriegerischen Götter der Germanen, von denen Rupert schon gehört hatte. Das also waren sie, die gefürchteten Wilden aus dem Schwarzwald. Laut rief Rupert ihnen zu: »Gelobt sei Jesus Christus!«

Rupert hatte bewusst die fränkische Sprache verwendet, in einer willkommen heißenden Geste die Arme weit ausgebreitet und ein freundliches Lächeln aufgesetzt.

»Was wollt ihr hier?«, fragte der größte Wilde der

Gruppe. Er überragte Rupert um mindestens zwei Köpfe. Mit seinem Schwert hätte er ihn ohne Mühe aufspießen, in die Höhe heben und weit von sich werfen können. Rupert jedoch schien unerschrocken, er trat sogar einen Schritt auf den Fremden zu.

»Willkommen auf unserer Lichtung.«

»Das ist nicht eure Lichtung! Was wollt ihr hier?«, wiederholte der riesige Wilde.

»Gunzo, unser Landesherzog, schickt mich. Wir sind in Freundschaft und Liebe gekommen.«

»Warum?«

Statt auf die Frage zu antworten, nahm Rupert langsam ein Pergament aus seinem Gewand hervor, entrollte das Leder und hielt die beschriftete Seite demonstrativ dem Riesen unter die Nase.

»Seht her! Gunzo, unser aller Herzog, hat uns dieses Stück Land gegeben, damit wir hier ein Haus Gottes, ein Kloster, errichten können.«

Ihm war sehr wohl bewusst, dass der Wilde nicht lesen konnte. Doch stärkte das Pergament seine Worte und verlieh ihm eine Autorität gegenüber dem Fremden. Er versuchte, das Zittern seiner Hände zu unterdrücken, der Wilde sollte nicht merken, dass er sich eingeschüchtert fühlte. Der Riese blickte auf das Pergament, nahm die feinen Striche wahr, ohne jedoch ihre Bedeutung zu verstehen, und blickte dem Mönch in die Augen. Rupert spürte, dass er misstrauisch war.

»Was wollt ihr hier?«, wiederholte er erneut seine anfängliche Frage.

Rupert wählte seine Worte sorgfältig und sprach langsam, so als spräche er zu einem kleinen Kind. »Gunzo wünscht, dass wir hier ein Kloster errichten. Eine kleine

Siedlung zu Ehren Gottes, und zu Ehren unseres Frankenkönigs Dagobert.« Bewusst hatte der Mönch die Namen der Adligen betont, um dem Riesen seine hochoffizielle Mission darzulegen und ihm zu imponieren.

Der Wilde wies den Geistlichen kopfschüttelnd zurück. »Wir wollen hier keine Siedlung und schon gar kein Kloster.«

»Mehrmals habt ihr bereits an den Feldzügen unseres Alamannenherzogs Gunzo teilgenommen, der eure Kriegskunst und euren Mut lobt. Wie ihr sicherlich wisst, sind Dagobert und Gunzo Christen, so wie fast alle Franken und auch viele Alamannen. Wir leben in der Liebe Christi, friedlich und nachbarschaftlich.«

»Verschwindet!« Die Augen des alamannischen Hünen funkelten böse, während sich die Krieger bedrohlich den Mönchen näherten. Bis auf ihren Anführer waren die Kirchenmänner sitzen geblieben und starrten die Wilden angsterfüllt an. Gegen diese bewaffneten und imposanten Ur-Schwarzwälder wirkten die ausgehungerten Mönche geradezu lächerlich.

»Wir sind unter Gunzos Schutz hergekommen. Und er wird nicht zulassen, dass wir hier kein Kloster bauen. Das solltet ihr bedenken.«

Selbstbewusst reckte Rupert dem Anführer seinen Kopf entgegen.

»Wir laden euch ein, uns regelmäßig zu besuchen und die Bauten zu begutachten«, führte er weiter aus.

Rupert merkte, wie unentschlossen der Alamanne war. Er hatte wohl verstanden, dass sie von dem Alamannenherzog bevollmächtigt waren, sich hier niederzulassen. Gleichzeitig behagten ihm die Neulinge nicht, doch waren dem Alamannen die Hände gebunden. Sollte er gegen die

Mönche vorgehen, so wäre mit Gunzos Strafe zu rechnen, das regelte im Übrigen auch ihr Volksrecht, der *Pactus Alamannorum*.

Nachdem Rupert regungslos mit seinem ausgebreiteten Pergament vor dem Alamannen ausgeharrt und ihm standhaft in die Augen gesehen hatte, drehte sich der Wilde um und gab seinen Männern ein Zeichen. Sie verließen die Lichtung hangaufwärts und gingen zurück in die Richtung, aus der sie gekommen waren. Kurze Zeit später verschluckte sie der dichte Tannenwald. Erst jetzt merkte Rupert, wie angespannt er gewesen war. Langsam und hörbar atmete er aus und blickte auf die am Boden sitzenden Mönche. Die erste Prüfung hatten sie bestanden.

11. Kapitel

April, ein Tag vor dem Vollmond des Ostermonds

Morgen würden sie ihr Mittfrühlingsfest feiern. Dafür wollte Frida noch frischen Bärlauch pflücken, der breite Teppiche in den westlichen Hängen bedeckte. Sie liebte das kräftige Kraut mit dem scharfen Geschmack. Es war die Pflanze der Bären, ein außergewöhnliches Tier, das ihr Volk gleichermaßen fürchtete wie achtete. Der Bär war ohne Zweifel der König der Tiere, der zu den Göttern eine besondere Verbindung hatte. Mit dem Verzehr von Bärenfleisch oder dem Trinken seines Bluts wurde man unbesiegbar. Besonders mutige junge Krieger ihres Volkes erledigten im Zweikampf einen Bären und trugen dann bei Schlachten als besonderen Schutz dessen Fell, das sie unbezwingbar machte. So hatte auch die Nahrungspflanze der Bären für ihr Volk eine besondere Bedeutung. Nach seinem langen Winterschlaf war der imposante Vierbeiner auch ein Frühjahrsbote, der Kraft und Fruchtbarkeit symbolisierte.

Nachdem sie ihre Hütte gefegt hatte, packte Frida ihren großen Korb und machte sich auf den Weg zu ihrer Schwester. Sie wollte Ava bitten, sich um Eila zu kümmern, sollte sie nicht zeitig genug nach Hause kommen. Um diese Tageszeit würde sie ihre Schwester bestimmt im Webhaus finden. Ava war eine Meisterin im Weben und beherrschte eine unglaubliche Vielzahl an lebendigen Mustern. Gemeinsam mit ihrer Magd färbte sie die Wolle ihrer Schafe mit Pflanzensuden in den schönsten leuchtenden Farben: gelbe, rote, grüne, braune, sogar blaue Wolle zauberte Ava aus den Pflanzen. Für feinere Webarbeiten benutzte sie Leinengarn, das aus Flachs gesponnen wurde. Ihr Gewichtswebstuhl stand in einem eigens dafür gebauten Grubenhaus, das das Leinen feucht hielt. In dem Webhaus war es immer kühl und dunkel. Obwohl Frida die Kunstfertigkeit ihrer Schwester bewunderte, konnte sie selbst dem Spinnen und Weben nichts abgewinnen. Sie musste zwar auch mit einem Tischwebrahmen Stoff und mit kleinen Holzbrettchen Bänder und Gürtel für den täglichen Gebrauch weben, doch zog sie Arbeiten, die sie in der freien Natur verrichten konnte, vor. Mit Löwenzahnstielen, Brennnesselfasern oder Lindenbast stellte sie festen Zwirn her, den sie für ihr Zuhause immer wieder verwenden konnte. Auch verknotete sie die Pflanzenseile zu festen Netzen, in denen sie ihre Vorräte lagerte und trocknete. Für ihre kunstvoll geflochtenen Taschen wurde sie immer wieder gelobt und konnte diese gegen Webarbeiten oder andere Gegenstände eintauschen. Sogar in den umliegenden alamannischen Siedlungen fanden ihre Netze großen Gefallen.

Lautlos war Frida am Grubenhaus angekommen und beobachtete ihre Schwester, wie sie vor dem Webstuhl stand. Die langen Kettfäden hingen senkrecht herunter und waren unten mit Tongewichten beschwert. Auf einem flachen Holzstück hatte sie die gelbe Wolle aufgewickelt, die sie durch ebenjene Fadenstränge schob. Bewundernd schaute Frida auf den weichen Wollstoff, der bald schon groß genug wäre, um eines ihrer Kinder zu wärmen.

In dem Moment drehte sich Ava um und schaute zu Frida, die immer noch im Türrahmen stand. Fridas Augen hatten sich bereits an die Dunkelheit im Webhaus gewöhnt und so sah sie ganz deutlich, dass Avas linke Wange stark angeschwollen und rötlich verfärbt war. Eilig ging sie die wenigen Stufen des Grubenhauses hinunter zu Ava, die sich bereits wieder ihrem Webrahmen zugewandt hatte, nachdem sie Fridas erschrockenen Blick bemerkt hatte.

»Ava, was ist passiert?« Frida eilte auf ihre Schwester zu und packte sie sanft, aber bestimmt an der Schulter, damit sie sich zu ihr umdrehte. Behutsam fügte sie hinzu: »War das wieder Walram?«

Doch Ava schüttelte Fridas Hand ab und hielt ihren Blick auf den Webstuhl gerichtet. »Lass mich allein.«

Frida war verwundert, normalerweise vertraute sich ihre Schwester ihr an, teilte mit ihr ihre Sorgen und ließ sich von ihr trösten.

»Ava, sage mir, was passiert ist«, wiederholte sie ihre Frage.

»Geh jetzt bitte, du kannst mir nicht helfen. Im Gegenteil, du machst alles nur noch schlimmer.«

»Nein, ich bleibe hier. Ich möchte erst von dir hören, was passiert ist. Und dann rühre ich dir eine Salbe für deine Verletzungen.«

Jetzt sah Frida die Träne, die über Avas Wange langsam bis zu ihrem Kinn floss, ohne dass ihre Schwester einen Laut von sich gab. Frida streichelte ihren Rücken, ganz sacht, so als würde eine Mutter ihr Kind liebkosen. Dann umschloss sie ihre Schwester, die immer noch vor ihr am Webrahmen stand, mit beiden Armen. Langsam wiegte sie Ava hin und her und summte eine leise Melodie, ein Trostlied, das bereits ihre Mutter gesungen hatte, wenn sie sich als Kinder verletzt hatten. Da fing Ava an zu weinen und ihrem Schmerz freien Lauf zu lassen. Dicht hinter ihr stehend und fest an sie gedrückt, versuchte Frida das Zittern ihrer Schwester abzufangen und Trost zu spenden. Wie lange sie so umschlungen dastanden, vermochte Frida nicht zu sagen. Ava hatte mittlerweile aufgehört zu weinen und sprach mit tonloser Stimme: »Es ist wegen dir.«

Erschrocken sah Frida ihre Schwester an. »Wegen mir? Was habe ich damit zu tun?«

»Weil du dich weigerst, Wolf zu heiraten.«

»Oh, Ava, das tut mir leid«, presste Frida hervor und merkte, dass sie nun auch getröstet werden wollte.

»Walram drängt mich, dich zu überzeugen«, sprach Ava ihre Sorgen aus, »und da du dich weigerst, lässt er es an mir aus. Frida, so kann es nicht weitergehen. Heirate Wolf, dann können wir wieder in Frieden leben.«

»Ava, das kann ich nicht.«

»Du kannst dich nicht entziehen. Du hast eine Verantwortung deinem Volk gegenüber und auch mir gegenüber.«

»Ich bin mir meiner Verpflichtungen bewusst. Ich trage die Werte unseres Volkes in mir, sie sind ein Schatz, den ich hüte und an Eila weitergeben werde.« Verzweifelt packte Frida Ava bei den Schultern und blickte ihr eindringlich in die Augen. »Ava, verstehe doch! Mein Herz schlägt im Einklang mit dem Herzen unserer Wälder. Nur wenn ich draußen bin, frei bin, kann ich meiner Bestimmung nachgehen. Die Ehe mit Wolf würde mich beschränken, einzwängen, an Haus und Herd binden. Wir atmen zwar dieselbe Luft, doch versteht Wolf meine Welt nicht. Ihm geht es nur ums Kämpfen, Jagen, Saufen. Was soll ich mit so einem Mann anfangen?«

»Ich verstehe dich, bewundere deine Freiheit und, ganz ehrlich, beneide dich auch dafür. Aber ich kann nicht mehr.«

»Es muss einen anderen Weg geben.«

Frida drückte ihre Schwester ein weiteres Mal fest an sich, bevor sie die Stufen hinauf- und in den Frühlingstag hineinging.

Sie wollte ihren Baum aufsuchen. Ihre besondere Buche, die inmitten des dichten Tannenwalds auf einer lichtdurchfluteten Anhöhe stand. Eine alte Dame, die auf einem quadratischen Sandstein wuchs. Mit ihren Wurzeln umschmeichelte sie den Stein, bevor die Lebensstränge ihren Weg in den Waldboden fanden. Ihr glatter grauer Stamm war so mächtig, dass drei Mann ihn umfassen mussten. Kerzengerade wuchs er zunächst in die Höhe, zweigte sich auf einem Drittel auseinander, um sich später wieder zu vereinen. Der mannshohe Spalt war zu eng, um durch ihn hindurchzusteigen, doch Sonnenstrahlen drangen durch die Öffnung und erhellten Fridas Gesicht, als sie an ihrem geliebten Baum angekommen war. Ab diesem Punkt war die Buche drehwüchsig und schlängelte sich wie ein Wirbel dem Himmel entgegen. Ihr ausladendes Ästedach ergoss sich in die Weite des blauen Himmelmeers, verband sie mit den Kräften der Götterwelt. Die Buche war Wohnsitz ihres guten Geistes, schenkte ihr Trost und Rat.

Mit beiden Beinen stand Frida auf den breiten Wurzeln und krallte sich am kräftigen Baumstamm fest. Sie spürte,wie ihr Herzschlag in den Baum übersprang. Oder war es ihre Buche, die ihr Herz sättigte und zum Pochen brachte? Leise fing sie an zu weinen, ergoss ihr Leid und die Last, die sie in sich trug, während sie sich an den Baumstamm klammerte. Sie schaute hinauf in den Baumspalt, weiter hoch in das noch zaghaft wachsende Blätterdach und flehte ihre Baumgöttin um Schutz, Kraft und Weisung an. Langsam kam Frida wieder zur Ruhe. So war es immer, wenn sie mit ihren Sorgen zu ihrem Baum trat. Sie spürte, dass der Weg, den ihr ihr Herz aufzeigte, der richtige war. Auch wenn es nicht der einfachste werden würde. Sie würde mit Walram und Wolf sprechen, ihnen ihre Gefühle offen darlegen und hoffen, dass es zu keiner Spaltung in ihrer Siedlung kommen würde. Langsam löste sie ihre Umklammerung und griff nach ihrem großen Korb.

Talabwärts wollte sie endlich den Bärlauch pflücken.

Noch trugen die Buchen nur ein erstes zartes Blätterkleid und versperrten den Sonnenstrahlen nicht den Weg zum Waldboden. So konnte das erste Frühlingsgrün frech seinen Kopf der Sonne entgegenstrecken. Im späteren Frühjahr würde das dichte grüne Gewand der Bäume den heißen Lichtschein abfangen.

12. Kapitel

Den anderen hatte er gesagt, dass er talaufwärts nach großen, quadratischen Sandsteinen suchen wollte, die sie für ihren Kirchenbau verwenden konnten. Tatsächlich genoss er die Stille des Waldes und das Alleinsein. Obwohl sie in dieser grenzenlosen Weite lebten, in diesem schier endlos erscheinenden Wald, dessen Begrenzung nur der weite Himmel war, waren sie immer zusammengepfercht. Eine Beengtheit, die ihm manchmal zu viel wurde. Das war in Überlingen schon so gewesen: Handwerkslärm, Hundegebell, Marktschreier, schlechte Musikanten, Streitende, all diese Geräusche begleiteten die rhythmischen Klänge der Kirchenglocken. Den Lärm der Stadt und ihren Dreck vermisste er nicht. Ganz im Gegenteil, er liebte diese unwirtliche Gegend, auch wenn Rupert behauptete, dass in den Wäldern das Böse lauerte. Eine Anderswelt, vor der man sich in Acht nehmen musste. Einige Mönche hatten erzählt, dass Dämonen und perfide Zauberer den Wald bevölkerten und auf Fremde warteten, um sie mit ihren Netzen einzufangen und sie in den tiefen Abgrund zu ziehen. Deswegen war ihm ein bisschen mulmig zumute, als er versuchte, sich lautlos, den Tieren des Waldes gleich, zu bewegen. Immer auf der Hut vor möglichen Gefahren.

Von Weitem vernahm er die Laute der anderen Mönche, die mit dem Roden beschäftigt waren. Er ließ sie vollends hinter sich und ging weiter talaufwärts, flüchtete vor dem Lärm und den beklemmenden Mauern des klösterlichen Lebens, bis keine menschlichen Geräusche mehr zu hören waren. Er drang noch tiefer in den Wald, vorsichtig, die Sinne geschärft und doch neugierig auf das, was vor ihm lag. Hier wollte er kurz innehalten, bevor er zu den anderen zurückkehrte.

Auf einmal spürte er, dass er nicht mehr allein war. Mit den Augen suchte er den Hang ab und sah eine Frau, die der Böschung zugewandt Bärlauch pflückte und immer wieder ein Bündel in ihren Korb legte. So lautlos wie er nur konnte, versteckte er sich hinter einem mächtigen Baumstamm und spähte vorsichtig nach ihr. Sie pflückte ohne Eile und schien ihre Arbeit zu genießen. Ihre kräftigen braunen Haare waren zu einem dicken Zopf geflochten. Über ihrer leinenfarbenen Tunika trug sie ein weites grünes Gewand in der Farbe des Waldes, das unter der Brust mit einem gewebten Band geschnürt war. An ihm hing eine Lederschnur mit allerlei kleinen Gegenständen, die er aus der Ferne nicht benennen hätte können. Plötzlich hielt sie inne und schaute zu den Ästen der Buche. Ein Eichelhäher hatte laut gerufen, um die Waldbewohner, seine Verbündeten, vor Fremden zu warnen. Er hielt die Luft an. Hatte der Vogel sie vor ihm gewarnt? Doch dann wandte sie sich wieder ihrer Arbeit zu. Sie hatte sich leicht in seine Richtung gedreht und er konnte ihr Profil erkennen. Sie war noch jung, keine zwanzig Sommer alt. Ihre zarten Gesichtszüge waren gebräunt, was verriet, dass sie viel Zeit draußen verbrachte. Immer wieder hielt sie beim Pflücken inne, kostete ein Blatt und genoss den Geschmack mit geschlossenen Augen. Gelegentlich roch sie an ihren Fingern und schien auch den Duft des Bärlauchs mit Freude aufzunehmen. Er konnte sich an diesem Schauspiel nicht sattsehen, an dieser Harmonie zwischen Mensch und Wald. Er fand sie wunderschön, so versunken in ihre Arbeit. Sie hatte so gar nichts mit den germanischen Frauen seiner Vorstellungswelt gemein, die er sich kräftig, derb und laut vorgestellt hatte, mit groben Gesichtszügen, unförmigen Gewändern und aggressiven Bewegungen.

Alles an ihr war lieblich und zart. Auch den städtischen Frauen, die er bisher kennengelernt hatte, ähnelte sie nicht. Anstatt zu Hause zu sticken, zu spinnen oder mit anderen Frauen zu tratschen, war sie alleine im Wald unterwegs. Furchtlos, verschmolzen mit der Natur und verwebt mit dem Grün des Waldes.

Jetzt war ihr großer Korb prall gefüllt. Sie stellte ihn ab, drehte sich mit ihrem Gesicht zu ihm und setzte sich auf den Waldboden. Dann ließ sie sich rücklings auf die Böschung gleiten. Ausgestreckt lag sie da, blickte mit offenen Augen durch die Buchenäste hindurch und schien in den blauen Himmel hineinzuträumen. Ein leichtes Lächeln begleitete ihre Träumerei. Woran sie wohl dachte?

Nach wenigen Minuten stand sie auf, klopfte sich das Laub aus dem Gewand und ging den steilen Hang hinauf in Richtung des Tannenwalds. Er sah ihr nach, bis der Wald sie ganz verschluckt hatte. Langsam rutschte er mit dem Rücken am Baumstamm hinab und setzte sich auf den Waldboden. Er fühlte sich noch ganz benommen, fast berauscht von seinen Beobachtungen. Er schloss die Augen, so als wollte er die Frau und die Gefühle, die sie in ihm ausgelöst hatte, in seinem Inneren einfangen. Wie einen kostbaren Schatz, den man vor der Außenwelt hütet und verschließt. Wenn er nachts wach lag, eingepfercht zwischen seinen Mitbrüdern, konnte er sich an diesen einzigartigen Zauber erinnern, den Moment nochmals vor seinem inneren Auge abspielen lassen und auskosten. Langsam stand er auf und ging den Berg hinab zu den anderen. Nach Sandsteinen hatte er nicht gesucht.

13. Kapitel

Für das Mittfrühlingsfest hatten sie noch viel vorzubereiten, doch alle freuten sich über die anstehenden ausschweifenden Festlichkeiten, das gemeinsame Feiern und Beisammensein, das ausgiebige Essen. Jede Familie würde groß auftischen. Seitdem die Männer am frühen Morgen zur Jagd aufgebrochen waren, war ein fröhliches Treiben in der Siedlung ausgebrochen. Die Frauen genossen die Stunden ohne ihre Männer, in denen sie gemeinsam das Essen vorbereiten und vor allem ausgiebig reden konnten, ohne gestört zu werden. An langen Tischen saßen sie zusammen, schnippelten Gemüse, hackten Kräuter, vermengten Teig, und über alldem lag das freudige Tratschen der Alamanninnen. Zwei von ihnen waren mit dem Mahlen des Dinkels beschäftigt. Nur eine kleine Menge Getreide konnte auf der Handdrehmühle verarbeitet werden, sie kamen nur mühsam voran. Abwechselnd drehten die Frauen den Griff, der am oberen Läuferstein befestigt war. Sogar Arnegunde hatte sich zu ihnen gesellt, mit dem seligen Lächeln auf den Lippen, das sie seit der Geburt ihres Sohnes nicht mehr abgelegt hatte. In ihren Augen war keine Spur mehr von den Sorgen und Ängsten zu erkennen, die sie als werdende Mutter während der Schwangerschaft begleitet und geplagt hatten. Die junge Frau setzte sich neben Frida auf die Bank und wiegte ihren kleinen Sohn liebevoll hin und her, während sie ihm Melodien vorsummte. Gerührt schaute Frida der Szene zu und erinnerte sich an ihr eigenes Glück, als sie mit Eila Mutter geworden war, ihren fürsorglichen Mann an ihrer Seite. Augenblicklich legte sich Wehmut um ihr Herz. Würde sie je wieder einem Mann ihr Herz schenken können? Und würde sie je wieder ein Mann aufrichtig lieben, so wie Ewald seine junge Frau liebte? Sie wandte sich ihrem Bärlauch zu und schnitt ihn auf einem Holzbrett ganz fein. Sie hatte noch acht weitere Wildpflanzen gesammelt. Zum Frühlingsfest bereitete sie traditionell ihre Neunerleisuppe zu, die aus insgesamt neun verschiedenen Kräutern bestand, die ihrem Volk nach der langen Winterzeit Kraft schenken und es vor Krankheiten schützen würde. Neben dem Bärlauch hatte sie auch die ersten Brennnesseln gepflückt. Die Blätter des Sauerampfers, des Spitzwegerichs, der Schafgarbe, der Brunnenkresse und des Löwenzahns würzten die Suppe zusätzlich. Am Ende würde sie noch die Blüten des Huflattichs und der Schlüsselblume hinzufügen. Sie nahm den großen Kessel, den Ava für solche Anlässe immer zur Verfügung stellte. Verstohlen blickte Frida zu ihrer Schwester, die neben ihr stand und einen Kohlkopf zerkleinerte. Seit ihrer Begegnung im Webhaus hatten sie nicht mehr miteinander gesprochen. Avas Wange war noch immer geschwollen und verfärbt. Frida entnahm ihrer Gürteltasche ein kleines Gefäß mit Wundsalbe und schob es über den Tisch zu Ava hinüber. »Eine Salbe mit Beinwellwurzeln, für deine Wange.«

»Danke.« Ihre Schwester griff nach der Salbe und ließ sie in ihrem Lederbeutel verschwinden.

Frida nahm den Kessel und hängte ihn über die große Feuerstelle an den Haken des Drehbalkens. Sie gab ein großzügiges Stück Schweineschmalz hinein und fügte frisch gemahlenes Dinkelmehl hinzu. Mit einem großen Holzlöffel vermengte sie die Masse kräftig und goss den Brei mit frischem Wasser auf. Ein würziger Geruch verbreitete sich in der Siedlung. Sie würde die Breisuppe langsam rühren und eindicken lassen, erst dann kamen die frisch gepflückten Wildpflanzen hinzu. So entwickelte die Suppe ihre ganze Heilkraft am besten.

Derweil waren Ava und Ida mit dem Würzen des Biers beschäftigt. Sie hackten unterschiedliche Kräuter, die sie in Leinenbeutel legten. Diese würden bis zum Abend im Bier schwimmen. Frida jedoch oblag es, das besondere Heilkraut zu mischen und genau zu dosieren. Es war eine stark berauschende Pflanze, die sie dem Bier nur zu besonderen Anlässen beifügten. Zu viel von ihr und die Männer und Frauen würden nicht nur ihre Hemmungen verlieren und zu starke Visionen haben, sondern könnten letztendlich mit ihrem Leben dafür bezahlen. Der Ofen war mittlerweile heiß genug geworden, um die Brote und Teigfladen zu backen. Nacheinander schoben die Frauen die Laibe hinein.

Arnegundes Sohn meldete sich zu Wort und schrie lauthals nach der Brust seiner Mutter.

»Na, Arnegunde, kommt dein Ewald schon wieder zu dir?«, neckte eine der älteren Frauen die junge Mutter.

Arnegunde senkte verschämt ihren Kopf und blickte auf den laut an ihrer Brust schmatzenden Sohn, doch ihren roten Kopf konnte man deutlich erkennen.

»Lass sie in Ruhe, Alwina. Ewald muss sich noch ein bisschen gedulden«, versuchte Frida der schüchternen Arnegunde zu helfen.

Von Weitem war plötzlich ein lautes, triumphales Johlen zu hören. Die Männer kamen zurück. Offensichtlich war die Jagd erfolgreich gewesen.

Und in der Tat, kurze Zeit später liefen sie durch die Siedlung und zeigten die an starken Ästen baumelnde Beute: drei Wildschweine. Zwei Bachen und ein Eber. Das würde ein Festmahl werden.

Die Männer legten die Tiere ab, entfernten die Seile und betteten den Eber auf einen dicken Holzklotz. Eine andächtige Stille breitete sich aus und alle Blicke richteten sich auf Walram. Der Eber war als Begleiter des Sturmgottes Wodan, der auf einem milchweißen Pferd an der Spitze der wilden Jagd ritt, ein starkes Symboltier. Nun sollte der Stammesführer die Opferhandlung durchführen. Walram öffnete gewaltsam das kräftige Maul des Schweins und nahm die Eisenzange zur Hand, die Ava ihm gereicht hatte. Dann zog er den Eckzahn des Ebers, den einer seiner Söhne von nun an als Amulett tragen würde. Er zückte sein Sax, das immer griffbereit an seinem Gürtel hing, und trennte dem Eber den Kopf ab.

Wolf hielt ein rundes Holzgefäß unter den abgetrennten Kopf und fing das dickflüssige Blut auf. Als die Schüssel gefüllt war, griff Walram mit beiden Händen nach dem Eberschädel und ging, gefolgt von allen anderen Männern, hinüber zur heiligen Eiche. Zuerst nahm Walram einen Schluck frischen Eberbluts aus dem Holzgefäß, dann machte die Schüssel die Runde. Eine heilige Handlung, bei der die Männer die Kraft des Tieres in sich aufnahmen. Mit dem Rest der Flüssigkeit beschmierte Walram den Stamm ihres Baumes. Hintereinander liefen sie nun zu ihrer heiligen Quelle am Bachlauf, angeführt von Walram, der den Eberkopf in beiden Händen hielt. Dort spießten sie den Eberschädel auf einen Ast und steckten ihn direkt neben der Quelle in die Erde. Mit einem lauten Schrei in den Himmel beschwor Walram Wodan, den Gott der Götter, dankte ihm für die erfolgreiche Jagd und die Manneskraft, die er ihnen schenkte. Gemeinsam, dem Geheule eines Wolfes gleich, schrien sie nun alle ihren Dank Wodan entgegen. Die Festlichkeiten konnten beginnen.

Immer lauter werdend, gingen sie hinab zur Siedlung. Ein prasselndes Feuer erwartete die Männer, die Frauen hatten Felle auf den Bänken ausgelegt und das Bierfass gut gefüllt. Bis sie mit den letzten Essensvorbereitungen fertig wären, würden die männlichen Bewohner der Siedlung genüsslich am Feuer sitzen und sich aus ihren Trinkhörnern zuprosten. Für die Trinkfesten würden die Feierlichkeiten bis zum nächsten Tag andauern. Die Kinder rannten hin und her, sichtlich erfreut über das anstehende Festmahl. Immer wieder füllten sie den Männern die Becher auf und brachten ihnen die ersten Fladen. Dann setzten sie sich zu ihnen, begierig darauf, mehr über die abenteuerliche Jagd zu erfahren.

Walram ließ es sich nicht nehmen und schmückte die Ereignisse des Morgens aus. Wie sie die Fährten gelesen hatten, wie Wodan sie zum richtigen Platz geleitet hatte. Auch die anwesenden Frauen lauschten gebannt seinen Worten.

Inzwischen war es dunkel geworden und das Essen stand bereit. Neben der Neunerleisuppe gab es gebratenes Wildschwein, einen Kohleintopf mit Gerste, frisch gebackene Brote und Dinkelfladen. Der würzige Duft regte den Appetit an und die Alamannen stürzten sich begierig darauf.

Genau diese freudige Stimmung wurde aber urplötzlich von Walrams Hund unterbrochen, der sich aufrichtete und der Dunkelheit entgegenbellte. Augenblicklich verstummten alle Gespräche, lauernd suchten sie das Dunkel des Waldes mit den Augen ab. Einige Männer hatten nach ihren Kurzschwertern gegriffen, Wolf hielt sein Sax bereit. Das tiefe Bellen des Hundes war in ein offensives und selbstbewusstes Knurren übergegangen, die Mundwinkel waren nach hinten gezogen, die Zähne gefletscht. Alle schauten an den Waldrand, konnten zunächst nichts erkennen, doch dann drang ein Rufen zu ihnen vor.

»Ich bin es, Ranulf! Ich suche Frida!«

Die Männer blieben nach wie vor gerüstet für einen möglichen Angriff, bis tatsächlich nur der junge Mann aus der südlichen Siedlung erschien, die gute zwei Stunden Fußmarsch entfernt lag. Außer Atem stützte er sich auf den Knien ab, während Walram seinem bellenden Hund befahl zu schweigen.

»Ich bin … zu euch … gerannt. Frida, meiner Mutter geht … es schlecht … Könntest du mitkommen?«

Frida, die auf einem Fell neben der Feuerstelle saß, strich sich eine widerspenstige Haarsträhne aus dem Gesicht und erhob sich. »Was plagt deine Mutter?«

»Seit Tagen kränkelt sie, doch nun liegt sie seit gestern im Bett und kann nicht mehr aufstehen. Sie klagt über starke Bauchschmerzen.« Ranulf wirkte ganz verzweifelt, versuchte schnappend, Luft zu bekommen. Flehend sah er Frida an.

Diese betrachtete den Alamannen mitfühlend. »Wir brechen morgen früh auf, noch vor der Dämmerung«, versicherte sie ihm. »Jetzt ist es zu spät. Komm, du kannst bei mir schlafen.« Frida nahm die müde Eila an die Hand, und gemeinsam mit Ranulf liefen sie zu ihrer Hütte hinüber.

»Wir werden versuchen zu schlafen. Du kannst dein Fell neben der Feuerstelle auslegen. Morgen früh wecke ich dich.« Der junge Mann dankte ihr höflich und richtete sich seine Schlafstatt ein.

Bevor Frida selbst zu Bett ging, überprüfte sie ihren Lederbeutel. Alle Heilkräuter und Werkzeuge waren in ihrer kleinen Tasche, fein säuberlich und bereit für ihren nächsten Einsatz. Eigentlich, gestand sie sich ein, bin ich erleichtert, nicht weiter am Fest teilnehmen zu müssen. Vielleicht wäre es wieder zu einer unangenehmen Situation mit Wolf gekommen.

Sobald sie sich auf das weiche Schaffell gelegt hatte, schmiegte sich Eila an den warmen Körper ihrer Mutter. Frida drückte ihre kleine Tochter fest an sich.

»Erzählst du mir eine Geschichte?«, murmelte Eila bereits halb im Land der Träume.

»Nein, heute werden wir versuchen gleich zu schlafen. Wenn du morgen aufwachst, bin ich nicht mehr hier. Du gehst dann zu Ava. Ich weiß noch nicht, wann ich wiederkomme. Morgen Abend oder vielleicht erst den Tag danach, das hängt vom Zustand von Ranulfs Mutter ab. Gute Nacht, meine Waldtaube.« Sie strich Eila über das Haar, immer wieder, bis sie selbst einschlief.

Frida hatte sich nur wenige Stunden ausruhen können, noch war es draußen dunkel. Trotzdem stand sie auf, legte Holz auf die Glut und nahm ihren Lederbeutel. Dann rüttelte sie Ranulf an der Schulter, der sich augenblicklich aufrichtete. Seine Nacht war sicherlich nicht besser gewesen, vermutete Frida. Sie zogen ihre Wollumhänge an und gingen hinaus in die Kälte des anbrechenden Tages. Noch funkelten die Sterne in der unendlichen Weite des Himmels, doch man konnte die Dämmerung schon erahnen. Schweigend liefen sie durch den Wald, die Rufe des

Waldkauzes als einzige Begleitung. Ihre Augen hatten sich schnell an die Dunkelheit gewöhnt, trotzdem kamen sie nur langsam voran. Immer wieder blieben sie an einem Ast hängen oder stolperten über eine Wurzel. Allmählich lichtete sich der Nachthimmel, die erste zaghafte Helligkeit breitete sich aus.

Als sie in Ranulfs Siedlung ankamen, führte dieser sie sofort zum großen Langhaus seiner Familie. Einige Anwohner hatten bereits vor der Eingangstür auf Fridas Eintreffen gewartet. Bei ihrem Anblick ging die kleine Gruppe ohne viele Worte auseinander und ließ Frida eintreten. Linker Hand befand sich der Wohnteil, ein loderndes Feuer brannte auf der offenen Feuerstelle und ein großer Kessel mit heißem Wasser stand bereit. Frida ging daran vorbei und näherte sich dem Bett der alten, kranken Frau. Sie kniete sich vor ihr hin und blickte in ihr ausgezehrtes und vor Schmerzen verzogenes Gesicht.

»Ich bin es. Frida. Ich bin gekommen, um dir zu helfen.«

Frida war sich unsicher, ob die Alte ihre Worte vernommen hatte. Sie drehte sich zu den Anwesenden um und sagte bestimmt: »Lasst uns bitte allein.«

Als alle gegangen waren, legte Frida ihre Hand auf die fiebrige Stirn der schwachen Frau und wartete, doch außer der glühenden Hitze spürte sie nichts. Wieder legte sie ihre Hand auf, diesmal auf den Oberarm, aber auch hier spürte sie keinen Lebensfluss, der in sie überging. Sie atmete tief durch, versuchte, sich zu konzentrieren, und zog die Tunika der Kranken nach oben. Vorsichtig tastete sie mit den Fingerspitzen den gesamten Bauchraum ab. Da spürte sie auf der rechten unteren Seite eine Verhärtung. Eine ungute Hitze stieg von der Stelle auf. Als Frida diesen Punkt berührte, schrie die Alte laut auf vor Schmerz. Frida drückte nun mit den Fingern auf die gegenüberliegende Seite und löste sogleich ihren Druck. Die Kranke schrie nochmals auf. Frida war sich sicher, dass der Bauch der Alten entzündet war, für eine heilende Behandlung schien es schon zu spät. Verzweiflung machte sich in ihr breit, zerquetschte ihre Brust und schnürte ihr die Luft zum Atmen ab. Wäre ich doch nur in der Nacht aufgebrochen, dachte sie bei sich, vielleicht hätten die wenigen Stunden einen Unterschied gemacht. Oft fühlte sie sich in ihrer Begrenzung zu heilen frustriert und hilflos, doch durfte sie sich nichts anmerken lassen. Schnelles Handeln war jetzt nötig. Aus ihrem Lederbeutel nahm sie getrocknete Blätter und Blüten der Schafgarbe, der Kamille und des Kümmels, zerrieb sie mit den Fingern, legte sie in ein Tongefäß und übergoss die Kräuter mit heißem Wasser. Nachdem sie einige Zeit in der Flüssigkeit gezogen hatten, goss sie einen Teil in einen Trinkbecher. Später würde sie der Kranken zu trinken geben. Jetzt tauchte sie ein Leinentuch in die verbliebene Flüssigkeit. Mit einem Holzlöffel nahm sie das Stoffstück heraus und wartete, bis es zum Auswringen kühl genug war. Den heißen Wickel legte sie auf den Bauch der Kranken. Die Wärme, die er ausstrahlte, schien der Alten etwas Linderung zu verschaffen. Dennoch machte sich Frida nichts vor. Sie ahnte, dass sie der Frau wahrscheinlich nicht mehr helfen konnte. Kaum hatte sie diesen Gedanken im Kopf, krümmte sich die Alte schon wieder vor Schmerzen. Mitleidig strich Frida ihr das verschwitzte Haar aus dem Gesicht und wiederholte die Prozedur mit dem Wickel einige Male. Sie gab ihr etwas von dem heißen Pflanzensud, löffelweise musste sie ihr den Tee einflößen.

Nachdem einige Zeit vergangen war, ließ sich die Alte erschöpft in das weiche Schaffell fallen.

»Die Schmerzen sind plötzlich weg«, krächzte sie.

Frida tastete vorsichtig die Bauchgegend mit den Fingern ab. Tatsächlich hatten sich die Krämpfe gelöst, doch das war trüglich. Bald würde sich der Bauch wieder verhärten.

Abwechselnd gab Frida ihr zu trinken und erneuerte die wärmenden Bauchwickel. So ging das stundenlang, bis die Alte plötzlich laut aufschrie, ein jämmerlicher Schrei, in dem ein unbeschreiblicher Schmerz lag, der noch unerträglicher war als die Qualen davor.

In dem Moment kam Ranulf in die Hütte gestürzt, gefolgt vom Rest seiner Familie, und schaute Frida fragend an. Diese drehte sich so zu ihm, dass seine Mutter sie nicht sehen konnte, und schüttelte kaum merklich den Kopf. Sie würde der Alten einen starken Schmerz- und Schlaftee zubereiten, der sie von den Qualen befreien und sie auf ihrem Weg in die andere Welt begleiten würde. Wodan rief sie zu sich. Es war Zeit, sie gehen zu lassen. Nach Walhall, in die prächtige Halle, in der all die tapferen Krieger weiterlebten. Dort wartete ihr ältester Sohn auf sie, der in einer Schlacht sein Leben verloren hatte.

14. Kapitel

Das Osterfest stand an, der Höhepunkt des Jahres. Christus hatte ihnen sein Leben geschenkt, war für sie am Kreuz gestorben und wieder auferstanden von den Toten. Der Sieg des Lebens über den Tod, das ewige Leben, das wollten sie dieses Jahr ganz besonders feiern. Und so hatte Rupert verkündet, dass er sich mit zwei weiteren Männern zur Alamannensiedlung aufmachen und die Wilden zu ihren Osterfeierlichkeiten einladen wollte.

Er war sich sicher, dass dies der richtige Weg war. Das Fest zu Christi Auferstehung würde Wunder vollbringen und ihnen Erleuchtung schenken.

»Bruder Markus und Bruder Bartholomä, ihr werdet mich begleiten«, sprach Rupert die beiden Brüder an.

Er hatte sich bewusst diese beiden ausgesucht. Markus war groß und stark von Statur und daher eine imposante Erscheinung. Verglichen mit den riesenhaften Gestalten der Alamannen konnte er zwar nicht ganz mithalten, doch fühlte er sich mit Markus an seiner Seite sicherer. Bei Bartholomä waren seine Beweggründe ganz anderer Natur. Der untersetzte Mönch war immer darauf bedacht, Rupert zu gefallen, und befürwortete jede Entscheidung des Abts.

»Was ist, wenn sie euch angreifen? Solltest du nicht mehr Mönche mitnehmen?«, gab Daniel, ein junger Mönch mit Engelsaugen und hitzigem Temperament, das Rupert unbedingt noch zügeln musste, zu bedenken.

»Wir kommen in friedlicher Absicht. Und wir sind hier, um ihnen die Liebe des Herrn zu verkünden. Da gibt es keine bessere Gelegenheit als das Osterfest. Es ist unsere Pflicht als Christen und Mönche, ihnen das ewige Heil zu bringen«, erklärte er seine Entscheidung.

»Was ist, wenn sie das nicht verstehen?«, fragte Georg.

»Genau dafür sind wir hier. Wir werden es ihnen erklären.«

»Wollen wir nicht noch ein bisschen warten?«, wandte Hubertus ein, der ein so schmächtiger und wortkarger Mönch war, dass man ihn meistens kaum wahrnahm.

»Wenn es niemanden gibt, der die Botschaft des Herrn zu den Wilden im Schwarzwald trägt, dann werden sie noch lange in der dunklen Unwissenheit und im Heidentum leben.«

»Und wo wollt ihr sie suchen?«, wollte Georg wissen, »wir wissen ja nicht genau, wo sie leben.«

»Von Gunzo wissen wir, dass sich ihre Siedlung am Bachlauf talaufwärts befindet. So schwierig wird es nicht werden, sie aufzuspüren. Das kann nicht weit sein.«

Betreten schauten sich die Mönche an. Sie kannten ihre Mission, eine große Glaubensgemeinschaft im Schwarzwald zu errichten, doch hatten viele von ihnen gehofft, den Zeitpunkt des Austauschs auf das nächste Jahr verschieben zu können. Manch einer hätte sich sicherer gefühlt, wenn sie erst schützende Palisadenzäune, Klostermauern und Gebäude errichtet hätten, bevor sie die Wilden heimsuchten.

»Gott hat uns die Kraft und die Fähigkeit geschenkt, Wildes zu zähmen und Unordentliches zu ordnen. So wird es auch bei diesen Ur-Schwarzwäldern sein.«

»Also, ich komme mit«, meldete sich Markus zu Wort.

Sofort pflichtete ihm Bartholomä bei. »Ich natürlich auch. Es ist eine gute Idee von dir, Pater, das Osterfest als Anfang ihrer Bekehrung zu wählen.«

»Gut, dann brechen wir auf. Für die, die zurückbleiben: Ihr kennt eure Aufgaben. Enttäuscht mich nicht!«

Mit einer Handbewegung forderte er die beiden anderen Mönche auf, ihm zu folgen. Abrupt drehte er sich um und marschierte los. Markus und Bartholomä machten sich ebenfalls hastig auf den Weg und versuchten, Rupert einzuholen. Schweigend liefen sie hintereinander den Bachlauf entlang und den steilen Hang hinauf. Sie durchquerten einen dichten Tannenwald, der trotz der hellen Sonnenstrahlen, die ihn durchbrachen, dunkel und bedrohlich wirkte.

Wie groß wohl dieser Wald ist? Und was alles in ihm lebt? Markus versuchte, seiner Anspannung Herr zu werden und sich auf Gottes Begleitung zu konzentrieren. Wo genau sich die Siedlung befand, wussten sie nicht. Doch er spekulierte, dass es nicht mehr sehr weit sein konnte, denn sie waren schon eine ganze Weile unterwegs. Genau in diesem Moment hörten sie ein lautes Bellen, das ihr Kommen ankündigte.

Rupert blieb stehen und zeigte mit der rechten Hand in die Richtung, aus der das Hundegebell gekommen war. »Dort leben sie. Seht, da drüben steigt Rauch auf.«

Unerschrocken ging er weiter, gefolgt von Markus und Bartholomä. Das Bellen wurde immer lauter, ab und an wurde es von einem lauten Knurren unterbrochen. Rupert wandte sich um und forderte seine Mitbrüder auf: »Lasst uns einen Lobgesang singen, das wird uns stärken und ermutigen. Und die Wilden werden hören, dass wir in friedlicher Absicht kommen.«

Etwas eingeschüchtert stimmten Markus und Bartholomä in Ruperts Gesang ein. Doch das schien den Hund nur noch mehr zu erregen. Bis sie an der Lichtung angekommen waren, kläffte der Vierbeiner unaufhörlich. Das Tier, einem Wolfshund ähnlich, erwartete sie mit gefletschten Zähnen am Eingang der Siedlung. Mehrere Kinder standen neben ihm und starrten sie mit großen Augen an. Der größte Junge befahl dem Hund, mit seinem Gebell aufzuhören. Nach und nach gesellten sich noch andere Kinder zu der kleinen Gruppe hinzu.

Rupert war verwundert, keine Erwachsenen zu sehen. Da stimmt etwas nicht, mutmaßte er.

Prüfend schaute er über die Kinder hinweg auf die Lichtung, begutachtete aus der Ferne die Gebäude und fragte fordernd: »Wo ist euer Anführer?«

Der Junge, der dem Hund befohlen hatte zu schweigen, zeigte mit dem Finger hinter sich. Mit einem aufgesetzten Lächeln bedankte sich Rupert und ging langsam in der angegebenen Richtung zwischen zwei Gehöften entlang, die mit Palisadenzäunen abgesteckt und voneinander abgetrennt waren. Das linke Langhaus hatte eine beachtliche Länge von mindestens zwanzig Schritt. Die Wände waren lehmverputzt und Holzschindeln bedeckten das Dach. Mehrere Nebengebäude standen um das linke Langhaus herum, doch Rupert konnte durch den blickdichten Palisadenzaun nicht erkennen, um welche Gebäude es sich genau handelte. Vermutlich sind es Speicher und separate Stallungen, dachte er. Das rechte Langhaus war kürzer, doch genauso säuberlich eingezäunt. Nach wie vor konnte er keine Erwachsenen sehen, nur die Kinder waren ihnen gefolgt und rannten hinter ihnen her. Von Weitem erkannte er einen zentralen Platz , welchen er zielgerichtet ansteuerte.

Was er dort sah, erstaunte ihn sehr.

Drei Männer schnarchten am helllichten Tag neben der großen Feuerstelle auf ihren Schaffellen, neben dem einen lag sogar eine Frau, die sich ebenfalls noch in einem tiefen, trunkenen Schlaf befand. Achtlos lagen Becher und Trinkhörner neben ihnen, Essgeschirr war verstreut auf dem Boden. An einem großen umgefallenen Bierfass lehnte ein weiterer Alamanne, der im Schlaf genüsslich schmatze.

Rupert wusste aus diversen Berichten, dass die Wilden gerne und ausschweifend Feste feierten und dem Alkohol nicht abgeneigt waren, doch was er da sah, schockierte ihn. Das waren die eindeutigen Reste eines Saufgelages. Die wilden Schwarzwälder schliefen noch am Nachmittag ihren Rausch aus, bewacht von ihren Kindern. Das war eine Verkommenheit und Liederlichkeit, die er nicht dulden konnte. Nicht in seinen schlimmsten Träumen hätte er sich ausmalen können, dass versoffene Heiden tagsüber auf Fellen liegen würden, Mann und Frau schamlos beisammen, in aller Öffentlichkeit. Er mochte sich gar nicht ausdenken, welch sittenlose Schmutzigkeit hier in der Nacht geherrscht haben musste.

Innerlich bebend musste er sich beherrschen, die schlafenden Trunkenbolde nicht lauthals anzuschreien. In dem Moment trat ein schwankender Riese zu ihnen, der aus dem Langhaus hinter der Feuerstelle gekommen war. Er konnte sich gerade noch rechtzeitig am Palisadenzaun festhalten, der sein Haus umrundete.

»Was wollt ihr hier?«, lallte der Riese undeutlich.

Er wollte nach seinem Sax greifen, jedoch waren seine Bewegungen unbeholfen und langsam. Mehrmals vergriff er sich, bis er endlich den Schaft in den Händen hielt. Rupert atmete einmal tief ein und aus, um seinen Ärger zu unterdrücken, ließ in freundlicher Geste beide Arme in die Höhe gleiten und sagte: »Wir sind gekommen, um euch einzuladen. Wir feiern das Osterfest.«

»Verschwindet, wir hatten gestern unser Frühlingsfest.« Der Riese ließ den Zaun endlich los und kam schwankend in ihre Richtung.

»Verschwindet, hab ich gesagt!«

Lächelnd lief Rupert einige Schritte rückwärts. Markus und Bartholomä hinter ihm taten es ihm gleich.

»Wir kommen wieder«, verkündete Rupert.

Langsam liefen sie zunächst rückwärts, bevor sie den Festplatz verließen und sich umdrehten. Sie gingen wieder zwischen den beiden Gehöften hindurch zum Waldrand und traten den langen Nachhauseweg an.

Mit jedem Schritt wurde Rupert bewusster, dass sein klösterliches Leben, dessen klare Ordnung er liebte, im kompletten Gegensatz zu der Welt der wilden Schwarzwälder stand. Ruperts Leben basierte auf den wiederkehrenden und tröstenden Stundengebeten, der demütigen Arbeit und dem Studium der heiligen Schriften. Dazwischen war kein Platz für Ausschweifungen, sondern nur für Verzicht und, von wenigen Ausnahmen abgesehen, für das heilsame Schweigen, das sein Herz für die Stimme Gottes öffnen sollte. Vor ihm lag ein langer Kampf gegen grenzenlose Sittenlosigkeit, Schamlosigkeit und Verworfenheit. Es war ein Feldzug gegen die liederliche Welt der Alamannen. Und er war gewillt, diesen Kampf aufzunehmen und als Sieger hervorzutreten. Doch musste er geschickt vorgehen. Wie ihm das gelingen sollte, war ihm noch ein Rätsel. Gott würde ihn leiten, da war er sich sicher.

15. Kapitel

Schweren Herzens verliess Frida die Siedlung der Nachbarn. Die Alte war kurze Zeit nach Einnahme des Schmerz- und Schlaftranks friedlich gestorben. Letzten Endes erlöst von den schlimmen Schmerzen. Sogar ihr Gesicht hatte sich entspannt. Ihr Herz hatte für immer aufgehört zu schlagen, ihre Lungen weiteten sich nicht mehr. Trotz des hohen Alters der Frau – vielleicht hatte sie bereits vierzig Sommer erlebt – umhüllte Frida eine Traurigkeit.

Jeder Weggang hinterließ trauernde Angehörige, wie im Fall der Alten, die mehrere Söhne und Enkel gehabt hatte. Nun schaute Frida dem Nachhauseweg entgegen, der Ordnung in ihre Gedanken bringen würde. Lange vor Sonnenuntergang wäre sie zu Hause bei ihrer kleinen Eila. Ranulf hatte ihr zum Dank für ihr Kommen und ihre Fürsorge vier Eier mitgegeben und zusätzlich einen kleinen Beutel Gerste, obwohl sie dankend abgelehnt hatte.

Sie kam gut voran. Schon oft war sie den Weg zwischen den zwei Siedlungen gelaufen, denn die Heilerin ihrer Nachbarn war vor drei Wintern urplötzlich verstorben. Und mit ihr das Heilwissen um die Pflanzenwelt.

Frida nahm sich vor, nach ihrer Rückkehr mit Walram und Wolf zu reden, falls die beiden schon nüchtern waren. Bisher hatte sie es immer aufgeschoben, denn sie spürte, dass es eine schwierige Unterredung werden würde. Doch sie musste ihnen ihre Gefühle offen darlegen, damit Wolf endgültig verstand, dass eine Bindung zwischen ihnen unmöglich war. Er sollte sich lieber nach einer jungen Frau in einer Nachbarsiedlung umschauen. Obwohl sie nicht wusste, wer dabei in Betracht käme, tat ihr die zukünftige Auserwählte bereits leid. Sie würde Wolfs Launenhaftigkeit, seine Brutalität und seine regelmäßigen Saufereien ertragen müssen.

Plötzlich horchte Frida auf. Sie war sich sicher, Laub rascheln und Äste knacken gehört zu haben. Da sie sich nicht mehr weit von ihrer Siedlung entfernt befand, konnte es sich um einen Nachbarn handeln. Hoffentlich ist es nicht Wolf, der mir entgegenkommt, dachte sie, ihn kann ich jetzt nicht ertragen. Wieder hörte sie ein Knacken. Mutig lief sie auf dem Trampelpfad weiter, in der Hoffnung, bald ein bekanntes Gesicht zu sehen.

Doch ihre Sicht war begrenzt, der enge Pfad umrundete einen großen Sandstein, auf dessen anderer Seite der Weg durch kleine Tannen beengt wurde, die dicht aneinanderwuchsen. Sie beschloss, vor dem großen Findling zu warten, um die Entgegenkommenden zuerst durchzulassen. Zu ihrem Erstaunen waren es drei Männer, keiner davon aus ihrer Siedlung. Sie trugen lange, schlichte Gewänder mit einer großen Kapuze. Ihre Roben waren in der Mitte gegürtet, nur ein großes Holzkreuz, das an einem Lederriemen hing, schmückte ihre Brust. Frida erkannte in ihnen drei der Fremden, die sie vor einigen Wochen bereits beobachtet hatte. Die Kirchenmänner schienen genauso erstaunt wie sie und waren ebenfalls stehen geblieben. Der vordere Mann, der nicht größer war als Frida, sprach sie an. »Gelobt sei Jesus Christus. Wer bist du?«

Anstatt ihm eine Antwort zu geben, griff Frida nach dem Messer, das an ihrem Gürtel hing.

»Was machst du allein im Wald, mein Kind? Bist du aus der Siedlung?«

Mit einer Armbewegung deutete er hinter sich. Ihre Gedanken rasten, während sie überlegte, was sie tun sollte. Sie beschloss, sich wortlos auf dem engen Trampelpfad durchzuzwängen, ihr Messer fest im Griff, den Blick nach vorne gerichtet. Notfalls könnte sie laut schreien, damit sie jemand von ihrer Siedlung hören konnte. Den Rücken den Tannen zugewandt, wollte sie sich an den Männern vorbeipressen. Den ersten Mann hatte sie schon fast passiert, als dieser sie blitzschnell am Ärmel packte und mit durchdringendem Blick ansah. »Pass auf, mein Kind, es ist gefährlich allein im Wald, vor allem für ein schwaches Weib.«

Genauso schnell wie er sie gepackt hatte, ließ er sie wieder los. Sie ging ohne Probleme an dem zweiten Mann vorbei, doch der dritte stellte sich ihr leicht in den Weg. Er war untersetzt, hatte runde, hervortretende Augen und ein anzügliches Grinsen, das sie abstoßend fand. Sie drückte seinen massigen Körper leicht zur Seite und rannte los.

Ihr Herz raste wie wild, sie hörte das Pochen in ihren Ohren, doch sie verlangsamte ihre Schritte nicht. Im Gegenteil, sie rannte, so schnell sie konnte, den Trampelpfad entlang, ihre Sinne geschärft, achtete auf Äste und Wurzeln, die sie zum Stürzen hätten bringen können. Nach einigen Minuten, sie war schon ganz außer Atem, drehte sie sich um, konnte aber niemanden mehr sehen.

Die Männer waren ihr nicht gefolgt.

Sie verlangsamte ihre Schritte und verfiel in einen leichten Trab. Die Kirchenmänner waren ihr unweit ihrer Siedlung entgegengekommen. Waren die Mönche etwa in ihrem Dorf gewesen?

Sie ging wieder etwas schneller, um rasch nach Hause zu kommen. Schon sah sie die ersten Rauchwolken aufsteigen, das Bellen von Walrams Hund setzte ein. Noch wenige Schritte und sie wäre in der schützenden Umgebung ihres Dorfes, bei ihren Leuten.

Sobald Frida die Siedlung erreicht hatte, lief sie zum Hauptplatz, nur um festzustellen, dass einige Anwohner immer noch auf den Schaffellen lagen und ihren Rausch ausschliefen. Die Exzesse mancher Bewohner, vor allem die Maßlosigkeit beim Trinken, ärgerten Frida in diesem Moment ganz besonders. Zwei der Männer und ihre Frauen standen aber schon zusammen und redeten, umrundet von den Kindern der Siedlung. Ihre kleine Eila war bei ihnen. Sobald sie ihre Mutter erblickt hatte, rannte sie zu ihr. Mit beiden Armen fing Frida ihre Tochter auf und ließ sie in der Luft wirbeln. Wie sehr sie sie vermisst hatte. Ihre Tochter fest in den Armen haltend, ging sie auf die kleine Gruppe zu und wandte sich an den Älteren der beiden Männer, Kuno, den Töpfer ihres Dorfes.

»Im Wald sind mir die Kirchenmänner begegnet. Waren sie hier bei uns?«

»Ja, er hat sie verscheucht.« Kuno deutete auf Falk, der neben ihm grimmig nickte.

»Was wollten sie denn hier?«

»Sie wollten uns einladen. Wir werden jetzt Walram, Wolf und die anderen wecken. Frida, sieh du nach, ob der Schamane da ist.«

Frida setzte Eila ab, die sich immer noch fest an ihren Hals klammerte, und lief mit ihr zu der Hütte des Schamanen. Seit Tagen hatte sie ihn nicht gesehen und war sich unsicher, ob sie ihn zu Hause antreffen würde. Sie umrundete seine kleine Behausung, fand aber nur einen leeren und kalten Wohnraum vor. Seit Tagen war hier nicht angeheizt worden. Wo war er bloß?

Da der Schamane wohl wieder einen seiner Streifzüge durch den Wald machte, nahm sie Eila bei der Hand und ging zurück zu den anderen. Mehrere Bewohner hatten sich versammelt, die Neuigkeit des Besuchs hatte bereits die Runde gemacht. Zwar waren sie unregelmäßigen Besuch von Nachbarn wie Ranulf gewohnt und auch ihr großer Stammesführer, der nach Gunzo der wichtigste Mann der Alamannen war, kam auf seinen Reisen durch das Land ab und an zu ihnen, doch Fremde fanden sonst nie den Weg in ihre Siedlung. Frida näherte sich der Gruppe und rief ihnen zu: »Der Schamane ist nicht da!«

Walram, der mittlerweile aufgestanden war und sich zu den anderen gesellt hatte, kratzte sich am Kopf und ließ ein schmerzerfülltes Stöhnen verlauten. Offensichtlich hatte er nach dem ausschweifenden Fest Kopfschmerzen und konnte seine Gedanken noch nicht klar ordnen. Alle redeten durcheinander und kommentierten den Besuch der Mönche.

»Die sollen bloß nicht mehr herkommen.«

»Genau!« Ein lautes Rülpsen unterstrich Falks Aussage.

»Wir sollten aufpassen, Gunzo hat sie hierher entsandt.«

»Das kann Ärger geben«, mischte sich Falks Frau Berta ein.

»Seid alle ruhig!«, übertönte Walram das Gerede der Anwesenden. »Wir müssen nachdenken.«

In dem Moment gesellte sich Wolf zu ihnen. Ein blauer Fleck schmückte sein Gesicht zwischen dem linken Auge und dem Nasenbein. Er blieb vor der Gruppe stehen und kratzte sich am Bauch.

»Was ist hier los?«, forderte er die Anwesenden auf, ihn zu unterrichten.

In wenigen Worten schilderte Kuno, was passiert war, und erzählte, wie Falk die Kirchenmänner verscheucht hatte.

»Ja, richtig so. Falk, ich hoffe, du hast ordentlich draufgehauen. Die sind so schmächtig, da kannst du mit einem Schlag zwei auf einmal zum Kippen bringen«, kommentierte Wolf und lachte lauthals über seine eigene Bemerkung.

Doch als niemand in sein Gelächter einstimmte, merkte auch er, dass die Situation ernster war, als er zunächst angenommen hatte. Er schaute in die Runde und beschloss abzuwarten.

»Dieser kleine Mönch ist ein Entsandter unseres Alamannenherzogs«, erinnerte Walram die anderen Dorfbewohner. Mit einer Hand hielt er seine pochende Stirn. »Wir dürfen ihn nicht verärgern. Wir warten einige Tage ab und besuchen dann seine Lichtung. Die werden von selber wieder abreisen, wenn sie merken, wie hart das Leben hier ist, fern von ihren großen Siedlungen mit den vielen Annehmlichkeiten. Bis dahin werden wir den Kirchenmännern freundlich begegnen. So machen wir das.«

Er griff nach Avas Arm und zog sie mit sich zu ihrer Behausung. Das war das klare Zeichen, dass die Versammlung beendet war und Ava wieder an ihre Arbeit gehen musste. Auch Frida wandte sich mit Eila ihrer Hütte zu. Jetzt war nicht der richtige Augenblick, um mit Wolf und Walram zu reden. Die beiden waren von ihrem Rausch noch ganz benommen und hatten mit dem Besuch der Kirchenmänner ganz andere Sorgen. Außerdem bereitete Frida der Schamane Kopfzerbrechen. Falls er bis morgen nicht wieder auftauchen würde, würde sie ihn in der Endlosigkeit des Schwarzwalds suchen. Sie fühlte eine besorgniserregende Rastlosigkeit in ihrem Inneren, einen dumpfen Druck, der Unbehagen in ihren Bauch ausstrahlte.

16. Kapitel

Obwohl es in der Nacht geregnet und sich eine nasse Kälte über der Siedlung ausgebreitet hatte, wollte Frida an diesem Morgen frische Tannentriebe sammeln. Ein dichter, zäher Nebel hatte sich über die Häuser gelegt, doch Frida war sich sicher, dass später am Tag eine warme Frühlingssonne den grauen Teppich aufreißen würde. Sie warf sich ihren wollenen Umhang über, verschloss ihn mit der bronzenen Scheibenfibel*, zog die Kapuze über den Kopf und griff nach ihrem Korb. Es war noch frisch an diesem Morgen und die Wege waren nass.

Eila hütete mit den anderen Kindern die Tiere der Alamannensiedlung. Erst wenn die Sonne hoch oben stehen würde, würde ihre Tochter nach Hause kommen und nach einer Stärkung verlangen. Dann wäre Frida schon längst zurück.

Schnellen Schrittes machte sie sich zu einem Tannenwald auf, der etwas abseits ihrer Lichtung lag. Dort wuchsen kräftige Bäume mit tief herabhängenden Ästen und starken Trieben. Einen Teil der hellgrünen Triebe würde sie heute ihrem Eintopf hinzufügen, auch wenn Eila die bitteren Nadeln nicht mochte. Den Rest würde sie als Wintervorrat trocknen. Gerade in der kalten Jahreszeit war ein Sud aus Tannentrieben ein wunderbares Heilmittel bei

* Gewandspange, mit der das große Umschlagtuch an den Schultern zusammengehalten wird. Oft scheibenförmig und reich verziert.

Erkältungen und schmerzenden Knochen. Der immergrüne Baum galt als beseelt, symbolisierte er doch mit seinen wintergrünen Nadeln die Unsterblichkeit. Er war eine Brücke zwischen ihrer Welt im Schwarzwald und dem Reich Wodans.

Frida beeilte sich nicht, im Gegenteil. Der Frühling war ihre liebste Zeit im Wald und sie genoss die Streifzüge in ihrem grünen Kosmos. Versunken in Gedanken, bemerkte sie zunächst nicht, dass ein eigenartiges Pochen ihr Herz ergriffen hatte. Es war ein schneller Schlag, als würde sie rennen oder auf der Flucht sein, obwohl sie sich nur langsam fortbewegte. Sie spürte intuitiv, dass sie nicht mehr allein war.

Nach ihrer Erfahrung mit den Mönchen war sie noch vorsichtiger geworden. Sie verlangsamte ihre Schritte zusätzlich und griff zielstrebig nach ihrem Eisenmesser, das an einer Lederschnur an ihrem Gürtel hing. Ihre Sinne waren geschärft, gleich einem wilden Tier, doch konnte sie weder etwas Ungewöhnliches sehen noch riechen. Sie vernahm keine Geräusche. Kein Knacken von Ästen, kein Rascheln von Laub durchbrach die Stille. Nur das schnelle Pochen in ihrem Inneren, als würde das Herz eines anderen in ihr schlagen. Sie blieb stehen und wandte sich um. Langsam suchte sie mit den Augen die Böschungen ab, schaute sich jeden Baumstamm an und drehte sich mehrmals um ihre eigene Achse. Doch da war nichts außer den Pflanzen des Waldes, die von den sich zäh haltenden Nebelschleiern verhüllt waren. Sie machte sich wieder auf den Weg, spürte das schnelle Pochen aber erneut: bum bum, bum bum. Wieder blieb sie stehen. Das Messer fest in der Hand, sah sie sich vorsichtig in ihrer näheren Umgebung um. Langsam begann sie zu glauben, sich das Herzrasen nur einzubilden, wäre da nicht ihr eigenes Vertrauen in ihren feinen Spürsinn gewesen. Bis auf ihre innere Unruhe konnte sie nichts erkennen, keine verdächtigen Spuren, kein zertretenes Laub und keine abgebrochenen Äste. Und doch war sie sich sicher: Sie war nicht allein.

Da vernahm sie in der Ferne eine Bewegung. Ein Schatten hing zwischen zwei jungen Tannen hinter einem Nebelschleier. Angespannt schaute sie in die Richtung und wartete.

Ein zaghafter Sonnenstrahl durchbrach den Nebel und der Schleier lichtete sich. Ein Wolf. Das stolze Tier sah sie mit seinen durchdringenden bernsteinfarbenen Augen an. Es verharrte genauso bewegungslos. Das fast weiße Fell glänzte im Sonnenlicht, fing die Strahlen ein. Und da verstand sie.

Es war das Herzklopfen des Wolfes, das sie in sich spürte. Seine Lebenskraft, seine Tapferkeit und seine Freiheitsliebe. Ihr ungezähmtes Krafttier, wild und furchtlos, Wodans mutiger Begleiter. Doch wo war sein Rudel, seine Familie? Vielleicht war es ein einsam umherziehender Wolf, gar eine Wölfin. Von der Ferne konnte Frida das nicht genau beurteilen. Sie empfand keine Angst, ganz im Gegenteil. Zu gleichen Teilen fasziniert und ehrfürchtig blieb sie bewegungslos stehen, bis das Tier entschied, wie sich der weitere Verlauf ihrer Begegnung abspielen sollte. Einen Moment später verschwand die Sonne hinter den Wolken und der Nebel umschloss das Tier, verschluckte es, als wäre es nie da gewesen. Regungslos blieb Frida, wo sie war, und wartete, doch das Pochen in ihrem Herzen war verschwunden. Fast war sie enttäuscht. Nie zuvor hatte sie ein Tier so intensiv gespürt, so eine Verbundenheit zwischen zwei Herzen gefühlt. Es war ein magischer

Moment gewesen und Frida war sich sicher, dass der Wolf ihr etwas hatte mitteilen wollen.

Noch ganz benommen von der Situation, beschloss sie, dem Tier zu vertrauen und auf eine Deutung zu warten. Sie merkte, dass sie ihr Messer immer noch in der Hand hielt, und ließ es wieder in die Lederhülle gleiten. Dann griff sie nach ihrem Korb und ging langsam weiter. Sie fühlte sich nicht beobachtet, sondern bewacht und beschützt, als würde eine Mutter ihr Kind aus der Ferne behüten und es auf seinen Schritten begleiten. Wodan hatte seinen Boten geschickt.

17. Kapitel

Der Schamane war zurückgekehrt. Einfach so, als wäre er nur einige Stunden weg gewesen, war er am Nachmittag wieder in ihre Siedlung spaziert. Aus den Tiefen des Waldes war er gekommen, gestützt auf seinen großen Schamanenstock, eine lange gedrehte Wurzel, die von den vielen Jahren der Benutzung eine glatte, fast glänzende Oberfläche hatte. Er hinkte leicht und lief gebeugt an seinem Stock, als würde er eine große, unsichtbare Last auf seinen Schultern tragen. Sein Blick war fest auf seine Füße gerichtet. Ohne die Anwesenden, die im Dorf mit allerlei Arbeiten beschäftigt waren, anzusehen, steuerte er seine Behausung an. Dort angekommen, setzte er sich auf die Türschwelle. Dabei hatte er Mühe, seine knochige Gestalt zu biegen und in den Schneidersitz zu bringen. Erschöpft ließ er sich nieder und schloss die Augen.

Sein Wiederauftauchen machte schnell die Runde. Walram, Wolf und Ewald eilten alsbald zu ihm. Mit einem sorgenvollen Blick schaute Walram die schmächtige Gestalt des Schamanen an. Er schien geschrumpft zu sein. Der Stammesführer war sich unsicher, ob er ihn ansprechen konnte oder ob er warten sollte, bis der weise Mann seine Augen wieder öffnete. Ungeduldig verlagerte Walram sein Körpergewicht von einem Fuß auf den anderen. Die Angelegenheit war dringlich und der Rat des Schamanen gefragt. Länger konnte er nicht warten.

»Schamane, die Kirchenmänner waren da, am Tag nach unserem Frühlingsfest, und wollten uns einladen. Sie haben mit Falk gesprochen, alle anderen haben geschlafen. Falk hat sie verscheucht. Sie sind Gesandte Gunzos, ich denke wir sollten vorsichtiger sein. Was rätst du?«

Der Schamane wirkte so gedankenverloren, dass die Stehenden zunächst glaubten, er habe Walrams Worte nicht gehört. Doch sie wussten, dass sie sich gedulden mussten. Manchmal dauerte es eine ganze Weile, bis der Schamane zu ihnen fand und mit ihnen sprach. So war es auch dieses Mal. Nach einigen langen Atemzügen hob der alte Mann seine Lider. »Setzt euch. Wir müssen reden.«

Schnell nahmen die Männer vor dem Schamanen Platz und warteten auf seine Worte. Eine Fliege flog umher, verweilte zunächst auf Walrams Bein und flog weiter zu Wolfs Wange, um sich dann auf Ewalds Oberarm niederzulassen. In der Stille des Moments war ihr lautes Brummen aufdringlich und verschärfte Walrams Ungeduld. Die Fliege setzte ihren Flug fort, diesmal auf der Wange des Weisen, der sie geduldig ertrug und nicht wegscheuchte.

»Sie werden das Land mit ihrem Christengott erobern und unsere Götter vertreiben. Wir können sie nicht aufhalten. Ebenso wenig wie die Sonne, die jeden Morgen aufgeht, das Wasser, das aus der Quelle rauscht, und den Wind, der durch die Tannen peitscht.«

Walram gab sich mit dieser Antwort nicht zufrieden. Er würde diese Prophezeiung nicht so einfach hinnehmen, wollte beweisen, dass der alte Mann falschlag. »Wir könnten sie von hier vertreiben. Unsere Götter lieben starke Krieger und mutige Männer.«

Mit seiner rechten Faust schlug Wolf zustimmend auf

seine linke Handfläche und unterstrich dabei seine Kampfeslust und sofortige Einsatzbereitschaft.

»Nein, ihr könnt sie nicht aufhalten. Ihr Glaube verbreitet sich über das ganze Land wie eine Seuche, die sich ausdehnt und vor Wäldern, Bergen und Seen keinen Halt macht. Ihr solltet versuchen, freundschaftlich mit ihnen zu leben. Sie haben ihren Gott auf ihrer Seite und sie haben die Mächtigen der Welt, die ihnen den Rücken stärken.«

»Wir verraten doch unsere Götter, wenn wir mit ihnen Kontakt haben.« Walram sah den Schamanen entsetzt an.

Die Fliege hatte die Wange des Schamanen verlassen und setzte sich auf Wolfs Oberschenkel, der sie mit einem festen Schlag tötete. Mit Daumen und Mittelfinger schnippte er sie in das Gras.

»Ihr hattet bisher auch mit Christen Kontakt, wenn ihr in größeren Siedlungen oder auf Feldzügen für unseren Herzog wart. Und sie haben euch nicht verdorben. Bleibt einfach unserem Volk und seinen Werten treu.« Mit diesen Worten schloss er wieder seine Augen, ein Zeichen dafür, dass die Unterredung beendet war. Es waren wenige Sätze gewesen, doch hatten sie den alten Mann sichtlich erschöpft. Seine Wangen waren noch eingefallener als sonst. Tiefe Furchen höhlten sie aus. Die Männer erhoben sich und verließen das kleine Gehöft des alten Weisen.

Gerade als sie das Hinterhaus umrundet hatten, kam ihnen Frida entgegen. Auch sie wollte den Schamanen um Rat bitten. Um Wolf nicht ansehen zu müssen, senkte sie ihren Blick und lief schnellen Schrittes an den Männern vorbei. Lautlos setzte sie sich vor dem alten Mann auf den Boden und schaute in sein ausgezehrtes Gesicht. Obwohl er seine Augen geschlossen hatte und sein Gesicht entspannt wirkte, verliefen drei tiefe Falten quer über seine

Stirn. Seit ihrer letzten Begegnung waren einige Altersflecken hinzugekommen, so schien es Frida zumindest. Oder hatte sein Gesicht nur seine Farbe verloren und ließ die Flecken stärker hervortreten? Ohne die Augen zu öffnen, sprach er zu Frida: »Du hast Sorgen.«

Es war keine Frage, es war die Feststellung eines liebenden Vaters. Zunächst wusste Frida nicht, wie sie ihm die verzwickte Lage zwischen Wolf und ihr darlegen sollte. Sie suchte nach Worten, fing mehrmals an zu reden, nur um wieder zu verstummen. Doch dann brachen die Dämme und ihr Kummer und ihre Sorgen ergossen sich wie ein Schwall, sie spuckte die Worte aus, die sie erdrückten. »Wolf bedrängt mich seit einigen Wochen, seine Frau zu werden. Andauernd lauert er mir auf, macht anzügliche Bemerkungen oder berührt mich sogar. Walram unterstützt seinen Bruder und übt zusätzlichen Druck auf mich aus. Er hat mir sogar gedroht. Und nun bestraft Walram Ava, weil ich Wolf ablehne. Ich ertrage ihn einfach nicht, ich finde ihn abstoßend. Er ist aufdringlich, eingebildet, einfältig und streitsüchtig. Er denkt nur ans Kämpfen, Raufen und Trinken. Ich kann ihn mir nicht als Ehemann und noch weniger als Vater für Eila vorstellen. Was soll ich bloß tun?« Sie konnte gar nicht mehr aufhören zu reden und merkte, wie gut es ihr tat.

Der Schamane sah Frida ruhig an, seine tiefblauen Augen leuchteten aus seinem sonst so blassen Gesicht heraus. Sein sanfter Blick beruhigte ihr aufgewühltes Gefühlsleben augenblicklich.

»Du hast deine Frage selbst beantwortet. Er ist kein Mann für dich, Frida. Du musst es ihm und Walram deutlich sagen. Bleibe dir und deinen Gefühlen treu, höre auf dein Bauchgefühl, auf dein Herz und sein Pochen. Irgendwann wird es für einen anderen Mann schlagen, doch nicht für Wolf.«

Da Frida nichts darauf erwiderte, fügte er eindringlich hinzu: »Dein Herz, Frida, schlägt im Einklang mit dem Herzen der Natur. Du bist ein Teil dieser Wälder, die Winde des Schwarzwalds wehen in deinen Gefühlen und Gedanken, das frische Wasser unseres Bachs fließt in deinem Körper. Würdest du Wolfs Frau werden, würdest du diese Urverbindung langsam verlieren.«

»Doch was mache ich mit Ava? Sie erträgt die Situation nicht mehr. Sie ist nicht so stark.«

»Auch sie muss ihren Weg finden, du bist nicht für sie verantwortlich. Ihr Leidensweg würde sich durch deine Bindung mit Wolf nicht bessern. Dein Unglück ist nicht ihr Glück.« Seine Stimme wurde fordernd. »Du bist eine ganz besondere Person, du bist empfindsam, fühlst Dinge, die andere nicht spüren. Das ist ein einzigartiges Geschenk, eine Gabe. Verschwende sie nicht an Wolf.«

Der alte Mann blickte sie an und schwieg eine Weile. Frida beobachtete seine Gesichtszüge, prägte sich seine Furchen und Falten ein, seine hohe Stirn, sein weißes Haar und den langen, geflochtenen Bart. Er war der liebevolle Vater, den sie sich immer gewünscht hatte. Und doch spürte sie, wie das Gefühl der väterlichen Geborgenheit sich auflöste, ihr entwich und ein nahendes Unheil ankündigte. Eine dunkle Woge schien sie zu verschlingen und sie hatte das Gefühl, darin zu ertrinken. Sie täuschte sich nicht. Der Schamane sprach ihre schlimmsten Befürchtungen aus. »Frida, meine Zeit ist gekommen, die Götter werden mich bald zu sich holen. Ich werde nach Walhall reisen, zu meinem Sohn, und werde wieder mit ihm für alle Ewigkeit vereint sein.«

»Nein!« Das Wort schoss grell aus ihrem Mund.

»Du darfst nicht traurig sein. Unsere Zeit hier in den Wäldern des Schwarzwalds ist begrenzt. Sobald wir geboren werden, ist gewiss, dass wir sterben. Nur den Zeitpunkt kennen wir nicht, den bestimmen unsere Götter. Ich hatte ein langes Leben, länger als alle anderen Männer hier in unserer Gegend, über sechzig Winter. Nun freue ich mich auf meinen Sohn.«

Mit jedem Wort, das der alte Mann sprach, liefen mehr Tränen Fridas Wangen hinunter. Sie flossen unaufhörlich, ohne dass Frida auch nur einen Laut von sich gab. Ein ohnmächtiges, dumpfes Gefühl hatte sich in ihr ausgebreitet. Sie wusste, dass sie den Lauf der Dinge nicht aufhalten konnte, doch der Verlust des väterlichen Freundes würde für sie sehr schmerzhaft werden.

»Ich möchte nicht …, dass du gehst!« Es waren erstickte Laute der Verzweiflung, die sie zwischen zwei Schluchzern herauspresste.

»Der Tod hat nichts Bedrückendes«, versuchte er sie sanft zu beruhigen. »Die verletzten Seelen der Lebenden und ihr tägliches Leiden sind viel erschreckender.« Nach einer Weile fügte er liebevoll hinzu: »Sei nicht traurig. Du trägst mich in deinen Erinnerungen. Und ein Teil von mir lebt in dir weiter, denn ich habe dir alles erzählt, was ich weiß. In deinem Handeln, aber auch in deinen Gedanken und Gefühlen bin ich lebendig. Jetzt musst du gehen. Ich bin müde und möchte mich schlafen legen.«

Er versuchte vergeblich, seine Beine aus dem Schneidersitz zu befreien. Frida sprang ihm sofort zur Seite, half ihm behutsam, seine dünnen Beine zu lösen und sich aufzurichten. Gestützt auf seinen knorrigen Schamanenstock bewegte er sich langsam zu seiner Schlafstatt in der kleinen Hütte, die seinem geliebten Wald zugewandt stand. Frida half ihm, sich hinzulegen. Liebevoll deckte sie ihn mit der Wolldecke zu, strich ihm zärtlich über die Wange, so als wäre sie die tröstende Mutter und er ihr gebrechliches Kind. In ihren Augen lag die ganze Liebe, in ihren streichelnden Fingerspitzen die ganze Wärme, die sie für den alten Mann empfand, und den sie doch gehen lassen musste. Langsam verließ sie die Hütte, ihr Herz voller Traurigkeit.

18. Kapitel

Mitte Mai

Endlich war es wieder so weit: Die Zeit der Brennnesselernte war gekommen. Frida war Wodan so dankbar für diese Pflanze. Mit Eila und einigen anderen Kindern der Siedlung würden sie heute an mehreren Waldlichtungen Brennnesseln pflücken. Die brennende Pflanze wuchs am liebsten dort, wo schon Menschen gewesen waren, und breitete sich somit auf deren Wegen aus. Frida freute sich auf den Ausflug mit den Kindern, auch wenn diese nicht so begeistert waren, wussten sie doch, dass sie am Ende des Tages trotz der Vorsicht zerstochene Hände und Arme haben würden. Mit einer Krätze* und mehreren Körben bewaffnet machte sich die fröhliche Gruppe auf. Die Kinder von Falk und Kuno, die bereits um einiges älter waren als Eila, begleiteten sie. Auch Avas Tochter hatte sie mitgenommen. Walram weigerte sich jedoch, seine Söhne mitzuschicken. Er betonte immer wieder: »Die Söhne eines Mannes sind sein größter Schatz. Sie sollen jagen und kämpfen und ihre Zeit nicht mit Weiberkram verbringen.« Frida sah das ganz anders, denn ihr Schamane war ja schließlich auch ein Mann, ein Gelehrter, der bei seinen Streifzügen durch den Wald sammelte und pflückte. Da konnte es den Söhnen Walrams sicherlich nicht scha-

* Geflochtener Korb, der auf dem Rücken getragen wird.

den, sich mit Pflanzen und ihren Heilkräften auszukennen. Aber gegen Walram hatte sie keine Chance.

Die kleine Gruppe wollte zunächst an der am weitesten entfernten Stelle mit dem Pflücken beginnen und dann langsam den Weg zurück zur Siedlung abarbeiten. Die Kinder rannten voraus, mit allen möglichen Ratespielen beschäftigt, Frida folgte ihnen.

Die Brennnessel war nicht nur ein kräftigendes Gemüse und eine wunderbare Heilpflanze, die sie für den Winter trocknen würde, sondern auch eine Färberpflanze, die ihrer Wolle eine kräftige dunkelgrüne Farbe schenken würde. Was sie jedoch am meisten schätzte, war ihre faserige Eigenschaft. Noch im Wald würden sie die langen Stängel abschneiden und die Blätter abernten, um die äußere Faser zu gewinnen. Durch das mehrmalige Abreiben des Stiels mit einem Tuch würden sie im Anschluss die feinen Brennhaare entfernen. Erst dann konnten sie mit dem Fingernagel vorsichtig die Faser abziehen. Mehrere Fasern verzwirnt ergaben stabile Schnüre, mit denen sie in ihren Häusern Nahrungsmittel festbinden oder kleine Netze flechten konnten. Ava verwebte die ihr mitgebrachten Fasern mit Schafswolle oder Leinen, um Webstücken, die zu Dekorationszwecken im Haus verwendet wurden, eine andere Farbe und Textur zu verleihen.

Die Kinder waren inzwischen an der Pflückstelle angekommen. Von Weitem konnte Frida sie bei ihren Kriegsspielen beobachten. Mit langen Ästen hatten sie sich imaginäre Schwerter gebaut. Sie beeilte sich, zu ihnen zu gelangen, da solche Spiele meistens mit Verletzungen und Weinen endeten. An der Lichtung angekommen, verteilte sie die Aufgaben. »Ihr Großen«, wandte sie sich an die Kinder von Falk und Kuno, »ihr schneidet die Brennnesseln und streift die Blätter ab, die ihr in den Korb legt. Ich werde die Stiele dann mit dem Lappen glatt reiben. Eila und Tyra, ihr zieht die Faser heraus. Seid dabei vorsichtig, es ist eine wichtige Aufgabe, denn wir benötigen lange Fasern.«

Eila war zwar noch recht jung, doch mit ihren kleinen Händen sehr geschickt. Stolz zeigte sie der älteren Tyra, der einzigen Tochter Avas, wie man die wertvolle Faser am besten gewinnen konnte. Am Anfang lachten sie viel und sangen gemeinsam Lieder, doch mit der Zeit wurde den Kindern langweilig.

»Wie lange müssen wir hier noch pflücken?«, jammerte Eila nun schon zum wiederholten Mal.

»Bis wir alle Brennnesseln geerntet haben, dann gehen wir zum nächsten Platz.«

Frida wusste, allzu lange konnten sie nicht mehr hierbleiben. Denn mit der Lust der Kinder sank auch deren Tatkraft.

»Erzähl uns eine Geschichte«, bettelte Tyra, »eine gruslige mit einer schönen Königin.«

»Oder mit einem Krieger!«, rief ein Junge dazwischen.

»Also gut«, gab Frida sich geschlagen. »Vor vielen Jahren, ganz im Norden, lebte einst ein mächtiger König, der in eine schöne, aber stolze Frau verliebt war. Alleine konnte er ihre Gunst nicht erwerben, denn wer sie heiraten wollte, musste eine schwere Aufgabe lösen. Die Schwester des Königs wiederum war in einen kräftigen, unbesiegbaren Helden verliebt. Er war für seine Tapferkeit weit über seinen Stamm hinaus bekannt. Daher wandte sich der König an den Helden und bat ihn um Hilfe. Er sollte für ihn die stolze Frau gewinnen und gegen die Dämonen kämpfen, als Dank dafür würde er seine Schwester bekommen. Der Held war sofort einverstanden, denn er war unverwundbar. Er hatte einst Dämonenblut getrunken und in ihm gebadet. Lediglich an einer einzigen Stelle an seinem Körper hatte das kleine Laubblatt einer Birke seine Haut bedeckt. Dieses Geheimnis kannte außer ihm nur die Schwester des Königs. Der stolze Held löste alle Aufgaben und der König konnte seine Angebetete heiraten. Und auch die Schwester durfte ihren Helden ehelichen. Die Geschichte hätte jetzt enden können, doch es kamen schwere Zeiten auf ihr Volk zu. Alle waren vor Neid zerstritten und die Schwester des Königs verriet ihrer Schwägerin, der Königin, die verwundbare Stelle ihres heldenreichen Mannes. Die Königin war nicht nur schön und stolz, sie war auch grausam. Sie beauftragte ihren Diener, den Helden mit einer spitzen Lanze zu töten, genau an der verwundbaren Stelle. Die Schwester des Königs war untröstlich, denn sie hatte ihren Mann über alles geliebt. Seinen Tod konnte sie nicht überwinden und wollte sich grausam rächen. Dafür schmiedete sie einen mörderischen Plan: Auf einem Fest, auf dem sich ihre ganze Familie samt König und Königin amüsieren sollte, ließ sie alle umbringen. Ein Heer, das sie angeworben hatte, richtete ein fürchterliches Blutbad an. Es waren furchterregende Krieger auf wilden Pferden, mit schweren Schwertern, die alle bestialisch töteten.«

Die Kinder hatten aufgehört zu arbeiten, zu gewaltig war Fridas Geschichte. Sie saßen mit aufgesperrten Mündern und großen Augen da und blickten gespannt auf Fridas Lippen.

Doch anstatt weiterzuerzählen, lächelte sie nur geheimnisvoll. »So, jetzt sollten wir weitermachen«, forderte Frida die Kinder auf.

»Aber warum lässt die Schwester alle umbringen?«, flüsterte Eila.

»Weil man ihr ihren Liebsten genommen hat. Die Königin war neidisch und Neid kann manchmal mörderisch sein. Dafür wollte sich die Schwester des Königs rächen.«

»Erzähl uns noch eine Geschichte, bitte«, forderte Tyra sie auf.

»Später vielleicht. Wisst ihr was? Jetzt essen wir eine Kleinigkeit und dann wechseln wir den Pflückplatz.«

Frida stand auf und holte den mitgebrachten Proviant aus ihrem Korb. Sie hatte am Morgen Teigfladen eingepackt und gab nun jedem Kind seine Ration. Anschließend schnallte sie sich die Krätze auf den Rücken und nahm die Körbe in die Hand.

»Können wir denn nicht nach Hause? Wir haben schon so viel gepflückt«, maulte einer der Jungen.

»Nein, wir gehen noch zu zwei anderen Stellen. Später im Jahr werden wir nochmals Fasern ernten und die Brennnesselsamen pflücken. Los, kommt schon, wir gehen weiter.«

Zunächst ein bisschen widerwillig, dann doch mit neuem Elan machte sich die kleine Gruppe auf. Nachdem sie an einer weiteren Lichtung gesammelt hatten, gingen sie zum letzten Platz, der unweit ihrer Siedlung lag. Auch dort nahmen sie die wertvollen Pflanzen mit, am Ende pflückte Frida noch ein separates großes Büschel. Dieses würde sie Ewalds Mutter geben, damit sie sich das Bündel auf ihre entzündeten Beine schlagen konnte. Die Gelenke würden so besser durchblutet und ihre Schmerzen gelindert werden.

»Wir sind fertig, ihr könnt loslaufen«, erlöste Frida die Kinder.

Die ließen sich das nicht zweimal sagen und rannten voraus, nur die kleine Eila mit ihren kurzen Beinen hatte Mühe mitzuhalten.

»Wartet auf mich!«, forderte sie die großen Kinder auf.

Sichtlich verärgert, drehte sie sich zu ihrer Mutter um und beklagte sich.

»Das ist gemein, die warten nie auf mich.«

»Bleib doch bei mir, meine Waldtaube. Ich kann mit den schweren Körben nicht so schnell laufen.«

»Nein, ich möchte auch schnell sein.«

Um ihren Worten Ausdruck zu verleihen, rannte sie los. Doch ganz so schnell war ihr Fortkommen dann doch nicht. Frida schaute ihrer Tochter schmunzelnd hinterher – und in diesem Moment sah sie ihn. Er kam direkt auf sie zu. Ihr Herz machte einen Sprung und ein ungutes Gefühl breitete sich in ihrer Magengegend aus. Wolf. Noch dazu betrunken, wie es aussah, denn sein Gang war schwankend. Warum mussten die Männer sich tagsüber schon berauschen?

»Eila, komm sofort zurück!«, schrie Frida schrill nach ihrer Tochter.

Eila war so erstaunt über den angsterfüllten Tonfall ihrer Mutter, dass sie augenblicklich stehen blieb. Schon war der schwankende Wolf an ihr vorbeigelaufen und kam direkt auf Frida zu.

»Ich habe dich schon überall gesucht«, nuschelte er in einem vorwurfsvollen Ton, so als hätte sie eine Verabredung nicht eingehalten. Selbstbewusst schaute Frida Wolf in die Augen, lief an ihm vorbei und griff nach Eilas Hand. »Du bleibst bei mir«, zischte sie.

Der zunächst verdutzte Wolf hatte die beiden schnell wieder eingeholt. Er griff nach Fridas Oberarm und raunte:

»Nicht so schnell. Eila, du gehst zu den anderen Kindern. Deine Mutter und ich müssen etwas besprechen. Wir kommen später nach.«

Schon drückte er sich gegen Frida. Sie hielt ihre Tochter fest an der Hand, suchte den Trost ihrer kleinen Finger und versuchte gleichzeitig, die Hand ihres Angreifers von ihrem Oberarm zu schütteln. Als das nicht gelang, drehte sie sich zu ihm um.

»Lass mich los!«, brüllte sie ihn an.

Doch anstatt seine Hand von ihrem Arm zu lösen, grub er seine Finger nur noch tiefer in ihr Fleisch. Frida lief einige Schritte rückwärts, bis ihre Krätze, die sie auf dem Rücken trug, an einem Baumstamm hängen blieb und sie am Wegkommen hinderte. Wolf drückte seinen erregten Körper an ihren und rief diesmal Eila lauter zu: »Lass uns jetzt alleine. Sofort!«

»Nein, Eila, du bleibst bei mir!«, schrie Frida panisch.

Sie schaute direkt in Wolfs zusammengekniffene Augen, die bedrohliche dunkle Blitze voller Bestialität und Lüsternheit aussandten. Eila weinte jetzt und zog an der Hand ihrer Mutter. Doch Frida war zwischen dem Baumstamm, ihrer Krätze und dem Körpergewicht Wolfs eingezwängt. Sie ließ Eilas Hand los und den Korb fallen, den sie immer noch in der anderen Hand trug. Mit beiden Armen stemmte sie sich gegen Wolfs Brust und versuchte, seinen Körper von sich zu schieben.

»Lass mich los. Ich will das nicht!«, schrie sie ihn so laut an, wie sie nur konnte. Voller Wut spuckte sie Wolf direkt ins Gesicht. Ihr Angreifer ließ sie zwar los, schnellte aber sofort wieder vor, sodass ihre Gesichter sich berührten.

»Ich kriege dich schon noch. Das nächste Mal entwischst du mir nicht!«

Frida nahm den ekelerregenden Geruch von saurem Alkohol überdeutlich wahr, der wie eine Dunstglocke um ihren Angreifer hing. Wolf ließ von ihr ab, drehte sich um und ging in Richtung Siedlung. Seine Bewegungen waren nicht mehr schwankend wie zuvor, der Rausch schien verschwunden zu sein. Doch das machte die ganze Situation nur noch bedrohlicher. Frida zitterte.

Ein Beben erfasste ihren ganzen Körper. Wie ein Laubblatt im tosenden Herbststurm, das losgelöst von Mutter Baum in die Höhe gewirbelt und weit fortgetragen wird und ohne Schutz zu Boden fällt.

Eila klammerte sich an ihre Mutter, umschlang mit ihren kleinen Armen ihre Oberschenkel. Allmählich beruhigte sich Fridas Körper und sie strich ihrer Tochter über die Haare, immer wieder, um Eila Trost zu spenden.

»Mama, warum macht Wolf das?«, fragte Eila mit ihrer zarten Stimme.

»Er möchte, dass ich ihn heirate. Aber ich mag ihn nicht und werde das nicht tun. Doch er versteht das nicht.«

»Ich mag es nicht, wenn er dir das antut und dich manchmal auch so komisch anschaut.«

»Du hast recht. Wir werden uns das nicht gefallen lassen. Ich werde mit Walram reden. Mach dir keine Sorgen.«

Doch so zuversichtlich wie sie klang, fühlte sich Frida nicht. Ganz im Gegenteil. Sie spürte, dass sich über ihr langsam, aber unaufhaltsam ein Gewitter zusammenbraute.

Um ihre Tochter auf andere Gedanken zu bringen, griff sie nach ihrem Korb und rief ihr zu: »Die Erste, die zu Hause ankommt, hat gewonnen. Eins, zwei, drei, los!«

19. Kapitel

Anfang Juni

»Ihr werdet der Sünde nicht entgehen, wenn ihr viel redet«, donnerte Rupert und richtete sich dabei an Georg und Gottfried.

Beide Brüder waren ihm bereits mehrmals aufgefallen. Nicht nur, dass sie das Gebot des Schweigens in der letzten Zeit öfter missachtet hatten, gestern hatte er Georg sogar dabei erwischt, wie er bei der Arbeit eingeschlafen war. Ihm war zwar wohl bewusst, dass die Männer unter der schweren körperlichen Arbeit litten, noch dazu mussten die Essensportionen rationiert werden, solange keine eigene Ernte eingebracht werden konnte.

Jedoch durfte er in seiner Funktion als Abt eben nicht nur den liebenden, gütigen und nachsichtigen Vater verkörpern, denn für das Seelenheil der Mönche war er ebenso verantwortlich. Deshalb musste er bei jedem kleinsten Vergehen durchgreifen. Denn würde sich erst einmal Ungehorsam einschleichen, wäre es hinterher schwer, die Insubordination wieder auszumerzen. Wie alle Sünden kroch sie einer Seuche gleich in den Körper der Menschen, fraß sich bis zur ewigen Verdammnis in ihre Seele.

Schnellen Schrittes ging er auf die beiden Brüder zu, die am Waldrand in der Nähe des Holzlagerplatzes die Baumstämme entasteten.

»Schweigen macht uns Sünder demütig und öffnet unsere Herzen für die Stimme Gottes. Wie oft muss ich euch das noch sagen?«

»Entschuldige, Pater«, tönte es einstimmig aus Georgs und Gottfrieds Mund.

»Nur wenn es der Arbeit dient, dürft ihr reden. Doch ich habe genau gesehen, wie Gottfried gelacht hat. Folglich kann es sich nicht um eine Arbeitsanweisung gehandelt haben.«

Dunkle Blicke unterstrichen seine Worte, die sich wie giftige Blitze auf die beiden Brüder richteten. Sie schauten betreten zu Boden.

»Es war meine Schuld, nicht Gottfrieds. Es kommt nicht noch mal vor.«

»Bisher habe ich Geduld und Güte walten lassen. Doch nun werdet ihr bestraft. Eigentlich solltet ihr einen Tag fasten. Da wir jedoch anstrengende Arbeit leisten, werdet ihr stattdessen heute Nacht beten. Von der *Komplet* bis zur *Matutin* werdet ihr euch nicht schlafen legen, sondern Gott um Verzeihung und seinen Beistand bitten. Auf dem Boden liegend. In Kreuzform. Beide.«

»Ja, Pater«, tönte es erneut unisono.

Beide Brüder waren erleichtert. Den Schlaf konnten sie während der Stundengebete unauffällig nachholen, doch auf das Essen hätten sie nur schwer verzichten können. Zu groß war der Hunger, der sie ständig plagte und ihre Gedanken von morgens bis abends bestimmte. Sogar nachts weckte sie das nagende Gefühl in der Magengegend.

»Nun arbeitet schweigend weiter«, fügte Rupert in einem versöhnlicheren Tonfall hinzu, drehte sich um und ging hinüber zu Markus, Dominic, Daniel und Johannes, die mit der Errichtung ihrer provisorischen Kirche beschäftigt waren.

Sie hatten wie zuvor bei ihrem Schlafraum einen Querstamm zwischen den Astgabelungen zweier mächtiger Tannen befestigt. Auf diesem First lagen aneinandergereiht kleinere Stämme, die bis zum Boden reichten. Reisig, Moos und Rindenstücke bedeckten die Dachfläche, beschwert wurden sie von Sandsteinen.

Die Mönche waren gerade damit beschäftigt, an den beiden noch offenen Seiten Haselruten in Haselstöcke zu weben. Anschließend würden die daraus entstehenden Wände mit einem Gemisch aus Lehm und Gras ausgefacht werden. Eine Tür sollte ebenfalls eingebaut werden.

Rupert war mit dem Vorankommen der Arbeiten zufrieden. Seit sie hier angekommen waren, hatten sie schon viel erreicht. Baum um Baum war gefällt worden, sodass ihre Lichtung in der Sonne erstrahlte. Der Boden war größtenteils von den Wurzeln befreit, und in mühevoller Arbeit hatten sie störende Steine abtransportiert. Sogar ihr erstes Getreide hatten sie schon gesät. Nachdem sie ihren provisorischen Schlafsaal winterfest gemacht hatten, sollte nun ein erstes Gotteshaus entstehen.

Ein markerschütternder Schrei durchdrang mit einem Mal die Siedlung, ein bestialisches Gebrüll, das kein Ende nehmen wollte. Alle Blicke richteten sich sofort in Richtung Waldrand, wo Georg und Gottfried soeben noch damit beschäftigt gewesen waren, eine Weißtanne zu entasten. Georg lag zusammengesackt auf dem Boden, neben ihm stand Gottfried wie zu einer Salzsäule erstarrt. Vor Schreck rührten sich auch die anderen zunächst nicht. Wie angewurzelt standen sie da, bis Dominic den ersten Schritt machte und auf seine beiden Mitbrüder zueilte. Fassungslos blickte er auf den jetzt nur noch winselnden Georg hinab, während sich die anderen Mönche aus ihrer Starre befreiten und nun ebenfalls zum Waldrand liefen.

Aus Georgs linkem Unterschenkel ragte ein Beil. Mit weit aufgerissenen Augen starrte er in den Himmel, traute sich nicht, auf sein Bein zu blicken. Gottfried zitterte am ganzen Leib.

»Schnell!«, rief Dominic nach hinten, »Bruder Georg ist verletzt! Holt ein Brett, auf dem wir ihn zum Schlafsaal transportieren können. Wir müssen das Beil herausziehen.«

Die Situation war surreal, eine unheimliche Stille hatte sich ausgebreitet, sogar die Vögel hatten mit ihrem melodischen Zwitschern aufgehört.

»Gut, beeilt euch«, wies Rupert die Mönche an. Dass Dominic in dieser Situation das Ruder übernommen hatte, ließ er für dieses eine Mal unter den Tisch fallen. Er hatte keine Lust, diese unliebsame Unterbrechung der Bauarbeiten noch mehr in die Länge zu ziehen. »Bruder Johannes, du bringst heißes Wasser in den Schlafsaal, Bruder Markus, suche nach sauberen Tüchern.«

Als Daniel endlich zurückkam, schien eine Ewigkeit vergangen zu sein. Nun konnte der Verletzte vorsichtig auf das Brett gehievt werden, das Daniel mitgebracht hatte. Georg schrie dabei herzerschütternd, das Beil immer noch in seinem Unterschenkel. Mit dem auf dem Brett liegenden Georg in ihrer Mitte liefen sie über die Lichtung zur Schlafhütte. Dabei hielten zwei Brüder die Hände Georgs fest, damit dieser nicht am Beil zog.

»Nun mach schon«, forderte Rupert Dominic auf, als Georg auf dem Boden des Schlafsaals abgelegt wurde.

Dominics Gedanken überschlugen sich. Er hatte in seinem Herkunftskloster zwar den Garten mitbetreut, aber noch nie einen Verletzten selbst behandelt. Mit kurzen Atemzügen atmete er ein und aus, was aber nicht dabei half, seine aufsteigende Panik zu kontrollieren.

»Soll ich jetzt das Beil rausziehen?«, flüsterte Dominic mit angsterfülltem Blick an seine Mitbrüder gewandt.

»Wir sollten ihm zuvor den Oberschenkel abbinden, sonst verblutet er«, riet Mathias, ein älterer Bruder, der in seinem Leben schon viel erlebt hatte.

»Gut, du machst das«, befahl Rupert, »und du, Bruder Dominic, ziehst das Beil raus.«

Inzwischen war Georgs Winseln erloschen, eine erlösende Ohnmacht hatte ihn in eine andere Welt abdriften lassen. Mathias band Georgs Oberschenkel mit einem dicken Hanfseil ab und schaute auffordernd zu Dominic. Der nahm einen langen Atemzug, packte den Holzgriff des Beils und zog es mit aller Kraft aus dem Unterschenkel. Sofort breitete sich ein Blutstrom in einem nicht enden wollenden roten Schwall aus, der sich auf Georgs Bein und das Brett ergoss. Markus gab Dominic ein dickes Leinentuch, das dieser fest auf die Wunde drückte.

»*In nomine Patris et Filii et Spiritus Sancti.* Hoffentlich verblutet er nicht«, raunte einer der hinter ihnen stehenden Brüder und bekreuzigte sich.

Alle anderen taten es ihm gleich.

Das Leinentuch war innerhalb kürzester Zeit blutgetränkt. Auch Dominics Finger waren rot verfärbt, das Blut lief an seinen Händen hinunter und tropfte auf seine Kukulle. Markus reichte Dominic ein frisches Tuch, das dieser sofort wieder auf die Wunde drückte. Das Blut ergoss sich immer noch in Strömen aus der Beinöffnung. Wie viel er wohl verlieren wird, ging es Dominic durch den Kopf.

»Wir müssen noch mehr Druck ausüben. Hoffentlich wird das Bein bald aufhören zu bluten.« Mathias verstärkte den Druck auf den Oberschenkel, Dominic drückte die Leinentücher auf die Wunde. So arbeiteten sie eine Weile schweigend weiter. Und allmählich schien es ihnen, als würde der Blutstrom zum Versiegen kommen.

Vorsichtig nahm Dominic das Tuch ab und betrachtete die tiefe Wunde. Tatsächlich, das Bluten hatte aufgehört. Er jetzt merkte Dominic, wie angespannt er gewesen war, und stieß laut hörbar die Luft aus. Er nahm zwei Stöcke, stabilisierte das Bein und legte ein frisches Tuch auf, das er mit einer Lederschnur fest verband. Sie einigten sich, dass sie den Druck des Seils ein wenig lösen, aber noch nicht ganz lockern würden. Zu groß erschien ihnen das Risiko, dass das Bluten erneut anfangen könnte. Inzwischen war es Zeit für die *Sext*, das fünfte Gebet des Tages. Doch niemand dachte daran. Stattdessen beteten die Brüder unaufhörlich das Glaubensbekenntnis und flehten so auf ihre Weise Gott an, dem verletzten Georg zu helfen.

»Credo in deum patrem omnipotentem, creatorem caeli et terrae; et in Iesum Christum, filium eius unicum, dominum nostrum …«

Mathias und Dominic beschlossen, das Seil abzunehmen. Die Stimmung war angespannt, alle schauten auf Mathias' Hände, die den Strick langsam lösten. In ihrer Nervosität hatten die Mönche sogar mit ihrer endlosen Rezitation aufgehört. Der Strick hatte sich tief in den Oberschenkel eingefressen und eine rote Markierung hinterlassen, unterhalb derer das Bein jedoch kreideweiß war. Mathias schaute erleichtert in die Runde und sagte: »Halleluja, er ist gerettet. Er braucht jetzt Ruhe.«

Rupert nickte zustimmend. »Wir gehen jetzt unserer Arbeit nach, so als wäre nichts geschehen«, forderte er die Brüder auf. »Doch dieser Vorfall soll euch eine Ermahnung sein: Aus einer Sünde heraus wird unser Leib von einer Krankheit befallen. Und nur die göttliche Barmherzigkeit kann uns retten. In der Offenbarung steht: ›Welche ich liebe, die weise ich zurecht und züchtige ich. So sei nun eifrig und tue Buße!‹«

Sobald Rupert die Worte gesprochen hatte, drehte er sich um und trat aus dem Schlafsaal. Verstohlen schauten sich die Brüder an. Keiner hatte es gewagt, dem Abt zu widersprechen. Trotzdem hatten sie alle denselben Gedanken. Es war keine Krankheit gewesen, die Georg befallen hatte, sondern ein fürchterlicher Unfall. Nacheinander folgten die Brüder Rupert und begaben sich wieder an die Arbeit. Der Verletzte sollte in Ruhe genesen, nur ab und zu wollte einer der Brüder nach dem Rechten sehen. Sie alle waren froh, dass das Schicksal sie dieses Mal verschont hatte und sie nicht an Georgs Stelle waren.

Das Stundengebet am Nachmittag wurde inbrünstiger als sonst gesprochen und dauerte aufgrund des Ausfalls der *Sext* länger. Den heißen Getreidebrei am Abend nahmen sie wie immer schweigend ein, begleitet von Bartholomäs Stimme, dem es diese Woche zugefallen war, die Psalmen während des Essens vorzutragen. Danach schauten Rupert, Dominic und Mathias nach dem Verletzten, der stöhnend auf seiner Matratze lag. Er musste furchtbare Schmerzen haben. Eine ungute Hitze hatte seinen Körper befallen, gleichzeitig zitterte er am ganzen Leib und klapperte unaufhörlich mit den Zähnen.

»Gott wird ihm helfen«, sprach Rupert und wandte sich ab.

Erst nach ihrem letzten Gebet, der *Komplet,* würden sie ihre Arbeit bis zum nächsten Morgen unterbrechen. Die Stimmung unter den Brüdern war miserabel, sie alle sorgten sich um Georg. Durch den Unfall war ihnen bewusst geworden, in welch prekärer Lage sie sich befanden, sollte sich jemand hier in der tiefen Wildnis des Schwarzwalds verletzen.

Nach ihrem letzten Stundengebet legten sich alle außer Gottfried schlafen. Rupert hatte angekündigt, dass der Bruder die ihm am Morgen auferlegte Buße nun allein ablegen musste.

Doch so recht schlafen konnten auch die anderen Mönche nicht. Die ganze Nacht stöhnte, winselte und schrie Georg. Mehrere Male stand ein Bruder auf und gab dem Verletzten zu trinken. Das Fieber schien zu steigen, doch sie waren machtlos. Auch am nächsten Morgen hatte sich Georgs Zustand nicht gebessert. Er war wieder in eine andere Welt abgedriftet, diesmal war er jedoch noch unruhiger als am Vortag. Er warf seinen Kopf hin und her, kalter Schweiß benetzte sein Gesicht. Ab und an stieß er qualvolle Laute aus, so als müsste er gegen die Dämonen der Unterwelt kämpfen.

Bedrückt gingen die Mönche ihrer Arbeit nach, niemand konnte sich so richtig an der aufsteigenden Sonne, die die Lichtung in hellem Licht erstrahlen ließ, erfreuen.

Als Rupert, Mathias, Markus und Dominic gegen Mittag erneut nach dem Kranken schauten, vernahmen sie einen üblen Geruch. Eine Mischung aus abgestandenem Schweiß und fauligem Gestank.

»Er braucht dringend Hilfe.« Dominic war sichtlich besorgt. Er überlegte fieberhaft und versuchte sich an die Namen der Pflanzen zu erinnern, welche gegen eitrige Verletzungen halfen. Der alte *Infirmarius* aus seinem Herkunftskloster hätte das passende Heilkraut gekannt. Dominic kratzte sich am Hinterkopf. »Vielleicht könnte ihm ein Umschlag aus Schafgarbe helfen. Eventuell auch Gundermann, doch ich bin mir unsicher, ob diese Pflanze hier wächst. Sie hat herzförmige kleine Blättchen.« Er hatte mehr mit sich selbst gesprochen als mit seinen Mitbrüdern, doch nun schaute er hoffnungsvoll in die Runde.

Rupert blieb eisern. »Nur Gott kann ihm in der Krankheit helfen. Er durchlebt eine Bewährungsprobe, um sich von seinem sündhaften Leben abzuwenden.«

»Pater, es ist ja keine Krankheit, es war ein Unfall«, versuchte Markus für den verletzten Georg einzustehen.

»Wir können hier nichts für ihn tun.«

»Der heilige Benedikt lehrt uns, dass die Sorge für die Kranken vor und über allen anderen Pflichten steht«, bemerkte Dominic vorsichtig, »ich könnte ihm wenigstens einen Tee kochen, der sein Fieber bändigt.«

»Gut, mach das«, brummte Rupert widerwillig. Gegen die Gebote der Heiligen hatte selbst er nichts in der Hand. »Aber vergesst nicht: Alles kommt von Gott, daher sind Krankheiten eine Strafe Gottes.«

Mit diesen Worten drehte er sich um und ging hinaus in den hellen Tag. Noch einen Arbeiter weniger konnte er nun wirklich nicht gebrauchen.

20. Kapitel

GOTTFRIED RIEB SICH müde die Augen. Die ganze Nacht hatte er vor dem gekreuzigten Jesus wach gelegen. Er fühlte sich schuldig. Hunderte kleine Dämonen hatten in seinem Körper gebrannt und ein loderndes Feuer entfacht. Hätte er nicht auf Georgs Kommentar reagiert, vor allem nicht darüber gelacht, wäre Rupert ihr Ungehorsam nicht aufgefallen. Er war ihr Hirte, ihr geistlicher Vater, und er hatte sie bestraft. Und da die Strafe nicht ausreichte, hatte Gott seinen Zorn zusätzlich auf Georg geladen. Die ganze Nacht hatte er gebetet, Gott um Verzeihung angefleht und ihn inbrünstig gebeten, Georg zu verschonen. Am frühen Morgen, als sich die Brüder vor Sonnenaufgang zum Morgenlob versammelt hatten, durfte er sich vor dem gekreuzigten Christus erheben. Sein Flehen war in der Nacht so eindringlich, so passioniert und von ganzem Herzen gewesen, dass er sich sicher war, dass es Georg am Morgen besser gehen musste. Als er jedoch erfuhr, dass sich Georgs Zustand verschlechtert hatte, hatte er Rupert angebettelt, ihn härter zu bestrafen und ihm eine schwerere Buße aufzuerlegen. Er bot an, sich auf ein Bett mit Nägeln zu legen oder sich in immerwährender Anbetung mit einer Rute zu schlagen. Doch Rupert lehnte ab und schickte ihn stattdessen zum Holzplatz, um die Stämme zu entasten. Die Arbeit war anstrengend, vor allem da er nicht mehr der Jüngste war. Er musste immer wieder innehalten. Seine Augen brannten vor Müdigkeit und Schweiß tropfte ihm von der Stirn in die stechenden Augen. Sein Blick war ganz verschwommen, nur schemenhaft konnte er den Waldrand erkennen, und doch glaubte er plötzlich, mehrere fremde Männer zu sehen. Augenblicklich ließ er sein Holzbeil los. Es konnten nur die Alamannen sein, die schon einmal hier gewesen waren. An dem Tag, an dem Rupert ihnen den Klosterplan vorgestellt hatte.

Er drehte sich zu den anderen um, doch bis jetzt hatte niemand außer ihm die wilden Schwarzwälder bemerkt. Da begriff Gottfried, dass Gott ihm die Möglichkeit der Wiedergutmachung schenkte: Er konnte Rupert und seine Mitbrüder vor der Gefahr eines möglichen Angriffs warnen. Ruckartig drehte er sich um, hob sein Mönchsgewand an und rannte los, so schnell ihn seine kurzen Beine trugen. Als er lautes Gelächter hinter sich hörte, war er zwar verwundert, rannte aber weiter über die Lichtung und kam erst vor Rupert hechelnd zum Stehen. Seine Eile und das laute Lachen hatten seine Mitbrüder alarmiert. Allesamt legten sie ihre Arbeit nieder und starrten misstrauisch in die Richtung der Alamannen. Mittlerweile war das Gelächter verstummt. Rupert ergriff den kurzen Moment der Stille, der sich über die Lichtung gelegt hatte, um mit weit ausgebreiteten Armen auf seine unverhofften Gäste zuzugehen.

»Seid gegrüßt! Wir freuen uns über euren Besuch«, rief er den Wilden zu.

Es waren wieder die vier Riesen, die sie bereits einmal aufgesucht hatten. Langsam kamen sie auf ihre Lichtung, selbstsicher, arrogant, waren sie sich doch ihrer Wirkung auf die Mönche bewusst. Doch nicht nur ihre Größe und Stärke verlieh ihnen einen besonderen Glanz, es war das

Bewusstsein, sich hier auf heimischem Boden zu bewegen. Und doch erkannte Rupert eine Mischung aus Neugier und Anerkennung in ihren Augen, als sie ihre Blicke über die Gebäude schweifen ließen und die Neuerungen betrachteten.

»Wir waren fleißig. Kommt, ich zeige euch, was wir bisher erreicht haben.« Rupert witterte seine Chance wie ein Wildhund, der mit seiner Schnauze seine Beute erschnuppert.

Die Griffe der Saxe an ihren Gürteln fest in der Hand, kamen die Alamannen nun langsam auf Rupert zu. An der Spitze ging der Größte der Gruppe, ein muskulöser Riese mit wallenden schulterlangen Haaren und breiter, stolzgeschwellter Brust. Sein Gesicht strahlte Unerschrockenheit und Brutalität aus. Er trug eine helle, gegürtete Tunika, die ihm bis zu den Oberschenkeln ging, darunter praktische Hosen und Lederschuhe. Hinter ihm standen nicht weniger beeindruckende Männer. Den einen erkannte er als den Mann, der ihn so unverschämt aus der Alamannensiedlung verscheucht hatte.

»Wie ihr seht, haben wir viele Bäume umgehauen, so um die fünfzig müssten es nun sein. Sie wurden grob entastet und dann mit den Kaltblütern zum Holzlagerplatz transportiert.« Rupert zeigte mit der Hand vor sich. »Dort trocknen sie nun. Dann haben wir die Lichtung, so gut es ging, entwurzelt, von Steinen gesäubert und eine Parzelle umgepflügt. Die Steine liegen dort, manche werden wir für unsere Bauten verwenden.« Abermals deutete Rupert mit der Hand, diesmal auf einen großen Steinhaufen. Er wandte sich in Richtung der angelegten Felder und fuhr mit seiner Führung fort. »Wir haben schon Gerste ausgesät. Auch Rettiche, Mangold, Erbsen und Bohnen haben wir angepflanzt. Dort drüben haben wir für unsere Ziegen einen kleinen Stall gebaut. Später werden andere Tiere folgen, ein Gesandter Gunzos wird uns Schweine, Schafe und Hühner bringen.« Nun zeigte Rupert hinter sich. »Ihr seht hier unsere provisorische Kirche, in der wir beten. Daneben erbauen wir eine Holzkirche. Rechts davon wird ein großer Schlafsaal errichtet. Es werden noch andere Gebäude hinzukommen.«

»Was steht dort für ein Gebäude?«, bekundete der Anführer der Gruppe sein Interesse.

Rupert ließ sich nicht zweimal fragen und begann sofort mit den Ausführungen. »Dort steht unser provisorischer Schlafsaal. Soll ich euch herumführen? Meine Mitbrüder, ihr arbeitet weiter!«

Mit einer willkommen heißenden Geste drehte sich Rupert zu den Alamannen und forderte die Männer auf, ihm zu folgen. Vor dem Gebäude blieb er stehen und erklärte: »Wir haben die Astgabelungen der Tannen mit einem Querstamm verbunden und die Seiten mit kleinen Stämmen bedeckt, die bis zum Boden reichen. Reisig, Moos und große Rindenstücke, die wir mit Steinen beschweren, bilden die Dachfläche. Die Seitenwände sind aus Haselstöcken und geflochtenen Haselruten. Das Dach werden wir im Winter mit Schindeln bedecken, sodass wir gut über die kalte Jahreszeit kommen. Lasst uns eintreten.«

Kaum war die Gruppe eingetreten, schlug ihnen ein abstoßender Geruch entgegen. Die Alamannen waren verwundert, dieser Gestank passte nicht in die bisher so sauber gehaltene Lichtung. Rupert, der ihr Erstaunen wahrnahm, klärte sie sofort auf. »Wir haben einen kranken Mitbruder. Er hat sich mit dem Beil am Bein verletzt.«

Der Wortführer der Alamannen schaute auf den verletzten Mönch und wieder zurück zu Rupert. »Er braucht Hilfe, seine Wunde ist entzündet.«

»Gott wird ihn heilen.«

»Wenn er nicht behandelt wird, stirbt euer Krieger. Und dann habt ihr einen Mann weniger.«

»Wir sind Mönche, keine Krieger. Aber du hast recht. Nur haben wir hier niemanden, der seine Wunde heilen kann. Wir beten zu Gott vor seinem Sohn Jesus Christus, dass er mit ihm, seinem ergebenen Sünder, Erbarmen hat.«

Rupert zeigte auf ein Holzkreuz, an dem Christus hing, der auf den kranken Georg wohlwollend herabzuschauen schien. Der Riese folgte Ruperts Fingerzeig, betrachtete skeptisch den leidenden Christus und fragte: »Wie kann dieser ausgehungerte und dazu noch gekreuzigte Mann euren Kameraden retten? Unsere Götter sind starke Männer, kämpfen in Schlachten, herrschen über das Wetter, kennen die Welt der Pflanzen und der Heilung.«

»Jesus hat für uns Sünder gelitten. Er versteht unsere Qualen und Schmerzen, wie kein anderer es vermag«, wies Rupert den Riesen zurecht.

Dieser schaute wieder abschätzig auf das Kreuz und Rupert konnte die Verwirrung in seinem Blick förmlich ablesen. Nach einer Weile des Schweigens meinte der Alamanne: »Ich schicke euch unsere Heilerin.«

Mit diesen Worten drehte er sich um, verließ den Schlafsaal und forderte seine Männer zum Rückzug auf. Rupert folgte ihnen aus dem Unterstand und blickte der Männergruppe nach, die zügig auf den Wald zumarschierte. Gott hatte Georg vergeben, das spürte Rupert. Denn durch seinen Unfall hatte Georg ihnen geholfen, mit den Germanen Kontakt aufzunehmen. Eine alte Heilerin würde kommen und ihren Bruder behandeln. Ein schwaches Weib, in dem er den Samen des wahren Glaubens aussäen konnte. Sie würde die christliche Botschaft bei den Alamannen verkünden und durch sie würden sie die Ungläubigen bekehren. Endlich würde sich auch im noch so unzähmbaren Schwarzwald der christliche Glaube verbreiten. Ein Licht tat sich auf.

21. Kapitel

Nach ihrer Rückkehr in die Siedlung setzten sich die Alamannen ans Feuer und tauschten ihre Eindrücke aus. Doch sie blieben nicht lange unter sich, denn die Neugierde hatte inzwischen selbst den kleinsten Dorfbewohner erfasst. Die Frauen und Kinder gesellten sich zu ihnen und fragten sie aus. Auch Frida hatte sich unter die Dorfbewohner gemischt und lauschte gespannt den Schilderungen ihres Anführers und seiner Krieger.

Die Gespräche gingen hin und her, es wurde dazwischengeredet und alle wollten von ihren Beobachtungen erzählen. Schnell merkten die Frauen, dass einige der Männer sichtlich beeindruckt waren.

»Sie haben schon ein großes Stück Wald gerodet, die ganze ebene Fläche zwischen dem Tannen- und dem Buchenwald.« Falk nahm einen großen Schluck von seinem gewürzten Bier und rülpste laut.

Walram nickte bestätigend. »Es ist jetzt sehr hell dort.« Nachdenklich zog er an seinem vollen Bart, der ihm bis zur Brust reichte.

Auch Kuno konnte mit seiner Bewunderung nicht hinter dem Berg halten. »Habt ihr gesehen, wie ordentlich die entasteten Baumstämme liegen? Ganz schön viel Arbeit!«

Jetzt riefen alle durcheinander, einer lauter als der andere.

»Sie haben einen Garten angelegt und ihn mit Flechtzäunen abgegrenzt.«

»Die haben Kohl und Mangold angepflanzt. Ein Mann arbeitet im Garten.«

»Die haben ja nur Männer!«

»Eine Frau würde ihnen vielleicht guttun.« Berta übertönte mit ihrer lauten Stimme alle und lachte herzhaft über ihre eigene Bemerkung.

»Sei still, Weib!«, unterbrach Falk das Gelächter seiner Frau und winkte sie beiseite. Dann wandte er sich wieder der Gruppe zu. »Gerste haben sie ausgesät«, meinte er anerkennend.

Nach einem Moment des Schweigens äußerte Wolf erste Zweifel an den Fähigkeiten der Mönche. »Ihr Schlafsaal wird den Winter nicht überstehen.« Er kräuselte seine Lippen, während er sich am Oberschenkel kratzte. Ihm behagte die Lobhudelei der anderen nicht.

»Das ist doch nur provisorisch«, meinte sein Bruder, »du hast es doch gehört! Ab nächstem Jahr bauen sie einen Schlafsaal und ein Kirchenhaus, sogar Steine wollen sie in den Bauten verwenden.« Die Bewunderung, die Walram den Kirchenmännern entgegenbrachte, konnte man in jedem seiner Worte hören. »Ach, Frida, unter den fremden Männern ist auch ein Kranker. Er hat sich mit einem Beil am Bein verletzt und seine Wunde hat sich entzündet. Ich habe ihnen angeboten, dass du nach ihm sehen wirst«, warf Walram beiläufig in die Runde. Seit ihrem letzten Eklat hatte er sie gemieden. Frida sollte seiner Meinung nach spüren, dass es Auswirkungen hatte, wenn man ihm widersprach.

Verwundert sah Frida ihren Schwager an. »Warum? Haben sie niemanden, der ihn behandeln kann?«

»Nein, die Wunde sieht nicht gut aus, sie stinkt! Am besten, du machst dich gleich auf den Weg, es ist ja nicht weit«, wies er Frida im Befehlston an. »Wir können ihnen ruhig ein bisschen behilflich sein. Das kann nicht schaden. Ihr Anführer ist ein Freund von Gunzo, sie scheinen sich gut zu kennen.«

Frida war zwiegespalten. Auf der einen Seite hatte sie keinen Drang, die Neulinge kennenzulernen. Sie war weder neugierig auf die Fremden, noch hatte sie Lust, sich die neue Klostersiedlung anzusehen. Statt wie so mancher von fremden, neuen Orten zu träumen, hatte sie noch nie das Bedürfnis verspürt, Neues zu entdecken.

Andererseits benötigte ein Kranker ihre Hilfe. Egal welche Herkunft er hatte oder welche Götter er ehrte, jemand litt und sie konnte ihm vielleicht Linderung verschaffen. Mit einem Seufzer erhob sie sich von der Bank, nahm ihren Blick vom lodernden Feuer und richtete ihn auf Walram. »Gut, ich gehe. Ich hole nur rasch meinen Lederbeutel.«

»Wolf soll dich begleiten.«

»Nein, das mache ich allein!«, rief sie sofort aus. Walram verengte seine Augen, doch Frida hatte schon eine Ausrede bereit. »Auf dem Weg muss ich noch Pflanzen sammeln und brauche dafür Ruhe.«

Ihr Ton war schärfer als beabsichtigt. Bevor Walram etwas erwidern konnte, drehte sie sich schnell um und verließ den zentralen Platz. An ihrer Hütte angekommen, überprüfte sie kurz den Inhalt ihrer Ledertasche und griff nach ihrem Umhang. Es war zwar sommerlich warm, doch sie konnte schwer einschätzen, wie lange sie unterwegs sein würde. Abends waren die Temperaturen doch recht frisch.

Diese letzten Tage vor der Sommersonnwende waren ihre liebste Zeit im Jahr. Die Tage wurden länger, das Licht gewann die Macht über das Dunkel, vertrieb die

Kälte und segnete das Land mit Wärme. Und mit der zunehmenden Helligkeit wuchs auch die Hoffnung auf eine reiche Ernte.

Frida lief talabwärts, der neuen Siedlung entgegen. Der Wald übertraf sich in diesem Jahr selbst und schenkte ihnen schon jetzt seine großzügigen Gaben, war reich an Giersch, Knoblauchsrauke, Sauerampfer, Spitzwegerich und Schafgarbe. Sogar die kleinen Erdbeeren waren zum Teil schon reif. Überall duftete es verführerisch und die bunte Blütenwelt brachte Farbe in ihr Leben und ihr Essen. Immer wieder hielt Frida an und pflückte einige Wildpflanzen, die sie vielleicht für den Kranken verwenden konnte. An einer dunklen Stelle riss sie die lange Rebe eines Gundermanns aus der Erde. Das alte Heilkraut war ein wertvolles Mittel gegen eitrige Verletzungen. Von Walram wusste sie zwar, dass der Kirchenmann eine tiefe Wunde hatte, doch konnte sie deren Ausmaß nur erahnen. Vielleicht war dabei nicht nur das Fleisch mit seinen Muskeln durchtrennt, sondern auch ein Knochen verletzt worden. Die Gundelrebe würde auf jeden Fall gegen den Eiter helfen. Vorsorglich hatte sie auch eine getrocknete Wurzel des Beinwells in ihren Lederbeutel gepackt, die sie zerrieben bei verletzten Knochen verwendete.

Frida konzentrierte ihre Gedanken bewusst auf den Kranken, um die aufsteigende Anspannung zu regulieren. Gleich würde sie den Mönchen gegenübertreten, das machte sie nervös. Sie hatte wenige Kontakte zur Außenwelt und vermied es, so gut es ging, Fremden zu begegnen. Am besten gehe ich direkt zu ihrem Anführer und rede so wenig wie möglich mit ihnen, sagte sie sich, dann versuche ich so schnell wie möglich, den Kranken zu behandeln.

Frida war bereits am Waldrand der Lichtung angekommen, jedoch hatte sie noch keiner der neuen Siedler bemerkt. So konnte sie die Männergruppe ungestört aus der Ferne beobachten. Elf Mann hatten sich in einem lockeren Halbkreis versammelt. Der kleinere Mönch, den sie nun schon öfter gesehen hatte, stand vor ihnen und sang. Wenn sie den Kranken mitzählte, den sie unter den Dutzend Männern auf der Lichtung nicht entdecken konnte, hatte sie es mit dreizehn Fremden zu tun.

Sie nahm ihren ganzen Mut zusammen, verließ den Schutz des Waldes und trat auf die Männer zu. Augenblicklich merkte sie, dass sie eine wichtige Versammlung störte. Der kleine, drahtige Mann unterbrach seinen Gesang und schaute grimmig in ihre Richtung. Doch dann setzte er ein Lächeln auf, sprach kurz zu seinen Männern und kam rasch auf sie zu. »Sei gegrüßt. Was suchst du hier?«

»Ich bin Frida, die Heilerin.«

Sein Lächeln wich Erstaunen, welches er aber schnell wieder unter Kontrolle brachte, um zu seinem aufgesetzten Lächeln zurückzukehren. »Ich habe eine alte Frau erwartet. Bitte warte hier, ich beende unser Stundengebet und komme gleich wieder zu dir.«

Frida ergriff die Gelegenheit, um die Männer in Ruhe zu beobachten. Der Anführer benutzte eine Sprache, die sie nicht kannte, und sprach mit dieser melodiösen, doch monotonen Stimme, die sie bereits im Wald vernommen hatte. Bald schien er zum Schluss der Versammlung gekommen zu sein, denn er hob beide Hände in Richtung des Himmels. Mit der rechten Hand führte er ein Kreuzzeichen aus, das unisono von seinen Männern beantwortet wurde. Der Anführer gab seinen Männern einige Anweisungen, bevor er sich wieder zu Frida umdrehte. Mit einem Lächeln und einer freundlichen Geste forderte er sie auf, ihm zu folgen. Begleitet von den Blicken der restlichen Männer, führte der Anführer Frida zu ihrer Schlafstätte. Sie fühlte sich nicht wohl, denn die Männer betrachteten sie mit einem unverhohlenen Interesse. Zwar schien der Großteil wohlwollend, doch vereinzelt löste ein Blick ein unangenehmes Schaudern in ihr aus.

In einem Mönch, der sie anzüglich anstarrte, erkannte sie sofort einen weiteren der drei Männer wieder, denen sie bereits im Wald begegnet war. Er hatte einen lichten Haarkranz, an dem die fettigen Haare in dünnen Fäden herunterhingen. Große, glasige Augen dominierten sein sonst weiches Gesicht. Wie schon im Wald grinste er sie auch dieses Mal an und Frida fühlte Ekel in sich aufsteigen. Es war abstoßend. Schnell blickte sie zu Boden und folgte den Schritten des Anführers.

Vor einer großen, notdürftig zusammengebauten Hütte blieben sie stehen. Sobald sie durch die Türöffnung trat, vernahm sie den süßlichen, fauligen Gestank der Entzündung. Sie wusste sofort, dass es höchste Zeit war zu handeln. Lange würde es nicht mehr dauern, bis der Verletzte verloren wäre. Der Anführer erklärte ihr in knappen Worten, wie es zu dem Unfall gekommen war und was sie seitdem unternommen hatten. Sie betrat den Raum ohne Furcht, in Gedanken nur noch bei dem Kranken.

22. Kapitel

Es war die Frau aus dem Wald. Zunächst dachte er, er habe geträumt und sich ihr Hiersein so stark ersehnt, dass er sie jetzt vor sich sah. Doch er erkannte, dass es sich um die angekündigte Heilerin handeln musste. Und auf einmal war ihm klar, warum sie so verschmolzen mit dem Wald gewesen war, eine Einheit mit ihm gebildet hatte, als er sie beobachtet hatte. Sie war eine Naturgelehrte, eine Pflanzenheilerin, und seine Achtung vor ihr wuchs mit dieser Erkenntnis nur noch mehr. Er fühlte sich sehr ergriffen. Gleichzeitig durfte er sich nichts anmerken lassen. Die Mönche, allen voran Rupert, durften von seiner Schwärmerei nichts ahnen. Obwohl es ihn große Mühe kostete, wandte er sich ab und versuchte, desinteressiert und beschäftigt zu wirken. Er goss Wasser in das Lehmbecken, stieg hinein und stampfte dann mit beiden Füßen den harten Lehm weich.

Die Heilerin stand mit Rupert direkt vor der Öffnung des Schlafsaals. Sie sprach nur wenige Worte, doch tat sie dies mit einer so hellen, wohlklingenden Stimme, dass ihre zarte Melodie sein Herz berührte. Rupert trat mit der schönen Frau in den Schlafsaal, sodass die beiden zwar außer Hörweite, aber nicht außer Sicht waren. Die Alamannin beugte sich über den kranken Georg und befühlte seine Stirn. Ihm schien, als würde nun auch er anfangen zu glühen. Immer wieder schaute er sich verstohlen nach seinen Mitbrüdern um, um in unbeobachteten Momenten zur Heilerin sehen zu können. Sie nahm Georgs Verband ab. Vorsichtig zupfte sie das verklebte, blutverkrustete Leinentuch ab. Die Heilerin griff nach einem Messer und entfernte behutsam die letzten Stofffetzen. Dann wusch sie die Wunde mit Wasser aus.

Erneut sah er sich nach seinen Mitbrüdern um. Viele standen in der Nähe des Schlafsaals und schienen nicht uninteressiert. Zwei von ihnen hatten sich sogar am Türrahmen aufgestellt und versperrten ihm so die Sicht. Das war auch Rupert aufgefallen, denn er verscheuchte die beiden augenblicklich und trug ihnen auf, am Lagerplatz die Sandsteine zu sortieren.

Die Heilerin hatte in der Zwischenzeit ein kleines Gefäß aus ihrem Lederbeutel geholt und trug die darin enthaltene Salbe auf Georgs Unterschenkel auf. Ganz sacht verrieb sie die Paste mit ihren Fingern. Ihre Bewegungen waren weich und fließend. Auf einmal durchzuckte es ihn wie einen Blitz. Es war tiefer Neid. Neid auf Georg und auf seine Verletzung. Wie gerne hätte er in diesem Augenblick mit dem Mönch getauscht, dann wäre er es, dessen Bein sie behandeln, den sie berühren würde.

Nach dem Auftragen der Salbe nahm sie das saubere Leinentuch, das ihr Rupert gereicht hatte, und legte es vorsichtig auf die Wunde, ohne es festzumachen. Sie entnahm ihrem Lederbeutel mehrere Pflanzen, reichte sie Rupert und gab ihm einige Anweisungen. Dann packte sie ihre Sachen und trat langsam aus der Hütte. Ihm stockte der Atem, gleich würde sie an ihm vorbeilaufen. Dicht gefolgt von Rupert.

Abrupt drehte er sich um, sodass er ihr den Rücken zuwandte, und stampfte wütend auf den Lehm. Es kostete ihn seine ganze Willenskraft, sie nicht anzuschauen, doch er durfte seine Gefühle nicht verraten. Der Lehm schmatzte laut unter seinen Füßen, kleine Luftblasen stiegen auf. Als sie ihn passierte, hob er den Kopf, um noch einen letzten Blick auf ihr Profil erhaschen zu können. Aus der Nähe war sie noch schöner als im Wald, wo er sie nur aus der Ferne beobachtet hatte.

Ihm fielen sofort ihre schön geschwungenen Lippen auf, die ihn an die geschmückten Anfangsbuchstaben in einer verzierten Bibel erinnerten. Sie trug ihre dicken Haare zu einem Zopf geflochten, einige lose Strähnen umschmiegten ihr Gesicht. Ihre Aufmachung war schlicht, und bis auf einen langen Zahn, der an einer Lederschnur um ihren Hals hing, trug sie keinen Schmuck. Ob der Zahn einem Wolf oder einem Eber gehört hatte, konnte er nicht sagen. Von Erzählungen wusste er, dass es sich um ein Amulett handeln musste.

Sie strahlte eine natürliche Schönheit aus, losgelöst von jeder Eitelkeit, und war so ganz anders als die städtischen Frauen, die er bisher gesehen hatte.

Schnell schaute er wieder weg, hinunter zu seinen Füßen, mit denen er immer noch im weichen Lehm trat. Er beschleunigte sein Stampfen, drückte mit seiner ganzen Kraft wütend auf den Matsch. Die nasse Masse bedeckte nicht nur seine Füße und Waden, sondern benetzte seine Oberschenkel und spritzte an seinem Gewand hoch. Er war frustriert. Und wütend. Auf alles und jeden, auf die Aussichtslosigkeit seiner Situation, auf sein Hadern mit dem Mönchsdasein, auf den Neid, den er Georg gegenüber empfunden hatte, und auf seine Mitbrüder, die die Heilerin verstohlen und lüstern angestarrt hatten.

Als er mit seiner Arbeit fertig war, war seine Kukulle dreckverschmiert und völlig durchnässt.

23. Kapitel

»Aua, das tut weh!«

»Jetzt halte doch still, gleich bin ich fertig.« Frida flocht Eilas letzte Strähne in den Zopf und verknotete ihn mit einer dünnen Schnur, während Eila ihren Frühstücksbrei aß. Wie schön die Haare ihrer Tochter waren. Wie die Samenhaare des Weidenröschens, die sich im Wind kringeln, dachte Frida belustigt. Jedes Mal bewunderte sie den lockigen blonden Haarschopf und genoss es, Eilas Haare zu entwirren. Auch wenn ihre Tochter die Prozedur nicht mochte.

Bevor sie sie endlich entließ, drückte Frida der zappeligen Eila einen Kuss auf den Scheitel. »Die Ziegen habe ich schon gemolken. Wenn du deinen Brei aufgegessen hast, kannst du sie zu den anderen Tieren nach draußen bringen. Ich werde heute in unserem Gemüsegarten arbeiten. Das ist dringend nötig.«

Frida hatte das Gefühl, dass das ganze Gemüse gleichzeitig reif wurde. So war es jedes Jahr.

Nach Monaten des Verzichts wurden ihre Speisen vielfältiger. Neben verschiedenen Kohlsorten wuchsen Mangold, Bohnen, Rettiche und Erbsen. Und da ihre Körnervorräte sich bald dem Ende zuneigten, konnte sie die baldige Getreideernte kaum erwarten. Als nächstes würden dann die Wildfrüchte reif werden. Kleine Erdbeeren, Heidelbeeren, Himbeeren und Brombeeren, die sie meistens für ihren Wintervorrat trocknete. In ein paar Monaten wären dann die Obstbäume der Siedlung an der Reihe, gefolgt von den Bucheckern, Schlehen, Hagebutten, Ebereschen und den Früchten des Weißdorns. So war das ganze Jahr erfüllt von Säen und Ernten, Suchen und Pflücken, Ausgraben und Trocknen. Bis auf die erste Übergangszeit vom Winter zum Frühling, in der nur wenige frühe Wildpflanzen wuchsen, bot jede Jahreszeit ihre eigene Vielfalt. Deshalb freute sich Frida umso mehr auf die neuen Geschmäcke, die das spätere Frühjahr mit sich brachte. Die Wurzeln des Löwenzahns, der Wilden Möhre, der Wegwarte und der Knoblauchsrauke, die jeden Winter ihren Speiseplan bereicherten, waren zwar schmackhaft, dennoch war sie froh über die Kräuter und Früchte, die sie jetzt genießen konnte.

Sie machte sich daran, die Glut der Feuerstelle mit Asche zu bedecken, als ein Klopfen ihre Gedanken durchbrach. Ohne ihre Antwort abzuwarten, öffnete Arend, der wie Ranulf in der südlichen Siedlung lebte, die Tür und trat vorsichtig ein. »Frida, ich brauche deine Hilfe.«

»Was kann ich für dich tun?« Neugierig schaute sie Arend an.

Der junge Mann blickte auf Eila, die jetzt auf dem Hocker saß und ihren Brei löffelte, und sagte bedeutungsvoll: »Ich warte, bis Eila fertig ist. Äh, ich muss alleine mit dir reden.«

»Gut, wenn deine Angelegenheit warten kann, dann soll Eila noch ihren Brei aufessen.«

Frida war verwundert, denn wenn Arend den beschwerlichen, langen Fußmarsch von seiner zu ihrer Siedlung auf sich genommen hatte, ging es um eine ernste Krankheit. Und doch wollte er warten.

Eila schob sich den letzten Löffel in den Mund und sprang von ihrem Hocker auf. »Ich bin sicher, dass die anderen Kinder schon auf mich warten.«

»Ja, meine kleine Waldtaube, heute sind wir spät aufgestanden. Wenn du später nach Hause kommst, findest du mich im Gemüsegarten.«

Eila nickte, nahm die beiden Ziegen an einer Schnur und sprang freudig hüpfend wie ein junges Rehkitz aus dem Haus. Frida blickte ihrer kleinen Tochter lächelnd hinterher und wandte sich dann an Arend. »Setz dich und erzähle mir von deinem Anliegen.«

Beide nahmen auf der Eckbank Platz und Frida wartete geduldig auf die Ausführungen des Mannes. Doch er blieb stumm wie ein Fisch, knetete nur etwas verlegen seine Hände.

Frida beschloss, ihm Zeit zu lassen und auf seine Worte zu warten. Eine Fliege suchte auf dem Holztisch nach den Essensresten. Immer wieder schwirrte sie in kleinen Kreisen umher, um sich dann auf dem Tisch niederzulassen. Frida verscheuchte das Tier mehrmals, bis Arend seine breite Pranke auf sie fallen ließ und ihren toten Körper mit der Hand wegfegte. Er war ein großer, muskulöser Mann von breitem Körperbau, der geradeso auf ihre kleine Eckbank passte. Doch so wie er gerade am Tisch saß, wirkte er traurig und zerbrechlich, als würde eine große Sorge auf seinen Schultern lasten.

Sie beschloss, nicht mehr länger zu warten, und sprach ihn an. »Arend, erzähle mir, was dich bedrückt.«

»Äh, ja … es ist schwer zu erklären. Irgendetwas stimmt nicht mit mir.«

Er blickte auf seine Hände, die er auf den Holztisch gelegt hatte.

»Was ist es denn?«, versuchte Frida ihn einfühlsam zum Reden zu bringen.

»Also, wenn ich bei meiner Frau liege, dann …«

Nun verstand Frida, in welche Richtung das Gespräch ging. Oft waren es die Frauen, die sie aufsuchten, um nach einem Liebestrank zu fragen, der ihre Männer fester an sie band, oder um nach einem Pulver zu bitten, das auf eine baldige Schwangerschaft hoffen ließ. Männern fiel es schwer, mit Frida über solche Dinge zu sprechen. Vorsichtig fragte sie Arend: »Deine Frau möchte nicht, dass ihr euch liebt. Ist es das?«

Von ihren Besuchen in Arends Dorf wusste sie, dass er eine junge, hübsche Frau hatte. Nach dem ersten Kind war sie nicht erneut schwanger geworden. Ihr kleiner Junge musste bereits zwei oder drei Sommer alt sein. Wieder blieb Arend stumm und knetete seine Finger.

Frida versuchte, ihn zum Weiterreden zu bringen. »Ich kann dir etwas geben, das ihre Liebe entfachen wird.«

Nach einer Weile des Schweigens schaute er Frida aus seinen traurigen Augen an. »Nein, das ist es nicht. *Ich* kann nicht mehr.«

Jetzt flossen die Worte nur so aus ihm heraus. »Seit letztem Sommer kann ich nicht mehr. Jeden Tag liege ich bei ihr, aber es passiert nichts. Zuerst habe ich gedacht, es ist wegen meiner Verletzung. Du weißt ja, dass ich mich am Oberschenkel verletzt habe. Doch dann ist die Wunde verheilt und trotzdem kam keine äh … Regung. Dann habe ich gedacht, es ist ihre Schuld. Ich habe ihr gesagt, sie soll sich anstrengen. Ich bin richtig wütend geworden und wir haben uns viel gestritten. Jetzt aber glaube ich, dass es an mir liegt. Auf jeden Fall liegen wir zusammen, unsere Lust ist jedoch vertrocknet wie eine versiegte Quelle. Das macht uns beide bitter. Ich wünsche mir doch noch so viele Jungen. Wie du dir vorstellen kannst, reden unsere Nachbarn schon über uns. Unsere Streitigkeiten und unsere Bitterkeit sind nicht an ihnen vorübergegangen. Außerdem ist meine Frau ja nicht mehr schwanger geworden.«

Wieder richtete er seinen Blick auf seine breiten Hände.

»Gut, dass du gekommen bist. Ich werde versuchen, euch zu helfen«, meinte Frida. »Ich kann nichts versprechen, aber es gibt Möglichkeiten euch zu unterstützen.«

Arend hob die Augenbrauen und Frida sah in seinem Blick ein winziges Licht der Hoffnung aufleuchten.

»Ich werde dir ein Pulver herstellen, das du jeden Abend zu dir nehmen sollst. Auch deiner Frau werde ich etwas anrühren. Wichtig ist, dass ihr beide – auch du Arend – von jetzt an liebevoll miteinander umgeht. Manchmal passieren Dinge in unserem Körper, die unsere verletzte Seele widerspiegeln. Man kann es nicht immer erklären. Doch hilft es nicht, wenn du deiner Frau Anschuldigungen an den Kopf wirfst. Ganz im Gegenteil. Sie wird zunehmend verängstigter und gehemmter werden. Nimm sie in die Arme, unterstütze sie, rede mit ihr, damit sie ihr Vertrauen zu dir wiederfindet. Und wenn das geschehen ist – erst dann und nicht vorher, hörst du, Arend –, soll sie dich mit der Salbe einreiben, die ich dir mitgeben werde. Das wird die Manneskraft in dir wecken. Für die Herstellung der Pulver und der Salbe benötige ich den heutigen Morgen. Ich weiß, es ist keine Männerarbeit, aber du kannst dich solange in meinem Gemüsegarten nützlich machen.« Die letzten Worte hatte sie in einem sehr bestimmenden Tonfall hinzugefügt. Sollte er ruhig merken, dass man auch eine Frau unterstützen konnte. Er war wie viele Männer in ihrem Dorf, deren Leben aus Jagen, Kämpfen und Feiern bestand. Zwar übten einige auch Handwerke wie das Schmieden, Drechseln oder Töpfern aus, jedoch oblag die häusliche Hauptarbeit den Frauen. Sie waren es, die sich um die Kinder, den Haushalt, den Gemüsegarten und die Nutztiere kümmerten. Waren diese Arbeiten erledigt, wartete die Verarbeitung der Wolle auf sie. Sowohl das Spinnen als auch das Weben, das in den Grubenhäusern stattfand, musste von den Frauen erledigt werden. Ihre Schwester verbrachte Stunden in dem dunklen, feuchten Webhaus bis ihr Rücken und Beine vom langen Stehen am Webrahmen schmerzten. Und wenn sie dann nach Hause kam, beklagte sich Walram über Kleinigkeiten, die er selbst hätte ausführen können.

Frida wurde einmal mehr bewusst, wie privilegiert sie war. Ihre Heilkunst erlaubte es ihr, ohne einen Mann zu leben, der sie dirigierte und ihr Leben bestimmte. Sie war frei zu leben, wie sie es sich wünschte.

Arend erhob sich mühsam von der Eckbank. Ohne ein weiteres Wort verließ er ihre Hütte. Kurze Zeit später hörte sie ihn schon im Garten hantieren.

Zufrieden hob sie den schweren Steinmörser, der in einer Ecke auf dem Boden stand, auf den Holztisch. Von den Holzbrettern an der Lehmwand nahm sie einige Tontöpfe und stellte sie neben dem Mörser ab. Nun entnahm sie den Netzen, die an den Balken hingen, einige Wurzeln und legte sie ebenfalls auf den Tisch. Kritisch betrachtete sie ihre Pflanzenschätze und überlegte, wie sie das Pulver für Arend am besten zusammenstellen sollte. Sie entschied sich für eine Wurzel, die eine menschenähnliche Gestalt hatte und sogar ein männliches Glied erkennen ließ, sowie mehrere getrocknete Kräuter und

Brennnesselsamen. Vom unteren Ende der getrockneten Wurzel schnitt sie ein Stück ab. Zusammen mit den Kräutern und Samen zermahlte sie das Ganze zu einem feinen Pulver. Geduld war gefragt, denn je feiner die Mischung war, desto besser würden die Inhaltsstoffe wirken. Für Arends Frau würde sie ein stimulierendes Pulver herstellen, dem sie entspannenden Baldrian zufügen würde. Für die Salbe hatte sie eine wohlriechende Mischung im Sinn. Das konnte bei Arend sicherlich nicht schaden.

Den ganzen Morgen war sie mit ihren Vorbereitungen beschäftigt, die Sonne stand schon fast senkrecht am wolkenlosen Himmel und schien kraftvoll auf sie herab. Als Frida endlich fertig war, bemerkte sie, wie aufgeheizt ihre kleine Hütte war, und war froh, nach draußen treten zu können. Dort betrachtete sie den gebückten Mann, der gerade ihren Flechtzaun ausbesserte. Während sie den Blick weiterschweifen ließ, fiel ihr sofort auf, dass das Unkraut beseitigt und das reife Gemüse abgeerntet worden war. Arend grinste sie an und richtete sich auf.

»Na, was sagst du jetzt?«, fragte er sichtlich stolz.

Anerkennend lächelnd meinte Frida: »Ich bin sehr zufrieden.«

Mit der Medizin in den Händen ging sie auf Arend zu und reichte ihm zunächst die Pulversäckchen und den Holztiegel, der die Salbe beinhaltete. Dann legte sie ihm noch den Rest der verwendeten Wurzel in die Hand.

»Diese Wurzel legst du unter eure Strohmatte«, wies sie ihn an.

Erstaunt begutachtete Arend das Wurzelstück in seiner Hand und blickte auf.

»Äh, die Wurzel sieht aus wie ein Männchen, mit Kopf, Armen, zwei Beinen und äh … einem großen Glied.«

Frida nickte aufmunternd. »Genau, jetzt gehe zu deiner Frau. Wenn die Mischungen nicht wirken sollten, komm in Begleitung deiner Frau zurück. Und vergiss nicht«, fügte sie eindringlich hinzu, »all diese Mittel werden nicht helfen, wenn ihr nicht liebevoll miteinander umgeht.«

Arends Blick entnahm sie, dass er sich nicht nur freute, sondern auch zuversichtlicher geworden war. Der sorgenvolle, bedrückte Mann, der am Morgen noch auf ihrer Eckbank gesessen hatte, hatte seine Schultern nun aufgerichtet und schaute sie hoffnungsvoll an.

»Danke, Frida.«

Schon hatte er sich umgedreht und den Heimweg angetreten. Seine schnellen Schritte zeigten, dass er es kaum erwarten konnte, zu seiner Frau zurückzukehren.

24. Kapitel

Sie waren in einem Kreis aufgestellt. Rupert schaute nacheinander jedem der Mönche in die Augen. Da waren die, die seinen Blick selbstbewusst und gradlinig erwiderten wie Markus, oder diejenigen die ihren Blick sofort senkten wie Odilo. Nachdem er die Runde beendet hatte, schloss er die Augen und beugte den Kopf über seine zum Gebet gefalteten Hände. Als würde er Gott eindringlich darum bitten, ihm die nötige Kraft für das Bevorstehende zu schenken. Er fragte nach Seinem Beistand und wollte den nachfolgenden Worten durch seine Gestik besonderen Ausdruck verleihen. Nach einer Weile des Schweigens hob er seinen Kopf und rief laut aus: »Aus gegebenem Anlass werden wir heute unsere Versammlung nicht mit einer Lesung aus den Schriften der Kirchenväter beginnen, sondern unsere Ordensregeln rezitieren.«

Alsdann erhob Rupert seine Stimme, alle anwesenden Mönche stimmten mit ein.

»›Höre, mein Sohn, auf die Weisung des Meisters, neige das Ohr deines Herzens, nimm den Zuspruch des gütigen Vaters willig an und erfülle ihn durch die Tat!‹«

So ging das eine ganze Weile. Zeile um Zeile reihten sie die Regeln in monotoner Stimmlage auf, doch als sie an einer bestimmten Textstelle ankamen, donnerte Rupert die Passage. »›Die Keuschheit lieben!‹ Habt ihr gehört, meine Brüder? Ich wiederhole: ›Die Keuschheit lieben!‹

Diese Regel habt ihr missachtet. Gestern ist diese Heilerin gekommen, um unseren kranken Bruder zu behandeln, und ich habe in euren Blicken Lüsternheit gesehen. Ein loderndes, ungesundes Fieber, das den Körper verstellt, die Seele befällt und uns in die ewige Verdammnis bringt.«

Rupert schaute streng in die Runde, suchte in den Blicken und der Gestik der Mönche Zeichen der Sünde und des Verfalls. Er konnte die Fäulnis förmlich riechen.

»Zugegeben, ich hatte eine alte Kräuterkundige erwartet, doch ein schwaches, junges Weib ist gekommen und wollte uns mit den Verlockungen ihrer Weiblichkeit verführen. Und ihr habt nicht widerstanden. Ihr seid gefallen wie rollige Hunde, die der Läufigkeit nachhecheln. Ihr habt nun die Möglichkeit, eure Sünden untertänig vor Gott zu bekennen und Besserung zu geloben. Dann will auch ich als euer Abt und liebender Vater Milde und Güte walten lassen. Doch solltet ihr euch zu euren sündigen Gedanken nicht bekennen, so wird eure Strafe die Hölle sein.«

Seine Augen schossen eisige Blitze in Richtung der Brüder. Scharfe Eisennägel, die ihre Seele durchbohrten und Besitz von ihnen ergriffen. Keiner konnte seiner Prüfung entgehen, da war Rupert sich sicher. Jedes kleinste Vergehen, jede schwächste Lüsternheit würde er aufdecken.

Als Erstes fiel Johannes zu Boden, legte sich auf den Bauch und flehte Gott an, ihm seine unzüchtigen Gedanken zu vergeben. Laute Schluchzer begleiteten sein Geständnis. Dann legte sich Gottfried hinzu. Manche Mönche schauten sich verwundert an, war er doch ein älterer, träger Mönch, bei dem sie das hitzige Feuer nicht vermutet hätten. Nacheinander warfen sich auch Odilo, Daniel und Hubertus nieder und gaben zu, die Heilerin angesehen zu haben. Da Georg mit seinen Verletzungen immer noch im Schlafsaal lag, standen noch sechs Brüder vor Rupert. Die Verdammnis konnte auch sie befallen haben, doch vielleicht gaben sie es nicht zu, was ein weitaus schlimmeres Vergehen darstellte. Güte konnte er in keinem Fall walten lassen. Doch wie sollte er das beweisen?

Eine ganze Weile stand er vor den verbliebenen Brüdern, als plötzlich Gabriel anfing zu zittern. Er ließ sich zu Boden gleiten, ein Schluchzer begleitete seinen Fall. Nun standen nur noch Markus, Bartholomä, Mathias, Dominic und Manfred vor ihm. Prüfend schaute Rupert sie an, suchte in ihren Gesichtern nach Spuren ihrer Sünde, einem verräterischen Flackern, einem zu schnell gesenkten Blick, doch er fand nichts Ungewöhnliches.

»Ihr also seid standhaft geblieben, habt der Verlockung nicht nachgegeben?«, wollte er wissen. Als keiner auch nur einen Mucks machte, donnerte Rupert: »Sprecht, wenn ich euch frage!«,

»Ja, Pater«, sprachen sie im Chor.

»Dann frage ich nun die anderen, die reuigen Sünder, die offen bekannt haben. Habt ihr gesehen, ob einer eurer Mitbrüder die Heilerin lüstern angeschaut hat?«

Es herrschte absolute Stille in ihrer Versammlung. Kein Vogelgezwitscher, nicht einmal das Summen eines Insekts oder der Hauch des Windes störte ihre Zusammenkunft. Die Stimmung war zutiefst angespannt, alle warteten auf die Regung eines der am Boden liegenden Mönche. Wer hatte etwas gesehen, wer würde etwas sagen? Hatte jemand Blicke interpretiert, Gesten gedeutet? Doch alle blieben stumm. Rupert wartete noch eine Weile, bis er schließlich die erlösenden Worte verkündete: »Steht auf und gelobet Besserung.«

Nacheinander erhoben sich die Angesprochenen. Gebeugt, bedrückt standen sie da und waren doch froh, sich zu ihrer Schuld bekannt zu haben.

Rupert war noch nicht fertig mit seinen Anschuldigungen. »Mir ist auch aufgefallen, dass viele von euch die Regel des Schweigens nicht befolgen. Das hat mich dazu bewogen, schon jetzt die Ämter des noch zu entstehenden Klosters zu verteilen, damit unsere Regeln besser befolgt und heilende Ordnung in unserer Gemeinschaft hergestellt werden kann. Nur so kann unsere Gemeinschaft wachsen. Ich habe mir Gedanken gemacht, welche Brüder den hohen charakterlichen Ansprüchen, die die Ämter erfordern, gerecht werden. Nach reiflicher Überlegung habe ich mich nun entschieden.« Rupert schaute Markus an und fuhr fort. »Bruder Markus, du sollst mein Stellvertreter sein, wenn ich nicht da bin. Außerdem sollst du das Amt des *Cellerars* ausführen. Es ist zwar noch recht früh, denn wir haben im Augenblick nur wenige Güter zu verwalten, doch ist diese Stelle von immenser Bedeutung. Deine Aufgabe wird es sein, unsere Güter mit Maß zu verwalten und gegen die Verschwendung anzukämpfen. Ich werde dich in der Ausführung deines Amtes begleiten. Bruder Mathias, du sollst unsere Gärten und Felder verwalten und die Krankenpflege leiten, Bruder Dominic wird dich unterstützen und dein Handlanger sein. Und jetzt zu dir, Bruder Bartholomä, ich ernenne dich zu unserem Schreiber. Deine schöne Handschrift ist mir bereits in Überlingen aufgefallen. Du sollst das Geschehene mit einer prächtig illuminierten Schrift auf Pergament für die Ewigkeit festhalten. Das ist außerordentlich wichtig, denn nur so können Generationen nach uns die glorreiche Entstehung unseres Klosters nachvollziehen. Und nun zu einer der bedeutendsten Aufgaben in einer Klostergemeinschaft: der des *Zirkators*. Über die Einhaltung des Schweigegebots und die allgemeine Aufrechterhaltung der mönchischen Disziplin wird von nun an auch Bruder Bartholomä wachen. Er hat einen durchdringenden Blick und einen klugen Verstand. Jeden Tag vor der *Vesper* wirst du mir von den Vergehen des Tages ausführlich berichten.«

Ein Grinsen breitete sich über Bartholomäs weichen Lippen aus. Seine Pausbacken hoben sich an, wodurch seine sonst so runden, hervortretenden Augen kleiner wirkten. Rupert gefiel diese Selbstzufriedenheit gar nicht, weswegen er ihn streng anschaute und Bartholomä daraufhin seine Mundwinkel schnell wieder herabfallen ließ.

»Danke, Pater«, sagte er betont demütig, »ich werde das Amt nach bestem Gewissen ausführen und dich nicht enttäuschen.«

Rupert nickte Bartholomäs Versprechen kurz ab und wandte sich schließlich wieder der gesamten Gruppe zu. »Die anderen, die ich jetzt nicht genannt habe, werden die Aufgaben erfüllen, die ich ihnen tagtäglich zuweise. Für die Verteilung der übrigen Ämter ist es noch zu früh. Unser Kloster muss erst noch wachsen und mit ihm unsere brüderliche Gemeinschaft. Bevor wir nun beten und wieder unserer Arbeit nachgehen noch ein paar ausdrücklich mahnende Worte: Morgen wird die Heilerin erneut nach unserem kranken Bruder schauen. Niemand richtet den Blick auf sie, diesmal werden Bruder Bartholomä und ich ein scharfes Auge auf euch haben und die Einhaltung der Vorgaben überprüfen. So lasst uns jetzt beten und Gott für den heutigen Tag danken.«

25. Kapitel

Sie sass auf einem weichen Mooshügel, die Beine weit von sich gestreckt. Die letzten warmen Strahlen der Abendsonne tauchten die Lichtung in einen goldenen Schimmer und umspielten ihren Körper. Ihr braunes Haar glänzte im Sonnenschein. Sie war die Akteurin auf einer Naturbühne, die Lichtung, der plätschernde Bach, die Weißtannen im Hintergrund waren die Statisten und unterstrichen als Nebendarsteller nur den Zauber des Augenblicks. Er konnte sich nicht von ihrem Anblick lösen, so berauschend war die Szenerie. Es war bereits das zweite Mal, dass er sie im Wald beobachtete. Aus der Ferne war nicht genau zu erkennen, was sie machte, aber er konnte sein sicheres Versteck im Unterholz nicht verlassen. Es wäre zu gefährlich, wenn sie ihn sehen würde.

Sie schien sehr konzentriert ihrer Arbeit nachzugehen. Aus ihrem Korb holte sie immer wieder Fasern hervor, die sie miteinander verzwirnte, bis sie einen langen Strang hatte. Dann nahm sie drei Stränge in die Hand, steckte sie zwischen ihren nackten Zehen fest und flocht sie zu einer stabilen Schnur. Bewundernd stellte er fest, wie geschickt sie war. Nach kurzer Zeit hatte sie bereits mehrere Schnüre beisammen, die sie anschließend zu einem luftigen Netz zusammenknotete. Fasziniert schaute er ihr bei ihrem Handwerk zu. Dann stand sie auf und glättete ihren braunen Umhang. Sie streckte der Sonne ein letztes Mal ihr Gesicht entgegen und trat den Nachhauseweg an. Nach wenigen Schritten war sie verschwunden. Der dichte Tannenwald hatte sie verschluckt.

Die Szenerie war so unwirklich gewesen, dass er sich fragte, ob er das Ganze nur geträumt hatte. Doch so viel Anmut, so viel Weichheit und Schönheit konnte er sich nicht ausdenken.

Er vergewisserte sich, dass sie weg war, verließ vorsichtig sein Versteck und ging angezogen von dem Mooshügel über die Lichtung. Er setzte sich auf den grünen Hügel, genau dorthin, wo sie gerade noch gesessen hatte. Er bildete sich ein, dass er ihre Wärme noch spüren konnte.

Gedankenverloren nahm er eine übrig gebliebene Pflanzenfaser in die Hand und drehte sie mehrmals zwischen Daumen und Zeigefinger.

Sie heimlich zu beobachten, war eine Sünde. Was er ihr gegenüber empfand, sogar eine Todsünde. Und doch konnte er seine Lügen und unkeuschen Gedanken nicht beichten. Zu wertvoll waren sie, bereits zu fest verschlossen in seinem Herzen. Die Erinnerungen an sie waren es, die ihn am Leben hielten. Die ihn morgens aufstehen, beten und arbeiten ließen und die Monotonie seines Tages erst lebenswert machten. Und doch begab er sich gleichzeitig in eine Spirale, die ihn immer tiefer nach unten zog, auf einen dunklen Abgrund zu, der seinen Körper und seine Seele einnehmen und verderben würde.

Gott stehe mir bei. Mühsam wie ein alter Mann, der die Last der vielen Lebensjahre und Sorgen auf seinen schmalen Schultern trägt, stand er auf. Die anderen warteten bereits auf ihn. Er musste sich eine Ausrede einfallen lassen. Eine weitere Sünde auf seiner stetig wachsenden Liste.

26. Kapitel

Frida kratzte den letzten Brei aus dem Tongefäß und füllte ihn in eine kleine Schüssel. Darauf legte sie einige Himbeeren.

»Sobald du aufgegessen hast, bringe ich die Schüssel dem Schamanen«, sagte sie zu Eila, die neben ihr auf der Eckbank saß. »Seit Tagen hat er nichts mehr gegessen und ich mache mir Sorgen.«

»Wenn er nichts isst, dann stirbt er.« Mit der Ehrlichkeit eines Kindes fasste Eila in einem Satz zusammen, was Frida befürchtete.

Um ihre Tochter nicht mit ihren trüben Gedanken zu belasten, wechselte sie schnell das Thema. »Wenn du heute Morgen die Tiere hütest, bin ich bei den Kirchenmännern. Dort schaue ich nach dem Verletzten.«

Eila runzelte die Stirn. »Warum leben nur Männer dort? Haben die keine Frauen?« Sie leckte sich mit der Zunge über den Zeigefinger, der von den Himbeeren ganz rot war.

»Nein, sie leben in einer Gemeinschaft, nur mit Männern. Ihr Gott ist auch ein Mann, er hat mit unserer Götterwelt nichts gemein.«

»Warum haben die nicht auch Göttinnen? Die sind doch so schön und mutig!«

»Ihre Welt scheint aus Männern zu bestehen«, seufzte Frida.

»Das würde mir nicht gefallen, dort zu leben. Denn dann wäre ich ohne dich!« Genüsslich schob Eila sich ihren letzten Löffel Brei in den Mund. Mit ihrem Handrücken wischte sie sich über die Lippen und stand von der Eckbank auf. Frida nahm sie in die Arme, drückte den kleinen, warmen Körper ihrer Tochter fest an sich und gab ihr einen Kuss auf die Wange. »Bis später, meine kleine Taube.«

Schon war Eila aus der Tür verschwunden, wie immer mit den zwei Ziegen im Schlepptau. Frida räumte kurz die Reste des Frühstücks weg, fegte den festen Lehmboden ihrer Hütte und klopfte draußen die Schaffelle aus. Sie machte sich zunehmend Sorgen um den Schamanen, der abwechselnd von den Bewohnern des Dorfs besucht und verpflegt wurde. Alle waren sich einig, dass er bereits mit einem Fuß in das Reich der Toten getreten war. Schmerzen hatte er keine, oder zumindest beklagte er sich nicht. Doch war seine Energie erloschen und die Flamme seiner Lebenslust brannte nicht mehr. Er war bereit für den nächsten, endgültigen Schritt, der ihn zu seinem Sohn bringen würde.

Mit der kleinen Breischüssel in der Hand machte sich Frida auf den Weg zu ihm. An seiner Hütte angekommen, klopfte sie an seine Tür und trat ein. Er lag auf seiner Schlafstätte. Ihr schien, als wäre er noch kleiner geworden, noch gebrechlicher, verloren inmitten seiner Felle, die auf seinem Bett lagen.

Sanft sprach sie ihn an. »Schamane, ich habe dir einen Brei gebracht.«

»Ich möchte nichts essen«, flüsterte der alte Mann.

»Bitte, du musst etwas essen und trinken.«

Doch der Schamane ignorierte ihre Einwände. »Hilf

mir, mich aufzurichten. Ich möchte draußen sitzen, angelehnt am Baumstumpf. Allein schaffe ich das nicht mehr.«

Seine Stimme war nur noch ein leises Wispern, und Frida musste genau hinhören, um seine Worte zu verstehen. Die zehn Schritte nach draußen und die wenigen weiteren bis zum Baumstumpf stellten für den alten Mann trotz Fridas Hilfe einen langen, beschwerlichen Weg dar. Als sie endlich bei den Resten der alten Weißtanne angekommen waren, lehnte er sich erschöpft gegen den noch vorhandenen Teil des Stamms. Der Baum, der seinem gebrechlichen Körper jetzt Halt gab, war einst ein stolzer Riese wie er selbst gewesen.

Frida stellte einen Trinkbecher neben dem Schamanen auf dem Boden ab. Auch den Brei stellte sie daneben, obwohl ihr klar war, dass er nichts zu sich nehmen würde. Er hatte die Augen schon wieder fest verschlossen und war in eine andere Welt abgetaucht.

Wehmütig verließ Frida den Weisen ihres Volkes und machte sich auf den Weg zu den Kirchenmännern. Sie lief talabwärts den Bachlauf entlang. Neben Erd- und Himbeeren, auf die sich Eila besonders freuen würde, fand sie auch Schafgarbe, die sie den Kirchenmännern für ihren Verletzten geben würde. Ihr war gar nicht bewusst gewesen, wie kurz der Weg zum Kloster war, bis sie auf einmal am Waldrand der Lichtung stand.

Interessiert beobachtete sie aus der Entfernung die Kirchenmänner bei der Arbeit. Sobald sie auf die Lichtung trat, merkte sie, dass sie alle Blicke auf sich zog. Doch genauso schnell, wie sie sich ihr zugewandt hatten, wendeten sie sich auch wieder ab. Das fand sie sehr merkwürdig. Nichtsdestotrotz ging sie – diesmal ohne beobachtet zu werden – direkt auf den Anführer zu, der ihr dicht gefolgt von einem untersetzten Mönch entgegenkam. Der seinem Anführer folgende Kirchenmann war ihr bereits mehrmals unangenehm aufgefallen. Auch diesmal grinste er sie anzüglich an. Mit seinen hervorstechenden Augen und seinem wässrigen Blick schien er sie bis auf die Haut zu durchdringen, als würde er sie entkleiden und nach und nach ihre Stofflagen enthüllen. Als der Anführer sich zu ihm umdrehte, duckte er sich schnell und schaute – Anteillosigkeit und Desinteresse vorheuchelnd – auf den Boden.

»Sei gegrüßt, Heilerin«, sprach der Anführer sie an. Frida nickte nur.

Sie folgte den beiden Männern in den Schlafsaal, in dem der Verletzte immer noch auf seinem Bett lag. Sofort nahm Frida die Veränderung bei dem Kranken wahr. Nicht nur, dass die Wunde nicht mehr so unangenehm roch, er war auch bei vollem Bewusstsein. Zwar wirkte er noch schwach, war aber dennoch bei klarem Verstand. Auch sein Fieber schien gefallen zu sein. Behutsam entfernte Frida das Leinentuch von seiner Wunde und begutachtete die offene Stelle. Tatsächlich hatte sich die Entzündung verringert. Eiter war an den Randstellen immer noch vorhanden, doch die rote Schwellung war zurückgegangen und sie spürte, wie sich bereits neue Haut bildete. Das war ein gutes Zeichen. Vorsichtig schmierte sie die mitgebrachte Salbe um die Verletzung und legte ein frisches Tuch auf die Wunde.

»Morgens, mittags und abends müsst ihr die Salbe auftragen, bis sie aufgebraucht ist. Sie heilt seinen verletzten Knochen und kämpft gegen die Entzündung.« Sie drehte sich zu den zwei Mönchen um. »Er braucht kräftige Brühen, am besten Geflügelbrühe, damit er wieder zu Kräften kommt. Es wird noch lange dauern, bis er geheilt ist und sein Bein belasten darf.«

»Wir essen kein Fleisch, das verbietet uns unsere Regel. Gott wird ihn heilen«, war Ruperts knappe Antwort. Er winkte Frida zu sich. »Komm, mein Kind, ich möchte dir etwas zeigen.«

Schon hatte sich der Anführer umgedreht, immer noch dicht gefolgt von dem anderen Mönch. Er hielt den Kopf gesenkt und blickte auf seine gefalteten Hände, die auf seinem dicken Bauch ruhten.

Frida schloss sich den beiden an und trat hinaus ins Tageslicht. Der drahtige Mönch führte sie zu einem anderen notdürftig gezimmerten Gebäude, in das sie hineingingen.

»Schau, mein Kind, hier ist Jesus Christus, der zu uns gekommen ist, um uns Sünder zu retten.«

Frida betrachtete den am Kreuz hängenden Mann und fand, dass er kränklich wirkte. Er erinnerte sie eher an den Verletzten im Schlafsaal als an die starken und mutigen Götter ihrer Welt. Wodan, der Göttervater, der Lenker des Schlachtenglücks, der Gott der gefallenen Krieger, auf dessen Schultern zwei Raben saßen, ritt auf einem achtbeinigen Pferd und schwang gekonnt sein Schwert. Kraftstrotzend und unbesiegbar. Donar, der Wettergott, so mächtig wie das tosende Gewitter, bekämpfte eine Riesenschlange mit einem Hammer. Schon allein durch ihre Stärke und Kriegslust waren ihre Götter Vorbilder.

Wie konnte dann ein angenagelter, schwächlicher Gott den Kirchenmännern Rettung bringen?

»Wenn er euer Gott ist, warum hängt er am Kreuz?«

Rupert freute sich sichtlich über Fridas Frage und deutete sie als Ausdruck ihres Interesses am christlichen Glauben.

»Es ist nicht Gott, der am Kreuz hängt, sondern Jesus Christus. Er ist sein Fleisch gewordener Sohn, den er zu uns auf Erden gesandt hat. Er ist für uns Sünder gestorben«, führte er aus.

»Warum trifft sich euer Kreuz nicht in der Mitte?«

Rupert jubilierte innerlich.

»Der Querbalken liegt etwas weiter oben als gewöhnlich, da er so dem Himmel näher ist. Dort wartet Gott auf uns.« Er ließ seine Worte wirken und fügte dann freundlich hinzu: »Am siebten Tage der Schöpfung unserer wundervollen Erde feiern wir Gott. Komm doch mit deinem Mann, um mit uns die Messe zu zelebrieren.«

»Mein Mann ist vor drei Sommern verstorben, ich lebe allein mit meiner Tochter.«

Mit ihrem feinen Gespür nahm Frida sofort die Veränderung in der Stimme des Kirchenmannes wahr. »Du solltest wieder heiraten. Eine Frau, vor allem eine so junge, wie du es bist, ist ohne einen Ehemann nichts, sie benötigt seine Führung und seinen Schutz.«

»Ich möchte keinen Mann, ich kann für mich allein sorgen.«

Rupert funkelte sie erbost an. »In der Heiligen Schrift steht ausdrücklich, dass der Ehemann der Beherrscher des Weibes ist, er verfügt über ihren Leib. Eine freie Frau brennt in der teuflischen Begierde, denn sie kann sich nicht enthalten und wird Unzucht treiben.«

Bei diesen Worten grinste der Mönch, der hinter dem Wortführer stand. Er fand sichtlich Gefallen an ihrer Konversation und Fridas Ekel ihm gegenüber wuchs ins Unendliche. Da war ihr der streitsüchtige Anführer noch lieber als der anstößige Mönch. Den Sinn hinter Ruperts Worten hatte sie zwar nicht verstanden, doch an seinem Tonfall merkte sie, dass es nun höchste Zeit war, die Kirchenmänner zu verlassen.

»Ich muss gehen«, sagte sie, ohne auf Ruperts vorige Rede einzugehen, drehte sich um und verließ schnellen Schrittes die Hütte und die Lichtung der Männer.

Aus dem Augenwinkel sah sie, dass die übrigen Mönche immer noch fleißig ihrer Arbeit nachgingen, ohne sich nach ihr umzusehen. Das letzte Stück rannte sie in den Schutz des Waldes hinein, der sie bald vereinnahmte und von der Welt der Kirchenmänner trennte. Sie sprang bergauf in die Richtung, aus der sie gekommen war, und beeilte sich, die Distanz zum Kloster zu vergrößern. Die Einsamkeit des Waldes war ihr um so vieles lieber.

Nachdem sie ein Stück gerannt war, verlangsamte sie bewusst ihre Schritte, um ihren Zorn zu mäßigen. Sie blieb am Bachufer stehen und schaute den Fischen zu. Sie war wütend auf den Kirchenmann, der so abwertend über Frauen dachte, und sie war wütend auf sich selbst, denn sie hatte die Konversation mit ihren Fragen erst ermöglicht. Wäre sie doch lieber stumm geblieben wie die glänzenden Forellen, die in ihrem Bach schwammen.

Sollte es noch einmal zu einer Begegnung kommen, beschloss sie, würde sie einem Gespräch aus dem Weg gehen. Den Mönchen würde sie weiterhin helfen, sollten sie ihre Heilkünste benötigen, doch wollte sie nicht in ihre Glaubenswelt eintauchen. Einen ans Kreuz genagelten Gottessohn, der in einem Gebäude hing, konnte sie nicht verstehen. Ihre Welt war draußen, bestand aus den Gerüchen der Bäume, dem Plätschern des Bachs, aus dem Toben des Wetters, den Empfindungen und den Emotionen, die die Götter der Natur sandten. Und so sollte es bleiben.

Auch in ihrem Volk waren die Frauen Hüterinnen des Hauses und des Herdes, von ihren Männern und deren Launen abhängig. Doch es gab auch weise Frauen, geachtete Schamaninnen und Heilerinnen, die keiner Beherrschung benötigten, so wie der Kirchenmann sich ausgedrückt hatte. Tief in Gedanken versunken spürte sie plötzlich in ihrem Inneren einen starken Herzschlag, ein schnelles Pochen, das ihren Körper durchdrang und bis in ihre Ohren rauschte. Sie blieb augenblicklich stehen. Konnte das wieder ihr Wolf sein? Hoffnungsvoll suchte sie den Berghang ab, konnte aber keine Regung wahrnehmen. Sie drehte sich um und schaute talabwärts, doch auch dort war nichts zu sehen. Sie hörte erneut in sich hinein und war sich sicher: Es war ein fremder Herzschlag, das Pochen des Wolfs, das sie bereits einmal gespürt hatte. Voller Vertrauen beschloss sie zu warten. Bis auf das Gezwitscher der Vögel und das Summen der Insekten war weder das Knacken von Zweigen noch das Rascheln von Laub zu hören, doch auf einmal stand er vor ihr, keine zehn Schritte entfernt. So plötzlich, dass Frida nicht zuordnen konnte, woher er gekommen war. Es war derselbe Wolf wie damals. Mit seinem glänzend weißen Fell. Jetzt, wo er so nah war, erkannte sie, dass es eine Wölfin war. Aus ihren funkelnden Bernsteinaugen sah die Fähe Frida an. Es war ein magischer Blick, der Frida ganz und gar durchdrang und sie in seinen Bann zog. Keine der beiden bewegte sich. Und dann, ganz zaghaft, sprach Frida zu der Wölfin. »Ich vertraue dir.«

Nach einer Weile fügte sie hinzu: »Wo ist dein Rudel, deine Familie?«

Sie hatte an den Zitzen der Fähe erkannt, dass sie Welpen versorgte, eine Zeit, in der Wölfe auf kleinste Störungen reagierten und sehr empfindlich waren. Trotzdem spürte sie, dass von der Fähe keine Gefahr ausging. Ganz im Gegenteil, sie fühlte sich verbunden mit dem wilden

Tier und nahm nach wie vor das Herzklopfen der Wölfin in sich wahr, das sich wie eine wiederkehrende Melodie in ihrem Körper ausbreitete. Die Wölfin kam langsam auf Frida zu, schnupperte erst an ihren Beinen und entlang ihrer Tunika und führte dann ihre Schnauze hoch zu Fridas Händen. Bei der rechten Hand angekommen, leckte die Wölfin über Fridas Hand, fuhr mit ihrer Zunge über ihren Handrücken hoch zu ihrem Unterarm. Frida hielt den Atem an, schloss die Augen und genoss die ungewöhnliche Begegnung. Doch ein plötzliches Knacken ließ sie hochschrecken und ihre Augen weit aufreißen. Ehe Frida auch nur irgendwie reagieren konnte, war die Wölfin von ihr gesprungen und rannte talabwärts in den schützenden Wald hinein. Ein Wimpernschlag und sie war in der Tiefe des Grüns verschwunden. Fast kam es Frida so vor, als hätte sie sich die außergewöhnliche Begegnung nur erträumt, doch sie konnte noch deutlich die Zunge der Wölfin auf ihrer Hand spüren. Das war keine Einbildung gewesen, dessen war sich Frida sicher. Die Wölfin war aus der Anderswelt zu ihr gekommen, war die Trägerin einer Botschaft, die sie Frida übermitteln sollte. Doch welche Nachricht konnte das sein? Frida rätselte und versuchte, in ihrem Inneren eine Antwort zu finden. Was sie fühlte, war Geborgenheit und Schutz, wie bei einer Mutter, die ein wachsames Auge auf ihren Schützling warf. Und auf einmal verstand Frida. Die Wölfin war ihr Muttertier, das die verlorene Mutter ersetzte und ihr Trost, Wärme und Stärke schenkte, was auch immer passieren würde. Ihr Krafttier, das ihr zur Seite stand.

27. Kapitel

Ava hatte ihn heute Morgen geärgert. Zuerst hatte sie eine Tonschüssel fallen lassen, die in so viele Stücke zerbrochen war, dass sie nicht repariert werden konnte. Der kleine Hardo, der immer am Rockzipfel seiner Mutter hing, war daraufhin in eine Scherbe gelaufen und hatte laut geschrien. Walram hatte sie angebrüllt, was die Schreie des Kleinen nur noch verstärkt hatte. Dann war ihm die Hand ausgerutscht, zuerst hatte er den Kleinen weggeschubst und Ava geohrfeigt, die von der Wucht seines Schlages rücklings auf den Boden gefallen war.

»Pass doch auf!«, brüllte er.

Schluchzend sah sie aus ihrer kauernden Position zu ihm auf. »Es tut mir leid, Walram, ich habe die Schüssel nicht mit Absicht fallen lassen.«

»Du bist selbst zu doof dafür, den Haushalt richtig zu führen! Und die Kinder schreien auch ständig!«

Mit einem Mal reichte es Ava. »Es sind auch deine Kinder, Walram. Und die Schüssel ist zerbrochen, weil ich hier im Haus alles allein erledige und mir niemand auch nur einmal hilft!«, schleuderte sie ihm mutig die Worte entgegen, von denen sie wusste, dass sie seinen Zorn nur anstacheln würden.

»Es reicht!«, brüllte er sie erneut an.

Sie saß immer noch auf dem Boden und sah unterwürfig zu ihm auf. Er war verärgert, brodelte innerlich und kochte vor Wut. Mit seinem Fuß verpasste er ihr einen letzten Tritt gegen den Oberschenkel, bevor er sich abwandte und ihre große Behausung verließ.

Er brauchte dringend eine Ablenkung. Seine Drechselbank, die Feinfühligkeit und Präzision erforderte, war jetzt nicht der richtige Ort. Er musste seine Aggressionen loswerden, sich bewegen, Abwechslung schaffen, sonst würde es noch zu einer Schlägerei kommen. Außerdem war seine Werkstatt am Langhaus angebaut, weswegen er die Schreie der Kinder und das Geplärre Avas weiterhin hören würde, und das würde ihm heute noch mehr auf die Nerven gehen als sonst. Er beschloss, zu seinem Bruder zu gehen und mit ihm die Baustelle der Mönche zu besuchen. Die Baufortschritte des Klosters beeindruckten ihn. Nicht nur, dass die Kirchenmänner schnell vorankamen, es war der Fleiß und die Ordentlichkeit, mit der sie ihre Arbeiten ausführten, die ihm gefielen. Und der Gehorsam, den sie ihrem Anführer gegenüber zeigten. Davon konnte er nur träumen.

Mit einem Fußtritt kickte er den kleinen Lederball seiner Kinder von sich, umrundete den Palisadenzaun und ging schnellen Schrittes zu Wolf hinüber, den er in seiner Werkstatt vorfand. Auch er hatte eine Verlängerung zu seinem Wohnhaus errichtet, in der er seine Schreinerarbeiten erledigte. Wolf war gerade damit beschäftigt, den Fuß eines Hockers auszubessern.

Ohne ihn zu begrüßen, polterte Walram seinem Bruder entgegen: »Ava hat mich heute verärgert. Lass uns die Baustelle der Mönche besichtigen.«

Das ließ sich Wolf nicht zweimal sagen. Er war immer für eine Abwechslung zu haben und die Eintönigkeit ihres Lebens langweilte ihn. Die beiden machten sich auf durch den Wald, talabwärts zu der Lichtung der Mönche.

»Ich bin gespannt, was sie in den letzten Tagen so gemacht haben. Das muss man ihnen lassen, fleißig sind sie«, meinte Wolf, der nicht weniger beeindruckt von der Tatkraft der Kirchenmänner war.

»Vielleicht, weil sie keine Frauen und Kinder haben wie wir.« Walram hatte das eher lustig gemeint, merkte aber, dass sein Kommentar Wolf gegenüber unpassend war. Sein Bruder hatte keine Familie zu versorgen, keine Verpflichtungen wie er.

Schon von Weitem vernahmen die beiden Brüder, dass es auf der Baustelle rege zuging. Aufgeregte Rufe und ein Schrei ließen vermuten, dass die Männer mitten in der Arbeit waren, sehen konnten sie jedoch noch nichts. Walram und Wolf beschleunigten ihre Schritte und blieben am Rand der Lichtung erstaunt stehen.

Die Kirchenmänner standen um eine hölzerne Konstruktion, mit deren Hilfe sie einen schweren Sandstein in die Höhe hoben. Walram hatte so ein Konstrukt in den dichten Siedlungen entlang des Rheins schon gesehen, doch dass die Kirchenmänner so ein Gerät mitten im Schwarzwald erbaut hatten, fand er faszinierend. Da die Mönche sich auf ihre Arbeit konzentrierten und auf die Anweisungen ihres Anführers warteten, konnten die alamannischen Brüder das Geschehen einige Zeit in Ruhe betrachten. Nach einer Weile verließen sie ihre Position am Waldrand und traten langsam auf die Mönche zu, immer noch gebannt von der luftigen Holzkonstruktion, die mühelos Steine bewegte.

Rupert bemerkte die beiden als Erstes und konnte seine Freude nicht zurückhalten. »Gelobt sei Jesus Christus. Meine Freunde, kommt her und schaut, was wir errichtet haben. Einen Kran!«

Rupert machte keinerlei Anstalten, seinen berechtigten Stolz zu verbergen. Er drehte sich um die eigene Achse, streckte beide Hände in die Luft und rief den Alamannen ungeduldig zu: »Er lässt die Steine tanzen!«

Der Anführer freut sich wie ein Kind, dem man ein neues Spielzeug in die Hände gedrückt hat, dachte Walram.

»Kommt, ich erkläre euch, wie der Holzriese funktioniert.« Rupert deutete den beiden, näher zu kommen, und sie folgten seiner Anweisung. Mit geschwellter Brust zeigte er auf die Konstruktion vor ihnen. »Mit zwei dicken Ästen haben wir einen Hebebaum konstruiert, der mit den hinteren Seilen am Boden stabilisiert ist. In der Mitte verläuft die Haspel, die wir seitlich bedienen können. An ihr ist das Zugseil befestigt, das sich einrollen lässt und am anderen Ende mit einem Flaschenzug versehen ist. So kann ein schwerer Sandstein mühelos angehoben und richtig positioniert werden. Schaut, hier haben wir mit der Mauer unseres Gotteshauses begonnen.« Er zeigte mit dem Finger auf die kleine Steinmauer, die sich in ihrer Nähe befand. Walram war tief beeindruckt. Mit weit geöffneten Augen hatte er Ruperts Ausführungen gelauscht. Das, was er vor Augen hatte, wurde für die Ewigkeit gebaut. Ihre eigenen Holzbauten mussten immer wieder ausgebessert und neu gebaut werden. Die Steinmauer hier hingegen war unvergänglich und würde ihn überleben. In seinem Kopf schwirrten Tausende von Fragen, und doch konnte er keine einzige formulieren, so fasziniert war er von dem Schauspiel, das sich vor ihm abspielte. Er musste tief beeindruckt feststellen, dass sie die Lichtung jeden Tag besuchen könnten und die Baustelle trotzdem jedes Mal verändert vorfinden würden. Stabile Bauten, schützende Zäune und neuartige Hilfsmittel kamen stetig hinzu. Es gab keinen Tag, an dem die Kirchenmänner zu ruhen schienen. Was ihn aber am meisten beeindruckte, war die Tatsache, dass alle die Weisungen des Anführers anstandslos ausführten. Er musste sich eingestehen, dass Rupert seine Männer besser im Griff hatte, als er es als Stammesführer je schaffen würde. Wenn sie abends am Feuer zusammensaßen, konnte jeder seine Meinung äußern und die Aussagen Walrams hinterfragen. Manchmal redeten sie Stunden, bis sie sich einig wurden. Es gab immer jemanden, der seine Entscheidungen hinterfragte oder mit Gegenargumenten konterte. Wenn er deswegen wütend wurde, konnte es passieren, dass sie sich über seinen Jähzorn lustig machten und ihn aufzogen. Bei den Kirchenmännern hingegen schien nur Rupert zu reden, die anderen befolgten seine Anordnungen meist ohne Widerworte. Walram mutmaßte, dass es zum einen der Ausstrahlung des Anführers geschuldet war. Mit zielgerichtetem Blick sprach er bestimmt auf seine Mitbrüder ein. Der andere Grund lag in ihrer straff organisierten Struktur, die von den Kirchenmännern Fleiß und Gehorsam forderte.

»Das sieht gut aus«, war alles, was Walram zunächst hervorbrachte.

Dann konnte er aber seine Neugier nicht zurückhalten. »Deine Männer sind fleißig, sie haben viel geleistet, und sie gehorchen dir. Wie erreichst du das?«

Rupert schaute Walram nachdenklich an. Er wusste, jetzt hatte sich ein kleines Türchen aufgemacht, ein Gatter, das in der Ferne den Weg zum Christentum ebnete. Er musste geschickt vorgehen.

»Wir haben uns vom weltlichen Treiben zurückgezogen, von seinen Verlockungen und Verführungen, von seinen Genüssen und Annehmlichkeiten, von seinen Kriegen und Streitereien und führen ein Leben in Armut und Gehorsam. Unsere Gemeinschaft besteht aus den wiederkehrenden Gebeten und der Arbeit, die wir in Demut ausführen. So abgeschieden, so zurückgezogen, wie wir leben, in Keuschheit, ohne Frauen und Kinder, können wir Gott mit ganzem Herzen lieben. Und wir können uns dem Bau des Klosters widmen, unser Wissen vertiefen, neue Techniken ausprobieren.«

Mit seinem feinen Gespür hatte Rupert gemerkt, dass Walram bei den Worten Demut und Keuschheit den Mund abschätzig verzogen hatte. Solche Argumente würden den Alamannen nicht überzeugen.

»Wir haben keine Vielgötterei, keine streitenden Götter und keine Opfergaben und Opferfeste, sondern nur den einen wahren Gott, der uns seinen Sohn auf Erden geschickt hat. Christus hat eine wichtige Botschaft für uns: Wir sollen einander lieben, wie wir uns selbst lieben.«

Rupert merkte, dass die beiden Männer nicht überzeugt waren und ihr anfängliches Interesse abzuflauen drohte. Er benötigte eine Eingebung, einen göttlichen Funken, der die Alamannen für seine Botschaft begeistern würde. Auf einmal kam ihm ein Gedanke, bei dem er sich sicher war, ihre Aufmerksamkeit zurückzugewinnen können.

»In unserer Kirche herrscht eine klare Ordnung, die von den Männern vorgegeben ist und Gehorsam verlangt. Als Abt im Kloster bin ich der Stellvertreter Christi und meine Männer sind mir zum Gehorsam verpflichtet. Und so verhält es sich auch in der Familie. Der Mann ist das

Oberhaupt, seine Frau und seine Kinder folgen seinen Weisungen. Denn der Mann gehört nicht der Frau, sondern die Frau dem Mann. So ist die Frau für des Mannes Willen geschaffen worden.«

Der jüngere Alamanne meldete sich zu Wort. »Heißt das, dass die Frauen bei den Christen so gehorsam sind wie die Männer, die du hier führst?«

Es war das erste Mal, dass er sprach. Wie der Anführer der Alamannen war er groß und muskulös, hatte jedoch schönere Gesichtszüge, die nicht so grob waren wie die des älteren.

»Eine Frau muss sich ihrem Mann gegenüber unterordnen. In unserer Heiligen Schrift steht, dass Gott zuerst den Mann als seinen Abglanz geschaffen hat, danach erst die Frau, als Hilfe für den Mann. Doch sie hat den Mann verführt. Um sie zu bestrafen, beauftragte Gott den Mann, über die Frau zu herrschen.«

Ein lautes Lachen unterbrach Ruperts Ausführungen.

»Das ist gut, das muss ich Ava erzählen.« Walram schien der Diskurs des Abtes zu belustigen. Er drehte sich zu Wolf um und fügte hinzu: »Was wohl Frida bei diesen Worten sagen würde?«

Nun prusteten beide Männer los, doch Rupert merkte, dass der Jüngere nicht aus ganzem Herzen lachte. Sein Gelächter wirkte aufgesetzt.

Inzwischen hatte sich Walram beruhigt und klärte Rupert auf.

»Frida ist unsere Heilerin. Ihr habt sie ja schon kennengelernt. Wolf«, er deutete mit dem Finger auf den jüngeren Mann, »möchte sie heiraten, aber sie will nicht.«

Rupert ergriff seine Chance. »Das ist nicht richtig. Ihr müsst ihr euren Willen auftragen. Bei allem Respekt für ihre Heilkunst, sie sollte nicht ohne einen Mann sein, der sie streng führt. Eine Frau in ihrem Alter muss verheiratet sein, sonst ist sie eine Verlockung und wird eure Männer ins Verderben führen.«

»Das ist bei ihr nicht so einfach. Sie hört nicht auf andere.«

»Ihr müsst eure Frauen besser im Griff haben. Sobald ein Mädchen zur Frau wird, sollte sie verheiratet und von ihrem Mann geleitet werden, sonst verliert ihr das Ruder. So verlangt es im Übrigen unsere Heilige Schrift. Gott hat die Frau aus der Rippe des Mannes geformt. Sie gehört dem Mann! Der Herr sprach zur Frau: ›dein Verlangen soll nach deinem Mann sein, aber er soll dein Herr sein‹. Achtet das nächste Mal, wenn ihr eine unverheiratete Frau vor euch seht, auf ihre Augen. Sie wird lüstern schauen und verrät sich durch ihren Augenaufschlag, daran könnt ihr sie entlarven.«

»Ha, ich glaube, wir schicken unsere Frauen zu euch! Dann könnt ihr ihnen Gefügigkeit beibringen.« Wieder hatte der Ältere angefangen zu lachen und schlug sich mit der Hand auf den Oberschenkel. Doch so ganz abwegig war der Gedanke nicht, fand Rupert.

»Kommt doch mit euren Familien in zwei Tagen zu uns. Bevor die Sonne im Zenit steht, feiern wir unsere Heilige Messe. An dem Tag werde ich über den Gehorsam der Frauen und ihre Unterwürfigkeit dem Mann gegenüber reden.«

Als er die letzten Worte ausgesprochen hatte, durchbrachen die Sonnenstrahlen die Wolkendecke und erhellten Ruperts Gesicht. Das goldene Kreuz, das an seinem Habit hing, funkelte auf, so als hätte es tausend Feuer gefangen. Staunend betrachteten die Alamannen das glitzernde Schmuckstück, bewunderten das fein ziselierte Kreuz.

»Wo hast du das her?«, wollte Walram wissen.

»Als Abt und Vorsteher dieser Gemeinde trage ich das Kreuz Christi an meinem Hals. Ich habe das Goldkreuz von meinem Bischof erhalten.«

Rupert bemerkte die anerkennenden Blicke der zwei Männer. Er zog das Lederband samt Goldkreuz über den Kopf und reichte es Walram. »Hier, fahrt mit euren Fingern über das Kreuz. Es ist fein verarbeitet und fühlt sich samtweich an.«

Walram nahm das Kreuz und hielt es ehrfürchtig in seiner linken Hand. Mit seinem rechten Zeigefinger strich er über das goldene Schmuckstück. Es war ein wahrhaftes Meisterwerk. Das goldene Kreuz war umrandet von runden roten Granaten, die minutiös eingefasst worden waren. In der Mitte funkelte ein großer blauer Stein. »Auf meinen Feldzügen in Italien habe ich bereits einige schöne Kostbarkeiten ergattert. Doch das hier ist bemerkenswert.« Immer noch streichelte Walram sanft über das Schmuckstück, mit einer Zartheit, die Rupert einem Barbaren mit hemmungslosen Instinkten nicht zugetraut hätte. Rupert nahm sein Kreuz aus Walrams Händen und legte es wieder um seinen Hals.

»Ich werde mit unserem Herzog reden. Als Anführer eures Stammes könnte er euch ebenso ein Kreuz schenken, als Zeichen eures Bekenntnisses, solltet ihr den wahren Glauben annehmen. Natürlich wäre das Kreuz eine simplere Ausführung, doch auf jeden Fall ein klarer Ausdruck, der eurem Stand gerecht werden würde. Vorerst solltet ihr uns jedoch regelmäßig zu unseren Gottesdiensten besuchen.« Rupert lächelte beide Männer freundlich an und fuhr fort. »Wie ihr wisst, ist euer Herzog auch Christ, so wie alle wichtigen Männer und fränkischen Herrscher. Es wäre also nicht zu eurem Nachteil, solltet ihr auch Christen werden. Aber jetzt ist es Zeit für unser Stundengebet, meine Brüder erwarten mich.«

Mit diesen Worten wendete er sich ab und lief zu den anderen Mönchen. Die rege Betriebsamkeit, die sonst auf der Baustelle herrschte, hatte aufgehört. Kein Hämmern oder Sägen, kein Klopfen und Schaben war mehr zu hören. Die Glaubensbrüder standen wartend vor ihrer provisorischen Kirche, in sich gekehrt, in einem inneren Reich des Meditierens und des Betens, bereit für die Worte Gottes, die aus Ruperts Mund kommen würden. Walram und Wolf sahen den Mönchen zu, wie sie hintereinander schnurgerade in ihre Kirche liefen und, angeführt von Rupert, mit melodiösen Stimmen ihre Gebete anstimmten. Rupert war der klare Führer dieser Gemeinde, ohne Frage. Die beiden Brüder beschlossen, den Heimweg anzutreten, und liefen talaufwärts in Richtung ihrer Siedlung. Zunächst sprachen sie nicht miteinander, die Worte Ruperts hatten sie nachdenklich gestimmt und jeder hing seinen eigenen Gedanken nach. Es waren mehr als bloße Worte, die Rupert verstreut hatte. Es waren Samenkörner, die er gesät hatte und die zu keimen begannen.

War es tatsächlich so, dass es nur einen Gott gab? Dass er den Mann zuerst geschaffen hatte und als dessen Abglanz später die Frau? Sie aus seiner Rippe geformt war und sich ihm unterzuordnen hatte? Fest stand, dass die wichtigen Männer des fränkischen Reichs, zu dem auch die Alamannen gehörten, bereits zum Christentum übergetreten waren.

»Worüber denkst du nach?«, durchbrach Wolf die Stille.

»Ich denke, wir sollten mit unseren Familien an einem ihrer Gottesfeste teilnehmen. Das kann nicht schaden.«

Wolf brummte nachdenklich. »Ich finde, er hat recht, was unsere Frauen betrifft. Sie sind viel zu aufmüpfig. Insbesondere Frida, die denkt, sie ist etwas Besonderes, dabei ist sie nur eine Frau.«

Bitterkeit lag in seinen Worten. Mit seinem rechten Fuß kickte er einen Stein aus dem Weg, der in hohem Bogen die Böschung hinunterflog. Heiße, glühende Kohlen hatten in seinem Inneren Feuer gefangen, hatten sich entzündet und waren bereit, lichterloh zu brennen. Etwas musste geschehen, so konnte es auf keinen Fall weitergehen, dachte Wolf.

28. Kapitel

DER SCHAMANE HATTE den letzten Schritt vollbracht und war hinübergetreten in das Reich Walhalls. Seine wertvolle Seele hatte ihre irdische Hülle verlassen, den so zerbrechlichen Körper, war zu seinem Sohn geflogen und hatte sich wieder mit ihm vereint. Berta hatte ihn am Morgen in seinem Bett gefunden, eingesunken in die Schaffelle. Sein Körper hatte noch fragiler, noch ausgemergelter gewirkt, und doch hatte sich ein seliges Lächeln in der Stunde seines Todes auf seine Lippen geschlichen, so als wäre er mit Freude zu seiner letzten Reise aufgebrochen. Berta hatte zunächst einen lauten Schrei ausgestoßen, die mitgebrachte Breischüssel fallen lassen und alsdann alle Bewohner zusammengetrommelt. Diese waren zu dem alten Mann geströmt und hatten ihre Tränen an seinem Bett vergossen.

Ava und Frida hatten sich in den Armen gelegen, von einer tiefen Traurigkeit zusammengeschweißt. Ewalds Mutter hatte laute Tränen geweint und ihr Schluchzen war so ansteckend gewesen, dass es schwer gewesen war, nicht in ihr Wehklagen mit einzustimmen. Er war der älteste Bewohner ihrer Siedlung gewesen, somit hatten ihn bis auf die wenigen von fremden Stämmen Zugezogenen alle seit ihrer Geburt gekannt. Es war, als hätte der Vater sie verlassen, der weisend ihre Schritte geleitet hatte.

Im Laufe des Morgens hatten die Frauen den Körper gewaschen und ihn für seine große Reise angemessen gekleidet. Die Männer hatten derweil seinen Baumsarg hergestellt. Sie alle verstanden sich in der Verarbeitung von Holz, der Wald war ihr Werkstoff, doch der junge Falk war ein Meister seines Faches, seine Werke waren voller Fantasie, die den Betrachter in das Reich der Träume gleiten ließen. So hatten sich die Männer sofort darauf geeinigt, gemeinsam die grobe Arbeit zu verrichten, Falk aber das Schnitzen des Deckels überlassen. Dafür hatten sie eine alte Eiche gefällt, deren Durchmesser am Stamm zwei Schritte maß. Vom dicken Stamm hatten sie ein gerades, mannshohes Stück herausgesägt, das sie zunächst entrindet hatten. Dann war der Stamm gespalten und beide Hälften mühevoll ausgehöhlt worden. Sobald die Hälfte mit der flacheren Mulde fertiggestellt worden war, hatte Falk mit dem Schnitzen begonnen. Er war ganz in seine Arbeit versunken gewesen, hatte immer wieder innegehalten und sein Werk betrachtet. Ihm war bewusst gewesen, welch wichtige Aufgabe ihm zugefallen war, denn der Sarg würde den Schamanen in die Tiefe der Erde begleiten, ihn auf seiner Reise vor den Bedrohungen der bösen Mächte schützen.

Mehrfach waren die Bewohner der Siedlung auf ihn zugekommen und hatten ihn gefragt, was er schnitzen werde. Doch er hatte sie immer wieder weggeschickt, denn für so einen bedeutenden Auftrag hatte er ganz allein sein wollen. Er wollte erst ruhen, wenn er mit seiner Arbeit zufrieden wäre. Und so hörte man stundenlang das regelmäßige Gleiten des scharfen Schnitzmessers. Niemand traute sich, Falk bei der Arbeit zuzusehen, sogar Walram verhielt sich entgegen seiner Art ruhig und zurückhaltend.

Die Bewohner saßen in trüber Stimmung beisammen und sprachen gedämpft miteinander. Sie fühlten sich verlassen, führungslos und spürten, dass andere Zeiten auf sie zukommen würden. Wer würde nun den Flug der Vögel deuten? Oder die Runen lesen? Oder sich mit ihren Ahnen in der Anderswelt verbinden? Wer könnte ihnen in Zukunft Weisungen geben und Richtungen anzeigen? Jeder hing seinen dunklen Gedanken nach, gefangen in einem tiefen Schlund der verlorenen Zeiten und der ungewissen Zukunft. Und so merkten sie zunächst nicht, dass das Messer aufgehört hatte zu gleiten. Langsam kam Falk auf sie zu.

»Es ist vollbracht.« Er sah erschöpft aus, so als wäre er von einer langen Jagd zurückgekehrt. Die Schultern leicht nach vorne gebeugt, stand er vor den Bewohnern, das scharfe Messer noch in der rechten Hand.

Nacheinander erhoben sich alle und liefen hinüber zum Baumsarg, an dem der junge Mann gearbeitet hatte. Trotz des traurigen Anlasses waren sie begeistert beim Anblick des Sargdeckels. Eine doppelköpfige Schlange mit geschupptem Rücken schmückte den Deckel. Aus ihren Augen funkelten feindselige Blicke, die jeden Angreifer vertreiben würden. Die furchterregende Schlange würde dem Schamanen nicht nur in die Tiefe der Erde folgen. Er würde mit ihr verschmelzen, sich in das Reptil verwandeln, sich häuten, erneuern und so stärker denn je in das Reich der Toten eintreten.

»Dein Werk ehrt unseren Schamanen.« Walram klopfte anerkennend auf Falks Schulter. »Wir werden seinen Sarg anmalen. Die Pigmente haben wir bereits angerührt.«

Auch die anderen Dorfbewohner brachten ihre Zustimmung durch Worte oder ein Kopfnicken zum Ausdruck.

Die Männer betteten den zerbrechlichen Körper des Schamanen in den fertigen Sarg. Er wog weniger als ein Kind, so schmächtig war er geworden. Walram legte ihm einen Speer zur Seite und schob das scharfe Messer, das den weisen Mann sein Leben lang begleitet hatte, in seine Gürtelschlaufe. Und dann tat er etwas, das Frida völlig aus der Fassung brachte.

Walram nahm die heiligen Runenstifte und legte sie dem Weisen auf die Brust. »Niemand wird sie von jetzt an verwenden können. Nimm sie mit.«

Bisher hatte sich Frida beherrschen können. Solange sie die Vorbereitungen für das Begräbnis getroffen hatten und Frida mit den anderen Dorfbewohnern zusammen gewesen war, hatte sie ihre Tränen zurückhalten können. Doch nun brach die Traurigkeit aus ihr heraus. Sie weinte laut und hemmungslos, und ihren Körper durchzuckte ein nicht enden wollendes Beben. Der Verlust des alten Mannes mischte sich mit der Gewissheit, dass ihre Welt sich veränderte. Sie trug nicht nur den Schamanen zu Grabe, sondern auch ihr bisheriges Leben. Sie war untröstlich. Nicht einmal Eila, die den Oberschenkel ihrer Mutter fest umschlungen hielt, konnte sie beruhigen.

Nun kam auch Ava auf Frida zu und nahm sie fest in die Arme. Allmählich verwandelte sich ihr lautes Schluchzen und Beben in ein leichtes Zittern, bis sie sich erschöpft auf den Boden fallen ließ. Walram und Wolf hoben den Sargdeckel auf und legten ihn auf den Sarg. Durch die eingebohrten Löcher konnten sie den Sarg mit Eisennägeln fest verschließen. Sie waren sich einig, dass sie ihren Schamanen erst morgen begraben würden, am Rande der Grabstätte ihrer Vorfahren. Ewald und Kuno hatten bereits angefangen, ein tiefes Loch in die Erde zu graben.

Inzwischen war es dunkel geworden und die Bewohner trennten sich voneinander. Ava begleitete ihre Schwester zu ihrem Haus und wartete, bis Frida und Eila in ihr Bett gekrochen waren. Eng an ihre Mutter gekuschelt, schlief die kleine Eila bald ein, der friedliche Schlaf eines Kindes hatte über die Traurigkeit des heutigen Tages gesiegt. Doch Frida lag mit offenen Augen da und weinte lautlos.

Mit dem Schamanen war ihr spiritueller Vater gestorben und mit ihm ein Teil von ihr. Wer würde sie jetzt leiten und beraten, an wen konnte sie sich wenden, wenn sie Fragen und Sorgen hatte? Obwohl sie ohne Vater aufgewachsen und ihre Mutter schon lange tot war, fühlte sie sich erst jetzt richtig als Waise. Amputiert von der schützenden Liebe der Eltern und abgeschnitten von ihrer hingebungsvollen Fürsorge. Obwohl es sein sehnlichster Wunsch gewesen war, mit seinem Sohn wiedervereint zu sein, fühlte sich Frida untröstlich. Seine Weisheit und Weitsichtigkeit, seine Besonnenheit und Freundlichkeit würden ihr fehlen. Er hatte gesagt, er werde in ihr weiterleben, doch momentan fühlte sie nur eine innere Leere und tiefe Einsamkeit. Jetzt gab es in ihrer Welt nur noch Eila.

29. Kapitel

Der Himmel hatte sich mit ihrer Trauer verbündet und öffnete seine Schleusen über dem Südschwarzwald, als würde er dicke Tränen weinen, die sich mit denen der Dorfbewohner vereinten. Schon am Morgen der Bestattung war der Himmel voll dunkler Wolken gewesen, von einem kalten Sommerwind gescheucht, zogen sie bedrohlich über die Lichtung. Als die Dorfbewohner zu ihrem Friedhof hinüberschritten, um den alten Schamanen zu bestatten, wurde es auf einmal windstill und der Regen setzte ein. Er umhüllte sie wie ein grauer Schleier, drang in ihre Kleidung und legte sich auf ihre Seelen.

Nachdem sie den Sarg mit Erde bedeckt hatten, trennten sie sich voneinander, jeder mit seiner eigenen Trauer im Herzen. Frida nahm Eila an die Hand und ging hinüber zu ihrer kleinen Hütte. Es war kein Tag, um sich lange draußen aufzuhalten.

Um sich abzulenken, beschloss sie, die Wolle, die ihr Ava gegeben hatte, zu verweben. Sie hatte einen Tischwebrahmen, an dem sie an Regentagen immer wieder arbeitete. Sie stellte das Gerät auf dem Tisch ab und fing an, die Wolle an der Spule aufzuwickeln. Doch die Ablenkung wollte ihr nicht so recht gelingen, immer wieder hielt sie inne und schaute Eila zu, die auf ihrem Bett lag und mit kleinen Holzfiguren spielte.

Als ihr Mann erfahren hatte, dass Frida ein Kind erwartete, hatte er mit dem Schnitzen begonnen. Aus dem weichen Holz der Linde hatte er die bunte Tierwelt des Schwarzwalds geschaffen. Neben Bären, Wölfen und Luchsen hatte er auch einen Steinadler, Eichhörnchen, Wildschweine und Hirsche geschnitzt. Vom vielen Spielen waren die Figuren schon abgegriffen, aber das machte sie in Fridas Augen nur noch schöner. Eila hatte aus knorrigen kleinen Wurzeln, Rinde und Moos ihrer Tierwelt eine Behausung gebaut. In ihren zierlichen Händen kämpften der Bär und der Wolf gegeneinander, unterstützt von ihren Gehilfen, den anderen Tieren. Dabei endete ihr Spiel immer anders. Mal ging der Bär als Sieger hervor, mal war es der Wolf, oder beide lagen umringt von den restlichen Tieren erschlagen am Boden. Eila war so versunken in ihre Tierwelt, dass sie den liebevollen Blick ihrer Mutter nicht wahrnahm.

Ein Klopfen ließ Frida hochschrecken und sie blickte zur Tür. Sie war verwundert, als Walram eintrat. Ihn hatte sie als Letztes erwartet. Sofort war sie angespannt. In letzter Zeit waren ihre Begegnungen mit ihm nicht erfreulich verlaufen.

»Walram, was führt dich zu mir?«

Er setzte sich unaufgefordert auf ihre Eckbank und signalisierte ihr damit, dass er eine längere Unterredung wünschte.

»Unser Volk ist nun führungslos, niemand wird unseren Schamanen ersetzen können. Andere Zeiten tun sich auf«, begann er, schwieg aber anschließend eine Weile. Letztendlich war es Frida, die ihn zum Weiterreden aufforderte. »Was willst du mir damit sagen?«

»Rupert, der Anführer der Mönche, hat uns angeboten, an einem ihrer Gottesfeste teilzunehmen. Ich möchte mir das anschauen. Er ist ein weiser Mann, er kann sogar aus ihrem heiligen Buch lesen. Und er hat schon viel gesehen in seinem Leben. Da auch unsere Herrscher zu seiner Religion übergetreten sind, denke ich, dass es an der Zeit ist, uns dafür zu öffnen.«

Entsetzt starrte Frida ihn an. »Heute Morgen erst haben wir unseren Schamanen begraben. Hast du denn keinen Anstand?«

Aus Wut bildeten sich Tränen in Fridas Augen. Wie konnte Walram so etwas sagen, geschweige denn denken!

»Reg dich nicht auf! Wir müssen neue Wege gehen, das Rad dreht sich weiter«, wurde Walram lauter.

»Es ist, wie du eingangs gesagt hast: Niemand wird unseren Schamanen ersetzen können! Auch dein Kirchenmann nicht. Walram, ihr Blut fließt nicht in unseren Adern. Sie können uns nicht verstehen und wir sie ebenso wenig. Du wirst dich nicht von heute auf morgen in einen Christen verwandeln, das ist unmöglich!« Frida merkte, wie sich ihr gesamter Körper verspannte. Sie krallte ihre Hände an der Tischplatte fest, um sich zur Ruhe zu zwingen und nicht aufzuspringen.

»Ich habe das so entschieden, für uns alle. In ein paar Tagen gehen wir dorthin und hören uns an, was sie zu sagen haben«, sagte Walram bestimmt.

»Nein, ich mache das nicht.«

Ihre Worte hatte sie ruhig, aber entschieden gesagt. Dabei krallten sich ihre Finger immer tiefer in das Holz des Tischs. Ihr war bewusst, dass sie mit ihrem Widerstand seine Wut anfachen würde. Sein Zorn kochte für gewöhnlich so schnell über wie die Milch ihrer Ziegen, wenn sie sie zu lange auf dem Herdfeuer stehen ließ. Doch dieses Risiko nahm sie in Kauf. Schon schlug er mit der Faust auf ihren Tisch, sprang von der Eckbank auf und baute sich bedrohlich vor ihr auf.

»Du kommst mit! Ich habe schon mit den anderen gesprochen. Alle werden mitgehen!«

Da sie nicht reagierte, brüllte er weiter. »Frida, du bist nur eine Frau. Du solltest tun, was man dir sagt, anstatt dich immer bockig und stur zu verhalten. Bei den Christen gehorchen die Frauen, das würde dir guttun!«

Betont ruhig wiederholte sie ihre Worte. »Nein. Ich gehe nicht hin. Wenn sie mich für ihre Kranken benötigen, bin ich für sie da. Aber ich brauche ihren am Kreuz hängenden Gott nicht. Meine Welt ist hier, in dieser Lichtung, in unseren Wäldern, bei den Bäumen, zu denen unsere Vorfahren schon gesprochen haben, und bei unseren Quellen, die uns schon immer nähren. Verstehe das doch!«

Walram stand nach wie vor vor ihr, seine Hände fest zu Fäusten geballt, seine Fingerknöchel traten weiß hervor. Frida spürte, dass er mit aller Kraft versuchte, seine innere Gefühlswelt zu bändigen, doch nur ein Funke würde genügen und er würde die Beherrschung verlieren, sie durchschütteln oder auf sie einschlagen.

»Du entwickelst dich immer mehr zu einer Außenseiterin. Zuerst verweigerst du dich Wolf, nun auch den Kirchenmänner. Das kann so nicht weitergehen.«

Kleine Spuckfetzen hatten seine Schreie begleitet. Er stand bebend da, die Augen stark zusammengekniffen. Ganz langsam erhob sich Frida, stellte sich ihm gegenüber aufrecht hin und schaute ihm selbstbewusst in die Augen.

»Ich bin eine freie Frau und entscheide selbst, was gut für mich und meine Tochter ist.«

Der Angriff kam so plötzlich, dass sie ihn nicht hatte vorhersehen können. Er drückte sie gegen die Wand. Sie spürte die blanke Angst in ihr aufsteigen. Wenn seine Wut ihn übermannte, war Walram unberechenbar. Mit seinen großen Pranken umfasste er ihren Hals und drückte leicht zu.

»Du machst, was ich sage. Du heiratest Wolf und gehst mit zu den Kirchenmännern.«

In den Augen Walrams standen nichts als Wut und Verachtung. Der Druck an ihrem Hals wurde stärker.

»Verschwinde!«, brachte sie röchelnd hervor.

In diesem Augenblick vernahm sie die Stimme ihrer Tochter. Eila hatte sich an Walrams Tunika gehängt und zog fest an ihr.

»Lass meine Mama in Ruhe!«

Ihre Worte wurden von einem markerschütternden schrillen Laut begleitet, Ausdruck ihrer kindlichen Panik, der sie alle durchdrang und Walram zur Vernunft brachte.

Augenblicklich ließ er Frida los, die sich mit den Händen sofort an ihren Hals griff, als wollte sie sich vergewissern, dass dieser ihren Kopf noch stützte. Leicht keuchend ließ sie sich zurück an die Wand fallen. Eila schubste den starken Mann zur Tür hinaus. »Geh weg!«

Walram kochte vor Wut, steuerte aber endlich den Ausgang an. Doch bevor er die Tür erreichte, drehte er sich noch mal um. »Du wirst es bereuen. Das schwöre ich dir!«

Laut knallend fiel die Tür hinter ihm zu. Das Gefühl der Geborgenheit, das Frida in ihrem Zuhause sonst immer spürte, war verschwunden. Immer noch an die Wand gelehnt, ließ sie sich langsam auf den kalten Lehmboden gleiten. Eila lag in ihren Armen, drückte ihre zitternde Mutter fest an sich.

Der Tod des Schamanen und die erneute Auseinandersetzung mit Walram waren genau die düsteren Vorzeichen, die sie vorausgeahnt hatte. Die Boten, die das Auseinanderbrechen ihrer Welt ankündigten.

Um auf andere Gedanken zu kommen und auch Eila abzulenken, beschloss Frida, das Abendessen vorzuziehen. Also stand sie auf und fachte das Feuer an. In einem kleinen Tontopf vermengte sie eine Handvoll Hafer mit viel Ziegenmilch und ließ den Brei auf dem offenen Feuer eindicken. Während sie die Masse mit dem Holzlöffel rührte, kam es ihr vor, als würde sie in ihrem Leben rühren. Auch dort war alles am Brodeln und Überkochen. Ihr Leben war über den Rand gelaufen.

»Mama, warum hat Walram das getan?«, wollte ihre Eila wissen. Trotz Walrams Verschwinden war sie immer noch aufgewühlt, weshalb sie weiterhin die Nähe ihrer Mutter suchte.

Frida versuchte, sich ihre innere Unruhe nicht anmerken zu lassen. »Ich habe dir schon einmal erklärt, dass Wolf mich heiraten möchte, ich das aber nicht will. Das verärgert beide Brüder. Nun möchte Walram, dass wir zu den Kirchenmännern gehen und ihren Gott feiern. Ich habe ihm gesagt, dass ich das auch nicht möchte. Dann ist er sehr wütend geworden.«

»Warum hat er gesagt, dass du nur eine Frau bist? Und dass du das machen musst, was er sagt? Stimmt das?«, fragte Eila mit großen Augen.

»Eila, lass dir so etwas nie einreden! Wir Frauen sind stark, und wir sind frei, das zu tun, was wir möchten, solange wir Gutes tun. Niemand darf uns Befehle geben.«

Sie merkte, dass sie immer noch im Tontopf rührte, obwohl der Brei längst fertig war.

»Komm, lass uns essen.« Frida befüllte eine Schüssel für sich und eine für Eila, die sie ihr in die Hand drückte.

Vorsichtig balancierte die Vierjährige Löffel und Schüssel zum Tisch. Kaum dass sie auf der Eckbank saß, tauchte sie den Löffel in den Brei und sah ihre Mutter aufgeregt an. »Erzählst du mir die Geschichte der Sommergöttin, die gegen den Winterriesen kämpft?«

Obwohl ihr nicht danach war, fing Frida leise an zu sprechen. »Am Anfang des Lebens, ganz am Ende des Nordhimmels, da, wo es eisigkalt und immer dunkel ist, lebte einst der Winterriese. Er hatte die Gestalt eines gewaltigen Adlers, größer als die Hirsche des Schwarzwalds. Mit seinen gelben Augen schaute er voller Neid aus seinem dunklen Reich auf die Sommerwelt. Sobald er mit seinen Flügeln schwang, entstanden zerstörende Nordwinde, die sich über das ganze Land ausbreiteten ...«

In diesem Moment klopfte es an der Tür. Durch die Begegnung mit Walram hellhörig geworden, zuckte Frida zunächst zusammen, beruhigte sich jedoch schnell, als ihr klar wurde, dass das zaghafte Klopfen nur zu einer Frau gehören konnte. Ihre Vermutung bestätigte sich, als Arnegunde vorsichtig eintrat.

»Störe ich dich, Frida?«

»Nein, überhaupt nicht. Komm doch herein, Arnegunde.« Freundlich lächelnd bedeutete Frida ihr, sich zu ihnen zu setzen.

»Ich bleibe nicht lange. Ewald schickt mich, da er gesehen hat, dass Walram bei dir war. Er lässt dir ausrichten, dass wir nicht zu den Kirchenmännern mitgehen. Auch wenn Walram sehr bestimmt war, hat Ewald abgelehnt.«

»Merkwürdig. Walram meinte, dass alle gehen. Und ich daher eine Außenseiterin bin.«

»Nein, wir gehen auch nicht. Ich möchte mich mit meinem kleinen Sohn sowieso nicht von der Lichtung entfernen. Ewald bleibt bei uns. Er findet außerdem, dass Walram zu schnell handelt und es besser sei, in Ruhe zu trauern und abzuwarten, wie sich unser Leben verändert, bevor wir uns gleich Neuem zuwenden.« Ein aufmunterndes Lächeln begleitete ihre Worte.

»Danke, Arnegunde. Deine Worte sind Balsam für mich. Wie geht es dir denn mit dem Kleinen und mit Ewald?«

»Wir sind richtig vernarrt in den Kleinen, und Ewald ist ein wundervoller Vater und Ehemann.« Bei diesen Worten errötete sie leicht und schaute zu Boden.

»Du hast es gut getroffen, Arnegunde«, meinte Frida mit einem wissenden Schmunzeln. »Du hast einen liebevollen Mann, der euch beide vergöttert. Das ist ein wertvolles Gut, das du pflegen und schützen solltest.«

»Danke, Frida. Ich gehe auch schon wieder, Ewald und der Kleine warten auf mich.«

Mit einem Lächeln verabschiedete sie sich und verschwand aus der Tür. An diesem düsteren Tag war Arnegundes Besuch der erste Lichtblick gewesen, der die Sonne in ihr Herz zurückgebracht hatte.

30. Kapitel

Er war sich so sicher gewesen, dass sie kommen würden, um mit ihnen den Gottesdienst zu feiern, doch sie waren nicht erschienen. Er hatte gewartet, zunächst in der Annahme, dass sie sich verspäten würden. Vielleicht waren sie mit ihren Familien nicht so schnell unterwegs, oder irgendwer war erkrankt. Doch nach einigen Stunden hatte er sich eingestehen müssen, dass er versagt hatte. Seine Worte hatten sie nicht erreicht. Rupert war zunächst von sich selbst enttäuscht gewesen, was er in Form von Gereiztheit an seinen Mitbrüdern ausgelassen hatte. An dem Tag, an dem die Alamannen nicht erschienen waren, fand er viel auszusetzen. Georg, der sich nun seit Wochen auskurierte und dessen Wunde sich allmählich zu bessern schien, hatte seinen Unmut als Erstes zu spüren bekommen. Es wäre wieder an der Zeit, das verletzte Bein zu belasten und körperliche Arbeit zu tätigen, denn »Müßiggang ist ein Feind der Seele«. Und das war an diesem Tag nicht das einzige Mal gewesen, dass die Mönche sich Ruperts Lieblingsspruch anhören durften. Während des Essens hatte er Markus angefahren, der ihm nicht konzentriert genug aus der Bibel vorgelesen hatte. Normalerweise war Markus ein ausgezeichneter Vorleser und den anderen Mönchen mit seinen Lateinkenntnissen überlegen, doch ausgerechnet an diesem vermaledeiten Tag hatte er sich verschluckt und angefangen zu husten. Daraufhin war Rupert aufgesprungen, hatte ihn angriffslustig zurechtgewiesen und das Mahl für sie alle für beendet erklärt. Missmutig waren sie aufgestanden, hatten sehnsuchtsvoll auf ihre Suppe geblickt und waren zurück an die Arbeit gegangen. So hatte es sich den ganzen Tag bis zum nächsten Morgen hingezogen, bis sich Ruperts Stimmung allmählich zu bessern schien.

Und nun standen sie vor ihm, drei Tage später als erwartet. Vier Männer mit ihren Frauen, eine Schar kleiner Kinder und im Hintergrund ein paar Alte. Zunächst war er verwirrt gewesen, denn die Mönche hatten sich soeben erst im Stundengebet mit den Worten Christi gestärkt und wollten auf ihre Baustelle zurückkehren. Doch nun freute sich Rupert über den unerwarteten Besuch und wertete ihr Kommen als Zeichen ihres Interesses.

»Gelobt sei Jesus Christus. Seid gegrüßt. Ich habe euch vor drei Tagen erwartet, nicht heute. Aber es ist gut, dass ihr gekommen seid.«

»Du hast uns doch eingeladen, dein Gottesfest zu feiern«, fuhr ihn der Anführer der Alamannen unfreundlich an. Rupert zuckte nicht einmal mit der Wimper.

Dass heute kein heiliger Tag war und sie daher nicht die Auferstehung Jesu feiern würden, würde er den Wilden nicht erklären. Er war viel zu froh, sie vor sich stehen zu sehen. In einer willkommen heißenden Geste breitete er seine Arme aus und lud sie ein, ihm zu folgen. Gleichzeitig drehte er sich zu seinen Mitbrüdern um, die ihre Arbeiten auf der Baustelle wieder aufnehmen wollten.

»Heute ist ein Freudentag! Unsere alamannischen Freunde sind gekommen, um mit uns Gott zu ehren. Halleluja! Liebe Mitbrüder, wir unterbrechen die Arbeit und werden nun alle gemeinsam einen Gottesdienst feiern.«

Rupert war offensichtlich aufgeregt, wie ein Kind hüpfte er umher, als wollte er überall gleichzeitig sein. Seine Euphorie war so ansteckend, dass sie auf seine Mitbrüder übersprang, die die Anwesenheit der Alamannen auf ihrer Lichtung bisher immer nur unter Anspannung ertragen hatten.

»Bruder Markus, hol eine Kerze und erleuchte den Altar. Bruder Bartholomä, bring bitte die Bibel in die Kirche.« Auf der Lichtung brach eine fröhliche Hektik aus.

Rupert wandte sich wieder den Alamannen zu, die die Vorbereitungen gespannt beobachteten. Nacheinander schaute er sie lächelnd an und fragte Walram: »Wo ist denn eure Heilerin?«

»Sie wollte nicht kommen«, gab dieser grimmig zurück. »Unser Schmied und seine Frau wollten ebenfalls nicht kommen, aber sie haben noch einen Säugling. Das nächste Mal begleiten sie uns bestimmt.«

»Dass eure Heilerin nicht gekommen ist, erstaunt mich nicht. Sie ist starrsinnig und aufsässig, das Böse brodelt in ihr. Wichtig ist, dass ihr mit euren Familien gekommen seid.«

Mit Leidenschaft und einem Leuchten in den Augen führte Rupert aus: »Wenn wir jetzt unseren Gottesdienst feiern, dann schickt Gott seinen Sohn zu uns. Er wird mitten unter uns sein. Am Anfang werdet ihr das vielleicht nicht gleich spüren, doch seine Liebe wird euch begleiten. Lasst uns jetzt eintreten in das Haus Gottes.«

»Warum feiern wir nicht draußen? In eurer Kirche ist es sehr eng.«

»Draußen? Nein, das geht auf keinen Fall! Das Kirchengebäude ist ein heiliger Raum, der uns Schutz gibt vor den grausamen Gewalten, dem Teufel und seinen Gehilfen, die draußen herrschen. Hier drinnen sind wir sicher.«

Rupert las Unverständnis in den Gesichtern der Alamannen, dennoch folgten sie ihm in die Kirche. Er küsste den Altar und verbeugte sich vor dem gekreuzigten Gottessohn, der mit seinem wohlwollenden, ja sogar dankbaren Blick, wie es Rupert schien, auf seinen treuen Diener hinunterschaute, der Ihm die Alamannen zugeführt hatte. Zwischen ihnen bestand eine Verbundenheit, eine Vertrautheit, Er hatte ihn auserkoren, Großartiges zu leisten. Sie verstanden sich, sie mochten sich, das spürte Rupert in seinem Herzen und manchmal sogar in seinem ganzen Körper. Es schien ihm, als würden seinen Leib Flammen der göttlichen Eingebung durchzucken. So musste es sein, wenn Gott vor einem seiner Diener leibhaftig erschien und mit ihm sprach.

31. Kapitel

Mitte Juni,
Klostersiedlung und Überlingen

Insgesamt würde Rupert zehn Tage unterwegs sein, so hatte er es sich ausgerechnet. Vor der Abreise hatte er seine Mitbrüder dazu aufgefordert, sich gegenseitig im Auge zu behalten, um ihm nach seiner Rückkehr ausführlich berichten zu können. Er wollte jedes noch so kleine Detail wissen. Seien es die Arbeiten, die sie in der Zeit erledigt hätten, besondere Ereignisse oder – beziehungsweise vor allem – moralische Überschreitungen und triebhafte Exzesse der Mönche.

Rupert gefiel es nicht, die Brüder so lange alleine zu lassen. Es fiel ihm schwer, Aufgaben abzugeben, da er sich selbst am meisten vertraute. Zwar bereitete es ihm durchaus Sorge, dass er die Arbeiten und die Baumaßnahmen nicht tagtäglich kontrollieren konnte, doch fürchtete er vor allem, dass sich bei den Mönchen Müßiggang einschleichen könnte; eine Trägheit, die zur Stumpfsinnigkeit des Geistes führte und zu ganz anderen Schandtaten verleiten konnte.

Doch seine Reise duldete keinen weiteren Aufschub. Gunzo hatte ihn vor seinem Aufbruch in Überlingen gebeten, noch vor dem Sommer Bericht zu erstatten. Er wollte ihm die Fortschritte der Baustelle schildern, die freudigen Entwicklungen, die mit der Öffnung der Alamannen gegenüber dem wahren Glauben einhergingen, und ihm von den baldigen Glaubensübertritten erzählen, die ihm zum Greifen nah schienen. Vor allem erhoffte er sich von Gunzo ein Zugeständnis. Der alamannische Herzog sollte dem Glaubensübertritt des Stammesführers mit einem Goldblechkreuz nachhelfen.

Beflügelt von seinen bisherigen Erfolgen und voller Zuversicht, Gunzos Zuspruch zu erhalten, trieb er den schweren Kaltblüter zur Eile an.

Zunächst musste er den Wald talabwärts durchqueren und die einstige römische Siedlung passieren, um schließlich an den Rhein zu gelangen. Von dort an wäre der Weg eintöniger, dafür aber sicherer. Viele Menschen begaben sich entlang des großen Flusses auf Reisen. Vielleicht konnte er sich einer Reisegruppe anschließen, die entlang des Rheins unterwegs war, falls diese nicht zu langsam war.

Bis dahin musste er aber allein durch die dunklen Gefilde des schwarzen Waldes reiten, denen er mit Furcht und Angst begegnete. Er wusste Gott auf seiner Reise, der Herr würde seine Schritte beschützen – zumindest betete er inbrünstig dafür –, doch seine Gefühlswelt erzählte ihm ganz andere Geschichten. Hinter jedem Baumriesen, hinter jeder Biegung, hinter jedem mächtigen Sandstein, der ihm die Sicht versperrte, vermutete er eines dieser Wesen, die den Wald bevölkerten und von denen man so manch Furcht einflößende Geschichte hörte. Es waren keine freundlichen Wesen, sondern hinterhältige Kreaturen, Mischwesen und grausame Dämonen, die ihn verwirren und Spiele mit ihm treiben würden, bis er verloren wäre; orientierungslos verfangen in einem endlosen Wirbel.

Rastlos trieb er das Pferd an, Zweige zerkratzten sein

Gesicht, seine Kukulle verfing sich immer wieder an einem Ast. Der Pfad schlängelte sich am Bach entlang, der ein zuverlässiger Wegweiser war.

Endlich konnte er in der Ferne die freundliche Öffnung des Tals nach Westen hin erkennen. Die Hügel wurden sanfter, das Licht heller. Er hatte gesiegt über die unberechenbare Natur. Nun ritt er weiter in Richtung des Rheins und von dort, solange das Pferd ihn trug, nach Süden. Immer wieder passierte er Reisende, die wie er an den Hauptachsen unterwegs waren. So verlief der Rest der Reise ereignislos. Noch ein paar Tage und er wäre in Überlingen.

Früher als gedacht erreichte er die Stadt, in der eine noch hektischere Betriebsamkeit herrschte als vor einem Vierteljahr. Die Geräusche und Gerüche, die er dank der Stille des Schwarzwalds nicht mehr gewohnt war, überwältigten ihn. Marktschreier riefen durcheinander, Handwerker lärmten, an fast jeder Ecke bellte ein Hund. Rupert umging eine Vielzahl grunzender Schweine und musste für seinen Geschmack viel zu oft rufenden Frauen ausweichen, die aus ihren Hütten traten und mit Notdurft gefüllte Eimer auf die Straße schütteten. Fast wünschte er sich die Einsamkeit seines neuen Zuhauses zurück, wo das Leben auf seiner Lichtung so viel ruhiger und geordneter verlief.

Zielgerichtet steuerte er auf das Haus des Herzogs zu, einen wahrlich prachtvollen Bau, und klopfte. Ein Stalljunge nahm sich seines Pferdes an. Er wurde in den Empfangssaal geführt und gebeten zu warten. Der Raum war bereits gut gefüllt mit Bittstellern, wobei manche mit gedämpfter Stimme miteinander redeten, andere wiederum still und in sich gekehrt dasaßen, die Sorgen ins

Gesicht geschrieben. Da er fest davon überzeugt war, dass der Herzog darauf brannte, seine Neuigkeiten zu erfahren, stellte er sich auf keine lange Wartezeit ein. Doch zu seinem Verdruss ließ Gunzo ihn warten. Innerlich wuchs nicht nur Ruperts Ungeduld, sondern auch seine Wut. So ging man nicht mit einem Vertreter Gottes um! Dennoch ermahnte er sich zur Ruhe, legte sich mögliche Erklärungen zurecht und versuchte sich zu entspannen, was ihm nicht ganz gelang. Er wollte seine Angelegenheiten so schnell wie möglich klären, um zu seinen Mitbrüdern und der Klosterbaustelle zurückkehren zu können. Dort wurde er dringend gebraucht. Und wer wusste, was alles während seiner Abwesenheit geschehen, welche Fäulnis sich einschleichen würde? So versunken in seine Gedanken und Befürchtungen schreckte er hoch, als er endlich gerufen wurde. Er sprang von der Bank auf und folgte der Wache, die ihn direkt zum Herzog führte.

»Ihr musstet eine Weile warten, dringende Geschäfte haben meine Aufmerksamkeit in Anspruch genommen«, rief Gunzo ihm von Weitem zu, kaum dass er den Raum betreten hatte.

Rupert wollte sich Zeit mit einer Antwort lassen, denn Worte waren mächtig. Was gab es Wichtigeres als die Arbeit für das Christentum? Gunzo hatte sein Augenmerk in der Zeit, in der er Rupert hatte warten lassen, sicherlich auf Unbedeutendes gerichtet, auf weltliche Querelen und finanzielle Streitereien.

Rupert stand nun vor dem Herzog und schaute in sein rötliches Gesicht. Ihm kam es so vor, als hätte sich das rote Adernetz im Gesicht des Landesherzogs weiter ausgebreitet. Wie eine fein gewobene Spinnwebe zeichnete es sein Gesicht und Rupert fragte sich insgeheim, wer von ihnen beiden wohl die Spinne in diesem Machtspiel war und wer die Fliege.

»›Wer geduldig ist, der ist weise; wer aber ungeduldig ist, der offenbart seine Torheit.‹«

Seine ungewöhnliche Begrüßung würde Gunzo zum Nachdenken bringen, dessen war sich Rupert sicher. Er faltete die Hände und verfiel in eine gebückte Gebetshaltung, nach seinen harschen Worten ein Zeichen der Demut.

»Nun, was hast du zu berichten?« Gunzos Ton war freundlicher geworden.

»Unser Kloster sprießt unter der schwarzen Wildnis hervor. Unsere Klosterkirche wird prächtiger dastehen als alle anderen Bauten, die der Schwarzwald je gesehen hat.«

»Das freut mich zu hören. Was habt ihr bereits gebaut?«

»Zunächst haben wir an der von euch beschriebenen Stelle den Wald breitflächig gerodet. Alle Stämme haben wir entastet und für ihren späteren Einsatz getrocknet. Dann haben wir Ackerfläche geschaffen und ein großes Gemüsebeet angelegt. Parallel dazu haben wir provisorische Bauten errichtet, eine Kirche, einen Schlafsaal und einen Stall. Jetzt haben die Vorbereitungen für die Klosterkirche begonnen und auch das *dormitorium* werden wir angehen. Ich habe euch meinen Klosterplan mitgebracht.«

Rupert griff in seine Kukulle und nahm die dünne Pergamentrolle heraus. Seine Pläne waren auf feinstem, sehr kostbarem Schafsleder gezeichnet. Gunzo war sowohl von den säuberlichen Zeichnungen als auch von den Ausführungen des Abtes beeindruckt und ließ sich von seinem Eifer mitreißen. »Du hast gute Arbeit geleistet. Unser Frankenkönig wird begeistert sein.«

»Gott hat mir die Kraft gegeben, Ungeordnetes zu

ordnen, Wildes zu bändigen, Unwissendes zu belehren. Dafür danke ich ihm.«

Wohlwollend nickte Gunzo Ruperts hochtrabende Äußerung ab und wandte sich dem Grund der Errichtung des Klosters zu. »Wie sieht es mit den Wilden aus? Hast du sie schon für das Christentum gewinnen können?«

»Ich habe die Botschaft unserer Kirche zu einem nahe gelegenen Alamannenstamm getragen, der in der Tiefe des Unwissens und der Dunkelheit des Heidentums lebt. Es ist keine einfache Aufgabe, wie du dir vorstellen kannst, aber dennoch gelingt es mir allmählich, sie zu erreichen. Doch ich brauche deine Unterstützung.«

»Warum?« Gunzo hatte sich auf seinem dick gepolsterten Armlehnstuhl aufgerichtet und schaute Rupert aus seinen glasig-roten Fischaugen interessiert an.

»Allein durch die Kraft der Worte wird es schwer werden, die Wilden zu erreichen. Sie sind ungebildet, klammern sich an ihren bestialischen Bräuchen fest und sind Neuem gegenüber verschlossen. Sie sind wie Schafe, geistig unselbstständig, die ihrem Hirten nachlaufen. Nur wenn ich den Stammesführer überzeuge, kann ich die restlichen Menschen gewinnen. Nun, der Anführer ist interessiert, hat sich unserer Kirche geöffnet, kommt mit seiner Sippschaft zum Gottesdienst. Ein Taufgeschenk in Form eines vergoldeten Kreuzes würde ihm den Übertritt zum wahren Glauben erleichtern. Der Rest der Heiden wird ihm dann anstandslos folgen.«

»Du denkst, dass du in so kurzer Zeit alle in der Siedlung zum rechten Glauben führen kannst?«, fragte Gunzo skeptisch.

»Natürlich, alle werden folgen«, bekräftigte Rupert,

»ohne Ausnahme! Wenn der erste Heidenstamm den christlichen Glauben angenommen hat, wird es in den anderen Siedlungen schnell gehen, das spricht sich herum. Über kurz oder lang wird der gesamte Schwarzwald zum Christentum übertreten. Was es dazu braucht, ist ein starker, überzeugter Stammesführer der Alamannen.«

»Das ist großartig!«, rief Gunzo erfreut aus.

»Es ist einfach unsere Pflicht als Christenmenschen, den Wilden das ewige Heil zu bringen.«

»Hm, ein Goldblattkreuz verlangst du also. Lass mich nachdenken.«

»Ich verlange gar nichts, doch würde es unsere Arbeit erleichtern und der Erfolg würde sich schneller einstellen, so wie du es wünschst.«

Rupert las auf dem Gesicht des Landesherzogs wie auf einer Karte. Seine speckigen Augen zuckten, seine roten Nasenflügel bebten und er biss sich mit den Zähnen auf die Unterlippe. Dann spannte er die Lippen an und ließ leise Fischgeräusche verlauten. Rupert konnte seine Gedankensprünge nachvollziehen: Zum einen war es ihm wichtig, dem christlichen Frankenkönig Erfolge zu übermitteln, zum anderen forderte Rupert einen hohen Preis. Ein Goldblattkreuz war ein wertvolles Schmuckstück und eine besondere Geste.

»Vielleicht reicht dem Stammesführer ein nicht ganz so wertvolles Stück aus? Wie wäre es mit einer schönen Gewandspange?«

»Dieser Mann war schon viel unterwegs, hat sogar in Italien gekämpft und sich dort an Schmuckstücken bereichert. Eine simple Gewandspange würde er als Beleidigung seines Stammes und seiner Position auffassen. Außerdem geht es auch um die symbolische Bedeutung des Christenkreuzes.«

Seufzend setzte der Herzog sich auf. »Also gut, so soll es sein. Dafür garantierst du mir, dass alle – und ich wiederhole: *alle* – in dieser Siedlung übertreten. Ich werde heute noch ein Schreiben an unseren König Dagobert verfassen und über unseren gemeinsamen Erfolg berichten. Meine Wache wird dir das Kreuz übergeben, warte im Empfangssaal.« Seine Worte unterstrich er mit einer Geste, die Rupert das Ende des Gesprächs signalisierten.

»Gelobt sei Jesus Christus.« Rupert drehte sich um und verließ geschwind den Raum. Anstatt aber seinen Triumph auszukosten, ärgerte er sich über zwei Dinge. Zum einen war Rupert wütend, dass Gunzo von einem gemeinsamen Erfolg gesprochen hatte, den er dem Frankenkönig übermitteln wollte. Schließlich war er es, der zu den Wilden aufgebrochen war, der unter schwersten Bedingungen und hartem körperlichen Einsatz ein Kloster errichtete und die Heiden für das Christentum geöffnet hatte, während Gunzo auf seinem gepolsterten Sessel in einer zivilisierten Stadt saß und dem Wein in Mengen zusprach. Zum anderen war die Gabe des Kreuzes an eine Bedingung geknüpft. Alle in der Siedlung sollten übertreten, ohne Ausnahme. Er hatte dem zwar nicht widersprochen, jedoch zweifelte er das Gelingen des Vorhabens an, während er durch den Empfangssaal schritt. Noch schlimmer, heute schon wollte Gunzo sein Schreiben an Dagobert erstellen und den Erfolg verkünden. Das bedeutete für Rupert, dass seine Mission nicht missglücken durfte, koste es, was es wolle.

Während die Gedanken in seinem Kopf kreisten, trat eine Wache an ihn heran und holte ihn so in die Wirklichkeit zurück. »Ich soll euch von unserem Landesherzog fragen, ob ihr schon von der Ermordung Trudperts gehört habt?«

»Nein! Was ist passiert?«, rief Rupert schockiert.

»Nun, er wurde von seinem eigenen Mitbruder im Schlaf erschlagen.«

Der sonst so gefasste und wortgewandte Rupert stand mit weit geöffnetem Mund vor der Wache. Er war sprachlos. Trudpert, der Abt des Klosters im Münstertal? Wie konnte das sein?

»Ich soll euch noch ausrichten, dass das durchaus passieren kann, wenn man seine Untertanen nicht im Griff hat.«

Mit diesen Worten überreichte ihm der Mann das in Wollstoff eingewickelte Kreuz, das so vor den Blicken der Wartenden geschützt und für die Rückreise gesichert war.

Warum hatte ihm Gunzo diese furchtbare Nachricht nicht selbst erzählt? War es eine versteckte Drohung? Wie konnte es sein, dass ein Bruder seinen Abt auf so grausame und hinterhältige Weise ermordete? Er musste auf der Hut sein.

32. Kapitel

Ein Sonnenstrahl erleuchtete ihre Silhouette, sie stand mit beiden Füßen im plätschernden Bach. Ihre Haare wurden von einem Lichtstrom erhellt, so als wären sie von einem Heiligenschein umgeben. Die ganze Szenerie wirkte ohnehin wie nicht von dieser Welt. Die dichten, fast bedrohlichen Tannen standen im Kontrast zu dem sprudelnden Gewässer und dem Glanz, den sie ausstrahlte. Feuchte Luft stieg vom Bach auf, der wie Nebel ihre muskulösen Beine umhüllte, tänzelnd ihren Körper verschleierte und die magische Stimmung noch verstärkte. Sie war so wunderschön in diesem lieblichen Wasserbett, schöner und weiblicher als alle anderen Frauen, die er je in seinem Leben gesehen hatte. Sogar die vielen Heiligenbilder, die die Bibel verzierten, waren nur blasse Abbildungen im Vergleich zu ihrer Weiblichkeit, und das obwohl sie mit dem Rücken zu ihm stand. Sie löste ihre Gewandspange und legte ihren Umhang auf einen Stein, der flach aus dem Wasser ragte. Dann, ganz langsam, zog sie die Tunika über ihren Kopf. Ihm stockte der Atem, gleichzeitig stieg eine unglaubliche Hitze von seinen Lenden in ihm auf und brachte seinen ganzen Leib zum Erglühen. Sollte er die Augen fest schließen und ihnen den Anblick verwehren? Ehe er diesen Gedanken zu Ende bringen konnte, erhaschte er erneut einen Blick auf ihre Weiblichkeit und war wie von Sinnen. Mit den Augen zeichnete er die Konturen ihres Körpers nach. Ihr Gesäß war schön gewölbt und muskulös zugleich, die schlanke Taille lief bogenförmig zu ihren kräftigen Schultern und Armen. Er biss sich mit den Schneidezähnen fest auf die Unterlippe, um seine Sehnsucht nicht laut herauszuschreien.

Sie drehte ihren Oberkörper nach links und legte ihre Tunika auf den Umhang. Nicht einmal einen Wimpernschlag hatte diese Bewegung gedauert, doch dieser kurze Augenblick war genug gewesen, um ihre festen Brüste zu bewundern. Es war eine Sünde, was er da tat, dessen war er sich bewusst. Eine widerliche Schandtat, die ihn in den teuflischen Abgrund ziehen würde – und doch konnte er seine Augen nicht von ihr wenden. Er wollte seine Lust laut der Welt verkünden und gleichzeitig den Herrn um Vergebung anflehen. Indes musste er still verharren, sie durfte ihn auf keinen Fall entdecken. Er fing lautlos an, das Glaubensbekenntnis aufzusagen. Unbewusst bewegten sich seine Lippen, ohne auch nur einen Laut von sich zu geben, doch die Worte drangen weder in seinen Verstand noch in sein Herz. Er drückte seinen erregten Körper gegen einen Baumstamm, umschlang ihn mit beiden Armen und krallte seine Fingernägel so tief in die feste Rinde, dass sie schmerzten. Sie löste die Schnur von ihrem dicken Zopf, entflocht mit den Fingern ihre Haare. Ihre Bewegungen waren nicht hastig und grob, sondern weich und sinnlich wie ein zärtliches Streicheln. Ihre Haare bedeckten ihren Rücken wie ein Teppich und reichten bis zu ihrem Gesäß. Mit einem kleinen Gegenstand wusch sie ihren Körper, vielleicht war es Moos, doch von seinem Beobachtungsposten aus konnte er es nicht genau sagen. Auch dabei ließ sie sich Zeit. Es war kein energisches Schrubben, sondern eine zarte Liebkosung ihrer Haut.

Nun streckte sie ihre Arme der Sonne entgegen, reckte ihren Kopf zu den wärmenden Strahlen, als würde sie ihren Körper dem Himmel offerieren. So verharrte sie einige Minuten, bis sie trocken war. Sie nahm ihre Tunika und zog sie über ihren Kopf, legte ihren Umhang wieder an, knotete das Gürtelband um ihre Taille und befestigte ihre Lederschnur daran. Sie drehte sich zu ihm um, stieg aus dem Wasser und griff nach ihren Schuhen. In gebückter Haltung schnürte sie die Lederriemen ihrer Sandalen, hielt jedoch plötzlich inne und schaute in seine Richtung. Ihm stockte erneut der Atem, dabei konnte sie ihn unmöglich gesehen haben. Mehrere Baumriesen standen zwischen ihnen und zusätzlich versperrte Unterholz die Sicht.

Trotz seiner Anspannung kam er nicht umhin, ihre Anmut mit der eines Rehs zu vergleichen, das in seinen Bewegungen verharrt, um die Schwingungen seiner Umwelt wahrzunehmen und bei möglicher Gefahr grazil davonzuspringen. Da nichts Besorgniserregendes in der Nähe zu sein schien, schnürte sie ihre Schuhe fertig, stand auf und ging entlang des Bachlaufs den Hang hinauf in Richtung ihrer Siedlung.

Er aber blieb zurück. Noch immer krallte er sich fest in den Baumstamm und rezitierte das Bekenntnis, ohne dass die Worte ihn erreichten.

Langsam löste er seine Finger und schaute auf seine blutigen Nägel. Er ließ sich zu Boden sinken und fing leise an zu schluchzen. Sein Körper hatte ihn verraten. Er hatte nicht nur mit den Augen gesündigt, sein ganzer Leib war wie ein loderndes Feuer entflammt, er hatte sie begehrt. Am liebsten wäre er zu ihr gerannt, hätte sie in seine Arme genommen und ihren Körper sanft mit seinen Fingerspitzen liebkost, jede noch so kleine Rundung erforscht, jede noch so verborgene Stelle entdeckt. Doch er war standhaft geblieben, hatte der Verlockung widerstanden.

Konnte das Böse von ihr Besitz ergriffen haben, ihn necken und versuchen, ihn in die Tiefe der Höllenkluft zu ziehen? War das Weib tatsächlich wie eine Spinne, die ihr Netz um die Männlichkeit webt, sie betört und anlockt, um sie dann zu töten?

Wie konnte so viel Schönheit, so viel Weiblichkeit und Zartheit eine Sünde sein, wenn sogar die Sonne sie anstrahlte und sich wie ein Heiligenschein schützend um ihren Körper legte, wenn sogar die Natur sich vor ihr verneigte und das Wasser um sie tanzte? Er wusste, er konnte sich niemandem anvertrauen, geschweige denn Rupert seine Begierde beichten. Das allein war schon wieder eine Sünde. Doch der Abt würde ihn so lange ausfragen, so lange tief in seinem Innersten bohren, bis er jedes kleinste Detail erfahren hätte.

Er selbst hatte keine Angst vor Ruperts Strafe, diese geschähe ihm nur recht. Aber mit einer Beichte würde er sie in Gefahr bringen und Ruperts – und vielleicht sogar Gottes – Zorn auf sie lenken. Das wäre schlimmer als das Höllenfeuer.

Und plötzlich verstand er. Das, was er fühlte, war gar keine sündhafte und widerliche Wollust. Es war Liebe. Aufrichtige und reine Liebe, die er mit seinem ganzen Herzen spürte, die ihn von jetzt an bei jedem Atemzug begleiten würde und für die er bereit war zu sterben.

Ihm kam die Knospe einer Rose in den Sinn. Die Schönheit der Rosenblüten lag im Verborgenen, geschützt von der grünen Hülle und den Stacheln der Pflanze. Genauso verhielt es sich mit seiner Liebe zu ihr. Sie schlummerte tief in ihm, musste vor äußeren Gefahren beschützt werden. Und genau das würde er tun. Schwerfällig erhob er sich und ging langsam zum Kloster zurück, wo die anderen ihn schon erwarteten. Rupert befand sich auf Reisen, doch allzu lange konnte er nicht fortbleiben. Bei jedem Schritt, den er ging, füllte sich sein Herz mit einer tiefen Traurigkeit. Es war, als ob eine mächtige Hand es zusammendrückte.

33. Kapitel

Bartholomä spielte ein doppeltes Spiel. So fromm er sich bei seinen Mitbrüdern gab, so unterwürfig und kriechend er sich Rupert gegenüber verhielt, so heuchlerisch und verlogen war er in seinem tiefsten Inneren. Tausend kleine Teufel wüteten in seinem Geist und trieben ihr höllisches Spiel, das aus Lügen und Verstrickungen, Anschuldigungen und Verdächtigungen bestand. Das »Hintenherum« war sein Element. Er war ein geschickter Manipulator, gab sich servil, rücksichtsvoll und gehorsam, doch in Wirklichkeit benutzte er seine duckmäuserische Haltung, um Macht zu gewinnen. Macht, die seine Großartigkeit nur unterstreichen und seine Wichtigkeit herausstellen sollte, denn er fühlte sich als etwas Besonderes, auserkoren, Bedeutendes zu vollbringen.

So war es ihm zunächst gelungen, Rupert von seiner vermeintlichen Unterwürfigkeit zu überzeugen und die Stelle des *Zirkulators* zu erhalten. Diese Aufgabe schien wie für ihn gemacht. Durch das Überprüfen, Bespitzeln, Beobachten und Anschwärzen seiner Mitbrüder konnte er die Aufmerksamkeit auf sie lenken und gleichzeitig selbst die Schranken überschreiten, Regeln missachten und neue Grenzen ausloten. Die Stelle bot ihm zwar jetzt schon viele Möglichkeiten und räumte ihm auch Freiheiten ein, vor allem aber ebnete sie ihm den Weg zu seiner wahren Bestimmung: Eines Tages würde er Abt des Klosters sein.

Die anderen behandelten ihn mit Respekt, wussten sie doch, dass er ihre Verfehlungen mit seinen Interpretationen würzen und Rupert davon berichten würde. Allein bei Markus war er vorsichtig. Ihn konnte er nicht so einfach manipulieren. So hinterlistig und falsch Bartholomä war, so gradlinig und gewissenhaft handelte Markus. Er war ein feinsinniger Mönch, den ein reiner Idealismus beseelte. Von ihrem Auftrag in den Tiefen des Schwarzwalds überzeugt und angetrieben durch seinen unerschütterlichen Glauben, stand Gottes Auftrag für Markus vor Ruperts Wort. Deshalb gerieten die beiden manchmal in Konflikt, wobei Bartholomä immer Ruperts Partei ergriff.

In Bartholomäs Kopf hatte sich in den letzten Tagen ein schleichender Gedanke festgesetzt. Viel Zeit blieb ihm nicht mehr, um seinen perfiden Wunsch in die Tat umzusetzen, denn Rupert würde bald wiederkommen und seine Gemeinde streng führen. Die Freiheiten, die er sich jetzt erlaubte, wären dann nicht mehr möglich. Also eilte er zu Markus, der Rupert in dessen Abwesenheit vertrat.

»Mein Fußnagel hat sich entzündet. Ich werde zu der Heilerin gehen«, setzte er Markus in Kenntnis. Sein Vorhaben als Frage zu formulieren, fiel ihm gar nicht erst ein.

»Das können wir doch hier behandeln. Mathias soll sich das anschauen.«

»Mit Mathias habe ich schon gesprochen. Er kann nichts machen. Der Fuß pocht bereits, Eiter quillt aus dem Nagel hervor. Wir müssen schnell handeln, bevor es zu einer Blutvergiftung kommt.«

Markus musterte Bartholomä skeptisch. Er wollte sich nicht so leicht überzeugen lassen, hatten sie doch alle klare Anweisungen erhalten. »Rupert hat uns beauftragt, auf dem Klostergelände zu bleiben. Wir sollen uns von der Alamannen-Siedlung fernhalten.«

»Bruder Markus, es ist ein Notfall. Wenn wir auf Ruperts Rückkehr warten, ist es zu spät. Was nützt es, wenn ich dann längere Zeit ausfalle, so wie Georg, oder es noch schlimmer kommt?« Markus spürte Panik in Bartholomäs Worten. Er hatte vehement gesprochen.

»Also gut«, gab sich Markus widerwillig geschlagen, »so soll es sein. Bruder Gabriel wird dich begleiten.«

Die Aussicht auf eine Begleitung gefiel Bartholomä überhaupt nicht. Das würde seinen Plan vereiteln. »So viel Beachtung möchte ich nicht, vor allem will ich unseren Ablauf nicht stören«, wandte er ein. »Außerdem gilt das Verbot, die Alamannen aufzusuchen, vor allem für unsere jungen und unerfahrenen Mitbrüder, die keine Ämter innehaben. Und du, Bruder Markus, bist hier unabkömmlich. Ich werde allein gehen und sofort zurückkommen. Noch vor der *Sext* bin ich wieder bei euch.«

Markus schaute ihm auf der Suche nach Aufrichtigkeit und Ehrenhaftigkeit tief in die glasigen Augen. Bartholomä hielt seinem Blick zunächst stand, neigte dann aber in demütiger Haltung seinen Kopf; äußerlich wie ein Grashalm im Wind, innerlich jubilierend.

»Gott begleite dich, Bruder Bartholomä«, erteilte Markus ihm letztendlich die Erlaubnis.

Bartholomä musste sich sein Lächeln verkneifen. Er drehte sich um und lief, den Blick auf den Boden gerichtet, zum Waldrand. Die kleinen Teufel in seinem Inneren jubelten, tanzten ihren höllischen Tanz und trieben ihn feurig an. Sein Plan war großartig, davon war er überzeugt, denn Gott hatte ihm in Ruperts Abwesenheit eine Nagelbettentzündung geschenkt, die es ihm nun ermöglichte, die Heilerin aufzusuchen. Er würde sich selbst ein Bild von ihrer Verderben bringenden Lüsternheit machen. Die Menschen, die auf Erden waren, um Unzucht, Unreinheit und schändliche Leidenschaft zu verbreiten, mussten aufgespürt, ihre Verderbtheit aufgedeckt werden.

Seine Vorfreude verlieh im geradezu Flügel.

Trotz seiner Entzündung legte er den steilen Weg zur Alamannen-Siedlung zügig zurück. Ein lautes Bellen kündigte den Dorfbewohnern seine baldige Ankunft an. Sein speckiges Gesicht glänzte von der körperlichen Anstrengung noch mehr als sonst. Schweißperlen liefen ihm von der Stirn über seine buschigen Augenbrauen und die dicke Nase hinunter zu seinem Kinn, von wo aus sie auf seine Kukulle tropften. Er war aufgeregt und nass geschwitzt. Vom Waldsaum aus betrachtete er die Siedlung, bis sein Atem sich beruhigt hatte. Er sah der entspannten Betriebsamkeit zu, den werkelnden Männern und Frauen, beobachtete die Kinder beim Spielen.

Da bemerkte er Walram, der mit seiner ständig grimmigen Miene auf ihn zutrat und ihn unumwunden anherrschte. »Was suchst du hier?«

Untertänig neigte Bartholomä den Kopf. »Der Stellvertreter unseres Abtes schickt mich zu euch, besser gesagt zu eurer Heilerin. Ich habe eine Entzündung am Fuß. Des weiteren soll ich ihr eine Nachricht übermitteln.«

»Soweit ich weiß, ist sie in ihrer Hütte«, sagte Walram und musterte den Mönch von oben bis unten. Sein Blick verharrte einen kurzen Augenblick auf der verschwitzten Kukulle und dem aufgeblähten Bauch. Mit dem Finger deutete Walram auf eine kleine Behausung, die etwas abseits der übrigen Höfe stand. Ohne abzuwarten, machte sich Bartholomä auf den Weg. Er wollte keine Begleitung, seinen Plan musste er alleine durchführen.

Schon von Weitem konnte er sehen, wie sie gebückt in ihrem eingefriedeten Gemüsegarten arbeitete. Sie werkelte vor sich hin, ohne ihn wahrzunehmen. Das ließ ihm genügend Zeit, sie ausgiebig zu mustern. Ihr dicker brauner Zopf, ihre leicht gebräunte Haut, ihre Oberarme, deren Nacktheit von ihrem leichtlebigen Treiben zeugten. Nur verhüllt konnte man sich gegen die Verführbarkeit der Seele schützen. Sie hingegen versprühte mit ihrer fleischlichen Entblößung Sünde und Versuchung, roch nach Lüsternheit und Verderben. Und das würde er nun auf den Prüfstand stellen und beweisen. Er war sich sicher, Gott stand auf seiner Seite und hieß seine Erkundung gut. Gottes Urteil würde sich an Bartholomäs Körper zeigen. Sollte er reagieren, wäre das ein sicherer, göttlicher Beweis für die Verdammnis der Heilerin.

»Heilerin, ich habe eine Verletzung!«, rief er ihr unschuldig zu.

Erschrocken drehte sie sich um und schaute ihn verwundert an. Langsam stand sie auf und kam selbstbewusst auf ihn zu. Da sie nichts weiter sagte, ergriff er wieder das Wort. »Eine eitrige Entzündung am Fuß.«

Mit der Hand deutete sie auf einen Hocker, der vor ihrer Hütte stand.

»Wir sollten lieber in dein Haus gehen. Ich möchte nicht, dass andere mir bei der Behandlung zusehen.«

Schnurstracks lief er zu ihrer Eingangstür, ohne auf ihr Einverständnis zu warten. Drinnen nahm er auf einem Hocker Platz und wartete auf die Heilerin. Sie musste nachkommen, denn er war in ihr Reich, in ihr Heiligstes eingedrungen. Sie würde ihn nicht einfach dort sitzen lassen.

Er hatte richtig geraten. Schon erschien sie am Türrahmen und sah auf den sitzenden Bartholomä hinab. Der streckte ihr seinen kranken Fuß entgegen und ließ die Zehen wackeln.

»Der große Zeh.«

Sie beugte sich über seinen Fuß und betrachtete die Entzündung gründlich. Dann wusch sie sich die Hände in einer Schüssel, die auf dem Tisch stand. Als sie seinen pochenden Zehen leicht betastete, entbrannte ein loderndes Feuer in seinem Leib. Es war nicht der beißende Brand eines Schmerzes, sondern die stechende Hitze der Lust.

Ein Schauer durchlief seinen Körper. Das war eindeutig ein Zeichen. Sie war bis in ihr Innerstes verdorben, ihr Handeln, ihr Denken, ihre hitzige Seele strahlten Sünde aus. Er zügelte sich und unterdrückte die Hitze, die ihm von den Lenden aufstieg. Er beobachtete sie genau und ließ keine ihrer Bewegungen aus den Augen.

Die Heilerin nahm nun die Schüssel, wusch seinen Zeh aus und betupfte die eitrige Stelle vorsichtig mit einem sauberen Leinentuch. Dann nahm sie die Schere zur Hand und griff nach seinem Fuß, den sie sich unter die Achselhöhle klemmte. Mit einer gezielten und schnellen Bewegung glitt sie unter den Fußnagel und schnitt ein großes Stück heraus. Der Schmerz war bestialisch, laut schrie er seine Höllenqualen heraus. Er schaute auf den Fuß, den Frida immer noch fest unter ihrer Achselhöhle geklemmt hielt. Ein Gemisch aus Eiter und Blut quoll heraus. Vorbei waren seine teuflischen Gedanken, er spürte nur noch den Schmerz der Entzündung. Sie nahm seinen Fuß in die Hand und wusch seinen Zeh erneut aus. Von ihrem Regalbrett nahm sie einen Holztiegel, der eine würzige gelbliche Salbe beinhaltete, und schmierte die Paste auf seinen schmerzenden Zeh. Ihre Berührungen waren dabei so leicht, so weich, dass die hitzigen Wellen wieder kamen. Wohlige Schauer durchzuckten seinen Leib und ließen seinen Körper glühen. Bartholomä merkte in diesem Augenblick, dass die Grenzen zwischen seinem Schmerz und der Lüsternheit, seinem Leid und der Fleischeslust fließend waren. Seine körperliche Qual hatte in ihm einen Sinnesrausch erzeugt, eine nicht zu bändigende Lust, deren Schuld er Frida zurechnete. Er grinste süffisant und ließ seine Zunge über die schwulstige Oberlippe gleiten. Noch war sie über ihn gebeugt, ganz dicht bei seinem erregten Körper, doch bald wäre sie fertig. Er musste schnell handeln, die Prüfung war noch nicht ausreichend, die Beweise zu wacklig.

Blitzschnell hob er seine Kukulle und zeigte ihr seine erregte Männlichkeit. Genauso schnell wie er seinen Kittel gelupft hatte, flog Fridas Ohrfeige. So mächtig und hart, dass er rücklings vom Hocker fiel.

Wie ein ungelenker Käfer lag er auf dem Boden, die Kukulle bis zu seinem Gurt nach oben gerutscht, sein aufgedunsener Bauch mit dem runden, hervorstechenden Bauchnabel und sein erschlafftes Glied entblößt. Das war entwürdigend.

»Raus!«, schrie sie ihn an. Es waren die ersten Worte, die sie an ihn richtete.

»Wie kannst du es wagen? Ich bin ein Vertreter Gottes auf Erden. Das melde ich meinem Abt.« Bartholomä funkelte sie erbost an, bedeckte seinen dicken Körper und erhob sich aus seiner despektierlichen Position, um sich vor ihr aufzurichten. Sie blitzte ihn mit ihren dunkelbraunen Augen an, die wie Schwarzwaldkohlen glühten und ihn durchdrangen. Eine lodernde, glühende Hitze aus der

Tiefe der Erde, die keine Angst zeigte, keine geduckte und gehorsame Haltung, sondern Stolz und Freiheit. Sie ist eindeutig verdorben, dachte Bartholomä, ihr Körper nur die Hülle eines diabolischen Satans, ihre Handlungen nur die Werke einer giftspritzenden Hexe. Es war richtig, dass er das überprüft hatte. Ihm würde man mehr Glauben schenken als einer wertlosen, verruchten Frau, die sich gegen die Worte Gottes stellte. Sie war aus ihrer Hütte getreten, stand leicht bebend vor ihm. Schnell ging er an ihr vorbei und verließ die Siedlung in Richtung Kloster.

Wie versprochen war er vor der *Sext* zurückgekehrt und hatte sich eingereiht in die Ränge der demütigen Mönche, die Gott um die Vergebung ihrer Sünden und um die Festigung ihres Glaubens baten.

34. Kapitel

Östlich von Badenweiler

Die unbarmherzige Einsamkeit und die durchdringende Kälte der schwarzen Wildnis hatten sich wie ein schwerer Mantel auf seine Seele gelegt, seitdem er nach Einbruch der Dunkelheit in den Wald vorgedrungen war, wo er nun das letzte Stück talaufwärts bewältigen musste.

Der Anfang seiner Reise war zunächst ruhig verlaufen. Entlang des Rheins hatte er immer wieder Reisende, die zu Fuß unterwegs gewesen waren, überholt. Die ganze Zeit über war er so in Gedanken versunken gewesen, dass er die Welt um sich herum nicht mehr wahrgenommen hatte. Den Preis für diese Unachtsamkeit musste er jetzt bezahlen: Er musste allein durch den düsteren Wald reiten. Hinter jeder Tanne, hinter jedem Baumstumpf vermutete er die Dämonen der Nacht, die Kreaturen, die ihn für seine Sünden strafen würden. Was hatte er nicht alles getan in seinem Leben. Lügen und Verwicklungen, Ausreden und Interpretationen, immer mit dem Ziel einer christlichen Gemeinschaft vor Augen. Zumindest hatte er seine Taten so vor sich selbst gerechtfertigt. Nun hatte sich Eitelkeit in die Liste seiner Vergehen eingereiht, voller Arroganz hatte er dem Landesherzog die Konvertierung der gesamten Alamannensiedlung verkündet, ja sogar des gesamten Schwarzwalds. Sein Hochmut würde ihn zu Fall bringen, so wie er auch Trudpert das Leben gekostet hatte. Die Ermordung des Münstertalers, die Düsternis der Nacht und sein sündhafter Stolz verschmolzen zu einer einzigen riesenhaften Bedrohung. Einem mächtigen, hünenhaften Angreifer, dem er schutzlos ausgeliefert war.

Obwohl ein Nieselregen seine Reise begleitete und seine Kleidung klamm war, schwitzte er. Ihm war heiß und kalt zugleich, Schweißperlen bedeckten seine Stirn, eine eisige Kälte legte sich auf seinen Rücken. Seine Gedärme machten Purzelbäume, so als würden zwei kräftige Hände seinen Bauchraum zudrücken, die Luft und das Leben aus ihm quetschen, für kurze Zeit wieder loslassen, nur um von Neuem zu beginnen. Er traute sich nicht, von seinem Pferd abzusteigen und sich zu erleichtern, trieb das Tier, das angefangen hatte zu schäumen, unerbittlich weiter. Er ritt, hetzte, spornte an, verbissen, bis er das Rauschen in seinen Ohren hörte. Die Dämonen kamen, um ihn zu holen, ihn, den treusten Diener Gottes. Sie wollten ihn in die modrige Erde hinunterziehen und von dort in die brennende Welt des Untergangs, in die ewige Hölle. Der stärker werdende Regen und die Dunkelheit versperrten ihm die Sicht. Nur noch schemenhaft nahm er die Konturen der Bäume wahr, Riesen mit kräftigen Armen und Beinen, die nach ihm griffen. Keuchend kämpfte er sich durch das Unterholz, blieb immer wieder an dürren Zweigen hängen, die ihm das Gesicht zerkratzten. Er war durch eine Brombeerwand geritten, wie er nun verwirrt feststellte, die fiesen kleinen Stacheln hatten sich in seine Kleidung gebohrt. Nun schaute er nach vorne, in das dunkle Nichts. Doch war da nicht in der Ferne das Licht zweier funkelnder Augen? Sie kamen näher, bedrohlich und hungrig, wollten ihn einverleiben und vernichten. Vor lauter Schreck schrie er laut auf.

»Neiiiiin!« Das Wort schoss aus seinem Mund, eindringlich und schrill.

Doch vielleicht war das Funkeln nur ein Schelmenstreich, den ihm seine Angst spielte?

»Gott stehe mir bei! Gott stehe mir bei!«

Immer wieder brüllte er die Worte hinaus, der Nacht, den furchtbaren Lichtern entgegen. Er schloss die Augen, um sich vor dem Regen zu schützen, um dem teuflischen Glühen zu entfliehen. Er verlangsamte sein Pferd, griff mit einer Hand in die Satteltasche und holte das Kreuz hervor, das immer noch fest eingewickelt war. Es gab ihm Sicherheit, war sein Anker in der tosenden Welt der Gefahren. Er öffnete wieder seine Augen und nahm das Schmuckstück aus dem Wollstoff heraus, ganz vorsichtig, ohne das Gleichgewicht auf dem Pferderücken zu verlieren. Das war die Rettung, ein wirksames Mittel gegen das Unheil. Er hielt es vor sich, mit gestrecktem Arm, dem peitschenden Regen entgegen, und schrie zuversichtlich: »Gott stehe mir bei! Gott stehe mir bei!«

Das Licht war verschwunden, es herrschte nur noch eine tiefe Dunkelheit. Er beschloss, das rettende Kreuz bis zum Kloster vor sich zu halten, auch wenn es sein Vorankommen verlangsamen würde. Es würde ihn in seinem Kampf gegen die hinterlistigen Anschläge des Teufels, die bösen Geister in der Wildnis des Waldes und die furchtbaren Werke der Finsternis unterstützen. Er riet den Weg mehr als dass er ihn kannte, in der Hoffnung, sein Pferd würde den richtigen Pfad einschlagen. Gott würde seine Schritte behüten.

»Gott, stehe mir bei!«

35. Kapitel

Am nächsten Morgen konnte Rupert kaum an sich halten. Obwohl ihm der lange Ritt, die Furcht im Wald und die Schrecken der letzten Nacht noch in den Knochen saßen, machte er sich am Tag nach seiner Ankunft bei seinen Mönchen schon sehr früh zu den Alamannen auf. Er wollte Walram das kostbare Taufgeschenk Gunzos zeigen und sie zu ihrer Taufe einladen. Auf all die langwierigen Vorbereitungen, die diesem Sakrament üblicherweise vorangingen, wollte er bewusst verzichten. Zu groß war die Gefahr, dass sich der launenhafte und überdies bequeme Walram vom vorbereitenden Glaubensunterricht, dem reinigenden Fasten oder dem erlösenden Gebet abschrecken ließ. Sein Entschluss, sich von der heidnischen Götterwelt abzukehren und den christlichen Glauben anzunehmen, war viel zu wacklig, um von langen Vorkehrungen aufgehalten zu werden.

Rupert machte sich nichts vor. Walrams Beweggrund war nicht etwa einer plötzlichen Frömmigkeit geschuldet, sondern der Aussicht darauf, in der Gunst des Landesherzogs, des Frankenkönigs sowie der konvertierten adligen Alamannen aufzusteigen. Und der Aussicht auf das funkelnde Kreuz, das seine Brust schmücken würde.

Nachdem er am Abend seiner Ankunft mit den Brüdern das Stundengebet verrichtet hatte, war er in einen tiefen und unruhigen Schlaf verfallen. Dämonen hatten ihn in seinen Träumen verfolgt, waren wie Gespenster unter seine Kukulle gekrochen, in seinen Körper geschlüpft und hatten von dort seine Seele übermannt. Sie hatten sich vermischt, vermengt, zusammengefügt zu einer klebrigen Masse und waren zu einer gewaltigen Schlange auferstanden. Zur weiblich-sinnlichen falschen Weltenschlange der Germanen, die die Erde umkreiste und ihn und die ganze Christenheit mit ihrer List und Heimtücke ins Verderben führen wollte. Immer wieder hatte er im Traum versucht, sich zu wehren, hatte Donars Hammer in die Hand genommen, doch konnte er das Reptil nicht fassen. Es häutete sich ständig, wuchs ins Unermessliche, wechselte nicht nur seine Haut, sondern auch sein böses Gesicht, bis es am Ende dem der Heilerin ähnelte. Mitten in der Nacht war er aufgeschreckt, schweißgebadet und atemlos, hatte in die Dunkelheit hineingehört und versucht, seine Träume zu ordnen. Ans Weiterschlafen war nicht mehr zu denken gewesen. Nach dem Morgengebet hatte er sich dann die Berichte von Markus und Bartholomä angehört, die Fortschritte auf der Baustelle begutachtet und war alsdann aufgebrochen. Sein Besuch duldete keinen Aufschub, vor allem nachdem er Bartholomäs schreckliche Anschuldigungen gehört hatte. Es ärgerte ihn zwar, dass dieser trotz seiner Anordnung zur Heilerin gegangen war, doch war es ein Notfall gewesen. Und sie hatte seine Lage schamlos ausgenutzt. Es war also höchste Dringlichkeit angesagt. Er musste die Alamannen von ihrem Irrglauben erlösen, die Zeichen und Handlungen der Verkommenheit und Liederlichkeit brechen. Das Taufwasser sollte sie wandeln, der Glaubensunterricht und die Festigung ihrer Gottesfurcht würden später folgen.

Als er an der Siedlung der Alamannen ankam, hatte die

Sonne schon einiges an Kraft gewonnen. Erstaunt stellte er fest, dass die Siedlung trotzdem noch völlig ruhig war.

Vereinzelt lagen die Zeugen des vorabendlichen Gelages neben der großen Feuerstelle. Becher und Tontöpfe, Bierfässer und Knochenreste waren achtlos auf dem Boden verstreut. Mit angewidertem Blick bahnte er sich durch das Chaos seinen Weg zu Walrams Wohnhaus, der just in diesem Moment aus seiner Tür trat.

»Gelobt sei Jesus Christus. Ich habe dir von unserem Landesherzog etwas mitgebracht«, überfiel Rupert ihn gleich.

So früh am Morgen wollte er keine lange Rede schwingen, zumal Walram noch recht verschlafen wirkte. Doch den interessierten Blick, der in den Augen des Stammesführers aufleuchtete, bemerkte Rupert sofort. Er griff in die Tasche seiner Kukulle und nahm das wertvolle Päckchen heraus.

»Es soll euer Taufgeschenk werden.«

Um Spannung bemüht und überzeugt von der Wirkung des teuren Geschenks, löste er die Schnur des Päckchens und wickelte langsam den Wollstoff ab. Dann präsentierte er das schimmernde Kreuz dem verdutzten Walram.

Es war nicht sonderlich groß, füllte kaum seine Handfläche aus, war dafür aber fein verarbeitet. Schönste Ziselierungen schmückten das Kreuz. Frisch poliert glänzte es dem sprachlosen Walram direkt in die leuchtenden Augen.

»Ich habe Wort gehalten. Nun bist du an der Reihe«, meinte Rupert mit einem selbstzufriedenen Lächeln im Gesicht.

Als er die Worte sprach, gesellte sich Wolf zu seinem Bruder. Er war aus Walrams Haus getreten und rieb sich mit den Händen den Schlaf aus den Augen. Anscheinend hatte er die Nacht bei seinem Bruder verbracht.

Interessiert blickte er seinem Bruder über die Schulter und pfiff anerkennend durch die Zähne, als er das Schmuckstück erblickte. Er wollte nach dem wertvollen Kreuz greifen, doch Rupert kam ihm zuvor und zog es blitzschnell an seine Brust.

»Heute Nachmittag erwarte ich euch alle vor unserem Kirchengebäude. Dort wollen wir eure Heilige Taufe feiern.«

»Und das Kreuz kommt von Gunzo?«, wollte Walram sich versichern.

»Ja. Man wird nicht als Christ geboren, sondern wendet sich mit ganzem Herzen bewusst dem Herrn zu. Durch eure Taufe werdet ihr in unsere große Gemeinschaft aufgenommen und Teil unserer Kirche. Diese Bindung möchte unser Landesherzog mit einem Geschenk festigen.«

Angespannt wartete Rupert auf eine Reaktion seitens des starken Alamannen. Dieser richtete zunächst seinen Blick auf Ruperts Hände, die das kostbare Kreuz immer noch umklammert hielten. Dann sah er seinen Bruder an. Einige Sekunden schienen die beiden Brüder gedanklich zu kommunizieren, bevor Walram kaum merklich nickte und sich wieder an Rupert wandte.

»Gut, wir kommen.«

Zufrieden lächelte Rupert. Nun gab es nur noch eines zu klären. »Ach, ihr solltet eure Heilerin mitnehmen. Die Taufe wird auch sie von ihren Sünden reinigen. Mir ist zu Ohren gekommen, dass sie während meiner Abwesenheit unseren ehrbaren Bruder Bartholomä belästigt hat.«

Das laute Lachen, das jetzt folgte und aus Walrams Kehle drang, verwunderte Rupert. Mit einer solchen Reaktion hatte er nicht gerechnet. Überrascht schaute er Wolf an, konnte bei ihm jedoch keine Spuren von Heiterkeit erkennen. Ganz im Gegenteil. Seine Augen hatten sich zu zwei bedrohlichen Schlitzen verengt und sein Kiefer war fest aufeinandergepresst.

Walram war es, der belustigt fragte: »Unsere Heilerin? Soll Euren Mönch belästigt haben? Das kann ich mir nicht vorstellen. Kein Mann darf sie auch nur anschauen!«

»Unser armer Bartholomä hat berichtet, wie er verletzt vor ihr saß, ihr seinen Fuß entgegengestreckt hat, in der Hoffnung, sie möge ihn heilen. Stattdessen hat sie blitzschnell seinen Kittel gelupft«, beharrte Rupert.

Wieder lachte Walram laut. »Wahrscheinlich wollte sie überprüfen, ob überhaupt Männlichkeit in ihm steckt. Das ist ja bei euch Mönchen nicht so sicher.«

So belustigt Walram war, so verbittert wirkte Wolf. Aufgebracht spuckte er auf den Boden, drehte sich um und verließ Walrams Gehöft. Auch Rupert hatte Walrams Kommentar verärgert. Seine Lippen hatte er zu einem dünnen Strich zusammengepresst.

Walram bemerkte Ruperts Wut und versuchte, ihn zu beschwichtigen. »Gut, ich werde mit ihr über den Vorfall reden und ihr nahelegen mitzukommen. Doch das wird schwer. Sie ist störrisch und uneinsichtig, bockig wie eine Ziege. Aber wir anderen kommen heute Nachmittag, darauf gebe ich dir mein Wort.«

Rupert merkte erst jetzt, dass er das goldene Kreuz immer noch an seine Brust gedrückt hielt. Es war am richtigen Platz, leicht bewegte es sich mit seinem Herzschlag auf und ab. Vorsichtig wickelte er es wieder in den Wollstoff ein und ließ es in der Tasche seiner Mönchskutte verschwinden. Walram beobachtete jeden seiner Handgriffe ganz genau, so als wollte er sich als zukünftiger Besitzer von Ruperts sorgsamem Umgang mit seinem Schatz überzeugen. Mit einem Kreuzzeichen verabschiedete sich Rupert, ein triumphierender Blick lag in seinen Augen.

Walram hatte Wort gehalten. Am Nachmittag waren sie erschienen. Alle bis auf den Schmied, dessen Frau und die Heilerin.

Rupert hatte die stolzen Krieger aufgefordert, ihre Schwerter abzulegen, bevor sie die Kirche betraten. Doch Walram hatte das gar nicht erst eingesehen.

»Ich vertraue dem Schwert mehr als dem geschriebenen Wort, das in eurem klugen Buch steht. Das Eisen fühle ich, die Worte nicht«, war es so deutlich aus seinem Mund geschossen, dass keine Widerrede möglich gewesen war.

Da er seine Täuflinge nicht gleich wieder in die Fänge des Heidentums treiben wollte, hatte sich Rupert vorerst geschlagen gegeben. »Noch fühlt ihr die Worte nicht, doch sie werden euch erleuchten. Gebt den Worten Christi Zeit, euer Herz zu durchdringen.«

Nun standen sie alle vor ihm, die bewaffneten Männer, die Frauen, die Alten und die vielen Kinder, vom Jüngling bis zum Säugling.

»*Forsachistu diabolae*? Entsagst du dem Teufel?«, rief er ihnen zu.

Angeleitet von den Mönchen antworteten die Alamannen im Chor: »*Ec forsacho diabolae*. Ich entsage dem Teufel.«

Rupert fehlte die Inbrunst der neuen Christen, ihre Begeisterung, den neuen Glauben anzunehmen, ihm mit offenem Herzen zu begegnen, ihn sich einzuverleiben wie den Leib Christi in der Hostie. Anstatt sich wie von Rupert gewünscht aufzureihen, standen sie in Grüppchen herum, bunt gemischt und durcheinander, was seinen Sinn für Ordnung störte. Statt andächtig seinen Worten zu lauschen, unterhielten sich gar zwei Frauen laut und ungeniert, der Großteil der anderen schaute gelangweilt in seine Richtung. Ein bärtiger Mann hatte, nachdem er in den Ohren gebohrt hatte, sein Messer gezückt und war nun damit beschäftigt, seine Fingernägel zu säubern. Den Nagel seines kleinen Fingers hatte er abgenagt und spuckte ihn in hohem Bogen direkt vor Ruperts Füße. Am liebsten hätte der Abt laut geschrien, Respekt verlangt und den ein oder anderen für seine Pietätlosigkeit geohrfeigt. Nur stand ihre Konvertierung auf so wackeligen Beinen, dass er damit viel aufs Spiel setzen würde. Das konnte er nicht riskieren. Lieber schluckte er seinen Unmut herunter, sah darüber hinweg und setzte das Lächeln eines gütigen Abtes auf, das er der Menge präsentierte. Mit geduldigem Wohlwollen würde er an sein Ziel kommen, wie bei einfältigen Kindern. Doch sollte er seine Vorgehensweise heute Abend unbedingt seinen erstaunten Mitbrüdern erklären, die von ihm Strenge und Disziplin gewohnt waren. Nicht dass die schlechten Gewohnheiten auf sie abfärbten. Er konnte die ungläubige Verständnislosigkeit seiner Mönche förmlich in ihren Augen lesen. Markus stand sogar mit weit geöffnetem Mund da und starrte die Alamannen ob ihrer Unverfrorenheit völlig entgeistert an.

Rupert hob beide Hände, um die Menge zum Schweigen zu bringen, das Gemurmel verstummte kaum merklich. Es war Zeit, dass sie die Taufzeremonie zu Ende brachten.

»Forsachistu allum diaboles wercum and wordum, Thunaer ende Woden? Entsagst du allen Teufelswerken und Worten, Donar und Wodan?«

»Forsacho allum diaboles wercum and wordum, Thunaer ende Woden«, murmelte ihm die Menge erneut gleichgültig entgegen.

Rupert verzichtete bewusst auf das dreimalige Eintunken der Anwesenden. Stattdessen besprenkelte er die Alamannen nacheinander mit Weihwasser und wiederholte: *»In nomine Patris et Filii et Spiritus Sancti. Amen.«*

Es war vollbracht. Rupert stieß einen erleichterten Seufzer aus.

»Bisher wart ihr Sklaven des Teufels. Nun seid ihr gereinigt von den heidnischen Dämonen. Ich erwarte euch von nun an jeden siebten Tag zur Heiligen Messe«, verkündete er. Auf den geschmückten Gürtel einer neuen Christin zeigend, fügte Rupert hinzu: »Legt eure heidnischen Werkzeuge ab, verbrennt die Amulette, vergrabt eure Götzenanhänger, entledigt euch Talisman und Glücksbringer. Ab heute gibt es nur noch das rettende Kreuz für euch.«

Mit diesen Worten schritt er zu Walram, zog das goldene Kreuz aus seiner Kutte und legte es ihm um den Hals. Es war genau der Augenblick, den sich die Sonne ausgesucht hatte, um ihren Schein in die Kirche zu werfen. Ihre Strahlen ließen das Gold an Walrams Hals in tausend Funken leuchten. Endlich wurde es andächtig im Gotteshaus, die Strahlkraft der Sonne, das Blitzen des Kreuzes ließ sogar den ungläubigsten Alamannen nicht unberührt. Walrams Gesicht war erhellt von dem Strahl, in seinen Augen spiegelte sich das goldene Kreuz wider, vervielfachte sich und verwandelte sich in ein Funkenmeer. Groß und kräftig wie er dastand, mit seinem wellenden Haar und dem langen Bart, sah er aus wie der Messias in Person. Nur das Schwert, das an seinem Gürtel hing, störte das Bild. Doch Rupert schaute großzügig darüber hinweg. Das Aufblitzen der Sonne und die Verwandlung Walrams waren eindeutige Zeichen. Gott hatte ihm, seinem treuen Diener, seine Zustimmung geschickt, die noch so ungläubigen und ungesitteten Heiden in ihre heilige Gemeinschaft aufzunehmen.

36. Kapitel

Frida nahm eine ganze Handvoll Heidelbeeren, schloss die Augen und schob sie sich genüsslich in den Mund. Sie liebte es, wenn die prallen Früchte zwischen ihren Zähnen zerplatzten, genoss den süßen Saft, der ihren Gaumen füllte, und das unvergleichliche Aroma der Beeren, die in der Sonne gereift waren. Es waren die ersten Früchte des Jahres, die sie pflückte. Noch schmeckten sie leicht säuerlich, doch die Sonne hatte ihre Haut schon dunkel verfärbt. Eila würde sich über die süßen Früchte auf ihrem Brei freuen. Den Rest würde sie als Vorrat für den Winter aufbewahren, getrocknet waren die Beeren auch ein gutes Heilmittel gegen Durchfallerkrankungen, die die Bewohner in den Wintermonaten ab und an plagten. Zufrieden und mit blauen Händen und Lippen machte sie sich auf den Heimweg. Sie war nicht weit von der Lichtung entfernt und konnte bereits ihre kleine Hütte erkennen. Ein Mann lief ungeduldig auf und ab, ein Zeichen dafür, dass er auf sie wartete. Es musste ein Kranker sein, der ihre Hilfe benötigte. Sofort schossen Frida die Erinnerungen an die schreckliche Begegnung mit dem lüsternen Mönch durch den Kopf. Sie unterdrückte sie jedoch rasch, denn der Mann, der auf sie wartete, war eindeutig ein Alamanne.

Nach einigen Schritten erkannte sie, dass es sich um Arend handelte. Er war alleine gekommen. Das bedeutete hoffentlich, dass ihr Liebespulver gewirkt hatte.

Als er Frida bemerkte, breitete sich ein strahlendes Grinsen auf seinem Gesicht aus. Er winkte ihr fröhlich zu. Sobald sie in Hörweite war, rief sie: »Arend, wartest du auf mich?«

»Ich bin gekommen, um dir zu danken«, antwortete er und wedelte mit einem kleinen Stoffbeutel herum. »Ich habe dir etwas mitgebracht.«

Inzwischen stand Frida direkt vor ihm.

»Komm doch erst mal herein«, lud sie ihn ein.

Frida öffnete ihre Tür und beide traten ein. Damit sich die Sonne ebenfalls zu ihnen in die dunkle Hütte gesellte, ließen sie die Tür offen stehen. Sie setzten sich auf die Eckbank und sogleich schob Arend den mitgebrachten Stoffbeutel über den Tisch.

»Das ist für dich.«

Vorsichtig öffnete Frida den Deckel des Holztiegels, der sich in der Tasche befunden hatte. Sie war erstaunt und berührt zugleich: Waldhonig; dickflüssig und bernsteinfarben, in seinem Aroma waren die vielfältigen Düfte des Waldes enthalten.

»Ein kostbares Geschenk«, dankte sie Arend lächelnd. »Daraus schließe ich, dass meine Heilmittel gewirkt haben?«

Wieder grinste Arend von einem Ohr zum anderen.

»Ja. Am Anfang hat sich nichts verändert und ich dachte schon, dass die Pulvermischungen bei uns keine Wirkung zeigen. Doch plötzlich, wie soll ich es ausdrücken, hat sich unsere Leidenschaft entfacht. Ein wahres Feuer. Ich fühle mich wie neugeboren.«

»Und wie geht es deiner Frau?«

»Das ist ja das Wunderbare. Ihr geht es so wie mir. Und wir glauben, sie ist guter Hoffnung. Ihre Blutungen sind seit einigen Tagen überfällig.«

»Ich freue mich für euch, von Herzen. Falls deine Frau Hilfe während der Schwangerschaft oder bei der Entbindung benötigt, dann bin ich natürlich gerne für euch da.«

Arend, der mit seiner Körperfülle die gesamte Seite der Eckbank eingenommen und eingeklemmt zwischen Bank und Tisch gesessen hatte, erhob sich schwerfällig.

»Danke, Frida, jetzt muss ich wieder aufbrechen.«

Beim Verlassen ihrer Hütte drehte er sich noch einmal um. »Ach, fast hätte ich es vergessen: Vor einigen Tagen hat uns ein Christenmensch besucht, von dem Kloster, das hier erschaffen wird. Er hat gesagt, dass ihr euch alle von unserer Götterwelt abgewendet habt und nun Christen geworden seid, so wie unsere Herrscher. Stimmt das?«

Erstaunt schaute Frida Arend an. »Nein. Ewald, Arnegunde und ich haben uns nicht ihrem Gott zugewandt, wir bleiben unserem Glauben treu. Die anderen sind zwar Christen geworden, in ihrem Herzen jedoch sind sie nach wie vor Alamannen. Für sie ist es vermutlich einfacher, den neuen Glauben anzunehmen. Sie erhoffen sich Privilegien.«

Arend nickte ihr zu und machte sich auf den langen Nachhauseweg.

Nachdenklich blieb sie einige Augenblicke sitzen und schaute dem großen Mann nach. Sie griff nach ihrem vollen Korb Heidelbeeren und beschloss, die Früchte draußen auf einem Tuch auszubreiten, damit sie in der Sonne trocknen konnten. Vorher nahm sie zwei Handvoll und legte sie auf die gequetschten Haferkörner, die in dem Topf seitlich der Feuerstelle quollen.

Kaum hatte sie die Beeren vor ihrem Haus ausgebreitet, erschien Arnegunde, ihren kleinen Sohn wie immer an ihre Brust gepresst. Die junge Frau war wie eine Blume zum Leben erwacht und zeigte zaghaft ihre Schönheit. In ihrem sonst so eingefallenen, mageren Gesicht glühte das Feuer der mütterlichen Liebe.

»Frida, ich muss dir etwas sagen. Du bist die Erste, die es erfährt, außer Ewald natürlich. Ich glaube, ich bin wieder schwanger.«

Frida zog Arnegunde in eine Umarmung, zwischen ihnen der kleine Sohn, der friedlich schlief und von ihrer Freundschaft und Zuneigung füreinander umschlossen wurde. Wie um ihren Bund zu bezeugen, wachte er in dem Moment auf, schaute aus seinen dunklen Babyaugen erstaunt in die Gesichter der Frauen und gluckste laut auf. Ein Lachen, das Glücksgefühle in ihre Herzen brachte.

»Schau, Frida, er ist immer so fröhlich.« Liebevoll betrachtete Arnegunde ihren Sohn.

Frida ließ Arnegunde los und strich vorsichtig über die zarte Wange des Babys.

»Arnegunde, ich freue mich für dich. Für euch und euer Glück. Dass du erneut schwanger bist, ist eine gute Nachricht, auch wenn es ein bisschen früh ist nach deiner letzten Entbindung. Doch du bist jung und gesund, und dein Ewald ist ein liebevoller Ehemann und Vater. Sieh nur zu, dass du viel isst, vor allem vor dem Winter. Sage das bitte auch deinem Mann.«

»Ich möchte Ewald noch viele gesunde Kinder schenken. Stell dir vor, er wünscht sich so sehr eine Tochter!«, rief sie erfreut aus. Frida beneidete sie ein wenig. Wie jung und glücklich sie war, noch ohne jemals wirklichen Kummer verspürt zu haben.

Einige Zeit später verabschiedete Arnegunde sich und ließ eine nachdenkliche Frida zurück. Zwei Schwangerschaften an einem Tag, das waren wunderbare Neuigkeiten. Das kleine Leben im Bauch einer Mutter war eine Quelle des Glücks. Und die Geburt, sofern sie gut verlief, ein Neuanfang, Symbol der Liebe und des Vertrauens in das Leben. Sie freute sich über das Glück der Paare, gleichzeitig fühlte sie einen kleinen Stich in ihrem Herzen. Wie gerne hätte sie einen liebevollen Partner an ihrer Seite, der ihre Welt verstand. Doch sie wollte nicht undankbar sein, sie hatte Eila, die für Sonne in ihrem Herzen sorgte.

Sie schaute auf, in den grenzenlosen Himmel. Mehrere Wolken verdeckten die Sonne und ihre Strahlkraft. Sie waren wie die Wolken des Lebens mit ihren Schattierungen, die kurzzeitig die Gedanken verdunkeln, die Gefühle erdrücken und doch weiterziehen. Schaute man lang genug hin, erschien am Ende wieder das tiefe Blau der Zuversicht. Sie war zufrieden mit ihrem Leben, so wie es war, hier im Südschwarzwald, inmitten der Bäume und ihres Stammes. Die Tage und die Jahreszeiten könnten sich in Zukunft weiterhin so aneinanderreihen wie bisher, mit ihren Freuden und gelegentlichen Sorgen. Es reichte ihr, wenn sie Eila beim Aufwachsen zusehen könnte. Als Beobachterin eines natürlichen Kreislaufs, der doch ein Wunder ist und jede Mutter beglückt. Die Wolken zogen vorbei und die Sonne schien wieder auf sie herab und von dort direkt in ihr Herz. Frida wollte in diesem Moment nicht glauben, dass sich ihre Welt bald verdunkeln und ihr fragiles Glück zerbrechen würde wie die Scherben eines Topfes, der ihr aus den Händen gefallen war.

37. Kapitel

Der Mond hatte seine heutige Reise in die Finsternis des Nachthimmels schon begonnen. Langsam schob er sich zwischen den Baumwipfeln empor, begleitet von den unzähligen funkelnden Sternen. Er streute seinen milchigen Schein auf die Siedlung und hüllte das Dorf in ein unwirkliches Licht. Eine friedliche Stimmung. Doch Frida fühlte sich unruhig.

Obwohl es schon spät war, konnte sie nicht schlafen. Sie war in der Nacht aufgestanden, hatte die Wärme des Betts und die beruhigende Wirkung der schlafenden Eila verlassen und war vor ihre Hütte getreten. Es würde nur noch wenige Tage dauern, bis der Mond sein vollkommenes Rund erreicht hätte, doch schon so hatte er eine unglaubliche Strahlkraft. Sie horchte in die Nacht hinein, hörte das regelmäßige Rufen des Kauzes, lauschte dem Rauschen des Windes, das zwischen den Ästen tanzte. Die sonst so vertrauten Geräusche konnten ihre innere Unruhe nicht besänftigen. Nach einer Weile beschloss sie, wieder in ihr Bett zu kriechen, den warmen Körper von Eila an sich zu drücken und ihren besonderen Geruch einzuatmen. Diesen einzigartigen Duft des eigenen Kindes, den jede Mutter sofort erkennen würde. Sie merkte, wie ihre Lider langsam schwer wurden. Endlich fiel Frida in einen unruhigen Schlaf, der von wirren Träumen unterbrochen wurde. Immer wieder schreckte sie hoch, vernahm aber nur die üblichen Geräusche der Nacht.

Ein lautes, panisches Klopfen an ihrer Tür riss Frida letzten Endes ganz aus dem Schlaf. Die Nacht ist für mich wohl vorbei, dachte sie. Draußen war es noch dunkel, als eine männliche Stimme das Klopfen ersetzte. »Frida, ich bin es, Knut, wir brauchen deine Hilfe!«

Alarmiert sprang Frida aus ihrem Bett und öffnete die Tür.

Sie begegnete den schreckgeweiteten Augen Knuts, der aus derselben Alamannensiedlung kam wie Arend. Frida legte ihren Zeigefinger auf den Mund und deutete auf die schlafende Eila.

»Was ist passiert?«, flüsterte sie.

Knut verstand und sprach leise weiter. »Unser Kind möchte nicht kommen. Seit Stunden schreit meine Frau vor Schmerzen, doch nichts regt sich. Es ist nicht wie sonst.«

»Wer ist jetzt bei deiner Frau?« Frida war beunruhigt, denn es war nicht das erste Kind der Schwangeren. Gudrun hatte bereits mehrere Kinder auf die Welt gebracht, allesamt gesund. Wieso sollte es also bei diesem anders laufen? Da stimmte etwas ganz und gar nicht.

»Ihre Mutter. Sie hat mich geschickt.« Sein verkrampfter Mund und der starre Blick verrieten Knuts Panik.

»Gut. Ich packe meine Sachen und wir bringen Eila zu meiner Schwester. Warte hier, ich bin gleich so weit.« Frida trat wieder in ihre Hütte. Wie immer hing ihr Lederbeutel einsatzbereit am Pfosten. Trotzdem überprüfte sie kurz den Inhalt. Sie griff nach ihrem Umhang und nahm die schlafende Eila in die Arme. Mit ihrer Schwester hatte sie vereinbart, dass sie Eila zu den schlafenden Kindern Avas legen konnte, sollte sie nachts gerufen werden.

Knut lief vor ihrer Hütte ungeduldig auf und ab. Sobald Frida vor ihm stand, rannte er los.

»Nicht so schnell, sonst kommen wir nicht unverletzt bei deiner Frau an.«

Sofort verlangsamte er seine Schritte. Als sie vor dem Wohnstallhaus ihrer Schwester angekommen waren, knurrte Walrams Hund. Doch er ließ sich schnell beruhigen, es war nicht das erste Mal, dass Frida die nächtliche Ruhe störte und zu einem Kranken gerufen wurde.

Den Rest des Weges liefen sie schweigend vor sich hin, Knut trieb Frida immer wieder zur Eile an. Der helle Mond leuchtete ihnen den Weg, der Trampelpfad war gut erkennbar, doch sie mussten trotzdem vorsichtig sein. Immer wieder verfingen sich tief hängende Zweige in ihrer Kleidung oder knorrige Wurzeln und Äste versperrten ihnen den Weg. Als sie die Siedlung endlich erreicht hatten, fühlten sie sich von dem beschwerlichen Weg durch die Nacht völlig erschöpft. Die Morgendämmerung hatte eingesetzt und hüllte die Dorfgemeinschaft in ihren rötlichen Schein. Alles schien friedlich in dem zaghaften Licht des Tagesanbruchs, doch sobald sie an Knuts Langhaus ankamen, bot sich ihnen ein ganz anderes Bild. Völlig entkräftet lag Gudrun auf dem Rücken auf ihrer Bettstatt, ihre Mutter an ihrer Seite, vier kleine Kinder standen mit schreckensvollen Gesichtern in einer Ecke. Was hatten sie in der vergangenen Nacht mit ansehen und anhören müssen?

Rasch erfasste Frida die Situation. Sie nahm den reglosen Körper Gudruns wahr, sah die erstarrten Kinder, beobachtete die Tränen der Mutter. Verschwunden war ihre eigene Müdigkeit, sie wusste, jetzt musste sie schnell handeln.

»Knut, geh mit deinen Kindern raus. Du kommst erst wieder, wenn ich dich rufe. Und du«, sie deutete auf die weinende Mutter, »bringst mir kochendes Wasser und saubere Leinentücher.«

Alle reagierten augenblicklich, froh, dass ihnen jemand Anweisungen gab und Entscheidungen für sie traf. Frida kniete sich vor die Schwangere und strich ihr die verschwitzten Haare aus der Stirn. Sie fühlte nach Fieber, erspürte den Puls und sprach dann beruhigend auf die leise stöhnende Gudrun ein. »Ich bin gekommen, um dir zu helfen. Du hast schon viele gesunde Kinder auf die Welt gebracht. Hab keine Sorge, ich bin bei dir.«

Ganz vorsichtig schob sie Gudruns Tunika hoch und fing an, das Kind mit den Händen zu ertasten, suchte nach dem Kopf, den Händen, den Füßen. Dann legte sie ihr Ohr auf den dick geschwollenen Bauch. Nur schwach konnte sie die langsamen Herzschläge des Ungeborenen hören. Noch lebte es, der Kopf zeigte jedoch nach oben. Es war zu spät, um das Kind in die richtige Position zu drehen, da es seine Reise in die Welt bereits begonnen hatte und im Geburtskanal festhing. Die Wehen schienen zu stagnieren, Frida konnte keine Kontraktionen der Gebärmutter mehr wahrnehmen, und doch war Gudrun völlig ausgezehrt und entkräftet. Hätte sie genügend Energie für das, was kommen würde? Entsetzen stieg in Frida auf und sie versuchte, die Angst, die ihr Denken verlangsamte und ihr Handeln erschwerte, zu ignorieren. Sie durfte keine Zeit verlieren. Zunächst wusch sie sich sorgfältig die Hände und bereitete einen Tee zu, der die Wehen verstärken und Gudrun neue Kraft schenken sollte. Nur gemeinsam konnten sie das Kind auf die Welt bringen.

Nachdem die Schwangere den Tee getrunken hatte, fing Frida vorsichtig an, ihren geschwollenen Bauch zu massieren, um so zusätzlich die Wehen zu fördern. Endlich spürte sie wieder die Kontraktionen, erst zaghaft, dann immer stärker werdend. Gudrun lag apathisch auf dem Rücken, als wäre mit jeder Kontraktion, mit jedem Schmerz, den sie in der langen Nacht bereits verspürt hatte, ein weiteres Stück Leben aus ihr gewichen. Frida sprach forsch auf sie ein.

»Du musst mir jetzt helfen, dein Kind wird bald kommen. Sein Köpfchen zeigt nach oben, deshalb musst du auf dem Boden knien und dich mit den Händen auf der Bettkante abstützen.«

Frida legte beide Arme unter die Brust der Schwangeren, zog ihren schlaffen Leib vom Bett und half ihr so, sich auf den Knien abzustützen.

»Noch darfst du nicht pressen, auch wenn du den Drang verspürst. Erst wenn ich es dir sage. Hörst du?«

Sie erhielt ein schwaches »Ja« als Antwort. Frida vergewisserte sich, dass der Muttermund genügend geöffnet war. Bei der nächsten Schmerzwoge, die den Leib von Gudrun durchzuckte, schrie Frida laut: »Jetzt, press! So stark du kannst!«

Woher Gudrun die Kraft nahm, wusste sie nicht, doch Frida konnte bereits den Po des Kindes spüren. Bei der nächsten Presswehe würde Gudrun das Gesäß entbinden, dann erst würden die Beine und zum Schluss der Kopf das Licht der Welt erblicken. Vorsichtig unterstützte Frida die Geburt des Kindes, zog nur zaghaft an dem kleinen Körper, um ihn nicht zu verletzten. Eine letzte Wehe und Frida hielt den kleinen Sternengucker in den Händen. Sie fühlte sich erleichtert und erschöpft zugleich, doch noch gab es viel zu tun, Mutter und Baby mussten nach der anstrengenden Geburt versorgt werden. Kurz überprüfte sie den Neugeborenen, der sofort angefangen hatte zu schreien. Zufrieden drückte Frida das Kind in die Hände der Großmutter und half Gudrun wieder in ihr Bett.

»Du hast einen kleinen Sohn, er ist gesund.«

Völlig entkräftet reagierte Gudrun nicht auf die Freude der Geburt. Sie war kreidebleich. Bis auf die schwarzen Augenringe, die ihre tief eingesunkenen Augen umrandeten, war alle Farbe aus ihrem Gesicht verschwunden. Nur ihre leichten Atemzüge verrieten, dass sie noch lebte. Es war eine schwere Geburt gewesen, eine Tortur für Mutter und Kind. Frida machte sich Sorgen, da Gudrun starke Blutungen hatte, ein roter Strom, der unaufhörlich floss und die letzte Lebenskraft aus ihrem Körper zu nehmen schien. Die gesamte Schlafstatt hatte sich rot verfärbt, das Moos, das Frida unter der Gebärenden ausgebreitet hatte, konnte die Blutmenge nicht mehr aufnehmen. Schnell musste sie die Blutungen stillen. Wieder bereitete Frida der frischgebackenen Mutter einen Tee zu, den sie ihr vorsichtig einflößte. Doch sie merkte, wie Gudrun ihr zunehmend entwich, in die Tiefen des nicht mehr Rückkehrbaren versank. Wieder breitete sich Entsetzen in ihr aus. Sie tätschelte der jungen Mutter die Wange und versuchte, sie zum Trinken zu animieren. Inzwischen hatte der Kleine durch seine lauten Schreie seine Familie herbeigerufen. Doch bald merkten der Vater und die Kinder, dass mit der Mutter etwas nicht stimmte. Sie standen mit schreckgeweiteten Augen an der Wand, keiner traute sich zu sprechen, bis auf ein kleines Mädchen, das laut anfing zu schluchzen. Als spürte sie, dass sie ihren letzten Lebenshauch einatmen würde, öffnete Gudrun die Augen, blickte ein letztes Mal auf ihre Familie und verließ für immer die Welt der Lebenden.

Frida hielt in ihren Bewegungen inne, unfähig, den Vater und die Kinder anzuschauen, die soeben ihre Mutter verloren hatten. Eine Schockstarre. Sogar der Neugeborene hatte mit dem Schreien aufgehört, als hätte er in seinem jungen Dasein schon verstanden, dass Tod und Trauer ihn ein Leben lang begleiten würden.

Obwohl sich Frida nach all dem Schmerz und dem Blut, nach all der Trauer und dem Tod nach der warmen Umarmung ihrer Tochter, ihrem freudigen Lachen und ihren sorglosen Fragen sehnte, war an ein baldiges Aufbrechen nicht zu denken. Sie würde bleiben, der trauernden Familie helfen, die Tote zu waschen. Und dann war da noch der Neugeborene, der versorgt und für den eine Amme gefunden werden musste. Erst wenn all dies geklärt wäre, würde sie sich wieder auf den Weg machen. In Augenblicken wie diesen fühlte Frida sich frustriert und wütend zugleich. Wie vielen Frauen hatte sie nicht helfen können?

Es waren zu viele, die bei Entbindungen starben, jede Einzelne von ihnen war eine zu viel. Während Frauen unter Schmerzen Leben schenkten, verloren sie ihr eigenes. Es konnte doch nicht sein, dass die Schwangeren Sünderinnen waren und der christliche Gott sie bestrafte, so wie der Mönch es den Alamannen verkündet hatte. Walram hatte sogar erzählt, dass Rupert während seines letzten Gottesdienstes verkündet hatte, dass es gut und recht für die sündhafte Natur der Frau sei, bei jeder Geburt höllische Schmerzen zu empfinden. So stand es in ihrem Buch.

Das ergab keinen Sinn. Die Frauen ihres Volkes waren hoffnungsvolle Schwangere, sorgende Mütter und liebevolle Ehefrauen, sie lebten im Kreislauf der Natur, der ihnen erlaubte, Liebe und Leben zu schenken. Ein stärkeres Gefühl wie die Liebe einer Frau, die Liebe einer Mutter gab es nicht.

Seufzend erhob sich Frida vom Bettrand der Verstorbenen und umarmte nacheinander alle Familienangehörigen, die immer noch bewegungslos an der Wand standen.

38. Kapitel

Pausenlos kreisten seine Gedanken um die Heilerin, von morgens bis abends, vom ersten bis zum letzten Gebet. Er konnte sich auf nichts anderes mehr konzentrieren. Er war Teil einer Brüdergemeinschaft und doch fern in seiner eigenen Gefühlswelt, ein Leben das parallel verlief und zu dem nur er Zutritt hatte. Sie beherrschte ihn, ohne es zu wissen. Sie war die Königin seines Körpers, seines Handelns, seiner Gedanken, ja sogar seines Lebenssinnes. Er fragte sich, wie es sich wohl anfühlen würde, sie sanft zu streicheln, wie ihre Haare dufteten und ihre Lippen schmeckten. Er stellte sich den Duft der Tannen vor und den harzigen Geschmack des Honigs, der ihre Küsse begleiten würde. Er wünschte sich, ihr bis an sein Lebensende zusehen zu dürfen, ihren Worten lauschen zu können, einzutauchen in ihren warmen Blick, der ihn an die reiche braune Erde des Schwarzwalds erinnerte. Er wollte sich in ihr verlieren, ohne Halt, in ihr, mit ihr untertauchen in eine eigene Welt. Vereint in einem Körper, verbunden in inniger Liebe, zu einer Seele verschmolzen.

Stattdessen fühlte er sich in den Wänden einer Gemeinschaft gefangen, eingemauert in die strikten Regeln des klösterlichen Lebens und eine Welt, die sich an der Hoffnung auf ein Danach festhielt. Dabei sehnte er sich nach einem Leben im Jetzt. Es war zum Verrücktwerden. Das Einzige, auf das er hoffen konnte, waren die Begegnungen mit ihr im Kloster oder die zufälligen Beobachtungen im Wald, die ihm das bittere Leben der Entbehrungen versüßten. Sein ganzes Tun galt diesem Bestreben, seine ganze Arbeit richtete er danach aus. Er kannte ihre Plätze, und immer wieder gelang es ihm, sich unter einem Vorwand bei seinen Mitbrüdern zu entschuldigen, um nach ihr zu suchen.

Die anderen Mönche, allen voran Rupert, hatten große Angst vor dem dunklen Wald, und so waren sie jedes Mal erleichtert, wenn er anbot, die Gebiete rund um das Kloster zu erkunden oder nach wertvollen Eichen und neuen Quellen Ausschau zu halten. Doch er musste aufpassen, dass er sich nicht verriet. So versteckte er seine innere, brodelnde Leidenschaft, zog ihr einen Deckel über, damit sie nicht überkochte und für die anderen sichtbar wurde. Er gab sich stets ruhig, in sich gekehrt, als wäre er im Gebet versunken oder im Zwiegespräch mit Gott vertieft. Das gab ihm die Freiheit, seine Gefühle zumindest im Inneren ausleben zu können und von einem Jetzt zu träumen. Auf seinen Streifzügen durch den Wald hatte er sie an ihren Pflückplätzen beobachtet und an dem Bach, an dem sie sich wusch. Allein der Gedanke daran trieb ihm die Röte ins Gesicht und die Hitze in seinen Körper. Noch nie zuvor hatte er eine nackte Frau gesehen, doch war er sich sicher, dass keine Frau so schön war wie sie. Nicht die heilige Jungfrau Maria, keine einzige der vielen Heiligen.

Jedoch hatte er sie seit Tagen nicht mehr gesehen, obwohl er viele Schritte gegangen war, immer in der Hoffnung, sie zu treffen oder Spuren ihrer Anwesenheit zu entdecken. So hatte er eine eigenartige Buche entdeckt, die in der Mitte gespalten war und auf einem Sandstein wuchs. In der Öffnung des Baums hatte eine Handvoll Beeren gelegen. Um den Stein herum konnte man deutlich erkennen, dass das Gras niedergetrampelt worden war. Es war zwar durchaus möglich, dass diese Spuren von einem Tier stammten, doch kein Vierbeiner würde eine Opfergabe in einem Baumstamm ablegen. Er hatte sich die Stelle gemerkt und war wiederholt dorthin zurückgekehrt, hatte aber keine Veränderung wahrgenommen.

Trotzdem entschied er sich, die Buche heute erneut aufzusuchen, in der Hoffnung, sich nicht getäuscht zu haben. Auf seinen vielen Streifzügen im Wald hatte er gelernt, sich lautlos zu bewegen. Wie ein Wildtier nahm er aufmerksam seine Umgebung wahr, achtete auf die Windrichtung, wich am Boden liegenden Zweigen und tief hängenden Ästen aus. Nur so gelang es ihm, sich unbemerkt fortzubewegen, unbeachtet, geräuschlos, mit dem Wald verschmolzen. Er war schon fast bei der Buche angekommen, konnte bereits das ausladende Blätterzelt des Baums erkennen – und erstarrte. Keine fünfzig Schritte entfernt lag die Heilerin auf dem Gras, ihr Gesicht der Sonne zugewandt, die durch das dichte Blätterdach schien. Es wirkte so, als würde sie den Ästen bei ihrem windigen Tanz zuschauen und in den Himmel träumen. Lautlos ging er ein paar Schritte zurück und versteckte sich hinter dem mannshohen Stein, den er soeben erst umrundet hatte. Die Welt schien sich nicht mehr zu drehen, die Zeit war stehengeblieben. Es gab nur noch sie und ihn, mit der Sehnsucht nach einem Wir.

Doch er hatte sich getäuscht, sie träumte nicht in den Himmel. Sie schluchzte und ein Zittern durchbebte ihren Körper. Am liebsten wäre er hingerannt, hätte sie in seine tröstenden Arme genommen, besänftigend ihr Haar gestreichelt und versöhnliche Worte in ihr Ohr gemurmelt. Stattdessen blieb er wie angewurzelt stehen, erstarrt in ihrer Traurigkeit. Er fühlte sich wie ein Betrunkener, der den rettenden Hafen vor Augen sieht und ihn in der tobenden Wellenwelt doch nicht erreichen kann. Von seinem Beobachtungsposten aus sah er, wie sie schließlich aufstand und sich mit dem Handrücken die Tränen abwischte. Dann packte sie ihren Lederbeutel und ging weiter, in die Richtung ihrer Siedlung. Traurig verharrte er hinter dem Sandstein, in seinem Herzen die Hoffnung auf ein Morgen.

39. Kapitel

Juni, Tag des Vollmonds

In der ganzen Siedlung herrschte eine freudige Betriebsamkeit. Die Sonne hatte im Jahresverlauf ihren Höchststand erreicht, heute feierten sie die Sonnenwende. Das Sommerfest der Helligkeit und der Fruchtbarkeit, das die Muttergottheit Frija ehrte. Alle feierten mit, Jung und Alt, Neu-Christen und Heiden, Lebende und sogar die Toten, vereint in der Freude des Sommers.

Die Frauen hatten ihre Häuser im Laufe des Tages mit Birkenzweigen und -kränzen geschmückt, deren leuchtend weiße Rinde für die Sonne und die Fruchtbarkeit stand. Im Anschluss hatten sie sich in den blühenden Wiesen bedient und Blumenkränze gebunden, die heute Abend ihre Köpfe schmücken würden. Mindestens sieben unterschiedliche Blumen mussten es sein, so forderte es der uralte Brauch ihrer Vorfahren aus dem Norden, wo sich der Himmel mit den Bäumen zu vereinen schien. Die unverheirateten Mädchen durften ihren Blumenkranz nach der Feier abnehmen und ihn unter ihre Kopfkissen legen. In der Nacht würde ihnen im Traum ihr Liebster erscheinen, den sie dann, wenn sie alt genug wären, heiraten würden.

Die Gräber ihrer Toten hatten sie ebenfalls mit bunten Blumen geschmückt, Früchte, Getreide und Nüsse lagen als Opfergaben daneben.

Kurz vor Beginn der Feier hatten die Männer die Toten um Begleitung in der heutigen Nacht angerufen. An ihrer heiligen Eiche hatten sie die Kräfte der Naturgeister beschworen, damit sie ihnen im Kampf gegen die Mächte der Finsternis und des nächsten Winters, im immerwährenden Kreislauf aus Wärme und Kälte, Licht und Dunkelheit, Wachstum und Rückgang, zur Seite stehen würden.

Als es endlich dunkel wurde, hielt Walram einen brennenden Kienspan an das trockene Stroh, auf dem sie Scheite aufgestapelt hatten. Sofort fraß sich das Feuer in die trockenen Gräser, leckte gierig am Holz und stieg selbstbewusst der Nacht entgegen. Der Tanz aus Flammen und Licht, Funken der Hoffnung und der Freude, spiegelte sich auf den Gesichtern der Betrachter wider. Sie standen alle um das Sonnenfeuer, klatschten, um es auf seinem Weg in die Höhe zu begleiten. Es erhellte die Siedlung und würde Segen über ihren Stamm bringen, über ihr Vieh und die heranreifenden Früchte. Ein glühendes Meer, das Licht der Sonne, das ihren umherirrenden Verstorbenen und guten Geistern den Weg zu ihnen leuchtete.

Sie fassten sich an den Händen und tanzten Reigen um das Sonnenwendfeuer, freudig, ausgelassen, kreischend, singend. Ihre Streitigkeiten untereinander hatten sie beiseitegelegt und die Sorgen umeinander vergessen; zumindest für diese eine Nacht.

Nur Wolf lag schon betrunken in einer Ecke. Seit Tagen war er übel gelaunt, ging keiner Streiterei aus dem Weg, schlug zu, wo er nur konnte, schrie, wo Ruhe herrschte, und schien permanent betrunken zu sein. Für Frida war sein jetziger Zustand ein Segen, wenigstens würde er sie heute Nacht in Ruhe lassen und sie nicht zum Tanz der Liebenden auffordern. Sobald das Feuer seinen Zenit erreicht hatte und langsam an Stärke verlor, fanden sich die Paare zusammen. Bald würden sie sich an den Händen halten und angefeuert von den Klatschenden und Johlenden über das Feuer springen, ohne sich loszulassen. Schafften sie es, gemeinsam aus dem Feuer zu kommen, würden die Flammen ihre Liebe reinigen, stärken und in das nächste Jahr tragen. Alles Lebensbehindernde, alles Unbrauchbare und Belastende würde in der Hitze verbrennen.

Das erste Paar, das sich für diesen waghalsigen Sprung einfand, war Ewald und Arnegunde, deren junges Glück ihre Gesichter erhellte. Noch standen die Flammen relativ hoch und die junge Frau betrachtete das Feuer ängstlich. Sie zögerte. Doch sie war in der letzten Zeit gewachsen, hatte ihre Furcht und ihre Sorgen in die schützenden Hände ihres Mannes gelegt. Vertrauensvoll sah sie ihn an und nickte ihm kaum merklich zu. Sich fest an den Händen haltend, nahmen sie Anlauf und sprangen mit ihrer ganzen Kraft über das mannshohe Feuer, das ihre Liebe füreinander stärken sollte.

Sie schafften es. Arnegunde stolperte zwar beim Aufkommen, doch Ewald zog sie schnell an sich, fort von den Flammen, fort von der glühenden Hitze, hinein in seine schützenden Arme. Er entknotete den geflochtenen Gürtel aus Beifuß, den Arnegunde um die Hüften trug und der vor Krankheiten schützen sollte, und schmiss ihn in das lodernde Feuer. Dann küssten sie sich innig unter dem Applaus der Umstehenden.

Jetzt waren die anderen Paare an der Reihe. Nacheinander fanden sie sich alle ein, sogar Walram und Ava vertrauten sich dem Flammenmeer an. Frida sprang nicht über das Feuer, der geeignete Partner an ihrer Seite fehlte. Doch dieser Umstand hinterließ keinen Schmerz, ganz im

Gegenteil. Sie genoss das Spektakel, freute sich wie seit Langem nicht mehr und tanzte die ganze Nacht hindurch; zunächst mit Eila, die irgendwann neben der Feuerstelle auf einem Schaffell einschlief, dann abwechselnd mit den anderen Frauen ihrer Gemeinschaft, begleitet von den uralten Melodien ihrer Vorfahren. Leichtfüßig, unbeschwert und zuversichtlich wirbelte sie um das Feuer herum und wunderte sich, wie schön das Leben sein konnte. Noch ahnte sie nicht, dass sie beobachtet wurden. Ein Augenpaar, so lodernd wie das Sonnenwendfeuer, hatte ihre heidnischen Festlichkeiten verfolgt. Wutentbrannt glühten die Augen in die Nacht hinein, zornig flackerten sie und dachten einzig an Strafe und Vergeltung.

Der Morgen nahte, schon warf die Sonne ihren ersten Farbring über die Siedlung und tauchte das Dorf in ein rötliches Licht, unwirklich und wunderschön zugleich. Die meisten schliefen um die Feuerstelle herum, einige saßen zusammen, redeten leise, starrten in die Glut und genossen den besonderen Moment, diese erste Stunde des Tages, die die Freude und die Hoffnung des Neuanfangs in sich trägt.

Es war schwül an diesem Morgen, die Hitze der Nacht hatte die Wachenden nicht abgekühlt. Völlig unerwartet zog ein heißer Wind auf, der dunkle Wolken mit sich zog und die Baumkronen zum Rauschen und Biegen brachte. Das Zittern der Äste, die warmen Windböen und die schwarzen Wolken deuteten auf ein nahendes Gewitter hin. Schon hörten sie in der Ferne das Donnergrollen, das den Sturm ankündigte. Nun ging alles ganz schnell, der Wind verstärkte sich, wirbelte das Laub auf und fegte mit seiner Kraft die herumliegenden Becher und Schüsseln um die Lichtung. Eine schwarze Wand bedeckte den Himmel, kämpfte gegen die zaghafte Morgenröte, die noch vor einigen Augenblicken das Dorf erleuchtet hatte. In einem ungleichen Kampf verscheuchte der Sturm den friedlichen Morgenhimmel und verdeckte in seiner Naturgewalt die gerade aufgehende Sonne. Plötzlich krachte ein gewaltiger Blitz auf die Siedlung nieder, der die Dorfbewohner zusammenzucken ließ. Auf den ersten Donner folgte ein zorniges Feuermeer, das sich über das Himmelszelt entlud, gewaltig, bedrohlich krachte es über den Köpfen der Alamannensiedlung. Donner und Blitz hatten sich zu einem ohrenbetäubenden Getöse vereint. Alle sprangen auf, sogar die Schlafenden schreckten hoch und sammelten schnell die herumfliegenden Gegenstände ein. Der wütende Gewittergott Donar war gekommen. Er fuhr mit seinem feurigen Gespann über die Gewitterwolken, seine Ziegenböcke zogen wirbelnd den Sturmwagen, und sein Hammer schleuderte Blitze auf die Dorfbewohner. Und genau in dieser unwirklichen Welt, erleuchtet von den Feuerfunken Donars, erschien Rupert in ihrer Siedlung, gefolgt von seinen zwölf Mönchen.

Unerschrocken kämpfte er gegen den gewaltigen Sturm an und ging furchtlos auf ihren Festplatz zu. Die Blitze knallten ihm um die Ohren, der Donner krachte auf ihn ein, doch er lief zielgerichtet auf die Alamannen zu. Gegen die Explosionen des Himmels kämpfend schrie er laut: »Euer Heidenspuk ist eine teuflische Sünde, die Gott mit diesem Unwetter bestraft. Ihr seid nur halbe Christen, die vom Taufwasser noch nicht verwandelt wurden. Es hat eure Körper besprengt, doch noch nicht eure Seelen benetzt. Ich bin gekommen, um euch zu retten!« Ein

Kreuzzeichen begleitete seine Rufe. »Du, Walram, der du das Kreuz Christi stolz am Hals trägst, solltest ein Vorbild sein.«

Die Blitze, die aus seinen Augen schossen, machten denen Donars Konkurrenz. Mit ausgestrecktem Arm und Zeigefinger ging er auf Walram zu. Als er vor dem Riesen zum Stehen kam, bohrte er seinen Finger in Walrams Brust. Rupert baute sich auf wie ein Rächer Gottes, furchtlos vor dem Gewitter, unerschrocken vor dem Alamannenführer. Kämpferisch widersetzte er sich sogar Donar. Er gab seinen Mönchen, die hinter ihm standen, ein Zeichen. Erst da sahen die Anwesenden, dass einige von ihnen schwer beladen waren. Sie trugen Äxte und Sägen mit sich und schritten zur heiligen Eiche, die hinter dem Festplatz stolz in die Höhe ragte. Ihr alter, knorriger Stamm, so breit, dass drei Männer ihn umrunden mussten, stand kerzengerade im Sturm, nur ihre Äste wirbelten im Wind umher. Eine Unruhe erfasste die Siedlung. Die Alamannen schauten sich an, fragten sich, was die Mönche vorhatten. Walram ergriff als Erster das Wort. »Was wollt ihr tun?«

»Wir werden euren Heidenbaum fällen, das Zeichen eurer Gotteslästerung! Ich habe euch genau beobachtet, wie ihr gestern Götzenhandlungen unter seinen Ästen vorgenommen habt. Auch um das Feuer herum habt ihr Heidenspuk veranstaltet. Mir ist nichts entgangen!«

Wie um seine Worte zu bekräftigen, schlug genau in diesem Augenblick ein mächtiger Blitz neben der Eiche ein. Der Boden unter ihnen bebte.

»Lasst unseren heiligen Baum in Ruhe! Die Eiche ist der Baum unserer Vorfahren! Aus ihr sprechen unsere Götter!«, brüllte Frida. Unerschrocken ging sie unter den donnernden Blitzen auf Rupert zu.

»Lasst euch nicht von einem Weib dirigieren! Ihr seid die Männer, ihr habt das Sagen!«

Auffordernd schaute Rupert die anwesenden Männer an.

Frida stand nun vor ihm. Wütend schrie sie Rupert gegen das laute Grollen des Sturms an. »Donar wird das nicht zulassen! Hörst du nicht, wie wütend er ist? Verschwindet und lasst unseren Baum in Ruhe!«

Doch Rupert dachte nicht daran. Er ließ sich von der Heilerin nicht abhalten. Die unschlüssigen Blicke Walrams deutend, forderte er ihn auf: »Lasst Gott entscheiden. Wenn Donar so gewaltig und mächtig ist, wie ihr sagt, wird er unsere Ausführung verhindern. Seine Blitze werden uns die Äxte und Sägen aus den Händen schleudern, sein Donner wird uns erschlagen. Ich aber sage euch, es gibt nur einen Gott, und der steht auf unserer Seite.«

Walram war die Unentschlossenheit ins Gesicht geschrieben, noch zögerte er.

»Sei ein Mann, ein starker Anführer deines Volkes!«

Daraufhin fackelte Walram nicht lange. Er packte Frida an den Schultern, drängte sie zurück. Doch sie zappelte wie eine Ertrinkende, wollte sich aus seinen Fängen befreien. Wolf kam Walram sofort zu Hilfe und gemeinsam packten sie Frida, festigten ihren Griff und wichen ihren Fußtritten aus. Sie schrie laut auf, ein bestialischer Ruf, der sich über den Donner legte. Mit seiner Pranke verschloss Wolf ihr den Mund. Sie versuchte zu treten, zu beißen, weinte, schrie, wand sich. Doch sie hatte keine Chance. Ihre Schreie verloren sich in ihrer Kehle.

Eila war panisch zu Ava gerannt, zog an ihrer Tunika und schluchzte laut. Rupert verstand Walrams Verhalten als Aufforderung, die Eiche umzuhauen. Er gab seinen Mönchen ein Zeichen. Alle Anwesenden hielten sich in den Armen, warteten dicht zusammengedrängt auf Donars Zorn, auf Donars Schutz.

Einige der Frauen fingen zu weinen an. Schließlich fiel der erste Axthieb, riss den Stamm der weisen Dame auf und zerstörte ihren Lebensfluss. Mehrere präzise Hiebe reichten aus, die vielen Monate im Wald hatten die Mönche das Fällen gelehrt. Zwei Mönche setzten die Säge an, deren Metallzähne sich gierig in den Stamm fraßen. Da der Durchmesser der Eiche so mächtig war, wechselten sich die Brüder immer wieder ab. Es war ein trauriges Spektakel, das sich in die Länge zog und dessen stille Beobachter die Alamannen waren. Frida hatte die Kraft des Widerstandes verlassen, sie war in sich zusammengesackt und weinte hemmungslos zu Walrams und Wolfs Füßen. Der Stamm war schon zur Hälfte durchgesägt, als die Mönche die Säge losließen. Sie wollten wechseln.

Genau in diesem Moment zuckte ein gewaltiger Blitz über die Köpfe der Mönche hinweg, gewaltiger als alle anderen. Sie duckten sich instinktiv, legten die Hände schützend auf ihre Köpfe. Als sie wieder aufschauten, sahen sie, dass der Blitz direkt in die Eiche eingeschlagen hatte. Er hatte sie gespalten und ein loderndes Feuer in ihrem Inneren entfacht. Nur einen Wimpernschlag später fiel die einst so mächtige Eiche in sich zusammen.

Die Schleusen des Himmels öffneten sich und ein heftiger Regen prasselte auf die Siedlung nieder. Ungläubig starrten die Alamannen die unversehrten Mönche und den rauchenden Baumstumpf ihres heiligen Baums an. Eine gespenstische Ruhe hatte sich über der Siedlung ausgebreitet, einzig und allein unterbrochen von Fridas lautem Schluchzen.

»Ich erwarte euch morgen zur Heiligen Messe.«

Sichtlich zufrieden schaute Rupert die Dorfbewohner an. Nach einem Kreuzzeichen drehte er sich um und forderte die Mönche auf, ihm zu folgen. Frida hob den Kopf. Von Trauer erschüttert, blickte sie auf den rauchenden Baumstumpf. Da nahm sie aus dem Augenwinkel eine Bewegung wahr. Ewald fiel neben ihr auf die Knie und bekreuzigte sich. Dicke Tränen liefen ihm die Wangen hinunter. Arnegunde ließ sich ebenfalls auf die Knie fallen und suchte Halt am Körper ihres Mannes, vereint in ihrer Liebe und dem neuen Glauben, dessen Macht sie alle überwältigt hatte.

40. Kapitel

Ihr Leben hatte seinen Geschmack verloren, seine Farbe und seinen Duft, nichts war mehr leicht, fröhlich, farbig oder wohlriechend. Ihre Welt war nur noch dunkel, grau und trostlos. Die geschlossene Regendecke des Himmels spiegelte ihre Stimmung wider. Schwarze Gedanken hatten sich ausgebreitet, sich fest eingenistet und ließen wenig Platz für die Freude und die Wärme des Lebens und die Leichtigkeit des Sommers. Hoffnungslosigkeit und Kälte hatten überhandgenommen, dehnten sich aus wie in Wasser quellendes, trockenes Moos. Die Sorgen des Lebens und der Kummer waren in ihren Kopf gedrungen, angeschwollen, aufgebauscht zu einem dicken Klumpen, der ihr die Kehle zuschnürte und die Luft zum Atmen raubte. Frida empfand nur noch Traurigkeit. Sie war einsam, ausgegrenzt, und das inmitten der Gemeinschaft, die ihre Heimat gewesen war. Eine Fremde inmitten ihrer Familie, eine Unbekannte unter Freunden, eine Aussätzige zwischen Gesunden. Allein, auf sich gestellt, mit einem Kind. Verwaist. Nach den Schrecken des Morgens hatte sie lange auf ihrer Schlafstatt gelegen und bittere Tränen geweint. Eila hatte sich neben sie gekuschelt und versucht, mit der Hilflosigkeit eines Kindes ihre Mutter zu trösten. Frida hatte ein schlechtes Gewissen gehabt, ihre Tochter sollte von ihrem Kummer nichts mitbekommen.

Doch wie konnte sie ihn verbergen angesichts der Aussichtslosigkeit der Situation, angesichts der Ohnmacht, die sie fühlte? Was sollte bloß aus ihnen werden?

Später war Eila aufgestanden und spielte nun auf dem Lehmboden mit ihrer Strohfamilie. Mit den Figuren aus Strohresten und Schnüren verlor sie sich in einer heilen Welt. Vater, Mutter, Kind, die harmonisch in ihrer kleinen Hütte aus Wurzeln und Moos lebten. Der kleinen Inszenierung zuzuschauen, machte Frida nur noch trauriger. Die Streitigkeiten und Sorgen des wirklichen Lebens entsprachen nicht Eilas Fantasiewelt und ihrem Wunsch nach Harmonie. Um dem Spiel nicht länger zuschauen zu müssen, stand Frida auf und bereitete eine Gemüsesuppe zu. Das Herz schwer und die Gedanken dunkel.

Die nächsten Tage reihten sich trostlos und eintönig aneinander. Die meiste Zeit verbrachte sie in den schützenden vier Wänden ihrer Hütte, obwohl Sammelzeit war und Vorräte angelegt werden mussten, wenn sie über die karge Winterzeit kommen wollten. Doch ihr war nicht danach hinauszugehen, in die Gesichter der ihr nun fremden Menschen zu sehen, ihre ausweichenden Blicke wahrzunehmen.

Inzwischen schien nach Tagen des Regens wenigstens die Sonne wieder. Doch auch sie vermochte nicht, Fridas Stimmung zu heben. Pausenlos grübelte sie, um eine Richtung zu finden, einen Pfad, den sie einschlagen konnte und der am Ende Hoffnung in sich barg. Wäre doch nur der Schamane noch am Leben, dann wäre es erst gar nicht so weit gekommen. Er hätte die richtigen Worte gefunden, hätte Walrams Hitzigkeit gebändigt und den Eifer der Mönche begrenzt. Die Alamannen ihrer Siedlung hätten sich nicht den Christen zugewandt. Der Schamane hätte ihr durch das Durcheinander ihrer Gedanken geholfen und gewusst, wie sie der Abwärtsspirale ihrer Gefühle entgegentreten konnte. Jedoch wohnte ihr treuer Freund in einem anderen Reich, zu dem es schwer war, Zugang zu erhalten. Sie beschloss, zu seiner Grabstätte zu gehen, in der Hoffnung, dort Trost zu finden.

Mit ihrer kleinen Trommel in der Hand verließ sie ihre Hütte, trat hinaus in das helle Licht der Siedlung. Sie spürte die ersten Sonnenstrahlen der Woche auf ihrer Haut und merkte, wie gut ihr die Wärme tat. Von Weitem sah sie die spielenden Kinder, die die Tiere hüteten. Um sich die Stunden der Hütearbeit erträglicher zu gestalten, erfanden sie immer neue Spiele. Heute wurden einem Kind die Augen zugebunden, bevor es wirbelnd im Kreis herumgedreht wurde, bis es die Orientierung verlor. Dann musste das Kind seine Spielkameraden suchen. Wenn alle Kinder gefunden worden waren, ging das ganze Spiel von vorn los. Ihre Rufe und ihr Lachen erfüllten die ganze Siedlung und drangen bis zu Frida durch. Eine friedliche Stimmung, als wäre nichts geschehen.

Sie vermied es, den verkohlten Baumstumpf anzuschauen, zu frisch und schmerzhaft waren die Erinnerungen. In dem Moment sah sie Arnegunde auf sich zukommen. Die junge Frau lächelte zaghaft und wollte schon an Frida vorbeilaufen, doch diese hielt sie am Ärmel fest.

»Arnegunde, wie geht es dir?«

»Uns geht es gut.« Nach kurzem Zögern fügte sie hinzu: »Wir sollen nicht mit dir reden.«

»Wer sagt das?« Bestürzt schaute Frida die Freundin an.

»Walram«, flüsterte die junge Frau.

»Ihr seid frei und dürft tun, was ihr wollt!«, entfuhr es Frida erbost.

Arnegunde schüttelte Fridas Hand ab. »Es ist nicht so einfach, Frida. Ewald wird den christlichen Glauben annehmen.«

»Und du? Was ist mit dir?« Sorgenfalten hatten sich auf Fridas Stirn gebildet.

»Ich werde es ihm gleichtun, schließlich liebe ich meinen Mann«, entgegnete Arnegunde fast trotzig.

Frida schloss für einen Moment die Augen, atmete tief ein und hörbar wieder aus. Dann schaute sie Arnegunde freundlich an.

»Natürlich tust du das. Ich wünsche euch alles Gute, wirklich, von Herzen.«

Sie musste allein sein. Frida ging weiter, ohne sich von der jungen Frau zu verabschieden. Nun hatten sich auch Ewald und Arnegunde von ihrer Welt abgewandt und sich dem neuen Glauben angeschlossen. Das Gefühl der Einsamkeit überfiel sie wieder, es war gewaltig wie ein Erdschwall, der sie mit sich riss und lebendig begrub. Dicke Tränen liefen ihr über das Gesicht und benetzten ihre Wangen, als sie beim Grabhügel des Schamanen ankam, der sich abseits der anderen Gräber befand. Der heilige Platz ihrer Vorfahren. Sie streute die mitgebrachten Blüten auf sein Grabfeld, ein Strauß der Erinnerung, ein See voller Farben und Düfte, der sie in die Welt der Träume geleiten und ihre zwei Seelen verbinden sollte. Sie setzte sich direkt auf sein Grab, auf das bunte Blumenmeer, schloss die Augen und klopfte rhythmisch auf ihre Trommel. Das Instrument stammte noch von ihrer Mutter, war mit Ziegenhaut bezogen und um den Reif herum mit Eulenfedern geschmückt.

Abwechselnd schlug sie mit dem Daumen, dem kleinen Finger und dem Handballen auf das Schlagfell. Ihre

Melodie wurde von einem leichten Summen und dem Rauschen des Blätterdachs, das den Himmel verdeckte, begleitet. Hier war sie ganz bei sich, in ihrer zauberhaften Welt, losgelöst von den Sorgen des Alltags, frei von dem Druck Walrams, getrennt von den Angriffen Wolfs. Langsam verband sich ihr Herzschlag mit dem Puls der Trommel, sie waren vereint in einem Rhythmus und tauchten gemeinsam ein in eine Welt der Gedankenstille, weg vom Grübeln, fort von der Spirale der Überlegungen. Sie fühlte sich leicht und frei, wie ein Greifvogel, der in großen Kreisen über den Schwarzwald segelt und die Welt von weit oben betrachtet. Auch sie flog, hob ab von der düsteren Welt, hinauf in das Reich des Schamanen. Er würde ihr den richtigen Weg zeigen.

Ein lauter Schrei riss sie aus ihrer Meditation, sie musste kurzzeitig auf dem Grabhügel eingeschlafen sein. Instinktiv, wie nur eine liebende Mutter es spürt, wusste sie, dass Eila sie brauchte. Sie richtete sich auf und schaute noch leicht benommen über die Lichtung. Da sah sie Eila laut weinend in die Richtung ihrer Hütte rennen. Nun rannte auch Frida los, so schnell sie konnte, und kam noch vor Eila an, die in ihre offenen Arme flog.

»Sch … sch … sch …« Immer wieder strich Frida der weinenden Eila über die blonden Locken, doch das Kind war nicht zu beruhigen. Ewas Schlimmes musste passiert sein. Eila war kein Kind, das schnell weinte. Doch ihr Schluchzen erlaubte den Worten nicht, ihre Lippen zu verlassen. Immer wenn Frida dachte, Eila würde langsam zur Ruhe kommen, fing ihr lauter Kummer von vorne an. Frida hob ihre Tochter hoch und ging in ihre Hütte. Sie legte sie auf ihrer Schlafstatt ab und kuschelte sich eng an sie. Allmählich verebbten die Schluchzer, das laute Weinen hatte aufgehört. Fast meinte Frida, Eila wäre eingeschlafen, als ihr Mädchen flüsterte: »Sie sind alle gemein zu mir.«

»Wer?« Sofort war Frida hellhörig.

»Alle Kinder, alle meine Freunde«, fügte das Mädchen hinzu.

»Warum, was tun sie dir an?« Frida hatte sich leicht aufgerichtet und stützte sich mit dem Ellbogen auf der Strohmatratze auf. So konnte sie direkt in Eilas Augen blicken.

»Sie sagen, ich bin das Kind einer Hexe. Dann haben sie mich geschlagen, vorhin beim Spielen. Ich war an der Reihe, sie haben mir die Augen verbunden. Doch anstatt mich zu wirbeln, haben sie mich geschubst und gehauen. Ich bin dann hingefallen und Raik hat mich sogar getreten.« In Eilas Blick lag eine große Traurigkeit.

»Eine Hexe ist eine heilkundige Kräuterfrau, die anderen Menschen hilft und Frauen bei der Geburt unterstützt. Sie tut Gutes!« Am liebsten wäre Frida sofort aufgesprungen und zu den Kindern der Lichtung gerannt, wie eine Wölfin, die ihre Welpen vor Angreifern schützt und die Zähne fletscht. Sie ermahnte sich jedoch zur Ruhe und streichelte über Eilas Haar.

»Sie haben es aber böse gemeint.« Fridas Worte hatten Eila nicht überzeugt.

Frida überlegte, wie sie den Kummer ihrer Tochter trösten konnte. Beide schwiegen eine Weile, bis Eila fragte: »Warum können wir nicht Christen werden wie die anderen? Dann wären meine Freunde wieder lieb zu mir.«

Frida spürte, wie ihr Brustraum sich nach den Worten ihrer Tochter verengte. Das durfte nicht passieren! Nur noch mit Eila konnte sie in ihre Götterwelt eintauchen. Wenn sie sich abwenden würde, wer würde ihr noch bleiben?

»Nein, das geht nicht. In unserem Herzen sind wir Alamannen, so wie die Menschen in unserer Siedlung. Nur weil sie jetzt zu den Mönchen gehen und Kreuze tragen, sind sie keine Christen. In unserem Herzen schlägt der Puls der Bäume, in unserem Körper rauscht das Wasser der klaren Bäche. Wir können das nicht aufgeben. Hier im schwarzen Wald hören wir das Flüstern unserer Vorfahren. Wir müssen uns treu bleiben, auch wenn es schmerzhaft ist.« Frida hoffte, dass die Worte Eila erreichten. Sie hatte sich wieder eng an ihre Tochter geschmiegt.

»Ich kann doch ein bisschen Christin werden und trotzdem unsere alte Welt lieben, unsere Wälder, Bäche und Vorfahren.« Zufrieden, eine einfache Lösung gefunden zu haben, schaute Eila ihre Mutter hoffnungsvoll an.

»Nein, man muss sich entscheiden, auch wenn das schwerfällt. Ein bisschen von beidem geht nicht.« Frida hatte bestimmt gesprochen. Ihr war wichtig, dass sich ihre Tochter keine falschen Hoffnungen machte.

Nach einer Weile fragte Eila: »Aber was passiert dann mit uns?«

»Heute war ich beim Schamanen, meine Waldtaube. Und er hat zu mir gesprochen«, versuchte Frida ihre Tochter zu beruhigen.

»Was hat er gesagt?« Neugierig schaute das kleine Mädchen seine Mutter an. Für Eila war es ganz selbstverständlich, dass die Toten sprachen.

Bedeutungsvoll antwortete Frida: »Dass wir dem großen Vogel folgen sollen.«

»Was bedeutet das? Wohin fliegt der große Vogel denn?«

»Das wissen wir noch nicht. Er wird uns führen und wir sollen Vertrauen haben.« Bei diesen Worten umschlang Frida mit beiden Armen den kleinen Körper ihrer Tochter und drückte ihn fest an ihre Brust. Das Mädchen sollte spüren, dass Frida sie bis an ihr Lebensende beschützen würde.

»Dann gehen wir von hier fort?« Eila löste sich aus der Umarmung und schaute ihre Mutter mit weit aufgerissenen Augen ungläubig an.

»So hat es der Schamane gesagt«, sagte Frida voll neuer Zuversicht.

41. Kapitel

Am nächsten Morgen hatte Frida große Schwierigkeiten, Eila dazu zu bewegen, mit den anderen Kindern die Tiere zu hüten.

»Was ist, wenn sie mich ärgern? Und mich wieder schlagen?«

»Ich werde mit Ava sprechen. Nun geh schon, die Ziegen werden ungeduldig.«

Als hätten sie gespürt, dass Frida über sie sprach, meckerten die Tiere just in dem Moment und streckten ihre Köpfe durch die Holzlatten, die den hinteren Teil des Wohnhauses abgrenzten. Frida öffnete das Holzgitter, befestigte die Stricke an ihren Halsbändern und übergab die Ziegen Eila. Ihre Tochter schaute zunächst missmutig die Ziegen, dann ihre Mutter an, fasste schließlich mit wütender Miene beide Seile und zog die Tiere nach draußen. Ihre sonst so heiteren Sprünge in die Morgenluft fehlten. Heute war es Eila, die bedrückt hinter den Tieren herlief.

Traurig schaute Frida ihrer Tochter nach und spürte, wie es in ihrem Herzen schwer wurde. Sie selbst hatte große Schwierigkeiten, sich dazu zu motivieren, die Wintervorräte anzulegen. Trotzdem nahm sie ihren Umhang zur Hand, packte einen großen Korb und ging nach draußen. Warum sollte sie die Früchte des Waldes pflücken, wenn hier nicht mehr ihre Heimat war? So zuversichtlich sie gestern Abend noch Eila gegenüber geklungen hatte, so bedrückt fühlte sie sich heute Morgen. Wo sollten sie denn bloß hin, sie und ihre kleine Tochter? Zu einem anderen Alamannenstamm? Der Stamm, der in der südlichen Richtung lag, würde sie als Heilerin gerne aufnehmen, das stand außer Frage. Doch Rupert hatte die Siedlung bereits besucht. Auch dort würde er seine Reden schwingen und mit goldenen Kreuzen locken. So geschickt er bei ihnen vorgegangen war, so tatkräftig würde er auch die anderen Alamannen umwerben. Er war gekommen, um zu siegen. Und das Recht stand hinter ihm, der einflussreiche Landesherzog und der noch mächtigere Frankenkönig stärkten seiner Mission den Rücken. Die Welt wandelte sich, das, was heute galt, war morgen zunichte. Ein Sturm der ständigen Veränderung wehte über ihr Leben. Frida war mit ihren trüben Gedanken ganz bei sich, als ihre Schwester aus ihrem Wohnstallhaus trat. Erschrocken schauten sich beide Frauen an. Ava drehte sich misstrauisch nach allen Seiten um, so als hätte sie Angst, beobachtet zu werden.

»Was machst du hier?«, flüsterte Ava ihr zu.

»Ich bin gekommen, weil Eila gestern von den anderen Kindern gehänselt und geschlagen wurde. Auch von deinem Sohn.« Sonst so einfühlsam mit ihrer Schwester, hatte Frida diesmal laut gesprochen.

»Was erwartest du?« Ava trat einen Schritt zurück und verschränkte beide Arme.

»Eila ist ein Kind. Sie kann doch nichts dafür, dass es in unserer Siedlung Auseinandersetzungen gibt.«

»Ach, Frida, warum machst du es dir und uns so schwer? Heirate Wolf und werde Christin, dann haben wir keine Probleme mehr«, seufzte Ava laut.

»Niemals, verstehst du! Niemals!« Frida war wütender geworden als beabsichtigt. Wieder drehte sich Ava ängstlich um und schaute auf die Eingangstür ihres Hauses.

»Sprich leise. Ich möchte nicht, dass uns jemand hört. Versteh doch, Walram verbietet mir den Umgang mit dir. Ich muss mich daran halten, sonst habe ich keinen Frieden mehr in meinem Heim. Am besten, du gehst jetzt.«

Ava drehte sich endgültig um, ging zu ihrem Haus und hinterließ eine traurige Frida. Die Zurückweisung Wolfs, die Konfrontation mit Walram und die Ablehnung des neuen Glaubens hatten ihren Preis: Sie hatten einen Riss in die Vertrautheit der Schwestern gegraben.

Schweren Herzens ging sie in den Wald. Sie wollte Beeren pflücken, das würde sie von ihren trüben Gedanken ablenken. Doch diese kreisten unaufhörlich in ihrem Kopf, wie ein Wagenrad, das sich um die eigene Achse dreht, rotiert, ohne Anfang, ohne Ende.

Ava hatte recht. Es wäre einfacher für alle Beteiligten, wenn sie sich fügen, einreihen würde in die gewünschte Ordnung. Sie könnte Wolf heiraten, wäre gleichzeitig die wiederkehrenden Konfrontationen mit Walram los. Doch der versoffene und jähzornige Wolf wäre ein schrecklicher Ehemann und ein noch scheußlicherer Vater für Eila. Auch könnte sie den neuen Glauben annehmen, hineinschlüpfen in die äußere Hülle einer Christin und ab und an heimlich ihre Buche aufsuchen und die Götter ihrer Vorfahren ehren, die Mutter Erde preisen und die Stärke der Sonne und des Lichts würdigen. Doch ihr Herz sprach eine andere Sprache. Außerdem würde sie damit genau das tun, was sie ihrer Tochter am gestrigen Abend als falsch aufgezeigt hatte. Im Leben kam es nicht darauf an, das Einfache zu wählen oder den Weg einzuschlagen, den alle gingen.

Vielmehr war es wichtig, authentisch zu bleiben, zu sich selbst zu stehen. Wie konnte sie bewusst das Verkehrte wählen? Sie würde einen Verrat ausüben, ein Verbrechen an ihrer eigenen Seele, mit dem sie den Rest ihres Lebens zurechtkommen müsste. Ihr blieb also nur die Flucht, eine andere Möglichkeit gab es nicht. Doch wohin?

Ohne es zu merken, war sie inzwischen tief in den Wald vorgedrungen. Ihr leerer Korb verriet, dass sie bisher keine Beeren gepflückt hatte, so versunken war sie in die Welt ihrer Probleme gewesen. Frida schaute auf, um sich zu orientieren. In dem Augenblick sah sie die Silhouette, die sich am Saum der Lichtung erhob. Sofort erkannte sie ihre Wölfin und ein warmes Gefühl der Verbundenheit breitete sich in ihr aus. Dieses Mal hatte sie das pochende Herz der Wölfin nicht gespürt und Frida wunderte sich. Trotzdem trat sie langsam näher, ohne Angst, und blieb wenige Schritte vor der Wölfin stehen. Die bernsteinfarbenen Augen der Fähe fixierten sie, drangen in sie ein, so als könnte die Wölfin direkt in ihre Seele blicken und die Narben lesen, die das Leben hinterlassen hatte. In dem Moment sah Frida die anderen. Ihre Wölfin war nicht allein gekommen, ihr Rudel begleitete sie und stand in gebührendem Abstand von Frida entfernt. Mehrere erwachsene Wölfe, Jungtiere und Welpen schienen in der Ferne geduldig auf ihre Anführerin zu warten. Regungslos blieb Frida stehen, ihre Wölfin sollte entscheiden, was passieren würde. Sie schenkte ihr ihr ganzes Vertrauen. Die Fähe heulte laut auf, ein schaurig-schöner Klang, der Frida bis in das Knochenmark erschütterte, ein Schrei, in die Länge gezogen, fast bis ins Unendliche. Dann drehte sich die Wölfin um und schloss sich in ihrem eleganten Trab ihrer vierbeinigen Familie an. Sie blickte ein letztes Mal auf Frida und zog mit ihrem Rudel weiter. Erschüttert blieb Frida stehen. Was wollte ihr die Wölfin mitteilen? Sollte sie es ihr gleichtun und mit Eila fortziehen? Oder war ihr lautes Heulen ein Warnruf? Und würde sie wiederkommen?

Frida beschloss, zur Siedlung zurückzukehren und diesmal die Beeren nicht zu vergessen. Ihr großer Korb sollte heute voll werden. An einer kleinen Lichtung fand sie viele Himbeeren. Einige naschte sie, den Rest der Früchte legte sie in ihren Korb. Sie entschied sich, den Pflückplatz aufzugeben und statt nach süßen Heidelbeeren zu suchen, sich weiter ihrer Siedlung zu nähern. Mit jedem Schritt, den sie ging, fühlte sie einen dumpfen Druck in ihrer Magengegend, der sich verstärkte und zu einem riesigen Klumpen in ihrem Bauch anwuchs. Ihr Bauchgefühl hatte sie bisher noch nie getrogen. Der Drang, nach Hause zurückzukehren, wurde mit einem Mal enorm. Sie musste sich versichern, dass es Eila gut ging, und ihre Tochter in ihre Arme schließen. Plötzlich hörte sie ein Geräusch. Konnte ihre Wölfin zurückgekehrt sein? Ihr Bauch erzählte ihr eine andere Geschichte, die Geschichte eines drohenden Unheils, das sich ankündigte. Erschrocken drehte sie sich um. Ihr war unbehaglich zumute, doch sie konnte nichts Ungewöhnliches erkennen. Und dann sah sie ihn. Vor lauter Angst verfiel sie in eine Schockstarre, die ihre Gedanken einfror und ihre Beine zu Stein werden ließ. Jede Bewegung war unmöglich geworden. Mit eiskaltem Blick kam er langsam auf sie zu, wie ein Raubtier, das seine Überlegenheit gegenüber der schwachen Beute kennt und genussvoll sein Opfer umzingelt. Seine hasserfüllten Augen verrieten, dass er gekommen war, um sie zu zerbrechen. Und sie war ganz allein, wehrlos und zu weit von der Siedlung entfernt, um mit lauten Schreien auf sich aufmerksam zu machen. Die berauschte Version von Wolf wäre ihr in diesem Moment tausendmal lieber gewesen als die berechnende und doch so brutale und explosive Ausgabe von ihm, die nun vor ihr stand. Nur noch drei Schritte trennten sie voneinander. Endlich kam Leben in ihren Körper, instinktiv wollte sie fliehen. Ein leises Wimmern drang aus ihrer Kehle und mit einem schnellen Sprung flüchtete sie in die entgegengesetzte Richtung. Doch er war zu schnell. Mit wenigen großen Schritten hatte er sie eingeholt. Er packte sie mit dem festen Griff seiner rechten Hand am Hals, mit der anderen zog er sie an den Haaren, bevor er sie zu sich umdrehte und mit dem Rücken gegen einen Baumstamm drückte.

»Du entkommst mir diesmal nicht«, zischte er ihr ins Ohr. Frida wimmerte, Tränen vernebelten ihre Sicht.

Ein Blick aus Erregung und Hass flackerte in seinen Augen auf. Frida versuchte, sich mit beiden Händen zu wehren, griff nach seinen Pranken, um ihren Hals zu befreien, doch Wolf war viel zu kräftig. Je mehr sie zappelte, desto mehr drückte er zu. Panik stieg in ihr auf, die Luft zum Atmen wurde knapp. Ein Röcheln drang von ihren Lippen. Wolf schien jede ihrer Regungen zu genießen, ein krankes Lächeln überzog sein Gesicht.

»Jetzt gehörst du ganz mir.«

Mit seinem Knie drückte er ihre Oberschenkel auseinander. Blitzschnell nahm er die rechte Hand von ihrem Hals, griff nach ihrer Tunika und zog sie nach oben. Verzweifelt versuchte Frida, sich von seinem nun gelockerten Griff an ihrem Hals zu befreien und gleichzeitig mit der anderen Hand ihre Tunika nach unten zu schieben. Sie hörte ein Reißen des Stoffes. Lange würde sie Wolfs Angriff nicht abwehren können, er war zu kräftig, zu zornig und sie zu verzweifelt. Sie spürte, wie ihre Kraft nachließ, ihr die Luft zum Atmen fehlte. Ihr wurde schlecht und sie schloss die Augen. Mit allem, was sie hatte, versuchte sie, gegen die kommende Ohnmacht anzukämpfen. Sie spürte, wie Wolfs Hand sich auf ihrem Oberschenkel langsam nach oben arbeitete. In ihrem verzweifelten Kampf gegen Wolf und die Schwäche, die ihren Körper und ihren Geist belegte, zwang sie sich, ihre Lider zu öffnen. Ein grünes Augenpaar begegnete ihrem Blick.

Wolf hatte die Schritte nicht kommen hören und wirbelte erschrocken herum, als er die wutentbrannten Schreie des anderen Mannes hörte.

»Lass die Frau in Ruhe!«, brüllte der Mann Wolf entgegen.

Es war ein Mönch, ein Bruder aus dem Kloster, den Wolf schon einige Male dort gesehen hatte. Er war so überrumpelt, dass er den Griff an Fridas Hals lockerte. Dieser kurze Moment der Überraschung reichte Frida aus, um sich aus Wolfs Fängen zu befreien. Sie stolperte ein paar Schritte zur Seite, hustete, röchelte und stützte sich an einem Baumstamm ab.

»Mönch, verschwinde!« Wolf zückte sein Messer und ging ein paar Schritte auf den Mann zu. »Verschwinde, hörst du! Lass uns allein, wir sind gerade dabei, etwas zu klären!«

»Du versündigst dich an der Frau. Christen fassen keine wehrlosen Frauen an.« Unerschrocken stand der Mönch vor dem mit dem Messer herumwirbelnden Wolf, seine Augen gefährliche Schlitze.

»Hau ab, sag ich dir! Du hast uns gerade gestört!« Wolf nahm noch einige Schritte und türmte sich nun direkt vor dem Mönch auf, der sich immer noch nicht bewegt hatte. Sie standen so nah beieinander, dass ihre Gesichter sich fast berührten. Auge in Auge, irrer Wahn gegen blanken Hass. Nur das Messer war zwischen ihnen. Wolf hatte es an den Hals des Mönchs gedrückt und seine Spitze bohrte sich langsam in das Fleisch.

»Du wirst sicherlich nicht gegen einen wehrlosen Mönch kämpfen wollen, so ehrenhaft wirst du noch sein. Doch wenn es sein muss, werde ich die Frau mit den bloßen Händen verteidigen. Ich habe keine Angst vor dir.«

Furchtlos blickte der Mann Gottes Wolf an. Tatsächlich schien er weder vor dem bedrohlichen Auftreten des Alamannen noch vor dessen Waffe Angst zu verspüren. Obwohl Wolf das Messer immer noch gegen ihn hielt und sein Druck nicht nachgelassen hatte, fügte der Mönch hinzu: »Was du begehst, ist sündige Fleischeslust. Und wer Sünde tut, der ist vom Teufel befallen.«

»Da sagt dein Abt etwas anderes: Es ist Frida, die besessen und lüstern ist und mich verführt!«

Wolfs Hassparolen ließen den Mönch unbeirrt. Stattdessen wandte er sich an Frida, die immer noch am Baumstamm angelehnt stand und hörbar ein- und ausatmete.

»Renn nach Hause, ich bleibe hier mit deinem Angreifer.«

Frida reagierte nicht. Sie schien vor Furcht gelähmt, unfähig zu flüchten.

»Los!«, brüllte der Mönch sie mit aller Kraft an.

Ein Weckruf. Sie erwachte aus ihrer Starre und rannte los, lief, so schnell sie konnte, wich den am Boden liegenden Baumstämmen aus, sprang über Steine und Wurzeln und fiel in einen schnellen Galopp. Sie ignorierte ihre schmerzenden Lungen, ihre Atemlosigkeit und ihr pochendes Herz, sie flüchtete, hetzte, bis sie ein Rauschen in ihren Ohren hörte. Endlich war sie auf ihrer Lichtung angekommen, keuchend rannte sie zu ihrer Hütte und ließ sich auf den harten Lehmboden sinken. Dort ließ sie ihren Tränen freien Lauf.

42. Kapitel

Rupert lief unruhig auf und ab. Er stand an seinem Schreibpult, das sich in einer Ecke ihrer provisorischen Kirche befand. Diesen Bereich hatte er mit schweren Tüchern abtrennen lassen und sich so ein eigenes kleines Reich geschaffen. Hier konnte er unbeobachtet seinen Gedanken nachhängen, Lösungen für die Widrigkeiten des täglichen Lebens und für die Schwierigkeiten auf der Baustelle finden. In der Stille der Kirche verfasste er seine Schriften, Gedankenspiele und Visionen, die er den nachkommenden Generationen hinterlassen wollte und die diese erhellen würden. Hier, im Zwiegespräch mit Gott, war er ganz bei sich, losgelöst von der Hektik des Alltags, seine Gedanken waren frei, bereit für großartige Erleuchtungen und Einsichten, die seinen Geist erweckten. Doch Rupert hatte ein Problem.

Heute war ein Reiter Gunzos gekommen, der den Besuch des Landesherzogs angekündigt hatte. Der verdreckte und übermüdete Bote hatte ihm eine Schriftrolle in die Hand gedrückt und auf Antwort gewartet. Auf dem feinen Schafleder war in schönster geschwungener Schrift verkündet worden, dass sich der verehrte und geliebte Landesherzog einen Eindruck von Ruperts Baustelle verschaffen und sich von der Konvertierung der Alamannen überzeugen wollte. Weiter hatte die Schrift ausgeführt, dass die Reise eine besondere Ehre für Rupert bekundete, war der Herzog doch körperlich gebrechlich geworden. Doch dem Rufe Gottes folgend und den Weisungen des Frankenkönigs gehorchend, wolle sich Gunzo auf die beschwerliche Reise machen. Den Rest der Bekundungen hatte Rupert überflogen, sein Ärger war zu diesem Zeitpunkt schon so immens gewesen, dass er auf seinen Magen gedrückt hatte. Warum musste der Herzog ausgerechnet jetzt kommen, wenn diese Heilerin immer noch Schwierigkeiten machte? Außerdem war es ihm immer noch nicht gelungen, zu den Bewohnern des anderen, weiter entfernten Dorfes vorzudringen. Konnte der Herzog mit seiner Reise nicht warten, vielleicht bis zum nächsten Frühling? Rupert hatte den Boten in den Schlafsaal geschickt, damit dieser sich dort ausruhen konnte, und sich umgehend an sein Pult begeben. In dem Schreiben, das er jetzt verfassen wollte, würde er dem Herzog zunächst für seine Aufmerksamkeit dem Klosterbau gegenüber danken. Ein wenig Schmeichelei hatte bei dem adeligen Herrn noch nie geschadet. Anschließend würde er ihm raten, mit seiner Reise zu warten, bis der Sommer, dessen schwere Gewitter die Natur wild und unberechenbar werden ließen, vorüber wäre. Er würde auf die Gefahren des nahenden Herbstes mit seinen Nebeln hindeuten, auf die vielen Wildtiere und auf die umherirrenden Wilden, die keinem Stamm zugehörten. Das müsste reichen, um die Reise mindestens bis zum nächsten Frühjahr zu verschieben. Ausreichend Zeit also, um sich der problematischen Heilerin zu entledigen und den nächsten Stamm für seine Mission zu gewinnen. Ja, so würde er es machen. Langsam spürte er, wie die Anspannung von ihm abfiel und er zuversichtlicher wurde.

Rupert unterbrach sein Hin- und Herlaufen und nahm

ein kostbares Stück Leder aus einer Truhe, die neben seinem Schreibpult stand. Das Ziegenleder war so fein und weiß, dass seine Schrift gut leserlich sein würde. Schon wollte er sich an seine Schreibarbeit machen, als er ein lautes Rumpeln hörte. Die Tür zur Kirche wurde schwungvoll aufgestoßen und Bartholomäs aufgebrachte Stimme war deutlich zu vernehmen.

»Ihr könnt unseren Abt hier nicht stören. Er formuliert wichtige Dinge.«

»Jetzt tritt doch beiseite, sonst muss ich dich rausschmeißen«, tönte eine tiefe, volle Stimme dem Mönch entgegen, die Rupert bekannt vorkam.

Er hob den Wandbehang, der ihm die Sicht versperrte, und sah Walram und Wolf auf sich zukommen. Sie hatten Bartholomä einfach zur Seite gedrückt. Verärgert schaute Rupert die beiden Männer an. »Was wollt ihr? Ihr könnt hier nicht einfach reinkommen.«

»Die Angelegenheit ist zu wichtig. Wir müssen sofort mit dir reden. Glaube mir, es ist auch in deinem Interesse«, drohte Walram schon fast.

Rupert seufzte laut hörbar und legte seine Schreibfeder auf das Pult. Dann wandte er sich an Bartholomä. »Lass uns alleine. Es soll uns keiner stören.«

Die Worte des unausgesprochenen Tadels durchzuckten Bartholomä. Er verbeugte sich und verschwand nur zu gerne aus Ruperts Sichtfeld. Dennoch brannte er darauf zu erfahren, was die Krieger dem Abt Wichtiges mitzuteilen hatten. War es nicht seine Aufgabe als *Zirkulator* zu lauschen und zu beobachten, zu überwachen und zu bespitzeln? Es könnte sicherlich nicht schaden, wenn er sich an die Außenwand der Kirche begab, sich an das Flechtwerk und den Lehm drückte, um zu hören, was drinnen gesprochen wurde. So könnte er auch die Tür im Auge behalten, wie es Rupert angeordnet hatte. Gesagt, getan.

Die wenigen Worte, die er zu hören bekam, ließen Bartholomä fabulieren und interpretieren. Wenn stimmte, was seine Ohren vernahmen, wäre er zu gerne Zeuge gewesen, hätte sich am Leid ergötzt und am Schrecken erregt.

»Dein Mönch hat Wolf beleidigt«, warf Walram dem Abt vor.

»Welcher Mönch? Was ist passiert?« Irritiert schaute Rupert Walram an. Wie sollte ein Mönch den Bruder des Anführers beleidigt haben?

»Wolf und Frida waren im Wald. Sie hat sich Wolf an den Hals geschmissen, und er, ja, er ist ein hitziger Kerl, hat es mit sich machen lassen. Doch dann ist einer deiner Mönche gekommen und hat Wolf beleidigt. Er treibe teuflische Sünde und solle die Frau in Ruhe lassen. Wolf aber ist kein Sünder, Frida hat ihn verführt. Du hast es selbst gesagt: Freie Frauen sind lüsterne Frauen. Außerdem geht es deinen Mönch nichts an, was die beiden im Wald treiben. Was macht er überhaupt allein im Wald?« Breitbeinig und selbstbewusst stand Walram vor ihm und schaute auf Rupert hinab.

»Welcher Mönch war das?« Rupert hatte die Augen zusammengekniffen. Die Sorgenfalten zwischen seinen Augenbrauen traten deutlich hervor. Walram drehte sich zu seinem Bruder um und forderte ihn auf: »Erzähl du es ihm.«

»Er ist ziemlich groß, kräftig gebaut, braune Haare.«

»Markus, mein Stellvertreter, den ihr auch kennt?« Rupert wirkte erschrocken.

»Nein, der andere, der am Holzplatz arbeitet«, ergriff Walram wieder das Wort.

»Dominic?«

»Ich weiß nicht, wie er heißt, aber lass ihn kommen, Wolf wird ihn erkennen.«

Rupert ging die wenigen Schritte zur Tür hinaus, die kurze Distanz erlaubte es Bartholomä gerade noch, sein Ohr von der Wand zu nehmen und einen Schritt nach hinten zu treten. Verwundert schaute Rupert zunächst Bartholomä an, gab ihm aber dann ohne weiteren Kommentar die Weisung, Markus und Dominic herzuholen.

Bartholomä drehte sich schnell um und machte sich auf den Weg. Sein gieriger Blick und sein hemmungsloses Grinsen, das seine stets feuchten Lippen benetzte, entgingen Rupert.

Wenig später trat Bartholomä mit Markus und Dominic in die Kirche, die drei bereits anwesenden Männer unterbrachen ihr Gespräch und schauten feindselig in ihre Richtung.

»Tretet ein«, forderte Rupert sie auf, ein stechender Blick begleitete seine Worte.

Erst als die drei Mönche vor Rupert standen, erst als eine gespenstische Stille in der Kirche herrschte und man keinen Atemzug, kein Räuspern und kein Fußscharren mehr hörte, erhob Rupert die Stimme. Ganz leise und bedrohlich flogen seine Worte in Dominics Richtung. »Mir ist zu Ohren gekommen, dass du Wolf beleidigst hast. Ihn der teuflischen Sünde der Wollust bezichtigt hast. Stimmt das?«

»Nein und ja, ehrwürdiger Vater.«

»Erkläre dich!«

»Nein, ich habe ihn nicht beleidigt, und ja, er wollte sich an der Heilerin vergehen.«

»Du lügst!«, schrie Wolf, der offensichtlich Schwierigkeiten hatte, an sich zu halten. Er bebte am ganzen Körper und eine ungute Hitze glühte in seinen Augen. »Sie hat sich an mich rangemacht. Ich wollte ihre Übergriffe abwehren und in dem Moment bist du gekommen und hast mich sofort beschuldigt. Was geht dich das überhaupt an?«

Dominic hielt seinen Blick stur am Boden, zählte die Steine, die in seinem Blickwinkel lagen und den Boden bedeckten. Es waren zwölf an der Zahl, wie die Mönche, die Rupert gefolgt waren, hier in den unwirtlichen Schwarzwald. Zwanghaft versuchte er, seine Gedanken auf die Steine zu lenken, damit er seine Wut zügeln konnte. Am liebsten hätte er auf Wolfs Gesicht eingeschlagen, seine Fäuste tief in seine Wangen gerammt, bis die Knochen gekracht hätten und zersplittert wären. Auch wenn er keine Erfahrung im Zweikampf hatte, hatte ihm sein Hass ungeahnte Kräfte beschert. Das war ihm schon vorhin beim Holzhacken aufgefallen.

Zehn, elf, zwölf. Erst jetzt bemerkte er, dass Rupert eine Antwort von ihm verlangte, seine Frage hatte er jedoch in seinem Zorn nicht gehört. Daher entschied er sich für das Beste, was ihm in dem Moment einfiel. »Es tut mir leid, ehrwürdiger Vater.«

Doch die Entschuldigung schien nicht die richtige Antwort zu sein, wütend schrie Rupert ihn an: »Ich wiederhole meine Frage: Hast du Wolf bloßgestellt?«

»Nein. Ich habe die Heilerin verteidigt. Der Alamanne hat sie gegen ihren Willen festgehalten. Sie war wehrlos. Daher bin ich eingeschritten. Er hat sein Messer gezückt und mich bedroht. Zunächst dachte ich, er würde mich erstechen, doch dann hat er mir ins Gesicht gespuckt und ist einfach fortgegangen.«

»Er lügt, sobald er spricht.« Wolf hatte sich an Rupert gewandt. »Er hat *mich* angespuckt und ich bin weggerannt.«

Rupert war hin- und hergerissen. Dominic war ein ruhiger Mitbruder, er wirkte verschlossen und geheimnisvoll, war immer unterwegs in den Wäldern in den Diensten des Klosters, eher hilfsbereit und versöhnlich als aggressiv und anschuldigend. Andererseits … konnte man wissen, was in dem Mann steckte?

Wolf hingegen war unkontrolliert und gewalttätig, das sah man auf den ersten Blick.

Trotzdem musste Rupert geschickt vorgehen, er durfte die neuen Christen nicht verärgern, gerade jetzt, wo der Landesherzog seinen Besuch angekündigt hatte. Er fühlte sich unter Druck gesetzt. Rupert beschloss, die Verantwortung allein Frida in die Schuhe zu schieben und Dominic für seine Einmischung zu bestrafen. Das konnte sicherlich nicht schaden.

»Ich habe die Fäulnis auf der Haut der Heilerin gerochen, es sind die Ausdünstungen des Teufels, der sie befallen hat. Er ist in sie geschlüpft, hat sich ihren Körper zu eigen gemacht und ihren Geist befallen, da sie ohne Führung ist, ohne die strammen Zügel eines Mannes, eine freie Frau, eine Hure, ein liederliches Weibsbild, das sich den Männern hingibt und die Lust des Teufels in sich spürt. Sie ist Sünde, kein Mann kann ihrem Teufelswerk widerstehen. Sie muss verschwinden, weit weg von hier.«

Die Worte schienen Rupert erschöpft zu haben, er legte den Kopf in seine betenden Hände, als benötigte er Halt und Zeit zum Nachdenken. Geduldig warteten die Anwesenden auf seine Weisungen, sogar Wolfs Wutwellen ebbten langsam ab. Am liebsten hätte Bartholomä seine Erfahrungen im Alamannendorf in die Stille der Kirche hineingeschrien, bezeugt, dass die Heilerin Sünde war und bei ihm hitzige Wallungen ausgelöst hatte, doch auch er schwieg und wartete. Endlich erhob sich Rupert von seiner gebeugten Gebetshaltung, straffte die Schultern und blickte Dominic an.

»Bruder Dominic, du wirst Buße tun. Du hast dich unerlaubt von der Lichtung entfernt, hast dich in Angelegenheiten eingemischt, die dich nichts angehen, und hast zudem unseren Christenfreund beschuldigt. Von den gemeinsamen Mahlzeiten wirst du ausgeschlossen. Drei Tage fasten werden dir guttun, der Verzicht wird deinen Geist reinigen und befreien für die Liebe Gottes, die in dir wohnen sollte. Dein Fasten wirst du mit fortwährendem Beten kräftigen. Ich möchte deine Stimme hier in unserer Kirche jedes Mal hören, wenn ich eintrete«, sagte er in seinem ruhigen, aber dennoch strengen Tonfall.

»Ich danke dir, ehrwürdiger Vater.« Dominic drehte sich um, ging zum Altar und kniete sich vor seinen gekreuzigten Herrn. Schon tönten die ersten lateinischen Gebete in einer monotonen Melodie von seinen Lippen. An Bartholomä und Markus gewandt, sagte Rupert: »Lasst uns allein. Geht zu den anderen und«, fügte er eindringlich hinzu, »kein Wort dieser Unterredung soll euren Mund verlassen.«

Rupert wartete, bis die beiden aus der Kirche getreten waren. Erst dann richtete er das Wort wieder an Walram und Wolf. »Solange die Heilerin in eurer Siedlung lebt, wird sie Unruhe stiften, Verwirrung säen und eure Männer verführen. Sie muss für immer verschwinden.«

Dominics beständige Litanei hatte aufgehört, es herrschte absolute Stille in dem Gebäude. Leicht irritiert schaute Rupert in Dominics Richtung, doch dieser ging sofort wieder in die Rezitationen der Buße über, noch inbrünstiger als zuvor.

»Unser Landesherzog wird uns bald besuchen. Er möchte sich vom Baufortschritt überzeugen und euch als neue Christen begrüßen. Das ist eine ganz besondere Ehre, die euch zuteilwird. Eine einmalige Auszeichnung. Das könnt ihr euch nicht von einer lüsternen Heilerin verderben lassen. Wer weiß, was sie noch im Schilde führt!«

»Der Landesherzog? Zu uns?«, Walram war beeindruckt. Sofort fügte er wissbegierig hinzu: »Was sollen wir tun?«

Rupert spürte, dass der Stammesführer und sein hitziger Bruder zu fast allem bereit waren, nur um vor dem Herzog gut dazustehen. Das konnte er sich jetzt zunutze machen. »Wir dürfen nichts überstürzen. Wir sollten gut überlegt handeln. Lasst uns nachdenken und uns morgen zur gleichen Zeit hier treffen. Gott wird uns in seiner Weisheit leiten.«

Damit entließ er die beiden Alamannen. Er musste sich endlich voll und ganz auf die Beantwortung des Schreibens konzentrieren, der Bote könnte jederzeit aufwachen. Er ging zurück zu seinem Schreibpult, hörte das monotone Murmeln Dominics und freute sich über dessen Buße. Mit einem Ruck zog er den Wandvorhang zu und nahm den Gänsekiel in die Hand.

43. Kapitel

Die ganze Nacht hatte er gebetet, doch die Worte hatten sein Herz nicht berührt. In leeren Wortwiederholungen war er meisterlich geübt. Die jahrelange Erfahrung des mönchischen Lebens erlaubte es ihm, seine Lippen Gebete sprechen zu lassen, ohne seine Gedanken miteinzubeziehen. Sie waren frei, konnten dorthin fliegen, wohin er sie erträumte. Sein Körper war die äußere Hülle eines Mönches, der aufrichtig seine Gebete sprach, innerlich lebte er in einer anderen Welt, die in der letzten Zeit zu einer Welt zarter Gefühle geworden war.

Doch heute kamen diese Gefühle nicht gegen den Zorn an, der in ihm loderte. Er spürte eine Brutalität, die ihm befahl zuzuschlagen. Vor seinem inneren Auge sah er Wolfs Grausamkeit, Walrams Bosheit, Ruperts Fanatismus und Bartholomäs böswillige Scheinheiligkeit. Sogar Markus' Passivität und Friedlichkeit reizten seine Sinne. Er spürte, wie ihm der Gallensaft hochstieg, schmeckte seine Bitterkeit. Gleich musste er sich übergeben, den bitteren Saft erbrechen, zusammen mit seiner Wut und der Frustration.

Am frühen Morgen war er schließlich kurzzeitig eingenickt, sobald die Brüder nach der *Laudes* aus der Kirche getreten waren. Doch dann hatten ihn die knarrende Tür und Schritte aufgeweckt. In der Befürchtung, dass Rupert kontrollieren wollte, ob er seinen Pflichten nachkam, begann er lauter zu beten.

Zu seiner Überraschung war es Markus, der neben ihn trat. Leise flüsterte er ihm zu: »Bruder Dominic, wie geht es dir?«

»Gut, ich tue Buße und bitte Gott um Vergebung, so wie der Pater es mir befohlen hat«, entgegnete Dominic fast trotzig.

»Bruder Dominic, du sollst wissen, dass Rupert recht hat. Auch wenn dir seine Bestrafung hart erscheinen mag, so ist sie doch richtig. Ich habe diese Heilerin mehrfach beobachtet, und ja, sie hat etwas, das einen Mann anziehen, faszinieren kann. Sie lockt mit ihrem Körper. Allerdings ist das eine äußere Tarnung, wie ein Gerüst, das aufgestellt und ausgefacht wird. Wo im Inneren jenes Gerüsts leere Räume sind, liegt in ihrem Innern die Verdorbenheit. Auch ich kann sie sehen.«

»Wo hast du sie denn beobachtet?«

Verwirrt über Dominics Frage, flüsterte Markus ihm zu: »Einfach so, mehrfach.«

Hatte Markus die Heilerin heimlich verfolgt? Sie etwa auch im Wald beobachtet? Oder nur auf ihrer Lichtung? Dominic räusperte sich, als hätte er sich erkältet. Das verschaffte ihm eine kurze Pause, aber nicht genug Zeit, um seine Gedanken zu ordnen und zu entscheiden, ob er sich Markus anvertrauen sollte. Sei vorsichtig, ermahnte er sich innerlich.

»Danke, Bruder Markus, ich bereue aufrichtig meine Einmischung und die falsche Einschätzung. Ich bin unserem Pater dankbar, denn er hat meine Verwirrungen geordnet und mir den richtigen Weg aufgezeigt.«

Dominic schaute Markus hinterher, als dieser die Kirche verließ. Ihm kam in den Sinn, dass Markus ein besserer Abt als Rupert wäre, auch wenn er mit seinen Vermutungen über die Heilerin falschlag. Er war zwar passiv, doch besonnen und ruhig, wo Rupert besessen und ehrgeizig war. Diese Erkenntnis half Dominic jedoch nicht weiter. Er seufzte laut. Nun musste er geschickt vorgehen, hellwach sein und sofort reagieren, sollte sich eine weitere Gefahrenlage entwickeln.

Die Stunden zogen sich in die Länge. Ihm schien, als hätte er alle Gebete aufgesagt, die er kannte. Einzig die Mönche, die sich zu den wiederkehrenden Stundengebeten in der Kirche zusammenfanden, unterbrachen die Monotonie seiner Buße. Sobald er Geräusche vernahm, betete er laut hörbar. Doch wenn er sich unbeobachtet wähnte, kreisten seine Gedanken unaufhörlich, bis ihm schwindlig wurde.

Endlich war es so weit. Rupert war in die Kirche gekommen und erwartete den Besuch Walrams und Wolfs. Dominic versuchte einzutauchen in den kalten Boden, zu verschmelzen mit den Steinen und Wänden des Gebäudes, nur um nicht aufzufallen. Um jeden Preis musste er jetzt hören, was gesprochen wurde. Das Geräusch einer auffliegenden Tür verriet ihm, dass die Alamannen gekommen waren.

»Gelobt sei Jesus Christus«, begrüßte Rupert seine Gäste. »Kommt rein und macht die Tür hinter euch zu.«

Dominic hörte, wie die Tür zufiel und die Schritte langsam näher kamen.

»Ich habe die ganze Nacht wach gelegen und Gott um Hilfe gebeten. Doch mir ist kein anderer Gedanke gekommen als der, den ich gestern schon formuliert habe. Die Heilerin muss verschwinden, zeitlebens. Habt ihr eine

Lösung gefunden?«, fragte Rupert forsch. Aufmerksam sah er zuerst Walram an, verharrte in seinem Blick, um dann seinen Bruder zu betrachten, als wollte er auf ihren Gesichtern ablesen, zu welchem Schluss sie gekommen waren.

»So einfach wird es nicht sein. Zwar haben sich alle im Dorf von ihr abgewendet, aber wir können sie nicht einfach fortschicken. Ganz in der Nähe gibt es eine andere Alamannensiedlung, aber ich bezweifle, dass Frida dort leben kann. Schließlich hast du das Dorf bereits aufgesucht und es wird über kurz oder lang unserem Weg in den neuen Glauben folgen. Eine neue Zeit bricht an. Frida kann sich dort also nicht niederlassen.« Walram hatte seine Hände in die Hüften gestemmt und wirkte noch dominanter als sonst.

»Ihr habt recht, das ist keine Lösung. Sie ist eine Unruhestifterin und wird dort ihr teuflisches Spinnennetz weiterweben.« Bereitwillig pflichtete Rupert Walram bei. Insgeheim aber wollte er die Brüder leiten. Der Vorschlag musste von ihnen kommen, so würde er seine Hände nicht beschmutzen.

»Verscheuchen lässt sie sich nicht.«

»Was könnt ihr also gegen dieses liederliche Weib unternehmen?« Mit Fragen würde Rupert an sein Ziel kommen und die Verantwortung ganz in die Hände der Alamannen legen. Er erkundigte sich ja nur aus Neugierde nach den Plänen der Alamannen und gab keine direkten Anweisungen. Das würde auch Gott verstehen.

»Uns ist nichts eingefallen. Wir dachten, du würdest einen Vorschlag machen.«

Nach einem Moment der Stille, in dem man nur Dominics Murmeln hörte, zischte Walram leise: »Wir können sie ja nicht einfach töten, das würde euren Gott doch auch erzürnen und gegen unsere Gesetze verstoßen.«

»Vergesst nicht, es ist auch euer Gott. Ihr habt recht, in den Zehn Geboten steht ›Du sollst nicht töten‹. Dort steht aber genauso ›Du sollst nicht begehren‹, und das ist genau das, was eure Heilerin mit unseren Männern versucht, egal ob Mönch oder Alamanne.«

Rupert verstand, dass von den Brüdern keine Anregung mehr kommen würde. Er würde wohl doch aussprechen müssen, was er von ihnen wollte. Mit beiden Armen deutete er auf den gekreuzigten Christus, der über dem betenden Dominic zu schweben schien.

»Außerdem dürfen wir unser Ziel nicht aus den Augen verlieren.«

»Was meinst du damit?« Erstaunt schaute Walram ihn an. Er erwartete klare Worte und Weisungen, keine philosophischen Diskurse.

»Solltet ihr euch für diese Tat entscheiden, so kann ich euch im Voraus eine Absolution erteilen, die Vergebung der Sünde. Denn schließlich würde, wie sollen wir es nennen ... das ›Verschwinden‹ der Heilerin«, Rupert sah Walram fest in die Augen, »unserem Ziel, die Gemeinde zu einen, dienen. Daher wäre es keine richtige Sünde. Außerdem ist sie nur eine Frau, vergesst das nicht. Damit ist sie auch in den Augen des Gesetzes weniger wert als ein tapferer Mann.«

Wieder durchbrachen nur Dominics Gebete die Stille. Rupert fragte sich, ob der büßende Mönch ihre Worte hören konnte. Er beruhigte sich mit dem Gedanken, dass Dominic ohne Unterlass rezitierte und man sich schließlich nicht gleichzeitig aufs Sprechen und Hören konzentrieren konnte. Die einsetzende Müdigkeit schränkte sein

Gehör sicherlich ebenfalls ein. Und doch schien es ihm, als hätte Dominic sein göttliches Flehen vorhin unterbrochen. Hatte er etwa gelauscht? Nun, da er Dominics Stimme vernahm, war er sich nicht mehr so sicher. Vielleicht hatte er sich so an Dominics monotones Murmeln gewöhnt, dass die Gebete seines Mitbruders vorhin zu einem Hintergrundrauschen geworden waren. Rupert schaute auf den betenden Mönch, der tief in seine Buße versunken schien.

»Ich mache es«, sprach Wolf die erlösenden Worte.

Rupert jubilierte innerlich. »Wann? Ach, ich möchte es gar nicht wissen. Das macht ihr unter euch aus.« Rupert rieb beide Hände aneinander.

»Am besten, wenn alle aus unserer Siedlung hier sind, um eine Messe zu feiern«, meinte Walram.

Zwischen den Brüdern flogen die Worte umher, Rupert blickte vom einen zum anderen.

»Was ist mit deiner Frau?« In Ruperts Kopf überschlugen sich die Gedanken und er ging alle Eventualitäten durch. Gewohnt, für andere zu denken, wollte er die Alamannen auf mögliche Risiken hinweisen.

»Ava habe ich fest im Griff, die wird ihrer Schwester nicht helfen. Außerdem wird sie nichts von unserem Vorhaben erfahren«, war Walram überzeugt.

»Und was ist mit ihrer Tochter?«, wollte Rupert es genau wissen.

»Die laden wir ein. Die wird ihre Mutter schon nicht vermissen.« Walram schien für alles eine Antwort zu haben. Jetzt, wo alles ausgesprochen war, wollte Rupert die Brüder so schnell wie möglich aus seiner Kirche scheuchen. Doch eine Frage brannte noch auf seinen Lippen, obwohl er vor wenigen Augenblicken das Gegenteil behauptet hatte. »Wann?«

Genau in dem Moment nieste Wolf, ein Staubkorn hatte sich in seiner Nase verfangen und sie gekitzelt. Dominic hatte die Antwort Walrams nicht verstanden. Es war zum Verzweifeln. Nun war es Rupert, der sprach: *»Ego te absolvo …«*

Die Worte der Absolution, die Lossprechung der Sünde, die Vergebung einer Schandtat.

44. Kapitel

Frida freute sich, dass sich langsam ein Lichtstreif am Horizont ihres trüben Himmels zeigte. Ein Funke, der die Hoffnung in sich trug, hatte die dunklen Wolken in ihrem Kopf vertrieben und die Aussicht auf ein friedliches Miteinander in ihrer Siedlung keimen lassen. Seit einigen Tagen spürte sie, wie Walram ihr gegenüber freundlicher gestimmt zu sein schien. Wenn sie aneinander vorbeiliefen nickte er ihr zu. Das war nach den Anfeindungen der letzten Wochen und Monate ein gutes Zeichen. Auch schien ihr Wolf aus dem Weg zu gehen, vielleicht auf Walrams Zutun hin. Möglicherweise hatte er seinem Bruder befohlen, Frida endlich in Ruhe zu lassen. Oder er hatte endlich verstanden, dass sie keine gemeinsame Zukunft haben würden. Der Angriff hatte sie tief verstört und geängstigt. Das Gefühl der Sicherheit, das sie im Wald sonst verspürt hatte, war verschwunden. Auch dafür hasste sie Wolf und sie würde ihm das nie verzeihen. Doch solange er ihr aus dem Weg ging, sie nicht in sein brutales Gesicht blicken musste und er sie nicht mehr belästigte, konnte sie zumindest versuchen, das Geschehene hinter sich zu lassen und nach vorne zu blicken. Mit der Zeit würden die Erinnerungen verblassen und ein Mantel des Vergessens würde sich auf sie legen. Und so fasste sie langsam Mut und verdrängte die Pläne fortzuziehen, in ein fremdes Land, in eine ungewisse Zukunft. Der Gedanke daran hatte sie mehr bedrückt, als sie zugeben wollte. So war sie nur zu froh, diese Überlegungen beiseitelegen und auf ein Morgen verschieben zu können. Wohin hätte sie auch gehen sollen?

Nun wollte sie, so gut es ging, dazu beitragen, die friedfertige Stimmung innerhalb ihrer Gemeinschaft aufrechtzuerhalten, auch wenn sie weiterhin Wolf ablehnen und dem neuen Glauben nicht zusprechen würde. Am besten wäre es, wenn sie sich in der nächsten Zeit so ruhig und unauffällig wie möglich verhielte und dabei weiterhin die Kranken pflegte.

»Frida, Walram schickt mich«, riss Ava sie aus ihren Überlegungen.

Sofort überfiel Frida ein ungutes Gefühl. Ava schien die Regung ihrer Schwester zu bemerken, denn schnell fügte sie hinzu: »Mach dir keine Sorgen. Er lädt Eila ein. Ist das nicht schön?«

»Wozu lädt er sie ein?«

»Sie soll uns morgen zum Kloster begleiten.«

»Ich möchte nicht, dass sie dorthin geht.«

»Ach, Frida, nur weil sie uns begleitet, wird aus deiner Tochter noch lange keine Christin. Denk doch daran, wie sie sich freuen würde, mit den Kindern dort herumzutollen.«

Eila, die in der Hütte gespielt und gelauscht hatte, stürzte wie aufs Stichwort nach draußen und rannte zu ihrer Mutter.

»Bitte, Mama, ich will dorthin. Bitte, bitte. Ich hole auch extra Wasser aus dem Bach für die Ziegen heute!«

Frida überfiel wieder dieses ungute Gefühl in ihrer Magengegend, das verriet, dass ihre Welt aus den Fugen zu geraten schien. Fühlte sie so, weil sie nicht wollte, dass Eila die anderen Alamannen ins Kloster begleitete? Weil sie ihre Prinzipien nicht über Bord werfen wollte? Das musste es sein. Auf der anderen Seite hatte Ava recht, Eila würde nicht zur Christin werden, nur weil sie einmal die Dorfgemeinschaft begleitete. Außerdem würde sich Eila so freuen, die letzten Wochen hatten bei ihrer kleinen Tochter Spuren hinterlassen.

Eila zupfte nun an ihrer Tunika und sah sie flehentlich an. »Bitte, Mama, sag Ja.«

»Was machen die Kinder, während ihr in diesem Gebäude den neuen Gott feiert?«

»Sie spielen draußen. Am Ende des Gottesdienstes kommt Rupert, ihr Vorsteher, und erzählt ihnen eine Geschichte. Das ist alles, wirklich, Frida, du musst mir glauben.«

»Hm, ich bin mir unsicher.« Ihr Bauchgefühl sagte ihr, sie solle die Einladung ablehnen, doch dann blickte sie in das bittende Gesicht ihrer Tochter.

»Nach alldem, was in letzter Zeit passiert ist, wäre das ein Zeichen von dir, dass du einen Schritt auf Walram zugehst und eure Streitigkeiten überwunden hast«, versuchte Ava sie zu überzeugen.

Am liebsten hätte Frida ihre Frustration laut hinausgeschrien. Sie war nicht diejenige, die nach Streitigkeiten suchte, im Gegenteil, sie wollte mit ihrer Tochter friedlich inmitten ihres Volkes leben, so wie sie es immer getan hatten.

»Ich weiß nicht.«

»Komm schon, Frida. Walram und Wolf würden deine Zusage begrüßen.«

Bei der Erwähnung des Namens ihres Angreifers versteifte sich Frida.

»Eila, geh bitte hinein ins Haus, ich möchte mit Ava allein reden.« Ihre Worte waren so bestimmt gefallen, dass

Eila sofort gehorchte. Frida zog Ava am Ärmel und sie entfernten sich einige Schritte von ihrer Hütte. Ihre Tochter sollte von der weiteren Unterredung nichts mitbekommen.

»Ava, ich habe es dir bisher noch nicht gesagt, doch nun musst du es wissen. Wolf hat mich vor einigen Tagen im Wald überfallen, er wollte …«

Sie konnte die Worte nicht aussprechen, zu schmerzlich waren die Erinnerungen, die sie seit Tagen zu verdrängen versuchte. Doch Ava hatte auch so verstanden.

»Hat er …?« Nun war es Ava, die die Worte nicht über die Lippen brachte.

Frida schüttelte kräftig den Kopf, so als wollte sie die schreckliche Tat abschütteln. »Nein. Fast hätte er es geschafft, aber ein Mönch ist gekommen und hat mich im letzten Moment aus Wolfs Fängen befreit. Ich spüre immer noch seine Hände auf meinem Körper und sehe den Hass in seinen Augen blitzen. Es war so schrecklich. Ich kann seinen Übergriff nicht vergessen!«

Fridas Augen brannten. Sie blinzelte und die Tränen, die sie vor ihrer Schwester so lange zurückgehalten hatte, fingen an, ihre Wangen hinabzuströmen. Ava nahm Frida wortlos in die Arme und drückte sie. Nach den Wochen der Kälte und Nichtbeachtung tat ihr die wärmende Umarmung der Schwester gut. Frida trat einen Schritt nach hinten und schaute Ava in die Augen.

»Auch ich möchte, dass in unserer Gemeinschaft wieder Frieden herrscht. Eila soll euch begleiten, aber versprich mir, dass du gut auf sie aufpasst, so als wäre sie deine eigene Tochter. Versprich es mir!«

»Ich verspreche es dir! Und ich werde Walram erzählen, was Wolf dir antun wollte. Doch ich bin mir nicht sicher, ob er versteht, was es in dir bewirkt hat.«

In dem Moment öffnete sich Fridas Haustür und Eila spähte vorsichtig hinaus. »Darf ich wieder kommen? Hast du jetzt entschieden, Mama? Ich mache alles, was du willst, damit ich gehen darf.«

Bei diesen Worten musste Frida lachen. Ihre Tochter war ein kleiner Sturkopf, hatte sie sich etwas in den Kopf gesetzt, war es schwer, sie davon abzubringen. Ihr blonder Lockenkopf und ihr lieblicher Blick taten ihr Übriges, ihr zu widerstehen war fast unmöglich.

»Ja, du darfst gehen.«

Ein lauter Jubelschrei begleitete Eilas Freude. Sie hüpfte umher, drehte sich im Kreis und rannte dann zu ihrer Mutter, um sie mit ihren weichen Kinderarmen zu umschlingen.

»Ich möchte hübsch sein. Flechtest du mir morgen zwei Zöpfe?« Eila war in ihrer kindlichen Freude nicht zu bremsen. Den Rest des Tages sprach sie viel, lachte, neckte und freute sich einfach nur auf den morgigen Tag. Nachdem sie gemeinsam zu Abend gegessen hatten, legten sie sich auf ihre Schlafstätte. An Schlafen war nicht zu denken, Eila war viel zu aufgeregt.

»Mama, erzählst du mir die Geschichte unserer Vorfahren? Oder die der Göttin Frija, die höre ich so gerne!«

Frida freute sich insgeheim, dass Eila sich weiterhin für ihre Götterwelt interessierte. Auch wenn sie morgen andere Geschichten hören würde, so war das Reich ihrer Gottheiten eine Welt des Zaubers, die jeden anderen Glauben, jeden leidenden Christensohn an einem Kreuz an Magie und Strahlkraft übertraf. Und so ließ sie es sich nicht nehmen und erzählte mit ihrer betörenden Stimme. »Frija ist eine wunderschöne Göttin, so schön wie keine andere Frau. Sie trägt ein bezauberndes Gewand aus Falkenfedern, braun-weiß gestreift und so leicht, dass sie damit fliegen kann. Um ihren Hals hängt kostbarer Schmuck, der in der Sonne leuchtet. Sie hat langes Haar, das seidig glänzt, so wie dein Haar. Sie ist die Herrscherin über den Frühling, verscheucht das Dunkle, das Kalte und bringt die Helligkeit über unser Land. Gezogen wird ihr Wagen von wilden Katzen, furchtlos und schnell jagen sie durch die Lüfte. Sie ist auch die Göttin des Glücks und die Hüterin der wahren Liebe. Und sie ist eine mächtige Zauberin.«

»Was zaubert sie denn?«

»Sie kann die Zukunft erkennen und sie verändern.«

»Möchtest du das auch können?«

»Ja, das wäre schön. Doch das kann ich nicht. Jetzt schlafe, meine Waldtaube, morgen hast du einen aufregenden Tag.«

»Die Geschichte ist doch noch gar nicht fertig«, entrüstete sich das kleine Mädchen.

Frida schmunzelte. »Den Rest erzähle ich dir morgen.«

In dieser Nacht konnte Frida keinen Schlaf finden. Sie drehte sich hin und her, stand auf, trank einen Schluck Wasser, legte sich wieder hin, nur um kurze Zeit später wieder aufzustehen. Woher ihre Beklemmung kam, die ihr den Brustraum zudrückte, wusste sie nicht, warum sie eine innere Unruhe verspürte, verstand sie nicht. Doch ihre Beine wollten flüchten, statt sich auszuruhen. Ihr ganzer Körper sagte ihr, dass sie aufstehen und wegrennen sollte. Sie versuchte sich zu beruhigen und schimpfte sich innerlich. Es gab keinen Grund, sich so zu fühlen. Wie immer in schlaflosen Nächten versuchte sie, ihre Gedanken auf schöne Momente zu lenken. An die ersten Begegnungen mit ihrem Mann, als sie noch voller Liebe und Hoffnung auf ein langes Miteinander waren. Sie dachte an die ersten Zärtlichkeiten, die sie ausgetauscht hatten. Und an die Vereinigung, die Eila das Leben geschenkt hatte. Plötzlich merkte sie, wie das Bild ihres Mannes in ihren Gedanken verschwand. Nur noch schemenhaft konnte sie sein Gesicht sehen, der sanfte Blick seiner Augen war erloschen, der Geschmack seiner Lippen vertrocknet. Waren es die Jahre, die seit seinem Tod vergangen waren, die ihn verblassen ließen? Seine Konturen vor ihrem inneren Auge nicht mehr zu sehen, seine Berührungen auf ihrer Haut nicht mehr zu spüren, bestürzte Frida sehr. Wie konnte es sein, dass ihre Empfindungen verblassten?

Nun konnte sie erst recht nicht mehr einschlafen. Die Zeit bis zum Morgengrauen verging zwischen Trauern um vergangene Zeiten und Sorgen um eine ungewisse Zukunft. Ja, Eila hatte recht, es wäre schön, so zaubern zu können wie die Göttin Frija!

Müde stand sie auf, fachte das Feuer an und bereitete ihr Morgenmahl. Dann wartete sie geduldig auf Eilas Aufwachen. Sobald ihr Mädchen gegangen wäre, würde sie ihr Haus aufräumen und putzen. Das würde sie auf andere Gedanken bringen und ihre Hütte hatte es dringend nötig, sie hatte die Hausarbeit in der letzten Zeit vernachlässigt.

»Mama, ich bin wach. Du musst mir die Zöpfe flechten!«, kam ein verschlafenes Rufen von ihrer Schlafstatt.

Obwohl Frida nicht danach war, lachte sie laut. »Wir haben Zeit, meine Waldtaube. Es ist noch früh am Morgen. Jetzt frühstücken wir erst. Und davor müssen wir noch etwas ganz Wichtiges machen.«

»Was?«, kicherte Eila, denn sie kannte die Antwort schon.

Frida rannte zu ihrer kleinen Tochter, die sich unter den Schaffellen versteckte. Sie knuddelte das Mädchen, kitzelte es, bis Eila laut lachend aufschrie: »Aufhören!«

Frida nahm ihre Tochter in die Arme, hob sie vom Bett und setzte sie auf die Eckbank, wo ein warmer Getreidebrei auf das Mädchen wartete.

»Sobald du gegessen hast, entwirre ich die Haare auf deinem Kopf, ein Vogel hat in der Nacht ein dichtes Nest in deinen Haarschopf gewoben.«

»Wirklich?« Eila griff sich an den Kopf und fing laut zu lachen an.

So vergingen die nächsten Stunden wie im Flug. Und mit jedem Schritt, den die Sonne an diesem Tag tat, steigerte sich Fridas Unbehagen. Als es für Eila an der Zeit war aufzubrechen, war Fridas Beklemmung bis ins Unendliche gewachsen und das Gefühl eines drohenden Unheils breitete sich aus. Fast wäre sie mit ihrer Tochter mitgegangen, hätte ihre Vorsätze über Bord geworfen und wäre hinunter ins Kloster gelaufen, zu diesen Kirchenmännern, die mit ihrem Wirken ihr Leben auf den Kopf gestellt hatten. Doch im letzten Augenblick entschied sie sich dagegen.

45. Kapitel

SEIT SEINER BESTRAFUNG hatte Dominic sich die Worte, die er in der Kirche gehört hatte, immer wieder ins Gedächtnis gerufen. Da er die Gebete laut murmelnd rezitieren hatte müssen, hatte er zwar nicht viel verstanden, der Kern der Unterhaltung war ihm aber nicht verborgen geblieben. Fest stand, dass die Heilerin dauerhaft verschwinden sollte und ihr Angreifer sich für diese Tat angeboten hatte. Auch hatte er verstanden, dass Walrams Frau die Schwester der Heilerin war und sie sogar eine Tochter hatte. Doch wann die Tat verübt werden sollte, hatte er nicht mitbekommen. Ebenso wenig das *Wie*.

Seit Tagen grübelte er ununterbrochen, von morgens bis abends. In den wenigen Stunden, die er schlief, begleiteten Alpträume seinen ruhelosen Schlaf. Immer wieder zermarterte er sich das Hirn, überlegte, was er unternehmen konnte, um die junge Frau zu retten. Die Heilerin musste gewarnt werden. Doch konnte er sich nicht einfach vom Kloster schleichen, sich unbemerkt zu ihrer Siedlung begeben und sie alarmieren.

Er konnte sich dort nicht blicken lassen, schon gar nicht nachdem er sie vor ihrem Angreifer gerettet hatte. Außerdem war er die letzten Tage damit beschäftigt gewesen, vor dem gekreuzigten Heiland zu knien oder zu liegen und ihn für ein Vergehen um Vergebung zu bitten, das keines gewesen war. Es war nicht auszudenken, was passiert wäre,

wäre er nicht eingeschritten. Nun hatte er die letzten drei Tage gebetet, gefastet, gefangen innerhalb der Mauern des Klosters, eines vermeintlich schützenden Zuhauses. Verärgert über seine Untätigkeit und Unfähigkeit, Lösungen zu finden, haderte er mit sich und dem Herrn. Mach was, mach was, mach was. Er wusste nicht, ob er seine Worte an sich selbst oder den Gottessohn richtete.

Rupert sprach die letzten Worte des Morgengebets. Nach einem abschließenden Amen reihten sich die Mönche ordentlich auf und verließen hintereinander den Kirchenraum. Das Morgenmahl würden sie heute erst nach dem sonntäglichen Gottesdienst mit den Alamannen einnehmen. Die Heilige Messe wurde bei diesen Anlässen von Rupert besonders prächtig gestaltet, gleichzeitig versuchte er, den Gottesdienst nicht in die Länge zu ziehen, kannte er doch die Ungeduld der neuen Christen. Für sie glich der sonntägliche Ausflug einem Volksfest, das Besinnliche fehlte gänzlich. Sie schwatzten, lachten und scherzten, während Rupert die heiligen Worte sprach. Das letzte Mal hatten sie ein kleines Bierfass mitgebracht und mitten in seiner Predigt die Trinkhörner gefüllt und sich zugeprostet.

Rupert übersah ihre Ausschweifungen geflissentlich, wollte er ihren jungen Glauben doch nicht vertreiben. Großen Wert legte er allerdings darauf, den Gottesraum am Sonntag aufwendig zu schmücken. Frische Blumen und Kräuter mussten gesammelt und zu Sträußen gebunden, Blütenblätter auf dem fest getrampelten Boden verstreut werden. Seine Kirche, so provisorisch sie war, sollte im Glanz Gottes und in der farbigen Pracht der Blumen erstrahlen.

Nachdem sie nun alle Vorbereitungen abgeschlossen

hatten, blieb ihnen gerade noch genügend Zeit, um ihrer Reinigungspflicht nachzukommen. Alle 14 Tage liefen sie gemeinsam zum Bach hinunter und wuschen sich unter ihrer Kukulle, das Gewand nahmen sie nie ab. Nur verhüllt konnten sie sich gegen die böse Kraft abgrenzen und ihre verführbare Seele vor dämonischen Einwirkungen schützen. Rupert achtete genau auf die Einhaltung dieser Regel. Als sie sich wieder auf den Rückweg machten, hörten sie in der Ferne schon das laute Johlen und Grölen der Alamannen. Unruhig schaute Dominic immer wieder zu Rupert, in der Absicht, seinen Blick zu lesen, seine Bewegungen zu deuten. Der hüllte sich jedoch in Schweigen, keine Spur von Unruhe, keine hektischen Blicke, keine überstürzten Bewegungen, nichts, was auf eine innere Anspannung hindeuten oder ein Unheil verraten könnte.

Dominic versuchte sich zu entspannen, redete sich ein, dass er die gesprochenen Wortfetzen in der Kirche falsch verstanden, falsch interpretiert hatte. Kein Abt würde einer solch schrecklichen Tat zustimmen, das war einfach unmöglich!

Die Alamannen traten aus dem Wald und kamen über die Lichtung zum Kirchenplatz gelaufen, grüppchenweise näherten sie sich, in Gespräche vertieft und mehr mit sich beschäftigt als mit der freudigen Erwartung auf den bevorstehenden Gottesdienst. Die Kinder waren fröhlich vorausgelaufen, freuten sich sichtlich über die Abwechslung und die wenigen Stunden, die sie nicht mit Viehhüten verbringen mussten. Eine der Frauen hatte mehrere Fladen mitgebracht, die sie nun an die Kinder verteilte.

Rupert lief den Alamannen entgegen und hieß sie auf ihrer Lichtung willkommen. »Meine Freunde, gelobt sei Jesus Christus.«

Er hob beide Arme, um die Menge zum Schweigen zu bringen. Doch das erhoffte Verstummen der Gespräche blieb aus, als hätten sie den Abt noch nicht wahrgenommen. Lauter nun schrie Rupert ihnen entgegen: »Gelobt sei Jesus Christus.«

Doch nur die Mönche antworteten im Chor: »In Ewigkeit. Amen.«

Falls Rupert sich ärgerte, so ließ er sich zumindest nichts anmerken, stellte Dominic bewundernd fest. Mit sich selbst so diszipliniert, mit den Mitmönchen so streng, schien er den neuen Gläubigen gegenüber nachsichtig, als wären sie kleine Kinder, die man nicht ernst nehmen konnte. Das war es, fiel es Dominic auf einmal ein, in Ruperts Augen würden die Alamannen immer Wilde bleiben. Zurückgebliebene, die er mit Nachsicht und Güte behandeln musste, um seine Mission voranzutreiben, das eine Ziel immer fest vor Augen. Ihr Abt wollte diese Menschen nicht wirklich kennen- und schätzen lernen, ihre Werte nicht verstehen, nicht in ihre Lebensweise eintauchen und Teile davon in sein Leben integrieren. Solange er sie als nicht zurechnungsfähig einstufte, auf sie herabsah, konnte er großzügig über ihre kleinen Verstöße hinwegsehen. Dominic ließ seinen Blick über die Menge schweifen. Alle waren sie gekommen, Walram mit seiner Frau Ava, Falk und Kuno mit ihren Großfamilien, und sogar der Schmied und seine Frau, die erst letztens zum Christentum übergetreten waren. Doch wo blieb der brutale Wolf?

Da durchzuckte es Dominic. War er etwa in ihrem Dorf zurückgeblieben, um sein schreckliches Vorhaben in die Tat umzusetzen? Panisch schaute er sich in der Menge nach Wolfs Gesicht um, suchte mit den Augen alle Anwesenden ab und war erleichtert, als er den jungen Alamannen hinter den anderen herrennen sah, ein wenig außer Atem, wie es schien. Wieder versuchte Dominic sich zu beruhigen, Herr seiner Gefühle zu werden, wie so oft in den letzten Tagen, und zwang sich, den Worten Ruperts zu lauschen. Doch das half nicht, sein ungutes Gefühl abzuschütteln, das wie eine Giftschlange ihr tödliches Toxin spritzte und all seine Gliedmaßen zum Erstarren brachte. Er fühlte sich im Denken gelähmt. Wieder schaute er sich die Menge genau an, suchte nach bekannten Gesichtern, zählte sie nacheinander ab. Doch bis auf die Heilerin fehlte keiner. Rupert gab den Mönchen das Zeichen, sich hintereinander aufzureihen und in die Kirche zu gehen. Schnurgerade liefen sie Rupert hinterher, nur widerwillig folgten die Alamannen, die sich weiterhin laut und ungeniert unterhielten. Sie befüllten den ganzen Raum.

Da es warm war an diesem Tag, hatten sie die Türen der Kirche weit offen stehen lassen, von außen drangen die Kinderstimmen herein, ein Gekreische, ein Lachen, ein freudiges Schreien erfüllte den Kirchenraum. Doch Rupert ließ sich davon nicht abhalten.

Zunächst küsste er den Altar und fing mit der Zelebrierung der Heiligen Messe an. Er schien versunken, bildete eine Einheit mit Gott, trotz des Lärms und des Geschreis. Er war der Einzige, dem das gelang. Sogar die Mönche hatten Schwierigkeiten sich zu konzentrieren. Immer wieder schauten sie sich um, manch einer verdrehte sogar die Augen oder stupste seinem Nachbarn in die Flanke, um ihn auf den ein oder anderen lärmenden Alamannen aufmerksam zu machen. So fiel es nicht weiter auf, dass Dominic sich immer wieder umdrehte und die Menge nach der grauenvollen Fratze des Angreifers absuchte. Es hätte ihn nicht verwundert, wenn Wolf plötzlich verschwunden gewesen wäre. Doch nach jedem Gebet, nach jedem Lobpreis und jedem Gesang wandte er sich um, nur um erleichtert in Wolfs Gesicht zu sehen. War er noch da, konnte der Heilerin nichts geschehen.

Als das *Kyrie* und das *Gloria* schon gesungen waren und Markus mit der ersten Lesung begann, musste Dominic feststellen, dass Wolf verschwunden war. Verzweifelt sah er sich erneut die Menge an, in der Hoffnung, sich getäuscht, ihn nur übersehen zu haben. Doch Wolf war weg.

Eine Panik erfasste ihn, so gewaltig, wie er sie noch nie in seinem Leben verspürt hatte. Eine Höllenangst, die ihm die Luft zum Atmen raubte. Er zog am Halsausschnitt seiner Kutte, wollte verzweifelt atmen, seine Lungen mit Sauerstoff füllen. Warum war es stickig in dem kleinen Raum? Augenblicklich fing er an zu schwitzen. Ihm war heiß und eiskalt zugleich. Zu allem Überfluss zitterte er jetzt auch noch. Rupert musterte ihn prüfend, verengte seine Augen und versuchte, in seinem Gesicht zu lesen, hob fragend die Augenbrauen.

Ihm durfte jetzt nicht schlecht werden, er musste reagieren und die Heilerin retten. Doch wie sollte er den Gottesdienst verlassen, die Ketten des Klosters sprengen und zur Alamannensiedlung eilen? Da kam ihm plötzlich der rettende Gedanke. Er krümmte sich nach vorne, keuchte und stand leicht wankend auf. Ein Raunen ging durch die Menge, doch Dominic lief gebeugt den Kirchengang entlang nach draußen. Er spürte, dass alle Augenpaare auf ihn gerichtet waren, seinen nassen Rücken betrachteten. Seine schweißgetränkte Kutte kam ihm gerade recht. Sobald er nach draußen getreten war, ging er auf die Latrinen zu. Als er jedoch außer Sichtweite war, bog er ab und wollte schon am Waldrand entlang die Lichtung verlassen, als er die spielenden Kinder sah. Augenblicklich blieb er stehen. Die Tochter der Heilerin war mitten unter ihnen, spielte mit ihren Freunden, nicht ahnend, dass ihre Mutter in Lebensgefahr schwebte. Würde es ihm gelingen, die Heilerin zu retten, würde sie niemals ohne ihre Tochter fliehen. Es gab nur eine Lösung und er betete, dass dieser Plan aufging, denn etwas Besseres fiel ihm in der Eile nicht ein. Er ging zu einem älteren Jungen, der etwas abseits stand.

»Könntest du bitte Walrams Frau aus der Kirche holen? Sofort«, bat er ihn eindringlich.

Misstrauisch betrachtete der Junge ihn.

»Schau mal, hier habe ich ein schönes Holzkreuz. Das schenke ich dir, sobald du Ava, so heißt sie doch, geholt hast. Aber nur, wenn du niemandem etwas verrätst. Ich warte hinter diesem Gebäude auf euch. Aber beeile dich.«

Dominic hatte das lederne Band, an dem das Kreuz hing, über seinen Kopf gezogen und hielt es baumelnd vor den Jungen.

Mit großen Augen schaute er das Schmuckstück an, nickte kurz und rannte in Richtung der Kirche. Dominic versteckte sich hinter dem Gebäude, alle seine Sinne waren geschärft, gleichzeitig war er in großer Sorge, denn er durfte nicht scheitern. Allzu lange konnte er nicht verharren, um auf Ava zu warten. Rupert könnte erscheinen, oder noch schlimmer, Wolf könnte seinen teuflischen Plan bereits in die Tat umgesetzt haben.

Ungeduldig biss er sich auf die Lippen, bis er Blut schmeckte. Dann endlich sah er sie, die Schwester der Heilerin, Walrams Frau. Der Junge rannte vor ihr her. Dominic trat hinter dem Schutz des Gebäudes hervor und sie schaute ihn prüfend an. Er kam ihr entgegen, reichte dem

Jungen, der bereits vor ihm stand, das Kreuz und bedeutete ihm zu gehen. Der Junge lief freudig davon, seinen neuen Schatz stolz vor sich haltend.

»Ava, Schwester der Heilerin?«

Sie nickte kaum merklich.

»Wir haben nicht viel Zeit. Du musst mir helfen, deine Schwester zu retten. Wolf ist zu eurem Dorf gegangen, um sie umzubringen. Ich habe Rupert, Walram und Wolf gehört, wie sie die schreckliche Tat geplant und besprochen haben. Ich war mir nicht sicher, ob es heute passieren sollte, aber vorhin ist Wolf verschwunden.« Er sprach so schnell, dass er sich fast verschluckte. Die panische Angst stand ihm dabei ins Gesicht geschrieben. Bei den letzten Worten hatte Ava einen leisen Schrei ausgestoßen und ihre Hand auf den Mund gelegt.

Ihr anfängliches Misstrauen ihm gegenüber hatte sich in einen sorgenvollen Ausdruck verwandelt, unzählige Gefühle flogen in nur einem Wimpernschlag über ihr Gesicht.

Dominic redete hektisch auf sie ein. »Ich muss sofort zu Frida und mit ihr fliehen. Es gibt keine andere Möglichkeit. Doch sie wird nicht ohne ihre Tochter gehen.« Wieder nickte Ava, unfähig, auch nur ein Wort zu sprechen, zu mächtig waren die Informationen, die sie innerhalb kürzester Zeit bekommen hatte. »Kannst du bitte das Mädchen holen und sie in ein sicheres, dir und Frida bekanntes Versteck bringen? Ich werde mit Frida nachkommen … falls es nicht zu spät ist. Sprich mit niemandem darüber und beeile dich, bald ist der Gottesdienst vorbei und sie werden unsere Abwesenheit bemerken.«

»Ja«, krächzte Ava. Sie räusperte sich, ihre Kehle schien so trocken. »Und du bist dir sicher?«

»Ja, ich habe sie mit meinen eigenen Ohren gehört. Wohin bringst du das Mädchen?«

»Sage Frida, ihr sollt zur Höhle gehen, in der wir als Kinder gespielt haben.«

»Danke, bitte sei vorsichtig und beeile dich. Wir haben keine Zeit zu verlieren.«

Dominic war schon davongesprungen und eilte auf den Saum der Lichtung zu, aus dem Augenwinkel konnte er noch erkennen, wie Ava zu den spielenden Kindern ging und sich vor ein Mädchen kniete. Es war das Kind, das sich an die Heilerin geklammert hatte, als die uralte Eiche in der Alamannensiedlung zerstört worden war. Dann war er schon im Wald verschwunden und rannte, wie noch nie zuvor in seinem Leben. Furchtbare Angst erfüllte ihn, eine Todesfurcht, die nicht Wolf und seiner Brutalität, sondern der Heilerin galt. Er spürte, dass er zu allem bereit war, bereit zu fliehen, zu kämpfen und zu sterben, sein Leben für das der Heilerin.

Auf einmal betete er. Während er die Hänge hochhetzte und sich antrieb, immer schneller, immer rascher zu laufen, flehte er seinen Herrn mit einer Leidenschaft an, die er in seinen Gebeten noch nie an den Tag gelegt hatte, bat Ihn mit der Inbrunst eines Ertrinkenden, Er möge die Heilerin verschonen.

46. Kapitel

Sie hatte die Zeit gut genutzt. Zufrieden schaute sie sich in ihrer kleinen Hütte um. Sie hatte die Schaffelle nach draußen gebracht, kräftig ausgeklopft und in die Sonne gelegt. Dann hatte sie die Wände und den festen Lehmboden kräftig gefegt, in jede Ecke war sie vorgedrungen und hatte sie von Schmutz und Spinnweben befreit. Der aufgewirbelte Staub hatte im Sonnenlicht getanzt, das durch die Tür und die Fensteröffnung in ihre Hütte trat. Wie kleine Glühwürmchen waren die Staubkörner geflogen und Frida hatte sich an dem Spektakel erfreut. Mit einem feuchten Tuch hatte sie ihre Regale abgewischt und den Tisch geschrubbt. Prüfend schaute sie ein letztes Mal auf ihr Tagwerk, das Ergebnis konnte sich sehen lassen. Gerade als sie beschloss, die Schaffelle hereinzuholen, um sie auf ihrer Schlafstatt und der Eckbank auszubreiten, versperrte ein bedrohlicher Schatten ihren Türrahmen.

Es war Wolf, der sich in seiner ganzen Körpergröße vor ihr aufbaute und so den Rahmen ausfüllte. Es gab kein Fortkommen mehr.

Da er von hinten angestrahlt wurde, konnte sie seinen Gesichtsausdruck zunächst nicht erkennen. Doch schon allein die Art, wie er im Türrahmen stand, keinen Ton sagte und ihren Schrecken sichtlich genoss, ließ Frida das Blut in den Adern gefrieren. Augenblicklich benetzte kalter Schweiß ihren Körper und ein eisiger Schauer lief ihr den

Rücken hinunter. Er war gekommen, um sie zu vernichten, das spürte sie in dem Moment ganz intensiv. Diesmal gab es kein Entkommen, keine Rettung, keine Wendung. Alle waren im Kloster.

Und plötzlich verstand Frida, warum Walram die letzten Tage freundlich zu ihr gewesen war, erfasste, warum er Eila eingeladen hatte, sie heute zu begleiten, und erkannte, warum Wolf ihr aus dem Weg gegangen war. Es waren die kalkulierten Machenschaften in einem teuflischen Plan, die List von Kranken, mit dem Ziel, sie für immer zu beseitigen.

Er stand noch immer stumm vor ihr und sah mit einem teuflischen Grinsen auf sie herab, sein Blick hasserfüllt. Frida verfiel in eine Schockstarre, konnte nicht rational denken, nicht klug handeln. Die Zeit stand mit einem Mal still. Sie stand einfach da und starrte ihn mit vor Angst geweiteten Augen an.

»Wolf, was machst du hier?«, krächzte sie.

Anstatt ihr zu antworten, trat er ein und verschloss die Tür, ohne sie dabei aus den Augen zu lassen. Seine Ruhe machte die Situation nur umso bedrohlicher. Ihr Blick fiel auf das Messer in seiner rechten Hand. Erst vor Kurzem hatte Ewald das prachtvolle Stück mit der scharfen Klinge und dem fein gearbeiteten Griff für ihn angefertigt.

Das also sollte sein Werkzeug sein, die Waffe, mit der er ihr Leben beenden würde. In jeder Faser ihres zitternden Körpers spürte sie die Schärfe der Klinge, wie sie in sie eindringen und ihr die Luft zum Atmen rauben würde. Langsam kam er auf sie zu, genoss jeden Schritt, weidete sich an ihrer Angst und frönte ihrem Grauen. Sie stand bereits mit dem Rücken zur Wand, fliehen konnte sie nicht. Sie fing an zu wimmern.

»Wolf, bitte. Wolf, bitte.«

Mit jedem Wort, das über ihre Lippen drang, wurde sein Grinsen breiter, eine krankhafte Fratze, die Perversität und Hass in sich vereinte. Nun stand er direkt vor der zitternden Frida, die immer noch flehte. Zunächst strich er ihr über die Wange und sie ließ es geschehen, spürte die Finger, die rau und grob ihr Gesicht berührten. Völlig unerwartet schlug er mit einer unglaublichen Wucht in ihr Gesicht, seine soeben noch streichelnde Hand zu einer mörderischen Faust zusammengeballt. Mit einem lauten Schrei fiel sie auf den Boden und schlug sich auf dem harten Lehm die Lippe auf. Sie versuchte sich aufzurichten, kroch auf allen vieren. Ihr war schwindlig. Sie schmeckte das Blut, das ihr langsam von der Oberlippe zur Unterlippe lief, ihr Kinn benetzte und auf den Boden tropfte. In dem Moment kam der nächste Schlag, diesmal mit dem Fuß. Sie lag auf dem Rücken und war unfähig sich zu bewegen. Ihr Brustraum verengte sich und die Luft und das Leben quollen aus ihr. Sie schloss die Augen, damit sie nicht als Letztes Wolfs grausiges Gesicht, seinen zerstörerischen Blick vor Augen hatte, wenn sie von dieser Welt in die nächste übertrat. Mit aller Kraft stellte sie sich Eilas Gesichtszüge vor, ihre schön geschwungenen Augen, ihren lieblichen Mund.

Wolf setzte sich mit grober Wucht auf ihren Brustraum und drückte ihre Hände fest auf den Boden. Jegliche Kraft hatte sie verlassen, die Kraft zu atmen, zu leben. Sie wollte nur noch gleiten, hinab in eine andere Welt, zu ihrem Mann, zu ihrer Mutter, zu ihrem Schamanen.

Plötzlich hörte sie einen lauten Schlag, gefolgt von einem gewaltigen Krachen und dem unverkennbaren Geräusch zersplitternder Knochen.

Hatte Wolf ihren Körper zerbrochen, ihre Knochen zertrümmert? Sie verspürte keinen Schmerz, zu weit war sie in die andere Welt eingetaucht. Wie Treibsand zog es sie hinab. Ihren Stolz hatte er jedoch nicht gebrochen. Ein letztes Mal wollte sie ihrem Angreifer in die Augen schauen, ihm mutig ihre Würde zeigen, die ihn hoffentlich bis in alle Ewigkeit verfolgen würde. Mit all ihrer Kraft öffnete sie ihre Lider.

Erstaunt beobachtete sie, wie Wolf auf sie fiel, ein ungläubiger Ausdruck in seinen Augen, sein Gesicht hässlich verzerrt. Von seiner Schläfe tropfte Blut auf ihre Stirn. Hinter ihm stand der Mönch aus dem Wald, kämpferisch und furchtlos wie ein Gott aus ihrer Glaubenswelt. Sie fiel in Ohnmacht.

47. Kapitel

Dominic rollte den leblosen Körper Wolfs auf die Seite und befreite Frida von seinem Gewicht. Sie war wieder zu sich gekommen und hatte die Augen geöffnet. Mit schreckgeweitetem Blick lag sie da, alle Farbe war aus ihrem Gesicht gewichen, sie atmete heftig. Auf einmal fing sie an zu wimmern, drehte sich auf die Seite und krabbelte auf allen vieren so weit weg von Wolf, wie es in der beengten Hütte möglich war. In wenigen Schritten war Dominic bei ihr, ließ den mörderischen Stein zu Boden fallen, den er immer noch in der einen Hand hielt, und kniete sich vor sie hin. Er schlang seine Arme vorsichtig um ihren zitternden Körper und zog sie behutsam an seine Brust. Dabei sprach er beruhigend auf sie ein, so als würde er zu einem verschreckten Kind sprechen. »Es ist vorbei, alles wird gut.«

Immer wieder wiederholte er seine Worte, bis sie anfing zu schluchzen. Ihr Kopf lag auf seiner Schulter, er wiegte sie sacht hin und her. Sie zitterte am ganzen Leib, wirkte so zerbrechlich. Fast fürchtete er, sie mit seinen Armen zu erdrücken. Nach einer Weile schreckte sie hoch und wollte sich aus seiner Umarmung lösen.

»Meine Tochter, Eila«, brachte sie nur erstickt hervor.

Er zog sie wieder sanft an seine Brust. »Sie ist in Sicherheit, deine Schwester hat sie zu einem Versteck gebracht. Dort werden wir sie jetzt abholen. Wir müssen aufbrechen, bevor alle zurückkommen. Die Kraft darf dich jetzt nicht verlassen.«

Bewusst hatte er Walrams Namen nicht erwähnt. Er wusste, dass dieser sofort nach seinem Bruder suchen würde, sobald er zurückgekehrt wäre, um sich von dem Gelingen ihres Plans zu überzeugen. Das ließ ihnen nur wenig Zeit.

»Komm, wir haben alles für deine Flucht vorbereitet.«

»Wo gehen wir hin?«, fragte Frida völlig verunsichert. Sie schniefte.

»Weit weg von hier, wo dich niemand finden wird.« Beruhigend strich er ihr sanft über das Haar, löste seine Umarmung, nahm ihre Hände und half ihr auf die Beine.

Zögernd blickte er an sich herunter. »In dieser Kleidung kann ich nicht fliehen. Hast du Männerkleidung, die du mir geben kannst?«

Sie nickte und wollte sich schon zu ihrer Truhe umdrehen, als sie den toten Körper Wolfs sah und zusammenschreckte.

»Schau nicht hin. Wir müssen uns beeilen und Eila holen. Denk an deine Tochter.«

Die Erwähnung Eilas ließ sie reagieren. Sie öffnete die Truhe, zog einige ihrer Sachen heraus, die sie achtlos auf den Boden warf, bis sie die Hosen und die Tunika ihres verstorbenen Mannes fand.

»Die müssten passen. Mein Mann war nur ein bisschen kleiner als du.«

Dankend nahm er die Kleidung entgegen und drehte sich um, sodass er mit dem Rücken zu ihr stand. Sofort stach ihr seine Tonsur ins Auge.

»Warte«, bat sie ihn, beugte sich noch einmal über die Truhe und kramte eine alte Filzkappe heraus, die sie ihm entgegenstreckte. Mit einem kurzen Nicken griff er nach der Kappe. Dann drehte er sich erneut um und zog sich ohne zu zögern aus. Frida betrachtete seinen nackten Körper ohne Scheu. Die Monate der Arbeit im Freien und das karge Essen hatten ihn gezeichnet. Die Muskeln seines breiten Oberkörpers traten deutlich hervor und standen im Kontrast zu seiner schlanken Taille. Er war zwar muskulös, nichtsdestotrotz konnte man aber seinen starken Knochenbau fast zu deutlich erkennen. Er schien nicht viel zu essen.

Gerade als er dabei war, sich die kurze Tunika überzustreifen, bat er sie, Proviant für einige Tage einzupacken.

Frida löste ihren Blick und wandte sich den Regalen an der Feuerstelle zu. Während sie mehrere Fladen, ein Stück Speck und Ziegenkäse in eine Decke einpackte, zog er sich fertig an und drehte sich wieder zu ihr um. Er wollte schon zur Tür hinaus, da bemerkte er Fridas unschlüssigen Blick.

»Warte, ich möchte noch ein paar Dinge mitnehmen«, hielt sie ihn zurück.

Er zögerte kurz, sagte aber eindringlich: »Wir haben keine Zeit. Wir müssen sofort aufbrechen. Walram wird nach Wolf suchen.«

Bei der Erwähnung des Namens füllten sich Fridas Augen mit Angst. Ohne sich noch einmal umzudrehen, folgte sie Dominic. Bevor er die Tür öffnete, legte er einen Zeigefinger auf seine Lippen. Vorsichtig öffnete er die Tür einen Spaltbreit und lauschte. Keine Stimmen, kein verräterisches Knacken von Ästen, es war still und sicher. Er nahm Fridas Hand und rannte mit ihr zum gegenüberliegenden Waldrand, in die entgegengesetzte Richtung des Klosters. Dort angekommen, hörten sie erneut in den Wald hinein, doch es blieb alles ruhig.

Besorgt musterte Frida ihren Retter. »Wo ist Eila?«

»Deine Schwester hat eine Höhle erwähnt, in der ihr als Kinder gespielt habt. Dort wartet sie mit Eila auf uns. Sie sagte, du wüsstest, wo das ist.«

Rufe ertönten aus der Ferne. Dominic rutschte das Herz in die Hose. Die Alamannen kamen vom Gottesdienst zurück und wären in kurzer Zeit wieder in ihrem Dorf. Das schien Frida neue Kraft zu geben. Sie übernahm die Führung, griff nach seiner Hand und zog ihn mit sich hinein in das Dickicht des Waldes. Im Laufschritt liefen sie bergauf, auf Wurzeln und am Boden liegende Stämme achtend, die ihnen den Weg versperrten. Dominic merkte, dass Frida es gewohnt war, große Strecken zurückzulegen, und musste sich anstrengen, mit ihr mitzuhalten. Vielleicht war es auch die Sorge um ihr Kind, die sie zusätzlich zur Eile antrieb. Immer wieder zog sie an seiner Hand, damit er sich beeilte.

»Lass uns kurz verschnaufen.« Er beugte sich vor und stützte die Arme auf seinen Oberschenkeln ab. Laut keuchend schnappte er nach Luft. Zwar war er durch das Arbeiten im Wald stärker geworden, doch er war lange nicht so ausdauernd wie Frida. »Wie weit ist es noch bis zur Höhle?«, wollte er wissen.

»Nicht mehr weit. Wir müssen noch diesen Berghang hoch, dann kommt ein ebenes Stück, und danach kann man schon die großen Sandsteine sehen, die auf der Bergkuppe stehen.«

»Gut.« Dominic nickte ihr zu und atmete noch einmal tief durch. »Lass uns weiterlaufen.«

Wieder nahm sie seine Hand und dirigierte ihn bergauf. Sie sprangen über Hindernisse und umrundeten mächtige Nadelbäume, bis sie auf der ebenen Fläche ankamen. Von dort konnte er die großen Sandsteine erkennen, die wie mächtige Wachposten in den Himmel ragten. Genau wie sie es prophezeit hatte. Sie rannten das letzte Stück hoch und auf einmal erschien eine weibliche Silhouette, die sich deutlich vom Himmel abhob, auf einem der Steine. Das musste Ava sein.

Frida hatte ihre Schwester bereits erkannt. Sie ließ seine Hand los und bewältigte die letzte Steigung allein. In Windeseile war auch er oben angekommen und konnte sehen, wie sich beide Schwestern in den Armen lagen und weinten. Aus einer Höhle unterhalb des Steinriesen kam Eila auf allen vieren herausgekrochen und krallte sich an ihrer Mutter fest. Ihm fiel es schwer, die Vereinigung der Schwestern zu stören, doch noch waren sie nicht in Sicherheit. »Ava, wir müssen aufbrechen. Sie sind schon zurückgekehrt.«

Ava löste sich von ihrer Schwester und schaute ihn an. In ihrem Blick lag so viel Wärme und Dankbarkeit. Sie nahm seine Hand und drückte sie kurz, bevor sie in dem Lederbeutel herumkramte, der an ihrem Gürtel hing. »Hier, nehmt mein Messer.« Sie drückte ihm den Gegenstand in die Hand. Bevor er etwas erwidern konnte, griff sie auch schon an ihren Hals und löste die zart gearbeitete Bernsteinkette, die sie jeden Tag trug. »Und auch meine Kette, sie ist das Wertvollste, das ich habe. Ihr könnt den Schmuck gegen Proviant eintauschen.«

Jetzt erst fing Frida an, das Ausmaß der Dinge zu begreifen. Ihre Schwester hatte sich Walram widersetzt, aufbegehrt gegen seine Verschwörung und seine mörderischen Pläne. Sie hatte die schwesterliche Liebe vor die Hörigkeit ihrem Mann gegenüber gestellt und Frida dadurch gerettet. Nun fürchtete sie um Ava, die die gesamte Wut Walrams zu spüren bekommen würde.

Verzweifelt sah sie ihre mutige Schwester an. »Oh, Ava, was habe ich bloß getan? Walram wird toben!«

Doch Ava schüttelte nur traurig lächelnd den Kopf. »Du hast nichts getan, Frida. Wolf und Walram wollten dich, meine eigene kleine Schwester, vernichten. Mache dir keine Gedanken um mich. Es wurde Zeit, dass ich aufwache. Ich komme schon zurecht, es war meine Aufgabe, dich zu beschützen, und ich habe zu lange die Augen verschlossen, wollte es nicht sehen. Geht jetzt, ihr müsst euch beeilen.«

Dominic räusperte sich und wandte sich an Ava: »Du sollst wissen, dass Wolf deine Schwester umbringen wollte. Ich habe ihn mit einem Stein erschlagen. Er ist tot.«

Ava nickte, nahm ihre Schwester in die Arme und drückte sie so fest, wie man jemanden nur drücken konnte, wenn man wusste, dass man ihn wahrscheinlich nie wieder sah. So innig ihre Umarmung auch war, so schnell ließ sie Frida auch wieder los und schubste sie leicht von sich. Dann nahm sie Eila ebenso fest in ihre Arme, drehte sich um und rannte los. Sie wollte ihrer Schwester den Fortgang nicht erschweren und ihr die Schritte in die Freiheit ebnen.

Frida wollte sie zurückrufen, ihr nachrennen und sie für immer halten, doch sie brachte weder einen Ton über ihre Lippen, noch konnte sie einen Schritt nach vorne gehen. Es gab kein Zurück. Dominic, der Fridas innere Zerrissenheit spürte, nahm den Beutel, der gepackt am Boden lag, in die eine Hand und Fridas Hand in die andere. Frida ihrerseits hielt Eilas Hand fest umschlossen.

»Komm«, raunte er ihr zu.

Sie umrundeten mehrere Sandsteine, verließen die Felsgruppe und liefen weiter Richtung Norden, so weit weg von der Alamannensiedlung wie möglich. Mit Eila an ihrer Seite kamen sie nur langsam voran, ihre kurzen Beine ermöglichten keine großen Schritte. Dominic spürte eine innere Unruhe, wollte er doch um jeden Preis, dass die Flucht gelang. Nicht um seinetwillen, sondern um Fridas und Eilas willen. Er drückte Frida den großen Beutel in die Hände und hob Eila auf seine Schultern, damit sie schneller vorankamen.

»Wohin gehen wir?«, wollte Frida wissen.

»Wir laufen immer in nördliche Richtung und orientieren uns an dem großen Berg. Am besten laufen wir auch heute Nacht durch. Morgen früh können wir uns ein Versteck suchen und uns eine Pause gönnen. Ganz im Norden, wo der schwarze Wald aufhört und die Hänge zum großen Fluss hin weich abfallen, soll es einige Frankensiedlungen geben. Dort in der Nähe sollten wir in Sicherheit sein und können einen Neuanfang wagen.« Bewusst hatte er »wir« gesagt. Sie sollte spüren, dass sie nicht allein war, dass er an ihrer Seite stand.

Sie liefen die ganze Nacht durch, die Angst, entdeckt zu werden, trieb sie stetig voran. Die Dunkelheit erschwerte ihre Schritte, sie blieben häufig an Wurzeln oder Ästen hängen. Mehrmals mussten sie Halt machen und sich neu orientieren. Doch Frida hatte ein gutes Gespür, wie er bewundernd feststellte. Sie erinnerte ihn an eine Füchsin, die nachts für ihr Junges jagte, alle Sinne geschärft und immer auf der Hut.

Eila war auf seinen Schultern eingeschlafen und mittlerweile schmerzten nicht nur seine Füße, sondern auch sein Nacken. Er sehnte sich nach einer kurzen Pause. Außerdem lag das Geheimnis, das er mit sich trug, wie ein Stein auf seinem Herzen. Er wollte kein Versteckspiel, keine

Heimlichkeit, die sich auf ihre beginnende Freundschaft wie ein Schleier legen würde.

»Frida, lass uns kurz eine Pause machen«, bat er sie deswegen.

Frida, die ihm ansah, dass ihn etwas bedrückte, nahm vorsichtig die schlafende Eila von seinen Schultern und legte sie auf den Boden. Er massierte sich kurz den schmerzenden Rücken, bis Frida ihm den Wasserschlauch reichte. Durstig nahm er ein paar Schlucke. Da er nichts weiter sagte, flüsterte Frida in die Nacht hinein: »»Ich spüre, dass dir etwas auf dem Herzen liegt. Hast du Bedenken? Möchtest du umkehren?«

»Frida, ich muss dir etwas gestehen«, raunte er und griff nach ihren Händen. Er spürte, wie sich ihre Finger verkrampften. Nach dem, was sie erlebt hatte, war das verständlich und er schalt sich innerlich für diesen unglücklichen Anfang. Doch ohne weiter groß darüber nachzudenken, wie er seine Worte formulieren sollte, sprudelte es aus ihm heraus.

»Ich möchte, dass du weißt, dass ich dich mehrmals im Wald beobachtet habe. Mehrmals beim Pflücken und … äh, beim Fluss, als du dich gewaschen hast. Dann nochmals bei deinem Baum. Ich weiß, das war nicht richtig. Doch ich war so fasziniert von deiner Schönheit. Ich rede nicht von deinem Äußeren, sondern von deiner Art, dich zu bewegen, mit der Natur zu verschmelzen, sie zu streicheln. Ich habe mich vom ersten Augenblick an in dich verliebt, in die Schönheit deiner Seele. Doch ich erwarte nichts, ich möchte einfach nur für dich, für euch da sein und euch beschützen.«

Ohne es zu merken, hatte er mit den Daumen ganz leicht Fridas Handrücken gestreichelt. Als es ihm bewusst wurde, ließ er ihre Hände so schnell los, als würden sie ihn verbrennen. Er drehte sich abrupt von ihr weg und kniete sich vor die schlafende Eila. Frida sollte nicht sehen, wie aufgewühlt er war. Er spürte, dass sie ganz dicht hinter ihm stand. Sacht legte sie ihre Hand auf seine linke Schulter.

»Es ist gut, dass du mir das gesagt hast. Danke, dass du für uns da bist. Heute flüchten wir gemeinsam, was morgen ist, wissen wir nicht. Komm, lass uns gehen.«

Nun war es Frida, die seine Hand nahm und leicht drückte. Sie lächelte. Nach einer kleinen Weile ließ sie ihn wieder los und packte den Beutel, während Dominic Eila vom Boden hob und den kleinen Körper in seine Armen bettete. So liefen sie, bis es anfing zu dämmern, und mit jedem Schritt siegte das Licht des Tages über die Finsternis der Nacht. Sie waren nicht mehr weit von der Bergkuppe des großen Bergs entfernt. Den anstrengenden Aufstieg würde er noch mit der schlafenden Eila in seinen Armen schaffen.

Als sie oben angekommen waren, wachte Eila auf. Dominic setzte das kleine Mädchen auf die Beine, richtete sich auf, und in dem Moment geschah das Wunder: Die Sonne begann ihre Reise, schob ihren ersten glühenden Reif in den Himmel und erhellte mit ihren Strahlen den Belchen. Eila hing an der Tunika ihrer Mutter, Frida stand ganz dicht vor ihm. Und dann, zaghaft zunächst, so sanft, dass er es nicht glauben konnte, ließ sich Frida nach hinten fallen und drückte sich an seine Brust. Als er sich sicher war, umschlang er mit beiden Armen ihren Körper, legte seine Wange an die ihre und genoss gemeinsam mit ihr das faszinierende Naturschauspiel, das sich ihnen bot.

Ein großer Steinadler zog in weiten Kreisen über den Belchen hinweg, direkt über ihren Köpfen. Trotz seiner

Größe glitt er leicht und elegant durch die Lüfte. Sein heller, auffordernder Schrei begleitete seinen wachsamen Blick. Er schien sie aufzufordern, ihm zu folgen. Ein letzter Schrei und er zog in Richtung Norden. Frida blickte in Dominics Augen, ein grünes Waldmeer an Empfindungen und Gefühlen, und sie wusste, dass sie diesem Mann vertrauen konnte. Sie lächelte in seine Augen hinein, streckte die Hand aus und sagte: »Komm, lass uns dem großen Vogel folgen.«

ENDE

Nachwort & Danksagung

Was ist wahr, was ist erfunden? Das ist heute schwer zu sagen, denn die Geschichte der Alamannen liegt verborgen im Dunkel der Jahrhunderte und birgt viele Rätsel. Frühe Schriftquellen von Julius Caesar (gestorben 44 vor Christus) und Tacitus, römischer Geschichtsschreiber (gestorben circa 116 nach Christus), erwähnen die Alamannen nicht, einzig die Sueben werden in den Schriften aufgeführt. Erst im 3. Jahrhundert n. Ch. ist die Volksgruppe der Alamannen schriftlich belegt. Es sind jedoch keine Selbstzeugnisse, sondern lediglich schriftliche Quellen römischer Autoren, die beschreiben, dass sich die Alamannen in der Zeit der Völkerwanderungen in Süddeutschland niederließen. Archäologische Funde erzählen uns ihr Leben, doch auch sie sind selten und lassen viel Spielraum für Interpretationen. So ist Deutung Realem beigemengt, Vermutung mit Wahrem vermischt. Die Geschehnisse jenes Zeitalters sind umschattet von einem Schleier der Ungewissheit. Für die Autorin eines Romans eine wunderbare Sache, auch wenn Historiker und Archäologen dem natürlich nicht zustimmen würden.

Ich war noch ein junges Mädchen, als ich das erste Mal mit der funkelnden Welt der germanischen Götter in Berührung kam. Mein Vater war ein begnadeter Geschichtenerzähler und faszinierte mich mit den schillernden und heldenhaften Beschreibungen der Götterwelt. Odin (südgermanisch: Wotan), der Göttervater, der auf seinem achtbeinigen Pferd über das Himmelzelt reitet, begleitet von seinen zwei Raben, und Thor (südgermanisch: Donar), der Gewittergott, hammerschwingend, dessen Wagen von Ziegenböcken gezogen wird, sie waren die Helden meiner Kindheit. Später, bereits im Rentenalter, entschloss sich mein Vater zu einem Studium der Paläoanthropologie, wobei sein Hauptaugenmerk auf den frühen Naturvölkern Europas lag. Er war so fasziniert, dass er sich für kurze Zeit den Samen im Norden Finnlands anschloss, einem der letzten Naturvölker Europas. Inzwischen hatten sich die einstigen Nomaden mit ihrem Lebensstil der Moderne angepasst, doch durfte er noch mit ihnen und ihren Rentierherden ziehen. Gelebt haben sie in ihren Zelten, inmitten der unendlichen Weite Lapplands, da, wo im Sommer Tag und Nacht miteinander verschmelzen. Trotz der schweren Krankheiten, die meinen Vater später zeichneten, war er ein unermüdlicher Waldläufer. Der Schwarzwald mit seinem dichten Tannenmeer war ein Quell seiner Freude und Kraft. Nun ist er nicht mehr da, in meiner Erinnerung jedoch bleibt er der Schamane meiner Welt. Und so ist die Erzählung von Frida auch seine Geschichte. Da ich ihn nicht mehr fragen kann, habe ich mich auf Spurensuche begeben. Ich hoffe, er ist zufrieden.

Meine Geschichte basiert auf einigen Überlieferungen aus der Zeit um 600 nach Christus. Bezeugt sind zum Beispiel Gunzo, der alamannische Herzog, mit Wohnsitz im heutigen Überlingen, Dagobert I., König der Franken, und Samo, ein aus dem Frankenreich stammender Kaufmann und späterer slawischer Herrscher. Belegt ist auch der iro-schottische Mönch Trudpert, der im 7. Jahrhundert im Münstertal eine Einsiedelei gründete. Zwei Knechte sollen ihn im Schlaf erschlagen haben. Überliefert ist auch das Leben von Bonifatius, einem bekannten christlichen Missionar. Ihm wird die Fällung der Donar-Eiche zugeschrieben, allerdings ein wenig später in der Geschichte. Der Baum soll in der Gemeinde Geismar in Nordhessen gestanden haben.

Meine Heldin und ihr Stamm sind frei erfunden, doch sie könnten so oder so ähnlich gelebt haben. Geboren wurde Frida im Wald, auf meinen täglichen Spaziergängen mit meinem Hund Odin. Wenn ich vor einer mächtigen Weißtanne stehe, die schon viele Jahrhunderte wächst, frage ich mich immer, welche Geschichten sie mir erzählen könnte. Wie haben die Menschen früher gelebt, woher kommen wir und wohin gehen wir? Das sind faszinierende Gedankenspiele. Und so nahm Frida allmählich Gestalt an. Immer öfters hat sie mich auf meinen Schritten begleitet. Bis ich dann ganz eingetaucht bin in ihre Welt. Viele Rituale, die wir zum Teil heute noch kennen, stammen aus heidnischen Zeiten, Zeiten der europäischen Naturvölker. Sie lebten im Einklang mit dem Rhythmus der Jahreszeiten, den Bewegungen der Sonne und des Mondes, dem Verhalten der Tiere und dem Wachstum der Pflanzen. Ein Leben inmitten der göttlichen Natur. Lange Zeit lebten in unserer Region dieses anzestrale Wissen und die intuitive Verbundenheit mit der umgebenden Natur weiter, trotz zunehmender Christianisierung.

Möchte man tiefer in die Geschichte der Alamannen einsteigen, so empfiehlt sich als Lektüre »Geschichte der Alamannen« von Dieter Geuenich und »Die Alamannen« von Karlheinz Fuchs, Martin Kempa und Rainer Redies. Zur Geschichte der Germanen im Allgemeinen gibt es mittlerweile eine Vielzahl an Büchern.

An dieser Stelle möchte ich noch ein paar Worte zu der Bezeichnung »Alamannen« hinzufügen. Bewusst habe ich mich für diese Schreibweise der frühmittelalterlichen Bevölkerungsgruppe entschieden. »Alemannisch« bezeichnet eher die Mundart, doch beide Schreibweisen wären möglich. Für die Ortsbezeichnungen, die im Roman vorkommen, habe ich der Einfachheit halber die heutigen Namen verwendet.

Sehr empfehlenswert ist auch der Besuch der Alamannenmuseen in Ellwangen und Vörstetten.

In Ellwangen warten bedeutende archäologische Funde aus ganz Süddeutschland auf die Besucher. Ein Augenöffner. Insbesondere die filigranen Kunstwerke, die von dem handwerklichen Geschick der früheren Meister zeugen. Für die freundliche Unterstützung danke ich Andreas Gut, Museumsleiter.

In Vörstetten füllt sich das Museum an besonderen Tagen mit Leben. Den in historischer Tracht gekleideten Handwerkern kann man zum Beispiel beim Schmieden, Drechseln und Töpfern über die Schulter schauen. An dieser Stelle möchte ich gerne Marta Paczkowska erwähnen. Sie hat mich mit ihren Flechtereien aus Naturfasern verzaubert. Schaut man in Vörstetten ganz genau hin, kann man auf dem Freigelände vielleicht Fridas Hütte entdecken …

Danken möchte ich auch der Universität Tübingen, Fakultät Mittelalterliche Geschichte, insbesondere Luisa Luiz für ihre freundliche Koordination mit den jeweiligen Experten.

Erwähnen möchte ich zudem meine Lektorin Fabienne

Rieg. Mit Feingefühl und großer Geduld für meine Worte stand sie mir zur Seite.

Schließlich möchte ich meinen Töchtern danken. Louise für ihre Kreativität und ihren Scharfsinn: Es war schön, mit dir diese Geschichte zu spinnen. Und Emilie für ihre medizinische Unterstützung: Verfolge deine Träume, denn du wirst eine wunderbare Ärztin und eine einfühlsame Heilerin, so wie Frida es ist.

Zum Schluss möchte ich meinen Mann Günther erwähnen: Ohne dich säße ich vor einem weißen Blatt Papier. Denn unsere Liebe ist es, die mich das Schöne um uns herum sehen und in Worte fassen lässt.